Zu diesem Buch

Ein Kamerateam hält den wichtigsten Moment in Amerikas Geschichte fest, seit Armstrongs Fuß den Mond berührt hat: der Staranwalt Jonathan Green betritt das Büro von Privatdetektiv Elvis Cole, um ihn zu engagieren. Sein Team hat Verstärkung dringend nötig, denn der Mordfall Susan Martin hält die nationale Medienmaschinerie auf vollen Touren. Die Frau eines millionenschweren Unternehmers aus L. A. wurde mit einem Hammer erschlagen. Ebendiese Tatwaffe hat Detective Angela Rossi gefunden und damit das wichtigste Indiz im bevorstehenden Prozeß gegen den Hauptverdächtigen und Ehemann «Teddy» Martin geliefert. Das Motiv ist eindeutig: Susan Martin wollte sich seit langem scheiden lassen. Der Armaniträger Green will die Glaubwürdigkeit der Polizistin erschüttern, und Elvis Cole soll den Nachweis erbringen, daß Detective Angela Rossi aus Karrieregeilheit das Beweisstück manipuliert hat. Mit leicht ungutem Gefühl, aber angesichts der unbezahlbaren Publicity nimmt Cole den Fall an. So kommt es, wie es kommen muß. Cole findet heraus, daß Rossi eine blütenweiße Weste hat. Er quittiert den Job bei seinem Auftraggeber und untersucht zusammen mit seinem schweigsamen Freund Joe Pike den Fall. Und tatsächlich: einige Schießereien und Leichen später muß Elvis Cole erkennen, daß er beinahe einen kapitalen Fehler gemacht hätte.

Geboren in Louisiana, wuchs Robert Crais unter Ölarbeitern und Polizisten auf. Als Teenager bereiste er Amerikas Südosten mit einer Zirkustruppe, die er erst verließ, nachdem er als menschliche Kanonenkugel beinahe enthauptet worden wäre. 1976 zog er nach Hollywood und konnte sich im Drehbuchgeschäft etablieren. Er schrieb Skripts für Kultserien wie «Miami Vice», «Hill Street Blues», «Cagney & Lacey» oder «L. A. Law». Zur Zeit lebt Crais in den Bergen von Santa Monica, zusammen mit seiner Familie und 14000 Büchern. Weitere Romane mit dem unverwechselbaren Duo Elvis Cole und Joe Pike sind in Vorbereitung.

Robert Crais

Falsches Spiel in L.A.

Deutsch von
Jürgen Bürger

Rowohlt

rororo thriller
Herausgegeben von Bernd Jost

Deutsche Erstausgabe
Veröffentlicht im Rowohlt Taschenbuch Verlag GmbH,
Reinbek bei Hamburg, November 1997

Die Originalausgabe erschien 1996
unter dem Titel «Sunset Express»
bei Hyperion, New York

Redaktion Peter M. Hetzel
Umschlaggestaltung: Walter Hellmann
(Foto: The Image Bank / Harald Sund)
Satz Garamond (Linotronic 500)
Gesamtherstellung Clausen & Bosse, Leck
Printed in Germany
1490-ISBN 3 499 43299 4

Für Leonard Isaacs,
der mir eine Tür öffnete,
und
für Kate Wilhelm und Damon Knight,
die mich hereinbaten.

Danksagungen

Der Autor möchte sich herzlich bei dem ehemaligen Assistant United States Attorney und heutigen Geschäftsführer der Detektei Kroll Associates, Bruce J. Kelton, bedanken, daß er ihn an seiner profunden Kenntnis der Gesetze und des Strafrechtssystems teilhaben ließ. Weiterer Dank gebührt Det. John Petievich, dessen Rat bei allen Fragen im Zusammenhang mit dem Los Angeles Police Department sowohl in diesem wie auch in anderen Romanen von unschätzbarem Wert gewesen ist. Für alle möglichen Fehler und Irrtümer in diesem Buch trägt allein der Autor die Verantwortung.

Ein ganz besonderer Dank gebührt dem besten Lektor der Welt – Leslie Wells.

Ebenfalls bedanken möchte sich der Autor bei Patricia Crais, Lauren Crais, Robert Miller, Lisa Kitei, Carol Perfumo, Samantha Miller, Brian De Fiore, Marcy Goot, Chris Murphy, Kim Dower und Jennifer Lang für ihre Unterstützung, ihr überragendes Talent und ihre großen Anstrengungen im Interesse des Autors.

Danksagungen

[illegible]

[illegible]

Prolog

An diesem Samstag morgen zeigte sich der Himmel über dem San Fernando Valley in tiefem Dunkelblau, reingewaschen von dem Dreck und den chemischen Verunreinigungen, die normalerweise die Luft von L. A. verfärben, weil sie als Brise aus den San Gabriel Mountains, über den ebenen Talboden und die hohe Hügelkette der Santa Monica Mountains herübergurgeln. Der Mulholland Drive schlängelt sich über den Kamm der Santa Monicas, und wäre man, wie Sandra Bernson und ihr Vater es an diesem Morgen taten, den Mulholland entlanggegangen, dann hätte man nach Süden fast vierzig Meilen über das Los Angeles-Becken bis zur Spitze der Long Beach Peninsula oder nach Norden etwa fünfunddreißig Meilen über das San Fernando Valley und durch den Newhall Pass zu den dunklen Rottönen der Santa Susana Mountains und den Gipfeln um den Lake Castaic sehen können. Es war ein ungewöhnlich klarer Tag, und der ferne Horizont wurde vergrößert wie durch eine seltene Optik, die es erlaubte, in die Leben der schlafenden Millionen in den Tälern unten hineinzuschauen. Sandra Bernson sagte später, daß sie sich die kleinen Privatflugzeuge, die sie an diesem Morgen beim Einschweben und Starten vom Van Nuys Airport in der Mitte des Tales beobachtete, als fliegende Teppiche vorstellte. An einem solchen Morgen, erklärte sie, sei es leicht, an Zauberei zu glauben.

Sandra war eine fünfzehnjährige Schülerin der angesehenen Harvard-Westlake School, und Dave Bernson, ihr Vater, ein mäßig erfolgreicher Drehbuchautor und Fernsehproduzent, der zu dieser Zeit als leitender Produzent einer populären Serie des Fox Television Network arbeitete. Die Bernsons lebten in einem modernen Haus an einer kleinen, vom Mulholland Drive abzweigenden Seitenstraße in Sherman Oaks, etwa eine Meile westlich des Beverly Glen Boulevard, und sie verließen ihr Haus an diesem Morgen um genau 6 Uhr 42. Sowohl Sandra als auch Dave konnten den Ermittlern die Zeit deshalb so exakt angeben, weil Dave es sich zur Gewohnheit gemacht hatte, den Beginn ihrer Spaziergänge laut anzukündigen, damit sie wußten, wie lange sie brauchten. Sie beabsichtigten, in östlicher Richtung den Mulholland bis zu Warren Beattys Haus etwa eine Meile östlich des Beverly Glen zu gehen, wo sie dann kehrtmachen wollten. Ein typischer Spaziergang hatte die Länge von vier Meilen und dauerte ziemlich genau fünfzig Minuten. An diesem Samstag jedoch erreichten sie Beattys Haus nicht und konnten ihre Wanderung auch nicht wie gewohnt beenden.

An diesem Samstag sah Sandra Bernson einen Hirsch.

Sie hielten sich von ihrem Haus nach Osten und erklommen eine der größeren Steigungen des Mulholland auf der Höhe des Stone Canyon Reservoir. Das war Sandras Lieblingsabschnitt der Wanderung, weil sie nach Norden das Tal und nach Süden das Reservoir sehen konnte, und kurz bevor sie zum Beverly Glen Canyon kamen, erreichten sie den Aussichtspunkt am Stone Canyon. Der Aussichtspunkt liegt auf einer kleinen Kuppe neben dem Mulholland mit gepflegten Spazierwegen und Aussichtspunkten und Bänken, falls man bewundern wollte, was Makler gerne einen 360-Grad-Panoramablick nennen. Daran erinnerte sich Sandra, als sie und ihr Vater die höchste Stelle des Aussichtspunktes erreichten, und sie den Hirsch von der Talseite des Mulholland heraufklettern sah, schnuppernd und lauschend. Sie flüsterte ihrem Vater zu: «Sieh nur, Dad!»

«Ein Maultierhirsch. Siehst du, wie groß seine Ohren sind? Es ist ein Bock, aber er hat das Geweih bereits abgeworfen. Siehst du die Knubbel über seinen Augen?»

Der Hirsch hörte sie. Er sah in ihre Richtung, seine riesigen Ohren drehten sich nach vorn, und dann lief er über den Mulholland und den kleinen Parkplatz des Aussichtspunktes und war verschwunden. Sandra sagte: «Ich will sehen, wohin er läuft!»

Sie kletterte über die niedrige Mauer des Aussichtspunktes und lief genau in dem Augenblick zum Rand der Kuppe, als der Bock im Abhang verschwand, wo sich eine Menge toter Äste, Bierdosen, Zeitungen und brauner Plastikmüllbeutel angesammelt hatten. Einen Moment später stand Dave neben ihr. Mit Ausnahme der Müllbeutel sah alles alt und staubig und verblaßt aus, als läge es schon sehr lange dort. Die Müllbeutel glänzten wie nagelneu, und Sandra benutzte sie als Orientierungspunkt, um Dave zu zeigen, wo sie den Maultierhirsch das letzte Mal gesehen hatte. Da bemerkte sie die Hand, die aus einem der Beutel herausragte. Der Nagellack war sehr rot und schien in der klaren Morgensonne atemberaubend zu schimmern.

Es kam Dave überhaupt nicht in den Sinn, daß die Hand ein Filmrequisit sein oder zu einer Schaufensterpuppe gehören könnte; in dem Augenblick, als er sie sah, wußte er, daß sie echt war. Sie sah echt aus, und sie sah tot aus. Dave erinnerte sich, wie er überlegt hatte, zu der Leiche hinunterzuklettern, dann aber an solche Dinge wie Spuren und Beweismittel gedacht hatte. Also führte er seine Tochter zurück zum Mulholland, wo er ein vorbeikommendes Fahrzeug des privaten Westec-Sicherheitsdienstes stoppte. Der Sicherheitsbeamte, ein achtundzwanzigjähriger Ex-Marine namens Chris Bell, parkte sein Fahrzeug, überzeugte sich von dem Fund und kehrte zum Wagen zurück, um den Vorgang seiner Zentrale zu melden. Keine acht Minuten später trafen zwei Streifenwagen des LAPD am Tatort ein. Die Uniformierten sahen sich die aus dem Plastikmüll herausragende Hand an, beschlossen dann aber genau wie Dave Bernson, nicht den Abhang hinunterzuklettern. Die uniformierten Beamten gaben ihre Meldung verschlüsselt per Funk durch und sicherten das Gelände, um anschließend auf das Eintreffen der Kriminalpolizei zu warten.

Dave Bernson bot an, ebenfalls zu warten, aber Sandra mußte dringend auf die Toilette, daher fuhr einer der Beamten sie nach Hause. Vierzig Minuten, nachdem Sandra Bernson und ihr Vater nach Hause gebracht worden waren, und neununddreißig Minuten, nachdem Sandra anfing, so schnell wie möglich ihre Freundinnen anzurufen, um ihnen von dieser unglaublich abgedrehten Geschichte zu erzählen, traf der erste Wagen mit Zivilbeamten der Polizei am Tatort ein.

Detective Sergeant Dan «Tommy» Tomsic und Detective Angela Rossi befanden sich im ersten Wagen. Tomsic, ein kräftig gebauter Mann, hatte ein Dutzend Jahre auf der Straße verbracht, bevor ihm die Beförderung zur Kriminalpolizei gelungen war. Fast dreißig Jahre dabei, betrachtete er die Welt mit mißtrauischen, offenen Augen. Angela Rossi war vierunddreißig, zwölf Jahre bei der Polizei und erst seit fünf Wochen Tomsics Partner. Rossi sagte stets, was sie dachte, war viel zu sehr auf Konfrontation aus und hatte aus diesem Grund immer Schwierigkeiten mit ihren Partnern. Bislang schien es Tomsic nichts auszumachen, doch das lag wahrscheinlich daran, daß er sie ignorierte.

Elf Minuten nach dem ersten Wagen trafen die vorgesetzten Detectives am Tatort ein. Detective Sergeant Lincoln Gibbs war ein großer, schlanker Afroamerikaner mit mokkafarbener Haut, stark zurückweichendem Haaransatz und Hornbrille. Er sah aus wie ein Collegeprofessor, und diesen Eindruck kultivierte er auch. Er war achtundzwanzig Jahre bei der Polizei, weniger als Tomsic, aber schon viel länger Detective Sergeant. Also hatte Linc Gibbs das Sagen. Er wurde von Detective Pete Bishop begleitet, einem Veteranen mit zweiundzwanzig Dienstjahren, einem Magister in Psychologie und fünf Scheidungen. Bishop sprach nur äußerst selten, war aber dafür bekannt, sich stets umfangreiche Notizen zu machen, die er häufig konsultierte. Er verfügte über einen gemessenen IQ von 178 und ein Alkoholproblem. Derzeit beteiligte er sich am Zwölf-Schritte-Programm der Anonymen Alkoholiker.

Die vier Detectives ließen sich von den Uniformierten und dem Westec-Cop ins Bild setzen, gingen zum Rand des Aussichtspunktes und starrten dann die Hand an. «Schon irgendwer da unten gewesen?» fragte Gibbs.

«Nein, Sir», antwortete einer der Uniformierten. «Es ist nichts angerührt worden.»

Die Detectives suchten den Boden nach Beweismitteln ab – Schleifspuren, Blutstropfen, Fußabdrücke und ähnliches. Es gab nichts. Sie konnten den Weg sehen, den die Leiche genommen hatte, als sie die Böschung hinuntergerutscht war. Deutliche Spuren auf der Erde, abgebrochene und geknickte Pflanzen. Linc folgte der Spur mit den Augen und vermutete, daß man sich der Leiche von einer Stelle ganz hinten am Parkplatz entledigt hatte. Die Leiche lag etwa elf bis vierzehn Meter tief an einem verdammt steilen Abhang. Jemand würde hinunterklettern müssen, und das stellte ein Problem dar. Man dürfte nicht denselben Weg wie die Leiche nehmen, da auf diese Weise Spuren verwischt werden könnten. Was bedeutete, daß sie einen anderen Weg wählen müßten, nur, daß alles andere erheblich steiler war. Linc überlegte gerade, daß sie womöglich eine Bergsteigerausrüstung benötigten, als Angela Rossi sagte: «Ich kann da runtersteigen.»

Die drei männlichen Detectives sahen sie an.

«Ich bin in Chatsworth ein bißchen in den Felsen herumgeklettert, und weil ich viel wandere, kenne ich ein solches Terrain.» Sie zeigte auf ihre Route. «Ich kann da vorne den Hang runter, dann quere ich die Böschung und komme unterhalb der Leiche heraus. Kein Problem.»

«Der beschissene Boden hier ist wie Sand, der dein Gewicht nicht halten wird», meinte Dan Tomsic.

«Überhaupt kein Problem, Dan. Wirklich nicht.»

Rossi sah sportlich aus, und Gibbs wußte, daß sie an den letzten beiden Marathonläufen in L. A. teilgenommen hatte. Tomsic verqualmte drei Päckchen pro Tag, und Bishop hatte einen Muskeltonus wie Wackelpudding. Rossi war außerdem fünfzehn Jahre jünger als die anderen, und sie wollte schließlich gehen. Gibbs erteilte ihr die Erlaubnis und wies sie an, die Kamera mitzunehmen. Angela Rossi kehrte zum Wagen zurück, um ihre Max Avante-Pumps gegen ein Paar ramponierte New Balance-Laufschuhe zu tauschen. Eine Minute später tauchte sie wieder auf, während Gibbs, Tomsic und die anderen zuschauten, wie sie sich zur Leiche hinunter vorarbeitete. Tomsic runzelte beim Zusehen die Stirn, aber Gibbs nickte anerkennend – Rossis Bewegungen wirkten geschmeidig und sicher. Tomsic betete, daß sie nicht das Gleichgewicht verlor und sich ihren Scheißhals brach – ein Ausrutscher, und sie würde Arsch über Kopf weitere fünfzig oder siebzig Meter den Abhang runterknallen.

Weiter unten kam Rossi keine Sekunde der Gedanke, daß sie

womöglich abstürzen könnte. Sie war absolut von sich überzeugt und ziemlich aufgekratzt, weil sie es war, die es in die Hand genommen hatte, die Leiche zu bergen. Wenn man etwas in die Hand nahm, würde man befördert, und Rossi machte keinen Hehl daraus, daß sie der erste weibliche Chief of Detectives des LAPD werden wollte. Dieses Ziel hatte sie seit ihrer Ausbildung auf der Akademie aggressiv verfolgt, und obwohl es ihren, wie sie es nannte, Großen Rückschlag gegeben hatte, hoffte sie immer noch, ihre Karriere wieder in den Griff zu bekommen und es doch noch zu schaffen.

Als Rossi die Leiche erreichte, zog ihr der Geruch bereits in die Nase. Die Sonne stieg, und das dunkle Plastik speicherte die schnell steigende Temperatur. Das aus der Leiche verdunstende Wasser sammelte sich auf der Innenseite des Plastiksacks, und Rossi wußte, daß es dort drinnen ziemlich feuchtwarm sein würde. Der Unterleib des Opfers würde sich aufblähen und Faulgase absondern. Der Verwesungsprozeß hatte eingesetzt.

Linc rief zu ihr herunter: «Wenn's irgendwie geht, bewegen Sie die Leiche nicht. Machen Sie einfach Fotos, und ziehen Sie den Plastiksack zurück.»

Rossi benutzte die Polaroid, um die Lage der Leiche für die Unterlagen zu dokumentieren, dann streifte sie Latexhandschuhe über und berührte das Handgelenk, suchte nach dem Puls. Sie wußte, daß sie ihn nicht spüren würde, mußte es aber trotzdem kontrollieren. Die Haut war nachgiebig, doch die Muskeln darunter waren steif. Totenstarre.

Rossi konnte bislang noch nicht viel sehen, jedenfalls schien die Leiche in einem Stück zu sein und war in zwei dunkelbraune Plastikmüllsäcke verpackt worden. Die Säcke waren mit silbernem Isolierband um die Leiche gebunden, doch man schien es dabei eilig gehabt zu haben. Das Klebeband hatte sich gelöst, und die Hand war herausgefallen. Angela Rossi zog die Säcke auseinander, um Schulter und Kopf einer blonden Weißen bloßzulegen, die Anfang Dreißig zu sein schien. Die Frau trug etwas, das wie ein hellblaues Banana Republic-T-Shirt aussah, das mit Blut bespritzt war. Das linke Auge geöffnet, ihr rechtes aber geschlossen, ragte ihre Zungenspitze zwischen kleinen, perfekten Zähnen hervor. Die Haare auf der hinteren und rechten Seite des Kopfes waren strähnig und mit Blut durchtränkt. Obwohl das Blut zum größten Teil angetrocknet war, glänzte es an mehreren Stellen feucht. An diesem Teil ihres Kopfes wirkte der Schädel eingedrückt und dunkel, außerdem war Hirnmasse und weißer, scharfkantiger Schädelknochen deutlich zu erkennen. Die gerade Nase der Frau zierte ein markantes Gesicht. Im Leben mußte sie hübsch gewesen sein. Angela Rossi kam die Frau irgendwie bekannt vor.

Tomsic brüllte zu ihr herunter. «Du sollst da unten kein Scheißzelt aufschlagen! Wie sieht's aus?»

Rossi konnte es nicht ausstehen, wenn er so mit ihr redete, aber sie biß die Zähne zusammen und schluckte es runter. Seit dem Großen Rückschlag hatte sie mehr runtergeschluckt und weniger freche Antworten gegeben. Alles, um die Karriere wieder in Gang zu bringen. Sie rief zurück, ohne zu ihnen hinaufzuschauen. «Eine weiße Frau. Anfang Dreißig. Schweres Schädeltrauma am Hinterkopf durch äußere Gewalteinwirkung mit einem stumpfen Gegenstand.» Sie schob den Müllsack weiter zurück, legte Kopf und Schultern des Opfers frei. Sie konnte keine weiteren Verletzungen erkennen, hätte die Säcke vielleicht noch weiter zurückgezogen, aber sie befürchtete, daß die Leiche abrutschte, weiter den Hang hinunterfiel und sie dabei womöglich noch mitriß. Sie machte weitere Aufnahmen, sagte dann: «Das Blut um die Wunde herum sieht klebrig aus, und an manchen Stellen ist es feucht. Lange liegt sie noch nicht hier.»

«Hautverfärbungen?» fragte Bishop.

«Leicht, aber das könnten auch Prellungen sein.»

Über ihr hatte Linc Gibbs all das Gerede langsam satt. Es gefiel ihm gar nicht, daß Rossi an so einem steilen Abhang hockte, und er wollte die Spurensicherung kommen lassen. «Was ist mit einer Waffe?» fragte er. Mörder entsorgten die Mordwaffe fast immer zusammen mit der Leiche.

Er beobachtete, wie Rossi sich über die Leiche beugte und die Fläche um die Säcke herum abtastete. Zweimal verschwand sie aus seinem Blickfeld, und beide Male stieß es ihm säuerlich auf, da er dachte, sie sei abgestürzt. Er dachte wieder daran, daß er sie gerade fragen wollte, was zum Teufel da solange dauerte, als sie rief: «Sehe nichts. Könnte aber auch unter der Leiche oder in dem Sack liegen.»

Gibbs nickte. «Überlaß das der Spurensicherung. Schieß noch ein paar Fotos, und dann kommst du wieder rauf.»

Rossi schoß die letzten Polaroids, dann kletterte sie wieder den Abhang hinauf. Als sie oben ankam, drängten die anderen sich sofort um sie, weil sie die Aufnahmen sehen wollten. Bis auf Gibbs, der eine Bifokalbrille trug, zogen die männlichen Detectives ihre Lesebrillen heraus.

Einer der uniformierten Cops sagte: «He! Die kommt mir irgendwie bekannt vor.»

«Dachte ich auch», meinte Rossi.

Gibbs kam sie überhaupt nicht bekannt vor. «Erkennt ihr Typen sie?»

Bishop drehte die Fotos immer wieder in seinen Händen, als sei es wichtig, das Opfer aus jedem nur möglichen Winkel zu betrachten. Tomsic wurde von der Dreherei ganz schlecht. «Sie heißt Susan Martin», sagte Bishop.

«Herr im Himmel», sagte der Westec-Cop. «Sie haben recht. Teddy Martins Frau.»

Die vier Detectives starrten ihn an.

«Sie wohnen direkt hier im Benedict Canyon», fuhr der Westec-Cop fort. «Liegt auf meiner Route.» Der Benedict Canyon lag keine Meile von dem Aussichtspunkt entfernt.

«Ich freß 'nen Besen!» sagte Gibbs.

Später sagten die vier Detectives aus, daß sie gleichzeitig so ziemlich das gleiche gedacht hatten. Teddy Martin bedeutete Geld und, wichtiger noch als Geld, politische Macht, und das wiederum bedeutete, daß der Fall eine Sonderbehandlung erforderte. Dan Tomsic hätte sich an diesem Tag am liebsten krank gemeldet, damit ein anderes Arschloch den Fall abbekommen hätte. Außergewöhnliche Fälle bedeuteten immer außergewöhnlichen Ärger. Teddy Martin war ein reicher Typ, der immer reicher wurde; ein erfolgreicher Gastronom und Geschäftsmann, der seinen Reichtum benutzte, um Freunde, soziale Position und Bekanntheitsgrad zu kultivieren. Er dinierte ständig mit Stadträten und Filmstars, stand dauernd in der Zeitung, weil er Millionen von Dollars stets in die richtigen Sachen investierte. Tomsic kannte den Namen, weil Teddy Martin gemeinsam mit einigen Filmstars ein neues Erlebnisrestaurant eröffnet hatte, in das seine Frau ständig mit ihm ausgehen wollte. Der Vorschlag hatte ihn nicht gerade begeistert, weil er wußte, daß ein paar Stücke Fisch sechzig Mäuse kosten würden, nur damit seine Frau irgendwelche zweitklassigen Filmrequisiten und vielleicht auch noch einen verkappt schwulen Schauspieler beäugen konnte. Tomsic konnte Typen wie Teddy Martin auf den Tod nicht ausstehen, was er jedoch für sich behielt. Typen wie Teddy Martin waren geil auf Schlagzeilen und immer Angeber, aber Angeber mit den richtigen Verbindungen konnten einem die Karriere versauen.

«Das gibt garantiert Schlagzeilen», sagte Pete Bishop. «Besser, wenn wir den Boß verständigen.»

«Nimm dein Handy», sagte Gibbs. «Wenn wir's über Funk durchgeben, haben wir sofort die Medien auf dem Hals. Tommy, kontrollier mal, ob irgendwas über Funk durchgegeben wird.»

Angela Rossi ging mit Tomsic und Bishop zu ihren Dienstfahrzeugen zurück. Feine Erde und Gras war in ihre Schuhe und zwischen ihre Zehen geraten, also setzte sie sich auf den Rücksitz des Wagens und säuberte die Füße mit einem Kleenex, bevor sie wieder ihre Max Avantes anzog. Während sie dort saß, standen Tomsic und Bishop an unterschiedlichen Stellen des Aussichtspunktes und sprachen in ihre Handys.

Als Rossis Füße sauber waren und Gibbs an den Rand des Abhanges zurückgekehrt war, telefonierte Tomsic immer noch und Bishop schon nicht mehr. «Wegen einer Susan Martin liegt in der Zentrale nichts vor», sagte Tomsic.

«Ich habe den Chef angerufen und den Gerichtsmediziner verständigt», sagte Bishop. «Die Spurensicherung ist schon unterwegs, und der Chef kommt auch raus.« Der Chef an der Spitze der Westside Detectives war ein Detective Captain. Jeder wußte, daß er entscheiden würde, ob Gibbs den Fall behielt oder ob er einem anderen Cop übertragen wurde. Gibbs wußte, daß ein Fall dieser Größenordnung mit absoluter Sicherheit einem der Elitedezernate für Raub und Mord in der Innenstadt übertragen würde. Absolut kein Problem für ihn.

«Okay», sagte Gibbs, «dann verständigen wir jetzt besser Mr. Martin und hören mal, was er zu sagen hat.» Er sah den Burschen von Westec an. «Wissen Sie, wo die wohnen?»

«Klar. Wenn Sie wollen, bringe ich Sie rüber.»

Gibbs setzte sich zu seinem Wagen in Bewegung. «Okay. Auf geht's.»

Bishop schüttelte den Kopf. «Wir sollten besser hierbleiben, Linc, bis der Chef kommt.»

«Angie und ich fahren hin», sagte Tomsic.

Wenn Angela Rossi damals gewußt hätte, wohin das führen würde, dann hätte sie Tomsic auf der Stelle umgelegt.

Dan Tomsic und Angela Rossi folgten dem Westec-Burschen in östlicher Richtung über den Mulholland zum Benedict, dann nach Süden den Canyon runter in eine üppige, kurvenreiche Welt aus Häusern im Wert von zig Millionen und Mercedes-Kabrios. Die meisten Häuser waren neu und modern, aber der Westec-Bursche hielt vor einer Villa im mediterranen Stil am Straßenrand, die gut und gerne hundert Jahre alt war. Eine massive Mauer mit prunkvollem Eisentor schirmte das Anwesen von der Straße ab. Über der Mauer wucherte zierlicher Efeu mit winzigen, blutroten Blättern. Unter dem Efeu bröckelte die Mauer, aber man sah die Risse nur, wenn man sich genügend Zeit nahm. Der Hörer einer Gegensprechanlage war links neben der Zufahrt installiert worden, damit man leicht identifiziert werden konnte. Tomsic schätzte das Grundstück auf anderthalb bis zwei Hektar und das Haus dahinter auf knapp zweitausend Quadratmeter. Tomsic lebte mit Frau und vier Kindern eingepfercht in einer zweihundert Quadratmeter großen Kräckerschachtel in Simi Valley, aber so war's nun mal. Cop konnte jeder werden, aber es war schon echtes Talent erforderlich, schlechtes Essen in einem überteuerten Restaurant zu servieren.

Sie stiegen gerade aus dem Auto, als Angie sagte: «Das Tor ist offen.»

Das große, schmiedeeiserne Tor stand vielleicht zwanzig, fünfundzwanzig Zentimeter weit offen. Man lebte nicht hinter Mauern und Toren und privaten Sicherheitsdiensten, um dann den Vordereingang offen zu lassen, damit jeder streunende Spanner oder zufällig vorbeikommender Psycho hereinkommen und sich häuslich einrichten konnte. Tomsic erinnerte sich, daß sein erster Gedanke beim Anblick des offenen Tors war: Sie würden eine Leiche finden.

Sie gingen zum Tor und drückten zweimal auf die Klingel, erhielten aber keine Antwort. «Wir müssen nicht auf einen Durchsuchungsbefehl warten, oder?» fragte Angie.

«Scheiße», sagte Tomsic, drückte das Tor auf und ging hindurch.

Der Westec-Bursche sagte: «Wir können doch da nicht einfach so reinlatschen, oder?» Er schien nervös zu sein. «Ich verständige das Büro, und die können dann das Haus anrufen.»

Tomsic beachtete ihn nicht weiter, und Rossi folgte Tomsic.

Die Zufahrt aus handverlegten mexikanischen Platten hatte wahrscheinlich mehr gekostet als Tomsics Haus, seine beiden Autos und die Viertelbeteiligung an einer Blockhütte am Big Bear Lake zusammen. Die Villa selbst war aus Mörtel und grob behauenen Holzbalken, gedeckt mit alten spanischen Ziegeln. Dichter Efeu beherrschte das Gelände entlang der Ostseite der Zufahrt, schmiegte sich dann an mehrere riesige Steineiben und wucherte schließlich um eine Garage für vier Autos. Für jedes Auto gab es ein eigenes Tor, und es wirkte eher wie ein Reitstall als eine Garage. Genau vor dem Vordereingang befand sich ein großer Springbrunnen, aus dem Wasser tröpfelte.

Tomsic fand, das dieses Haus Errol Flynn hätte gehören können. Seine Frau hätte es bestimmt wunderbar gefunden. Doch Tomsic wußte, daß die meisten der alten Stars, genau wie die meisten der jungen Stars, Perverse und Kotzbrocken waren, und wenn man die Dinge kannte, die in solchen Häusern passierten, dann wäre man gar nicht mehr so begeistert. Normale Menschen arbeiteten nicht in der Filmbranche. Filmtypen waren Arschgeigen mit emotionalen Problemen, die ihre geheimen Laster verborgen hielten. Genau wie die meisten Anwälte und alle Politiker. Davon war Tomsic wahrscheinlich deshalb so überzeugt, weil es durch alles bestätigt wurde, was er im Verlauf seiner dreißig Jahre bei der Polizei erlebt hatte. Natürlich hatte Tomsic in seinen dreißig Dienstjahren seiner Frau nie erzählt, was er wußte, denn er wollte ihr die Illusionen nicht nehmen. Es war einfacher, sie in dem Glauben zu lassen, er sei ein mürrischer Stänkerer.

Alles schien in Ordnung. Im Springbrunnen trieben keine Leichen, und auf dem Rasen vor dem Haus parkten keine überstürzt zurückgelassenen Autos. Die wuchtige Haustür war geschlossen und schien nicht beschädigt zu sein. In der Mitte der Tür hing ein großer, prächtiger Klopfer, aber es gab auch eine Klingel. Tomsic drückte auf den Knopf, benutzte dann den Türklopfer. Laut. Der Bursche von Westec kam zu ihnen gelaufen. «He, immer mit der Ruhe. Sie machen noch was kaputt.» Sein Gesicht war kreideweiß.

«Bleiben Sie zurück, okay?» sagte Angie. «Wir wissen nicht, was uns hier erwartet.»

Tomsic warf Angie einen Blick zu und schüttelte den Kopf. Die Westec-Pfeife hatte Angst, einen Kunden zu verlieren. Angie verdrehte die Augen.

Tomsic hämmerte noch zweimal gegen die Tür, ohne eine Antwort zu bekommen. Er wollte schon zum Wagen zurückkehren, als sich die Tür öffnete und Theodore «Teddy» Martin blinzelnd seinen Kopf heraussteckte. Martin war mittelgroß, vielleicht etwas kleiner als der Durchschnitt, und besaß einen blassen, zarten Teint. Er war unrasiert und hatte tiefliegende, gerötete Augen. Tomsic hätte jede Wette gemacht, daß der Kerl den größten Teil der Nacht vollgepumpt mit Koks oder PCP verbracht hatte. «Mr. Martin?»

Martin nickte, sein Kopf zuckte auf und ab. Er trug eine ausgebeulte graue Trainingshose und kein Hemd. Sein Oberkörper war schlaff und untrainiert, war dicht mit einem dünnen Haarflaum überzogen. Er kniff die Augen wegen der grellen Morgensonne zusammen. «Ja, klar. Was wollen Sie?»

Tomsic und Angela Rossi sagten später aus, daß Tomsic daraufhin seine Dienstmarke gezeigt und sich als Detective des Los Angeles Police Department ausgewiesen hatte. Angela Rossi fiel auf, daß Teddy Martin keinen einzigen Blick auf die Marke warf. Er behielt den Blick auf Tomsic gerichtet und blinzelte heftig, als sei ihm etwas in die Augen geraten. Angela Rossi dachte zu diesem Zeitpunkt, daß er womöglich eine Allergie hatte. «Mr. Martin», sagte Tomsic, «wohnt bei Ihnen eine gewisse Susan Martin?»

Als Tomsic die Frage stellte, zog Teddy Martin nach Angela Rossis Aussage einmal kurz die Luft ein und sagte: «O mein Gott, die haben sie umgebracht, stimmt's?»

Leute sagen die unmöglichsten Dinge.

Tomsic nahm Rossi beiseite, gab ihr sein Handy und wies sie an, Gibbs anzurufen und ihm zu sagen, er solle rüberkommen. Rossi ging zur Einfahrt und erledigte den Anruf. Als sie zum Haus zurückkehrte, waren Tomsic, Teddy Martin und der Westec-Bursche hineingegangen. Tomsic und Martin saßen auf einer antiken Bank in der Eingangshalle. Teddy Martin flennte wie ein Baby. «Ich hab alles getan, was die gesagt haben. Ich hab alles getan, und die haben gesagt, sie würden sie laufenlassen. Mein Gott. Oh, Jesus, sagen Sie mir, daß ich träume.»

Tomsic saß sehr dicht bei Martin, und seine Stimme war sanft. Er konnte sehr sanft sein, wenn er Leute beruhigen wollte. «Sie sagen also, daß sie gekidnappt wurde?»

Martin schnappte gierig nach Luft, als könnte er nicht atmen. «Mein Gott, ja, natürlich ist sie gekidnappt worden.» Er vergrub das Gesicht in seinen Händen und heulte. «Ich hab alles getan, was sie gesagt haben. Ich hab ihnen jeden Cent gegeben. Die haben gesagt, sie würden sie wieder laufenlassen.»

«Sie haben jemandem Geld gegeben?» fragte Angela Rossi.

Martin fuchtelte mit den Händen, als schwebte eine Wolke aus Worten um ihn herum und er müsse jene packen, die er gerade brauchte. «Eine halbe Million. Genau wie sie gesagt haben. Ich hab alles genauso gemacht, wie die gesagt haben. Die haben versprochen, sie gehen zu lassen. Die haben's *versprochen*.»

Tomsic nahm behutsam Teddys Handgelenke und drückte sie

nach unten. «Erzählen Sie mir, was passiert ist, Mr. Martin», sagte er. «Möchten Sie mir erzählen, was passiert ist? Können Sie das?»

Martin schien die Beherrschung wiederzufinden und rieb sich die Augen. «Donnerstagabend bin ich nach Hause gekommen, und sie war nicht da. Dann ruft dieser Kerl an und sagt, er hätte Susan, und reicht ihr den Hörer. Ich glaube, es war so gegen acht Uhr.»

«Haben Sie mit ihr gesprochen?» fragte Rossi.

«Sie hat geweint. Sie hat gesagt, sie könnte nichts sehen, und dann war da wieder dieser Kerl, der mir gesagt hat, wenn ich ihnen die fünfhunderttausend nicht gebe, bringen sie sie um. Ich habe sie schreien gehört. Ich konnte hören, wie sie weinte.»

«Haben Sie die Stimme des Mannes erkannt?» fragte Tomsic.

«Nein. Nein, ich habe ihn gefragt, wer sind Sie, und er hat geantwortet, ich solle ihn James X nennen.»

Tomsic warf Rossi einen kurzen Blick zu und hob die Augenbrauen. «James X?»

«Er hat gesagt, sie beobachten das Haus. Er hat gesagt, sie würden es sofort wissen, wenn ich die Polizei anrufe, und dann würden sie sie umbringen. O Jesus, ich hatte solche Angst.» Teddy Martin stand auf, holte mehrmals tief Luft und massierte sich den Bauch, als täte es ihm dort weh. «Er hat gesagt, ich soll das Geld besorgen, und er wird mich morgen wieder anrufen und mir sagen, was ich damit machen soll.»

«Morgen war gestern?» fragte Angie.

Martin nickte. «Genau. Freitag. Ich hab das Geld besorgt, genau wie er gesagt hat. Alles in Hundertern. Er wollte Hunderter. Dann bin ich zurückgekommen und habe auf seinen Anruf gewartet.»

«Sie sind einfach so zur Bank gegangen und haben fünfhunderttausend Dollar abgehoben?» sagte Tomsic.

Teddy Martin warf ihm einen gereizten Blick zu. «Natürlich nicht. Mein Geschäftsführer hat das arrangiert. Er hat festverzinsliche Wertpapiere verkauft. Irgend so was. Er wollte wissen, wozu ich das Geld brauchte, und ich habe ihn aufgefordert, keine Fragen zu stellen.»

Rossi bemerkte Tomsics Stirnrunzeln. Tomsic ermunterte Martin fortzufahren. «Okay. Dann haben Sie das Geld also besorgt und sind dann hierher zurückgekommen.»

Martin nickte wieder. «Ich glaube, es war so gegen vier, als er wieder anrief. Er hat gesagt, ich soll das Geld in einen Müllsack stecken und zu einem Parkplatz am Mulholland Drive. Es gibt da einen kleinen Parkplatz für Leute, die Fahrgemeinschaften bilden. Dort steht ein Müllcontainer. Ich soll das Geld in diesen Müllcontainer werfen und anschließend nach Hause fahren. Er hat gesagt, sie würden mir exakt zwölf Minuten geben, um dorthin zu kommen, und wenn ich zu spät käme, dann wüßten sie, daß ich mit der Polizei zusammenarbeite, und dann würden sie Susan umbringen. Ich sollte das Geld einfach dort deponieren und wieder verschwinden. Und wenn alles in Ordnung sei, dann würden sie Susan laufenlassen. Sie sagten, wahrscheinlich würden sie nicht vor neun oder zehn mit Zählen fertig sein.» Er setzte sich wieder, um seinen Oberkörper hin und her zu wiegen. «Ich habe alles haargenau so gemacht, wie sie es gesagt haben, und die ganze Nacht gewartet. Ich habe nichts mehr von ihnen gehört. Ich habe nichts mehr von Susan gehört. Als Sie geklingelt haben, da dachte ich, sie wäre es.» Teddy Martin vergrub das Gesicht in den Händen und schluchzte. «Ich hab's in zwölf Minuten geschafft. Ich schwöre bei Gott, ich hab's geschafft. Ich bin gefahren wie ein Irrer.»

Tomsic sagte zu Angie, daß sie noch einmal mit dem Handy Gibbs anrufen soll, damit jemand den Müllcontainer überprüft. Sie ging, und Tomsic blieb bei Martin und dem Westec-Burschen. Rossi war nur vier oder fünf Minuten fort, doch als sie zurückkehrte, wirkte sie leicht gereizt. «Hast du Gibbs erreicht?» fragte er.

Sie beantwortete die Frage nicht und sagte statt dessen: «Dan, kann ich dich bitte mal unter vier Augen sprechen?»

Tomsic folgte ihr bis zu dem Efeu an der mexikanischen Zufahrt. Sie nahm ihren Kuli heraus, schob einige Blätter zur Seite und legte einen Hammer mit kugelförmiger Finne frei, auf der blonde Haare und rosa Gewebe klebte. «Donnerwetter», sagte Tomsic.

«Ich hab mich nur so umgeschaut, bevor ich es bemerkte», sagte Rossi. «Der Stiel ragte aus dem Efeu heraus.»

Tomsic starrte den Hammer mehrere Sekunden lang an, bemerkte, daß eine einzelne schwarze Ameise auf dem rosa Gewebe herumkrabbelte. Tomsic stieß das gleiche Pfeifen aus, das er auch am Stone Canyon-Aussichtspunkt gemacht hatte, als er die Leiche sah. Dann sagte Angela Rossi: «Hat er sie umgebracht, Dan?»

Lincoln Gibbs und Pete Bishop bogen genau in diesem Moment in die Zufahrt ein. Dan Tomsic, der schon eine Million Jahre Dienst hinter sich hatte und dessen Meinung als Zyniker vom Dienst von jedem geschätzt wurde, musterte kurz die Villa und sagte: «Der Dreckskerl hat sie umgebracht, allerdings müssen wir ihn jetzt überführen.»

«He, wir *haben* den Burschen doch, Dan! Er gehört *uns*!»

Dan Tomsic starrte sie mit der Verachtung an, die er sich normalerweise für Arschgeigen, Strafverteidiger und eingetragene Mitglieder der American Civil Liberties Union vorbehielt. «In diesem Staat ist es einfacher, sich selbst ein Scheißbein abzuschneiden, als einen reichen Mann zu überführen, Detective. Sind Sie noch nicht lange genug dabei, um das mitgekriegt zu haben?»

Es war das letzte, was Dan Tomsic an diesem Tag zu ihr sagte.

Über den Mord an Susan Martin wurde in den Abendnachrichten berichtet, genau wie über die Ereignisse, die folgten.

Monate später gelang es mir, die Ereignisse an diesem Samstagmorgen aus Polizeiberichten, Gesprächen mit Beteiligten, Zeugenaussagen vor Gericht und Zeitungsartikeln zu rekonstruieren.

Doch weder glaubte ich, noch hatte ich Veranlassung zu glauben, daß der Mord an Susan Martin so tiefgreifende und nachhaltige Auswirkungen auf mein Leben haben würde.

1

An einem dunstigen Morgen im Juni betrat Jonathan Green mein Büro mit einer Entourage bestehend aus drei Anwälten, einem Mann mit einer Profikamera und einer ernsthaften jungen Frau, die siebenhundert Pfund Ausrüstung hereinschleppte. Der Videograph, nennen wir ihn einfach mal so, schob sich an den Anwälten vorbei und schwenkte mit der Kamera über mein Büro mit den Worten: «Genau, was wir brauchen, Jonathan! Es ist echt, es ist schillernd, das ist *L. A.*!» An dem Mickey Mouse-Telefon vorbei richtete er seine Kamera dann auf mich und begann mit der Aufzeichnung. «Tun Sie einfach so, als wär ich gar nicht hier.»

Ich sah ihn stirnrunzelnd an, und er gestikulierte zu den Anwälten. «Sehen Sie nicht mich an. *Die* da. Sehen Sie *die* an.»

Ich sah *die* an. «Was soll das hier werden?» Ich erwartete Green und einen Anwalt namens Elliot Truly, aber niemanden sonst. Truly hatte das Treffen arrangiert.

Ein Mittvierziger in einem tadellos geschnittenen blauen Armani-Anzug sagte: «Mr. Cole? Ich bin Elliot Truly. Das hier ist Jonathan Green. Sehr nett, daß Sie sich Zeit für uns nehmen.»

Ich schüttelte zuerst Truly die Hand, dann Green. Green sah haargenau so aus, wie ich ihn in *60 Minutes* gesehen hatte; das eine Mal hatte er einen Aktivisten der Bewegung für das Recht auf Abtreibung verteidigt, der in Texas des Mordes beschuldigt wurde, und das andere Mal verteidigte er einen reichen Textilhersteller, der in Iowa des Mordes beschuldigt wurde. Der texanische Fall war populär, der Fall aus Iowa nicht, aber beide Male waren es Siege für die Verteidigung.

Der Videograph schob sich rückwärts durch das Büro, um uns beide ins Bild zu bekommen, die Tonfrau mühte sich ab, immer hinter der Kamera zu bleiben, während sie den Augenblick unserer ersten Begegnung festhielten. Armstrong setzt seinen Fuß auf den Mond; die Araber und die Israelis unterzeichnen ein Friedensabkommen; Jonathan Green engagiert einen Privatdetektiv. Die Frau mit der Tontechnik stieß gegen meinen Schreibtisch, und der Videograph knallte gegen den Aktenschrank. Die kleinen Jiminy Cricket-Figurinen auf dem Schrank fielen um, und das gerahmte Foto von Lucy Chenier schwankte. Wieder sah ich den Mann stirnrunzelnd an. «Seien Sie vorsichtig.»

Der Videograph gestikulierte erneut. «Sehen Sie nicht mich an! *Nicht mich ansehen!* Sie ruinieren mir den Take!»

«Wenn Sie irgendwas kaputt machen, ruiniere ich noch erheblich mehr als nur den Take», erwiderte ich.

Green schien alles peinlich zu sein. «Das ist lästig, Elliot. Wir haben hier geschäftlich zu tun, und ich fürchte, wir machen keinen sonderlich guten Eindruck auf Mr. Cole.»

Truly berührte meinen Arm und versuchte, den schlechten Eindruck zu mildern. «Die sind von *Inside News*. Sie drehen eine sechsteilige Dokumentation über Jonathans Rolle in diesem Fall.»

Die Tonfrau nickte. «Ein Insiderbericht über die Große Green-Verteidigungsmaschine.»

«Die Große Green-Verteidigungsmaschine?» wiederholte ich.

Der Videograph unterbrach seine Aufzeichnung und musterte mich von oben bis unten, als wäre ich unglaubwürdig. Er war sich nur nicht ganz sicher, warum. Dann ging ihm ein Licht auf. «Haben Sie keine Kanone?» Er schaute sich im Büro um, als müßte eine am Haken an der Wand hängen.

«Eine Kanone?»

Er sah Truly an. «Er sollte eine Kanone tragen. Eins dieser Dinger unter der Achsel.» Er war ein kleiner Mann mit stark behaarten Armen.

Truly runzelte die Stirn. «Ein Schulterhalfter?»

Die Frau nickte. «Ein Hut wär auch nicht schlecht. Hüte sind so romantisch.»

«Truly», sagte ich.

Jonathan Greens Gesicht verfinsterte sich. «Ich bitte um Entschuldigung, Mr. Cole. Die begleiten uns schon die ganze letzte Woche, und es wird allmählich lästig. Wenn es Sie stört, werde ich die Herrschaften bitten, jetzt zu gehen.»

Der Videograph wurde ganz fiebrig. «He, vergessen Sie die Kanone. Ich wollte ja nur ein gewisses Unterhaltungselement reinbringen, das ist alles.» Er ging neben dem Trinkwasserbehälter in die Hocke und hob seine Kamera. «Sie werden nicht mal merken, daß wir hier sind. Versprochen.»

Truly schürzte die Lippen und sah mich an.

Ich zuckte mit den Achseln. «Normalerweise wollen die Leute, die zu mir kommen, keine Aufzeichnung von dem, was wir besprechen.»

Jonathan Green lachte leise. «Soweit kommt es möglicherweise noch, aber wir wollen es nicht beschwören.» Er ging zu der Verandatür, die auf den kleinen Balkon führt. Dann sah er das Bild von Lucy Chenier an. «Sehr hübsch. Ihre Frau?»

«Eine Freundin.»

Er nickte anerkennend. Als er nickte, nickten die beiden unbedeutenderen Anwälte auch. Niemand hatte sich die Mühe gemacht, sie mir vorzustellen, aber es schien ihnen nichts auszumachen.

Jonathan Green setzte sich auf einen der Regiestühle vor meinem Schreibtisch, und die beiden unbedeutenderen Anwälte nahmen auf der Couch Platz. Truly blieb stehen. Der Videograph bemerkte die Pinocchio-Uhr an der Wand und wieselte auf die andere Seite meines Schreibtischs, um sowohl mich als auch die Uhr ins Bild zu bekommen. Die Augen von Pinocchio bewegen sich mit jedem Ticken von einer Seite zur anderen. Fotogen. Wie Green.

Jonathan Green hatte einen festen Händedruck, klare Augen und ein Kinn nicht unähnlich dem von Dudley Do-Right. Er war Anfang Sechzig, hatte angegrautes Haar, eine Strandclubbräune und eine volle, beruhigende Stimme. Eine Pastorenstimme. Er war nicht direkt ein gutaussehender Mann, doch in seinen Augen lag eine Aufrichtigkeit, die beruhigend wirkte. Jonathan Green galt als einer der fünf besten Strafverteidiger Amerikas mit einer Erfolgsquote von einhundert Prozent. Wie Elliot Truly trug auch Jonathan Green einen tadellos sitzenden blauen Armani-Anzug. Die unbedeutenderen Anwälte ebenfalls. Vielleicht bekamen sie

Mengenrabatt. Ich trug tadellos sitzende schwarze Gap-Jeans, ein Hawaiihemd und dazu weiße Reeboks. «Hat Elliot erklärt, warum wir Sie sprechen wollten?» fragte Green.

«Sie vertreten Theodore Martin. Sie brauchen einen Privatdetektiv für Ihre Verteidigung.» Theodore «Teddy» Martin war wegen Mordes an Susan Martin verhaftet worden und wartete nun auf seinen Prozeß. Er hatte bereits zwei andere Strafverteidiger verschlissen, mit denen er nicht sonderlich zufrieden gewesen war, und daraufhin erst kürzlich Jonathan Green engagiert. Dieses ständige Engagieren und Feuern war in aller Ausführlichkeit von den Lokalmedien aufgegriffen worden.

Green nickte. «Das ist richtig. Mr. Cole, ich habe lange mit Teddy gesprochen und bin zu der Überzeugung gelangt, daß er unschuldig ist. Ich benötige Ihre Hilfe, dies auch zu beweisen.»

Ich lächelte. *«Moi?»*

Der Videograph schob sich näher heran. Ich hob einen Finger in seine Richtung. Hm-hm-hmh. Er zog sich ebenso langsam zurück.

«Wir haben uns umgehört, Mr. Cole», sagte Truly. «Sie besitzen einen bemerkenswerten Ruf. Sie arbeiten sorgfältig, und Ihre Integrität ist über jeden Vorwurf erhaben.»

«Wie wär's damit?» Ich sah in die Kamera und wackelte mit den Augenbrauen. Der Videograph runzelte die Stirn und senkte das Objektiv.

Jonathan Green beugte sich ernst zu mir vor. «Was wissen Sie über den Fall?»

«Ich weiß, was jeder weiß. Ich sehe die Nachrichten.» Man konnte weder die *Times* lesen noch einen Lokalsender einschalten, ohne etwas über diese Geschichte mit James X, den fünfhunderttausend Dollar und dem Müllcontainer zu wissen. Ich hatte mindestens zehntausendmal gehört, wie Theodore Martin seine Kurzversion in den Nachrichten erzählte, aber die Kurzversion der Staatsanwaltschaft hatte ich ebenfalls gehört. Teddy und Susan sind nämlich nicht so besonders gut miteinander ausgekommen, also hatte Susan heimlich einen Scheidungsanwalt aufgesucht und einer Freundin erzählt, sie denke an Scheidung und daß Teddy ihr die Hälfte seines auf einhundertundzwanzig Millionen Dollar geschätzten Vermögens angeboten habe, nur damit sie ihn nicht verließ. «Nach allem, was ich so höre, besitzt die Polizei überzeugende Argumente für seine Schuld.»

«Die glauben es allerdings. Aber ich bin nicht davon überzeugt, daß bereits alle Fakten auf dem Tisch liegen.» Green lächelte und verschränkte die Finger über einem Knie. Es war ein freundliches Lächeln, abgeklärt und wissend. «Wußten Sie, daß Teddy und Susan gern kochten?»

Ich schüttelte den Kopf. Mußte mir doch glatt entgangen sein.

«Teddy kam an diesem Abend recht früh nach Hause, und sie hatten keine Verabredungen, also beschlossen die zwei, etwas Ausgefallenes und besonders Witziges zu kochen. Die nächsten paar Stunden verbrachten sie damit, Schweinelende in Pfefferkruste mit Wildkirschsoße zuzubereiten. Teddy benutzt ausschließlich frische Kirschen für seine Soße, nur daß sie eben leider keine im Haus hatten, also zog er los, um welche zu besorgen.»

Truly trat einen Schritt auf mich zu und hakte die einzelnen Punkte an seinen Fingern ab. «Wir haben den Kassenbeleg und den Kassierer, bei dem Teddy bezahlt hat. Genau dort war er nämlich, als Susan entführt wurde.»

Green spreizte die Hände. «Und dann ist da noch die Sache mit dem Geld. Was wurde aus dem Geld?»

Truly hakte weitere Finger ab. «Wir haben die Bankbelege und den Geschäftsführer. Der Geschäftsführer sagt, daß Teddy sichtlich erschüttert war, als er an diesem Freitag morgen das Geld abgeholt hat. Er sagt, Teddy sei so weiß gewesen wie ein Laken, und seine Hände hätten gezittert.»

Green nickte. «Außerdem erinnert sich der Kassierer genau daran, daß Teddy etliche Stunden vorher völlig entspannt und glücklich gewesen war.» Green stand auf und kehrte zum Balkon zurück. Der Videograph folgte ihm. Vor der Verandatür drehte er sich zu mir um und spreizte wieder die Hände. Ich fragte mich, ob er wohl meinte, er befände sich im Gerichtssaal. «Und dann haben wir die Mordwaffe und das Beweismaterial vom Tatort.»

Truly hakte weitere Finger ab. Eine Hand hatte er inzwischen aufgebraucht und begann jetzt mit der anderen. «Auf dem Hammer befanden sich Fingerabdrücke, aber keiner davon stimmt mit denen von Teddy überein. Weiterhin befanden sich Fingerabdrücke auf den Müllsäcken, in denen Susan steckte, aber auch bei diesen keine Übereinstimmung mit Teddys.»

«Deshalb glauben Sie, daß er unschuldig ist?» fragte ich.

Green kehrte zu dem Regiestuhl zurück, doch dieses Mal setzte er sich nicht. Er stellte sich dahinter und stützte die Hände auf die seitlichen Holzstreben der Rückenlehne. «Mr. Cole, ich kann nicht so viele Fälle gewinnen, nur weil ich gut bin. Ich lehne jeden Tag zehn Mandate ab, millionenschwere Fälle, weil ich niemanden vertrete, den ich für schuldig halte.»

Der Videograph kniete sich für eine Aufnahme auf den Boden, die Tonfrau folgte ihm, und ich hörte ihn murmeln: «O Mann, das ist super.»

«Ich verteidige keine Dealer und keine Kinderschänder. Ich übernehme nur Fälle, an die ich glaube, so daß ich mich moralisch auf sicherem Boden bewege, wenn ich vor Gericht trete.»

Ich lehnte mich zurück und legte einen Fuß auf die Schreibtischkante. «Und Sie glauben, daß Teddy unschuldig ist.»

«Ja. Ja, das tue ich.» Er stellte sich vor den Stuhl und klopfte sich auf die Brust. «Hier drinnen weiß ich, daß er unschuldig ist.»

Der Videograph raunte, «Fa-bel-haft», und kam herumgekrochen, um Jonathan Green im Bild zu behalten.

Green nahm Platz und beugte sich zu mir vor, die Ellbogen auf den Knien. «Bislang kenne ich noch nicht alle Fakten. Ich brauche jemanden wie Sie, der mir dabei hilft. Wir haben etliche Anrufe erhalten, die beunruhigend sind.»

«Haben Sie schon von unserer Hotline gehört?» fragte Elliot.

«Ich habe die Anzeigen gesehen.» Greens Kanzlei hatte Anzeigen im Fernsehen, im Radio und in den Printmedien geschaltet, in denen eine Belohnung von hunderttausend Dollar für Informationen ausgesetzt wurde, die zur Ergreifung, Festnahme und Verurteilung von James X führte.

«Wir haben zweitausendsechshundert Anrufe erhalten», sagte

Green, «und jeden Tag werden es mehr. Wir versuchen, so schnell wie möglich die Spinner auszusieben, aber es ist eine enorme Arbeit.»

Ich räusperte mich und versuchte, eine professionelle Miene aufzusetzen. «Okay. Sie brauchen Hilfe, um den Dingen auf den Grund zu gehen.»

Green hob die Augenbrauen. «Ja, aber es geht um mehr. Einige Anrufer haben behauptet, daß einer der durchführenden Polizeibeamten dafür bekannt ist, die Untersuchungen zu manipulieren.»

Ich starrte ihn an. Der Videograph huschte quer durchs Büro und stieß wieder gegen den Aktenschrank, doch diesmal beachtete ich ihn nicht. «Welcher Beamte?»

«Der Detective, der behauptet, den Hammer gefunden zu haben», sagte Truly. «Angela Rossi.»

Ich sah Truly an. «Behauptet?»

Jonathan Green, Elliot Truly und die Kamera starrten mich an. Niemand sagte ein Wort.

Ich erwiderte Greens Blick. «Glauben Sie, daß Angela Rossi belastendes Beweismaterial gegen Teddy Martin untergeschoben hat?»

Green rutschte auf seinem Stuhl hin und her, während sich die Kamera wieder auf ihn richtete. Er schien sich in seiner Haut nicht ganz wohl zu fühlen. «Das will ich so nicht sagen, noch nicht, aber ich glaube, daß die Möglichkeit durchaus besteht. Sie war die erste, die zu Susans Leiche hinabgestiegen ist, und sie war allein.»

«Sie hatte die Gelegenheit, die Mordwaffe an sich zu bringen und an ihrem Körper zu verbergen», sagte Truly.

«Einen ausgewachsenen Hammer.»

Truly lächelte. «Wo ein Wille ist ...»

Ich schüttelte den Kopf. «Warum sollte sie das Risiko eingehen?»

«Elliot», sagte Green.

Truly beugte sich ernst zu mir. «Rossi nahm die Karriereleiter auf der Überholspur, bis sie vor zwei Jahren eine Untersuchung in einem Mordfall verpfuschte. Sie hatte es versäumt, einem Verdächtigen seine Rechte zu verlesen, der anschließend ein Geständnis ablegte, und dann wurde der Verdächtige freigesprochen. Durchaus möglich, daß sie meint, ihre Karriere durch einen schlagzeilenträchtigen Fall wieder in Schwung zu bringen, und falls sie das Beweismaterial manipuliert hat, um diesen Fall unter Dach und Fach zu bringen, wäre es auch nicht das erste Mal.» Truly deutete beiläufig auf einen der unbedeutenderen Anwälte, und der unbedeutendere Anwalt zog einen braunen Umschlag aus seinem Gucci-Aktenkoffer und brachte ihn mir. «Rossi», fuhr Truly fort, «verhaftete vor fünf Jahren einen Mann namens LeCedrick Earle wegen Besitzes von Falschgeld und versuchter Bestechung eines Polizeibeamten. Er verbüßt derzeit eine sechsjährige Haftstrafe auf Terminal Island.» Terminal Island ist das Bundesgefängnis in San Pedro. «Earle hat vor sechs Tagen angerufen und behauptet, daß Rossi ihm das Geld untergeschoben hat.» Er deutete auf den Umschlag. «Er sagt, ihm sei vom ersten Tag an etwas angehängt worden, und hat uns zum Beweis eine Kopie seiner Akte und der verschiedenen Beschwerdebriefe geschickt.»

Ich öffnete den Umschlag und blätterte kurz durch die Festnahmeberichte, Korrespondenz mit seinem Anwalt und Beschwerdebriefe. Absenderanschrift Terminal Island. «Alle Straftäter behaupten, sie seien unschuldig, und jeder Cop, den ich kenne, ist schon angezeigt worden. Das gehört zum Job.»

Green nickte bestätigend. «Natürlich, aber Mr. Earles Behauptung scheint doch ein wenig berechtigter zu sein als andere.»

«Ein ehemaliger Beamter des LAPD namens Raymond Haig hat uns ebenfalls von dem Earle-Fall erzählt», sagte Truly. «Haig war Rossis Partner.»

«War Haig damals ihr Partner?» fragte ich.

«Ja.»

«Und er hat gesagt, sie habe das Material untergeschoben?»

Wieder lächelte Truly. «Das würde er nicht sagen, aber er sagt, er kenne sie und sie würde alles tun, was ihrer Karriere nutzt. Er hat vorgeschlagen, daß wir die Sache mal unter die Lupe nehmen sollten.»

«Nachdem Earle seine Anschuldigung gemacht hat, muß es eine Untersuchung der Dienstaufsicht gegeben haben.»

Der kleinere unbedeutendere Anwalt meldete sich zu Wort. «Gab es auch, aber es wurde keine Anklage erhoben.»

«Mr. Haig deutete an, daß Detective Rossi für ihren exzessiven Lebenswandel bekannt ist», sagte Green.

Ich legte den Umschlag hin und klopfte auf die Schreibtischkante. Der Videograph kroch zum Trinkwasserbehälter zurück und richtete die Kamera auf mich. «Mr. Green, Sie sollten wissen, daß Joe Pike, mein Partner, ein ehemaliger Beamter des LAPD ist.»

«Mr. Pike ist uns bekannt.»

«Ich arbeite häufig mit dem LAPD zusammen, und ich besitze viele Freunde dort und im Büro der Bezirksstaatsanwaltschaft.»

Er beugte sich wieder vor, wirkte jetzt sehr ernst und aufrichtig. «Ich suche keinen Handlanger. Davon habe ich reichlich, glauben Sie mir.» Er versuchte, nicht zu den unbedeutenderen Anwälten zu blicken, was ihm jedoch nicht gelang. «Ich suche einen ehrlichen Detektiv, der mir nicht nur das erzählt, was ich hören will. Ich will die Wahrheit. Ohne die Wahrheit habe ich gar nichts. Verstehen Sie das?»

Ich nickte. Vielleicht verstand ich doch, warum er einer der besten Strafverteidiger der Welt war.

«Wir besprechen hier mit Ihnen lediglich einen kleinen Ausschnitt eines größeren Ganzen», sagte Truly. «Momentan arbeiten sechzehn Privatdetektive für uns, und wahrscheinlich wird die Zahl noch auf dreißig anwachsen, aber Sie werden der einzige Privatdetektiv sein, der an diesem Aspekt des Falls arbeitet.»

Der größere unbedeutendere Anwalt sagte: «Wir beschäftigen fünfzehn Anwälte, zusätzlich zu den Privatdetektiven.»

Der kleinere unbedeutendere Anwalt wippte eifrig mit dem Kopf. «Ganz zu schweigen von acht gerichtsmedizinischen Experten und drei Fachleuten für Spurensicherung.» Er schien stolz zu sein; Frieden durch überlegene Feuerkraft.

Ich pfiff anerkennend. «Die beste Verteidigung, die für Geld zu haben ist.»

Jonathan Green blieb ernst. «Wie ich schon sagte, uns erwartet viel Arbeit, und es wird jeden Tag mehr. Werden Sie uns helfen, Mr. Cole?»

Ich lehnte mich zurück, dachte darüber nach, und dann hob ich den Umschlag hoch. «Und was ist, wenn ich herausfinde, daß Rossi sauber ist?»

«Dann finden Sie das eben heraus. Ich schulde es mir selbst und meinem Mandanten, jede Möglichkeit auszuschöpfen. Verstehen Sie das?»

«Wohin auch immer es führt», sagte ich.

«Exakt.»

«Auf sicheren moralischen Boden.»

«Mein guter Name basiert darauf.»

Ich beobachtete die Pinocchio-Uhr. Ich sah das Bild von Lucy Chenier an. Ich nickte. «Wenn Rossi sauber ist, werde ich Ihnen genau das berichten.»

«Etwas anderes wollte ich auch nicht.»

Jonathan Green streckte seine Hand aus, und ich schlug ein.

2

Wir einigten uns über mein Honorar, Elliot Truly stellte den Scheck aus, und die Große Green-Verteidigungsmaschine zog weiter, damit ich mich an die Arbeit machen konnte. Ich stand in der Tür, als sie zum Fahrstuhl gingen, und schaute zu, wie der Videograph jede einzelne Sekunde ihres Abgangs aufzeichnete. Cindy, die den Kosmetikvertrieb nebenan leitete, trat aus dem Fahrstuhl, als sie einstiegen, und bemerkte Jonathan. Sie starrte ihn an, bis die Tür sich schloß, und dann lächelte sie mich an. Ungläubig. «Ist das nicht dieser Typ? Dieser Anwalt?»

«Jonathan Green.»

«Ich hab ihn bei *Geraldo* gesehen. Er ist berühmt.»

Ich verschränkte meine Zeigefinger. «Wir sind so.»

Cindy öffnete ihre Tür und sah mich dann schräg von der Seite an. «Ich fand Sie schon immer süß.»

«Eine große Nummer. Nichts anderes als eine große Nummer.»

Sie lachte und verschwand in ihrem Büro. Das ist Cindy.

Ich ging in mein Büro, schloß die Tür und betrachtete das Foto von Lucy Chenier. Sie saß in ihrem Garten, trug Shorts, Wanderschuhe und ein LSU-T-Shirt. Das Bild stand in meinem Büro, seit Lucy es mir vor etwas mehr als drei Monaten geschickt hatte, und ich sah es oft an. Lucy war auch Rechtsanwältin, aber noch nie bei *Geraldo* eingeladen. Sein Problem. Ich starrte die Aufnahme an. Irgend etwas stimmte nicht, und als scharfsinniger Detektiv, der ich nun mal war, folgerte ich messerscharf, daß es daran lag, daß der Videograph gegen den Schrank gestoßen war. Es war noch nicht zu spät, um die Treppe hinunterzustürmen und ihn zu erschießen, aber das wäre vermutlich eine etwas übertriebene Reaktion. Außerdem gehörte er zur Großen Green-Verteidigungsmaschine, und Kollegen sollten sich nicht gegenseitig abknallen. Jonathan Green hielt mich womöglich für kleinlich.

Ich rückte das Bild wieder zurecht, kehrte an meinen Schreibtisch zurück und wählte die Nummer von Lucys Kanzlei in Baton Rouge, Louisiana. Wenn Cindy von Jonathan Green beeindruckt war, wäre es Lucy Chenier sicherlich auch. Ich bin schließlich auch noch nichts anderes als ein großer Angeber.

Eine freundliche Stimme mit Südstaatenakzent meldete sich. «Kanzlei Ms. Chenier.» Lucys Assistentin Mrs. Darlene Thomas.

«Ich bin's.» Ich hatte während der drei Monate ziemlich oft angerufen, seit ich in Louisiana gewesen war.

«Hallo, Mr. Cole. Wie geht's uns denn heute?»

«Uns geht's gut, Darlene. Und selbst?» Small talk.

«Sehr gut, danke der Nachfrage. Es tut mir leid, aber sie ist heute bei Gericht.»

«Oh.» Niedergeschlagen.

«Aber sie wird anrufen, ob Nachrichten für sie eingegangen sind», sagte Darlene. «Ich richte ihr aus, daß Sie angerufen haben.»

«Sagen Sie ihr, daß ich einsam bin, Darlene.»

Darlene lachte. «Ich werde ihr sagen, daß Mr. Cole einsam ist.»

«Sagen Sie ihr, daß ich sie vermisse, Darlene. Daß die Sehnsucht mit jedem Augenblick stärker und zu einer Last wird, die ich nicht länger tragen kann.»

Darlene schnappte nach Luft. «Du meine Güte, aber Sie machen doch weiter!»

Ich grinste. Das bewirkte Darlene bei mir. «Darlene, habe ich Ihnen eigentlich schon mal gesagt, daß Sie eine ausgesprochen sexy Stimme haben?»

«Also wirklich! Hören Sie sofort mit diesem Unsinn auf, bevor ich es Ms. Chenier erzähle!»

Wir verabschiedeten uns, und ich rief Joe Pike an, um ihm mitzuteilen, daß wir einen neuen Job hatten. Sein Anrufbeantworter schaltete sich beim ersten Klingeln ein und piepte. Früher hatte er eine Ansage, die aus nur zwei Worten bestand: «Sprechen Sie!» Vermutlich hielt er das für zu langatmig. Jetzt war da nur noch das Piepen. Als ich ihn fragte, woher die Leute denn wissen sollten, wen sie erreicht hatten oder was sie tun sollten, da hatte er geantwortet. «Intelligenztest.» Dieser Pike ist schon eine Nummer, was?

«Hier spricht der Lone Ranger, der Sie davon in Kenntnis setzen möchte, das wieder mal jemand dumm genug gewesen ist, uns Geld zu geben. Wir arbeiten für Jonathan Green.» Ich legte auf. Es konnte Tage dauern, bis ich etwas von ihm hörte.

Der Umschlag, den Truly zurückgelassen hatte, enthielt neben einer Kopie von LeCedrick Earles Festnahmebericht eine förmliche Beschwerde, die ein Pflichtverteidiger in Earles Auftrag aufgesetzt hatte. Den Festnahmebericht hatte Officer Rossi verfaßt, und sie gab an, daß sie Mr. Earle in seinem Haus verhaftet hatte, nachdem Mr. Earle versuchte, sich der weiteren Strafverfolgung im Zusammenhang mit einem Verkehrsvergehen durch Zahlung eines Bestechungsgeldes in Höhe von achthundert Dollar in falschen Hundertdollarscheinen zu entziehen. Die Beschwerde stellte die Behauptung auf, daß Rossi Mr. Earle das Falschgeld untergeschoben und Mr. Earle nichts Unrechtes getan habe. Der Festnahmebericht verriet wenig, und die offizielle Beschwerde noch weniger. Sie sagte, er sagte. Ein einzelnes Blatt mit Angela Rossis Privatanschrift und Raymond Haigs Geschäftsadresse einschließlich Telefonnummer war der letzte Eintrag in der Akte. Ein altes Zeitungsfoto von Rossi war an das Blatt geklemmt worden, auf dem eine attraktive Frau mit einem schmalen, rechteckigen Gesicht und intelligenten Augen zu sehen war. Sie sah energisch und entschlossen aus.

Ich steckte alles in den Umschlag zurück und rief dann meinen Freund Eddie Ditko beim *Examiner* an. Eddie ist seit ungefähr zehn Millionen Jahren Reporter, und er meldete sich mit einer Stimme, die nur etwa drei Wochen vom Kehlkopfkrebs entfernt war: «Ditko.»

«Spreche ich mit Eddie Ditko, dem besten Reporter der Welt?»

Er gab einen trocken hustenden Laut von sich wie eine Katze, die ein Haarknäuel hochwürgt. «Ja, klar, genau das steht hier auf den Pulitzer. Bleiben Sie einen Moment dran, während ich mir damit den Arsch abwische.» Eddie hatte immer den richtigen Spruch auf Lager.

«Ein Bursche namens LeCedrick Earle ist vor fünf Jahren wegen einer Spielgeldsache eingelocht worden. Er behauptete, der Polizeibeamte hätte ihm alles nur angehängt.»

«Das behaupten sie alle. Ist so was wie ein Naturgesetz.»

«Der die Festnahme durchführende Beamte hieß Angela Rossi.»

«Ich höre Notre-Dame.» Glocken.

«Rossi hat Teddy Martin die Handschellen angelegt. Sie hat den Hammer gefunden.»

Wieder machte Eddie dieses würgende Geräusch. «Du willst mich verarschen.»

«Quatsch.»

Er sagte gar nichts mehr. Dachte nach. Beschnupperte die Worte und roch eine Story. «Was hast du damit zu tun?»

Ich antwortete nicht.

Er seufzte tief, als bäte ich ihn um eine Organspende. «Was willst du?»

«Was immer du über die Verhaftung von Earle hast und alles, was du in deinen Akten über Rossi finden kannst.» Seit der Christopher Commission hatte der *Examiner* eine Datenbank über Polizeibeamte des LAPD angelegt. Die Big Brother-Version des Vierten Standes.

«Was hat das alles mit Teddy Martin zu tun?»

Ich sagte immer noch nichts.

«Ja, genau. Ich ruf dich wieder an.» Dann sagte er noch: «Bei dir krieg ich echt Arschkrämpfe.»

Ohne ein weiteres Wort legte er auf. Ein angenehmer Gesprächspartner.

Ich steckte alles in den Umschlag, schloß das Büro ab und fuhr durch Hollywood und den Cahuenga Pass rauf ins San Fernando Valley. Am Barham Boulevard verließ ich den Hollywood Freeway und fuhr am Fuß der Verdugo Hills durch Burbank nach Glendale. Raymond Haig besaß ein Franchise von *Mr. Rubber Discount Tire* in einer Gegend mit unzähligen Tankstellen und Falafel-Buden und flachen, einstöckigen Gebäuden mit Geschäften, die Secondhandklamotten und Elektrogeräte en gros verkauften. Ein wettergegerbter Hispanic mit kaputtem Strohhut hatte vor der Reifenhandlung einen *churro*-Karren aufgestellt. Die *churros* hingen an einer Kordel in dem gläsernen Karren. Der

Hispanic hatte sich in Schale geschmissen: Cowboystiefel, Jeans und ein breiter Ledergürtel mit glänzender Silberschnalle, die einen Brahma-Bullen zeigte. Ein *vaquero*. Zwei Kids mit Skateboards hielten lange, braune *churros* in Wachspapier in den Händen, und ein schwarzer Hund mit einem Halstuch saß zwischen ihnen, sah zuerst den einen, dann den anderen an. Hoffnungsvoll.

Ich parkte auf der Straße vor dem *churro*-Karren, ging dann ins Geschäft. Eine junge Hispanic mit müden Augen und zuviel Make-up saß hinter der Ladentheke und starrte auf einen kleinen Fernseher. Ich gab ihr meine Karte. «Ich muß mit Mr. Haig sprechen. Wenn Sie ihm sagen, daß Elliot Truly mich geschickt hat, wird er wissen, worum es geht.»

Sie nahm die Karte und verschwand durch eine Tür, die zur Laderampe führte, und ein paar Minuten später kam sie mit einem großen Burschen zurück. Haig. Der Endvierziger trug ein kariertes Hemd und einen kastanienbraunen Strickschlips. In seiner Hemdtasche steckte ein Federmäppchen. Auf der Plastiklasche des Mäppchens stand *Beamis Shocks*. Er kam herüber. «Sind Sie Cole?»

«Genau. Elliot Truly sagt, seine Kanzlei habe mit Ihnen gesprochen, und Sie seien bereit, mir einige Fragen über Angela Rossi zu beantworten.»

Ein aalglattes Lächeln breitete sich auf seinem Gesicht aus, und er streckte die Hand aus. «Worauf Sie einen lassen können. Gehen wir nach hinten, und ich erzähle Ihnen alles, was Sie über dieses miese Dreckstück Rossi wissen müssen.» Es ging doch nichts über eine unvoreingenommene Meinung.

Er führte mich in ein kleines Büro, das vollgestopft war mit Ersatzteilkatalogen und Handbüchern und Plakaten mit jungen Frauen in Bikinis, die mit Schraubenschlüsseln posierten. Erleuchtet. Zwei gepolsterte Stühle standen für Kunden vor seinem Schreibtisch, und eine Mr. Coffee-Maschine mit einem Styroporbecher-Turm stand auf einem Tisch neben der Glastür. «Wollen Sie einen Kaffee?»

«Nein, danke.»

Haig schenkte sich einen Becher ein und brachte ihn zum

Schreibtisch. Darauf stand das Foto eines jüngeren Haig in der Uniform des LAPD.

«Wie lange sind Sie dabeigewesen?» erkundigte ich mich.

«Fünfzehn verschissene Jahre.» Sehr unvoreingenommen. «Das Beste, was ich je gemacht habe, war, den Laden zu verlassen und mich selbständig zu machen. Jawohl, Sir.» Er setzte sich hinter den Schreibtisch, nahm eine nicht angezündete Zigarre und klemmte sie sich in den Mundwinkel. Ich zog einen kleinen Block und einen Uniball-Kuli heraus, um mir Notizen zu machen. «Wegen Rossi», sagte er, «bin ich gegangen.»

«Wieso?»

«Ich wollte keine Frau als Partner.»

Ich lächelte ihn an. «Sie haben diesen Job an den Nagel gehängt, weil Sie keine Frau als Partner wollten?»

Er nahm die Zigarre aus dem Mund und gestikulierte damit. «He, diese Weiber, entweder haben sie eine Scheißangst und sind keinen Pfifferling wert, wenn's mal brenzlig wird, oder aber die werden total aggressiv, und man kann nie sicher sein, was sie tun werden.»

«Und Rossi war aggressiv?»

«Himmel, ja. Die wollte immer männlicher sein als ein Mann.» Er trank einen Schluck Kaffee, saugte dann wieder an der Zigarre.

«Waren Sie Partner, als sie LeCedrick Earle verhaftet hat?»

«Ja. Das war die Festnahme, durch die sie zu den Zivilbullen gekommen ist. Die Festnahme hat ihr eine dicke Beförderung eingebracht.» Er lehnte sich zurück, und ich bemerkte, daß die Kataloge und der Schreibtisch und der Boden mit kleinen braunen Flecken übersät waren. Ich kniff die Augen zusammen, fixierte sie scharf und fragte mich, was das wohl war.

«LeCedrick Earle behauptet, daß sie ihm das Geld untergeschoben hat, und Truly sagt, Sie bestätigen das.» Ich spürte etwas Grobkörniges auf den Stuhllehnen. Noch mehr Flecken. Wie braune Schuppen.

Haig kaute an der Zigarre, dann nahm er sie raus und untersuchte sie. Das Ende war durchgeweicht und ausgefranst, und während er hinschaute, spuckte er gedankenverloren kleine Tabakkrümel von der Lippe. Ich sah einen auf einem Luftfilterkatalog landen. Ein weiterer klebte auf dem gerahmten Foto des jungen LAPD-Haig. Haig schien das nicht mitzukriegen, oder vielleicht war es ihm auch egal. Ich hob die Ellbogen vom Stuhl und wischte mir die Ärmel ab. Bah. Haig schüttelte den Kopf. «Nee. Das hab ich so nicht gesagt. Ich hab gesagt, ich würd's der Schlampe schon zutrauen.»

«Aber Sie können es nicht beweisen?»

Er zuckte die Achseln und spuckte wieder mit Tabak um sich. «Wenn Sie den Festnahmebericht gelesen haben, dann wissen Sie auch, daß ich nicht als ausführender Beamter genannt wurde. Rossi ist später noch mal ohne mich zurück. So konnte sich nur eine Person die Festnahme ans Revers heften. Verstehen Sie, wie sie war?»

«Sie hat Sie ausgestochen.»

Wieder ein Schulterzucken. «So ist sie eben. Die Uniform war für sie nur ein Zwischenstadium, und sie hat auch kein Geheimnis draus gemacht. Sie hat immer nur darüber geredet, weiterzukommen, die goldene Dienstmarke zu kriegen. Sie hat mir erzählt, sie würde alles tun, um diese goldene Dienstmarke zu bekommen, und genau das habe ich auch Truly gesagt. Das hab ich mir jeden einzelnen gottverdammten Tag anhören müssen wie ein Matra.»

«Mantra.»

«Was auch immer.»

Die Hispanic klopfte gegen die Glastür und betrat Haigs Büro. Sie hielt ein Klemmbrett in der Hand. «Warren möchte, daß Sie diese Kostenvoranschläge unterschreiben.»

Haig grinste und winkte sie lässig heran. «Mal sehen, was du da hast.»

Sie hielt den Blick gesenkt, als sie zu ihm ging, wahrscheinlich weil Haig sie immer mordsmäßig angaffte. An ihrer linken Hand steckte ein goldener Ehering und ein großer Verlobungsring, der Stein war quadratisch, flach und riesig, wahrscheinlich ein Zirkon. Das polierte Gold der Ringe harmonierte mit dem warmen

Schimmer ihrer braunen Haut. «Warren sagt, ein LKW mit neuen Reifen ist gekommen. Er sagt, Sie müssen rauskommen ...» Warren war vermutlich Haigs Assistent.

«Ja. Dauert hier nur noch eine Minute.»

Haig nahm das Klemmbrett und blätterte mehrere Seiten durch, ohne sie wirklich anzusehen. Mit einer Hand blätterte er die Seiten um, und mit der anderen fummelte er an ihrer rechten Hüfte. Er kritzelte seinen Namen und gab ihr das Brett zurück, hatte immer noch dieses satte Grinsen auf dem Gesicht. «*Gracias*, Babe. Siehst gut aus.»

«Warren sagt, er braucht Sie wegen der neuen Reifen.» Als hätte Warren irgendwas gemacht, und sie wollte es nicht erwähnen, fühlte sich aber dazu verpflichtet.

Haigs Grinsen zerbröckelte. «Sag Warren, er soll sich nicht ins Hemd machen. Ich komme, wenn ich komme. *Comprende*?» Er tätschelte noch einmal ihre Hüfte, ließ die Hand noch einen Moment liegen.

Sie nahm das Brett und ging hinaus. Haig schaute ihr nach. Er spuckte wieder Tabak durch die Gegend, und ich dachte, wenn einer von den Krümeln auf mir landet, erschieße ich ihn. Haig warf einen Blick auf seine Uhr und runzelte die Stirn. Warren.

«Okay», sagte ich, «Rossi ist also ehrgeizig. Aber hat sie jemals etwas Ungesetzliches getan?»

«Nicht daß ich wüßte.»

«Hat sie schon mal eine Festnahme manipuliert?»

Haig schüttelte den Kopf.

«Beweismittel untergeschoben?»

«Nicht, wenn ich dabei war.» Beleidigt.

«Sie haben Truly gesagt, Sie trauten Rossi durchaus zu, daß sie Beweismittel fälscht. Sie haben gesagt, Ihre Aussage basiere auf Ihrer Erfahrung als Partner. Wissen Sie wirklich etwas, Haig, oder produzieren Sie nur heiße Luft?»

Haig runzelte die Stirn. «Sehen Sie, Rossi ist immer knapp an der Grenze langgesegelt. Sie würde alles tun, um einen Fall aufzulösen, würde durch ein Fenster steigen, einen Kofferraum knakken, über einen Zaun springen. Schon mal was von den Gesetzen gehört, die Durchsuchung und Beschlagnahmung regeln. Schon mal was von einem Durchsuchungsbefehl gehört?»

«Und was hat sie gemacht, wenn Sie das gesagt haben?»

«Hat mich angeglotzt, als wär ich das letzte Arschloch.» Er kaute wieder auf seiner Zigarre herum, schien dann plötzlich mitzukriegen, was er da tat, und warf sie in den Papierkorb. «Himmel, sie hat mich im Streifenwagen wahnsinnig gemacht, hat immer Nummernschilder durchgegeben, war immer auf der Suche nach einer Festnahme.»

«Klingt für mich wie gute Polizeiarbeit.»

«Versuchen Sie mal, damit jeden Tag klarzukommen.» Er sah wieder auf seine Uhr. «Ich muß jetzt los.»

«Eine Sache noch. Sie waren nicht dabei, als sie gegen die Aufklärungspflicht über die Rechte eines Verhafteten verstoßen hat.»

«Nee. Das war später. Da hatte ich den Job schon an den Nagel gehängt, und sie war Detective. Rossi, die heiße Nummer, nervtötend wie immer.»

«Und woher wissen Sie dann davon?»

«Ich hab sie nachher getroffen. Bei Bobby Driskolls Pensionierung oben im *Revolver and Athletic Club.*» Der *Revolver and Athletic Club* ist die Bar der Polizeiakademie. «Sie hat nur davon gequasselt, wie beschissen es war, daß sie alles in ihrer Macht Stehende tun würde, um ihre Karriere zu retten.»

«Waren noch andere dabei?»

«Verdammt, ja. Rossi hat nie ein Geheimnis aus ihren Ambitionen gemacht. ‹Die können mich nicht unten halten.› So hat sie immer geredet … ‹Ich brauche nur eine einzige große Festnahme, und dann bin ich wieder obenauf.› So in der Richtung.»

«Aber Sie wissen nicht, daß sie irgend etwas Illegales getan hat?»

Haig sah mich stirnrunzelnd an. «Jede Schlampe, die einem so was ins Gesicht sagt, führt irgendwas im Schilde.»

Ich klappte den Block zu und steckte ihn ein. Jonathan Green würde wahrscheinlich nicht gefallen, was ich über Haig zu sagen hatte. «Verraten Sie mir eins, Haig. Sind Sie immer so ein Arschloch?»

Haig fixierte mich mit dem harten Cop-Blick, dann tauchte das schmierige Grinsen wieder auf, und er erhob sich. «Ja, ich schätze, so hört sich's wohl an. Aber schon mal gesehen, wo sie wohnt?»

Ich hatte keinen Schimmer, was er meinte. «Nein.»

«Dann gehen Sie mal hin, wo sie wohnt.»

Wir gingen zusammen in den kleinen Verkaufsraum. Ein Typ, wahrscheinlich Warren, stand bei einem schwarzen Burschen in einem Goodyear-Hemd, und zusammen lasen sie, was vermutlich ein Lieferschein war. Sie schauten auf, als wir herauskamen, und Warren sagte: «Wir haben jetzt die Reifen.»

Haig ignorierte ihn. Er schob sich hinter die Theke, und ich ging zur Tür. Keiner von uns sagte etwas.

Die Hispanic stand hinter der Theke. Haig schob sich an sie heran und flüsterte etwas, das wir anderen nicht verstehen konnten. Sie sah ihn nicht an und erwiderte auch nichts. Sie starrte auf den Fernseher, als würde nichts passieren, wenn sie nur intensiv genug hinglotzte.

Ich ging hinaus in die Sonne und dachte, vielleicht hätte ich ihn so oder so abknallen sollen.

3

Die beiden Kids mit ihren Skateboards waren fort, der Hund jedoch saß immer noch neben dem *churro*-Karren und beobachtete den *vaquero*. Der *vaquero* winkte vorbeifahrenden Autos immer noch mit einer *churro* zu und sah traurig aus. Da hatte er den ganzen weiten Weg von Zacatecas gemacht, nur um hier an einer Straßenecke zu stehen und etwas zu verkaufen, das niemand außer ein paar Kids und einem Hund haben wollte.

Ich stieg in meinen Wagen, öffnete Trulys Umschlag und warf einen Blick auf Angela Rossis Adresse, fragte mich dabei, was Haig wohl damit gemeint hatte, ich solle mir ansehen, wo sie wohnt. 724 Clarion Way. Ich schlug den Clarion Way im Thomas Brothers Guide nach und fand ihn in Marina del Rey.

Die Marina schließt sich südlich von Santa Monica auf einem Streifen Sand um das Meer. Sitcom-Autoren, Musikproduzenten und Carpeteria-Franchiseunternehmer sind dort zu Hause, aber keine Cops. Das billigste Haus in Marina kostet locker sechshunderttausend, und noch für die kleinsten Wohnungen muß man fünfzehnhundert den Monat kalt hinlegen. Eigentumswohnungen fangen bei etwa dreihundert Riesen an. Raymond Haig war höchstwahrscheinlich nur ein frustrierter Sexist, der in seinem Job vorgeführt worden war und sich nun abreagierte. Natürlich gab es wahrscheinlich zehn Millionen Erklärungen dafür, warum Rossi dort wohnte, aber ich würde vermutlich nicht dahinterkommen, wenn ich vor einem Autoreifenladen in Glendale herumlungerte.

Der *churro*-Verkäufer bemerkte, daß ich ihn anstarrte, und winkte mir mit einer *churro* zu. In seinen Augen lag Verlegenheit und zugleich Traurigkeit. Ich stieg aus dem Wagen und gab ihm fünfunddreißig Cents für fünfundzwanzig Zentimeter fritierten Teig, der mit Puderzucker und Zimt bestäubt war. Er bedankte sich überschwenglich, winkte mir aber immer noch traurig nach. Ich schätze, man kann's nur versuchen.

Ich kehrte zu meinem Wagen zurück und durchquerte das Tal, fuhr dann auf den San Diego Freeway und von Los Angeles zur Marina im Westen. Es war sonnig und hell, und die Sonne stand noch ein paar Stunden über dem Horizont. Die Luft roch nach dem Meer, und knackig weiße Möwen schwebten und kreisten am Himmel, beäugten die Parkplätze von *McDonald's* und *Taco Bell* nach Essensresten. Frauen mit Pferdeschwänzen flitzten auf Rollerblades die breiten Boulevards entlang, und junge Männer mit nacktem Oberkörper traten auf zweitausend Dollar teuren Mountainbikes in die Pedale. Alle waren makellos braun. Alternde *vaqueros*, die *churro*-Stangen verkauften, waren nirgends zu sehen, aber vielleicht hatte ich mich auch nicht aufmerksam genug umgeschaut.

Ich bog auf den Admirality Way mit seiner breiten, grünen Verkehrsinsel ab und fuhr den Silver Strand zu einer kurzen Sackgasse hinunter, die halb versteckt hinter tropischen Anpflanzungen von Eigentumswohnungen gesäumt wurde. Der Clarion Way. Nummer siebenvierundzwanzig war Teil eines Vierparteienhauses am vorderen Teil der Kurve, und selbst von der Straße aus konnte ich erkennen, wie groß und weitläufig und teuer die Wohnungen waren. Definitiv keine Buden für Cops. Eine durch ein Tor gesicherte Zufahrt führte in eine Tiefgarage, und ein wiederum durch ein Tor gesicherter Fußweg zu den Wohnungen. Neben einem Briefschlitz war eine Gegensprechanlage in das Eingangstor eingelassen, um den Bewohnern einen Besuch anzukündigen. Ich kreiste einmal durch die Sackgasse, parkte auf der anderen Straßenseite und ging zu dem Briefschlitz, um nachzuschauen, ob Angela Rossis Name mit der Adresse übereinstimmte. Keine Namen. Man erwartete vom Briefträger, daß er wußte, wer hier wohnte.

Ein dünner Mann mit dicken Brillengläsern und markanter Stirn beäugte mich skeptisch durch das Tor. «Kann ich Ihnen helfen?»

Ich schenkte ihm ein schönes Lächeln und versuchte, seriös zu wirken. «Wissen Sie, ob Keith zu Hause ist?»

Er sah mich stirnrunzelnd an. «Keith?»

Ich nickte. «Ja, genau. Keith Adams in siebenvierundzwanzig. Er hat gesagt, er würde auf mich warten, aber es macht keiner auf.»

Er schüttelte den Kopf. «Sie müssen die falsche Adresse haben. In diesem Haus wohnen nur vier Parteien, und niemand mit diesem Namen wohnt hier.»

Ich zog meine Brieftasche heraus, wühlte einen Kassenbon aus dem Hughes Market heraus und starrte ihn stirnrunzelnd an. «Hier steht siebenvierundzwanzig Clarion.»

Er schüttelte den Kopf, noch bevor ich ausgesprochen hatte. «Vielleicht gibt es noch eine Straße namens Clarion. Ich kenne die Frau in siebenvierundzwanzig. Ich glaube nicht, daß sie im Moment zu Hause ist.» Die Frau.

«Sie glauben nicht, daß wir vielleicht über Keith' Frau sprechen, was?» Ich linste durch das Tor. Ein rotes Kinderfahrrad lehnte an einem Blumentopf im Eingang von siebenvierundzwanzig. Ein Plastikkorb voller Schaumstoffbälle stand neben dem Rad.

Er stemmte die Hände in die Hüften und schüttelte immer noch den Kopf. «O nein. Da wohnen nur Angie und ihre Kids.» Angie. Es fügt sich alles zusammen.

Ich steckte meine Brieftasche ein und kratzte mich am Kopf. Fritzchen vom Land kommt in die große Stadt. «Wohnt sie schon lange hier? Vielleicht ist Keith weggezogen.» Versuchte herauszufinden, wie ein Cop es sich leisten konnte, hier zu wohnen. Versuchte herauszufinden, ob sie hier zur Miete wohnte oder bei einem Freund oder die Bude bei einer Lotterie gewonnen hatte.

«Noch nicht lange. Sie ist vor zwei Jahren eingezogen.»

«Gehört ihr die Wohnung oder ist sie zur Miete hier?»

Jetzt tauchten tiefe Falten auf seiner Stirn auf. Er wurde mißtrauisch. «Warum lassen Sie mir nicht einfach Ihre Nummer hier. Vielleicht weiß die Lady etwas über Ihren Freund und ruft Sie an.» Der Detektiv strapaziert sein Glück ein bißchen arg.

«Ist schon okay. Ich bin ziemlich sicher, daß ich Keith' Nummer im Büro habe.»

Ich bedankte mich für seine Geduld, kehrte zu meinem Wagen zurück und fuhr dann zu einer Telefonzelle in einem kleinen Einkaufszentrum an der Einmündung der Marina. Ich rief eine befreundete Maklerin an, die in Pacific Palisades arbeitet. Eine fröhliche Frauenstimme meldete sich. «Westside Reality, womit kann ich Ihnen helfen?»

Ich gab mir Mühe, wie ein G-man zu klingen. «Adrienne Carter, bitte.»

«Darf ich Ihr sagen, wer anruft?»

«Richard Tracy.»

«Warten Sie bitte einen Moment.»

Vielleicht zwanzig Sekunden später hatte ich eine andere weibliche Stimme in der Leitung. «Adrienne Carter hier.»

«Ich möchte das Hearst Castle kaufen. Wollen Sie die Sache übernehmen?»

Adrienne Carter lachte. «Dick Tracy. O nein.»

Ich nannte ihr Angela Rossis Adresse und bat sie, den Eigentümer für mich zu überprüfen. Ich betonte, daß es eine äußerst dringende Angelegenheit sei, und die nationale Sicherheit hinge von ihr ab. «Jede Wette, *Dick*.» Ich glaube, ich hatte da was angefangen, das ich noch bereuen würde.

Vierzig Minuten später absolvierte ich die umständliche Fahrt den Laurel Canyon rauf in die Berge oberhalb von Hollywood, zu meinem rustikalen Haus mit dem tief heruntergezogenen Dach. Wo ich wohne, ist es ziemlich waldig, und auch wenn ich Nachbarn habe, sind unsere Häuser doch getrennt durch ausgewachsene Eukalyptus- und Olivenbäume, die Schatten spenden und den steilen Abhängen Stabilität verleihen. Ich habe das Haus vor vielen Jahren gekauft, als es stark renovierungsbedürftig war, und im Laufe der Zeit allein und mit Freunden umgebaut und saniert.

Ich parkte in meinem Carport, betrat durch die Küche das Haus und sah auf der Suche nach etwas Eßbarem im Kühlschrank nach, als die Katzentür quietschte und der Kater hereingeschlendert kam. Mit einem «Hey» begrüßte ich ihn.

Der Kater ist groß und schwarz, und seit einem Streifschuß mit einer .22er sitzt ein Ohr irgendwie schief. Sein flacher Schädel ist mit Narben übersät, und seine Ohren sind ramponiert und verwachsen. Als er noch jünger war, brachte er mir oft Reste von Eichhörnchen und Vögeln, aber jetzt ist er älter, und die Geschenke sind seltener geworden. Vielleicht wird er langsamer, oder vielleicht ist er auch nicht mehr so freigebig. Er schubberte über den Boden und setzte sich neben seine Schüssel. «Mauuuh.»

«Ich habe auch Hunger. Warte.»

Ich nahm Hühnchenreste heraus, die ich mit Knoblauch und Rosmarin angebraten hatte, sowie eine halbe Dose Thunfisch. Ich stellte den Ofen auf 175 Grad, wickelte Hühnchen und Kartoffeln aus der Dose in Alufolie, legte alles zum Aufwärmen in den Ofen. Den Thunfisch schaufelte ich mit einer Gabel in die Katzenschüssel und stellte die Dose daneben, damit er den Saft auslecken konnte. Er liebt Hühnchen, vom Knoblauch bekommt er aber Blähungen, also mußte ich hier einen klaren Grenzstrich ziehen. Er haßt mich deswegen, aber was soll man machen?

Um achtzehn Minuten nach sieben, als ich gerade duschen wollte, klingelte das Telefon. Adrienne. «Hi, Adrienne», sagte ich. Elvis Cole, der ultra-coole Detektiv, tut so, als könne er Gedanken lesen.

Lucy Chenier fragte: «Adrienne?» Der ultra-coole Detektiv latscht volles Rohr ins Fettnäpfchen.

«Eine befreundete Maklerin», sagte ich. «Ich warte auf ihren Anruf und auf Informationen, die ich brauche.»

«Sag bloß. Der Himmel bewahre, daß ich deine Leitung blokkiere.»

Ich konterte mit Groucho. «Ich wüßte niemanden, von dem ich mich lieber blockieren lassen würde, heh-heh.»

«Ach, du.» Ich liebe es, wenn sie «Ach, du» sagt. Und dann sagte sie. «Hi, Studly.»

Ich spürte, wie das Lächeln tief in meiner Brust begann und wie eine sich ausdehnende Seifenblase immer größer wurde, und dann stand ich mit dem Telefon in meiner Küche, und Lucy Cheniers Gegenwart schien das Haus mit Wärme und Licht zu erfüllen. «Du fehlst mir, Luce.»

«Du fehlst mir auch.»

«Hmm.»

«Hmm-mm.» Wir führen oft Unterhaltungen wie diese.

Ich hatte Lucy Chenier vor drei Monaten kennengelernt, als ich für eine Schauspielerin namens Jodi Taylor in Louisiana arbeitete. Lucy war Jodi Taylors Anwältin, und ich war Jodi Taylors Detektiv, wir fühlten uns sofort, wie man so schön sagt, voneinander angezogen. Seitdem hatten wir uns regelmäßig gegenseitig angerufen, und vor zwei Monaten war ich für ein langes Wochenende mit Lucy und ihrem achtjährigen Sohn Ben runter nach Louisiana geflogen. Drei Wochen später trafen wir uns in Cancun, wo Lucy und ich vier Tage schnorchelten und Shrimps grillten und uns Sonnenbrände einfingen. Es war noch schwerer, sich voneinander zu verabschieden, als sie in ihre Maschine stieg und ich in meine. Danach telefonierten wir immer häufiger, aber Gespräche wurden noch weniger notwendig. Schon bald erreichten wir den angenehmen wie auch unangenehmen Punkt, an dem das gelegentliche Raunen am anderen Ende der Leitung völlig genügte. Im Verlauf der Wochen nahm die Vorfreude auf den abendlichen Anruf einen zunehmend größeren Teil meines Tages ein. Ich würde in meinem Haus sitzen, und Lucy in ihrem, und wir würden ein paar Minuten zusammen verbringen, verbunden durch zweitausend Meilen Glasfaserkabel-Satelliten-Übertragung. Es war nicht so schön, wie tatsächlich bei ihr zu sein, aber wenn Liebesgeschichten so einfach abliefen, wären ja alle glücklich. «Es interessiert dich vielleicht, warum ich auf Adriennes Anruf warte», sagte ich.

«Ich bin sicher, daß ich es nicht wissen will.»

«Höre ich da eine gewisse Kühle?»

«Reines Desinteresse. Das ist nicht das gleiche.»

«Hah», sagte ich. «Wir werden ja sehen, ob du das immer noch meinst, wenn du meine Neuigkeit hörst.»

«Laß mich raten», sagte sie. «Du hast den Namen gewechselt und heißt jetzt Jerry Lee Lewis Cole?» Was versteht man in Louisiana nur unter Humor?

«Ich arbeite für Jonathan Green.»

Es folgte kurzes Schweigen, dann sagte Lucy Chenier: «Ist das wahr, oder ist das nur wieder eine der berühmten Elvis-Cole-Witze?» Jetzt meinte sie es völlig ernst.

«Hat mich heute für die Große-Green-Verteidigungsmaschine engagiert.»

Lucy Chenier stieß einen leisen Pfiff aus. «Oh, Elvis. Das ist ja wunderbar.» Beeindruckt. Wenn Lucy beeindruckt war, wollte ich mich am liebsten auf den Boden legen und auf den Rücken drehen, damit sie mir den Bauch kraulen konnte. «Wir haben auf der Uni seine Fälle studiert.»

«Wieso das?»

«Es muß aufregend sein.»

«Er ist nur ein Klient.»

«Ich habe auch Neuigkeiten», sagte sie. Sie klang glücklich, so als würde sie womöglich lächeln, als sie es sagte.

«Schieß los.»

«Die Kanzlei muß in Long Beach einen Mandanten vertreten, und ich werde hingeschickt. Ben hat schulfrei. Also, was sagst du zu zwei schmarotzenden Mitbewohnern?»

Das Hintergrundgeräusch des Fernsehers und des CNN-Nachrichtensprechers war urplötzlich eine Millionen Meilen weit weg. «Damit käme ich schon kar.»

«Was?» Ich vermute, sie hatte mich nicht verstanden. Ich vermute, meine Stimme war heiser und leise gewesen.

«Bleib eine Sekunde dran und laß mich in den Kalender sehen.»

«Ratte.»

Ich lächelte. Ich lächelte so breit, daß sich mein Gesicht angespannt und spröde anfühlte, so als würden meine Wangen aufplatzen, wenn ich noch etwas mehr strahlte. «Ja. Ja. Ich glaube, das wäre toll. Ist das dein Ernst? Das ist ja super.»

«Hmh, fand ich auch.»

«Ich bin in einer Stunde am Flughafen.»

Sie lachte. «Du kannst ja ruhig in einer Stunde dort sein, aber Ben und ich werden nicht vor übermorgen landen. Es tut mir leid, daß ich dich damit jetzt so überfahre, aber sicher weiß ich es erst seit heute nachmittag.»

Ich war viel zu sehr mit Lächeln beschäftigt, um ihr antworten zu können.

«Ich rufe morgen an und gebe dir die genauen Flugdaten durch.»

«Hey, Luce.»

«Hm?»

«Ich freu mich wirklich wahnsinnig.»

«Ich mich auch, Studly. Ach, du ahnst es ja gar nicht.»

Wir unterhielten uns noch eine weitere Stunde darüber, was wir alles unternehmen wollten und wie begeistert wir waren, daß wir uns bald wiedersehen würden. Als mein Essen warm war, setzte ich mich auf den Küchenboden, aß beim Reden, und der Kater kam herüber und starrte mich an. Schnurrte. Lucy erkundigte sich nach Green und dem Teddy-Martin-Fall, und während ich ihr alles erzählte, lauschte ich den sanften Country-Klängen von k. d. lang im Hintergrund und auf die Stimmen von Ben und seinem besten Freund, als sie durch ihr Haus stürmten. Die Geräusche von Lucy Cheniers Leben. Ich erzählte ihr von dem Videographen und daß der beeindruckende Green kleiner und dünner war, als er im Fernsehen aussah, aber nach einer Weile kehrte unsere Unterhaltung wieder zurück zu uns und daß unsere Cancun-Bräune langsam verschwand und wieviel Spaß wir gehabt hatten, eisgekühlte blaue Cocktails zu trinken und die frischen *ceviche* zu essen, die die Hotelköche am Strand zubereiteten, und nach einer Weile war das Gespräch dann beendet.

Lucy gab mir einen Kuß durch den Hörer und legte auf, und ich legte mich auf den Küchenboden, das Telefon auf dem Bauch, und grinste breit die Decke an. Der Kater hörte auf zu schnurren und kam näher, um mir ins Gesicht zu starren. Er wirkte besorgt. Vielleicht wußte er nicht, daß ich grinste. Vielleicht dachte er, ich würde an irgendeinem scheußlichen Gesichtskrampf sterben. Kann so was sein? Tod durch Grinsen. «Sie kommt uns besuchen.»

Er hüpfte auf meine Brust und schnupperte an meinem Kinn und begann wieder zu schnurren. Die Gewißheit der Liebe.

Später spülte ich das Geschirr ab, machte das Licht aus und ging nach oben ins Bett. Dort lag ich ziemlich lange, aber der Schlaf ließ sich Zeit. Ich dachte immer nur an Lucy und daran, sie wiederzusehen, und während ich das dachte, schien mein Grinsen noch breiter zu werden. Vielleicht würde sich das Grinsen so ausdehnen, daß es durch die Seiten des Hauses krachte und sich über die Berge legte und immer weiter ausdehnte, bis es schließlich zum Das-Grinsen-das-L. A.-verschlang wurde. Wenn das passierte, dann würde dieses Grinsen natürlich auch den Flughafen verschlingen, und Lucy konnte nicht landen. Und was würde dann aus mir?

Kurz nach zwei an diesem Morgen ging ich ins Gästezimmer und bezog das Bett mit frischer Wäsche. Anschließend putzte und saugte ich Staub und brachte das Gästebad auf Vordermann. Ich vermutete, daß ich mir bei Joe Pike ein Campingbett ausborgen konnte, auf dem Ben dann schlafen konnte, und Lucy bekam dieses Bett.

Um sechzehn Minuten vor vier ging ich auf die Veranda hinaus und starrte auf die Lichter im Canyon unter mir. Eine Kojotenfamilie, die am Franklin Reservoir lebte, heulte, und eine große Wüsteneule, die in den Eukalyptusbäumen wohnte, stieß ihren tröstenden Ruf aus. Ich atmete die kühle Nachtluft ein, lauschte den Kojoten und der Eule und dachte, wie schön es war, daß sich mein Dasein so plötzlich auf die Ankunftszeit eines Flugzeuges konzentrierte.

Ich schlief nicht mehr, aber das machte mir nichts aus.

4

Um neun Uhr am folgenden Morgen hatte ich mein dämliches Grinsen wieder unter Kontrolle und fühlte mich konzentriert und bereit genug, die Ermittlungen wiederaufzunehmen. Ein blödes Grinsen ist im Privatleben absolut in Ordnung, wirkt aber nicht gerade professionell, wenn man die Große-Green-Verteidigungsmaschine vertrat. Glaubwürdigkeit ist, wie es so schön heißt, alles.

Um halb neun hatte ich mich rasiert, geduscht und mit Terminal Island telefoniert, um einen Besuchstermin bei LeCedrick Earle zu arrangieren. Ich aß gerade fettfreien Joghurt mit kleingeschnittenen Bananen, als Eddie Ditko anrief. «Bleib mal eine Sekunde dran, bis ich mir eine Kippe angesteckt hab.» Seine ersten Worte.

«Einen wunderschönen guten Morgen, Edward.»

Ich hörte, wie ein Streichholz angerissen wurde, dann folgte eine kurze Stille, als inhalierte Eddie gerade die Hälfte aller Schadstoffe dieser Welt, worauf ein Hustenanfall folgte, der feucht und schleimig klang. «Mein Gott, ich spucke Blut.»

Soviel zum Frühstück. Ich schob die Schale beiseite und fragte: «Alles in Ordnung?»

«Ich verlier eine Scheißlunge», krächzte er zwischen zwei Hustenattacken.

«Willst du später noch mal anrufen?»

Das Husten beruhigte sich zu einem schleimigen Keuchen. «Nee, nee, mir geht's blendend.» Als er seine Atmung wieder im Griff hatte, sagte er: «Woraus stellen die diese Dinger heutzutage eigentlich her, aus Fiberglas? Man muß die Filter abreißen, wenn man überhaupt so was wie Geschmack haben will.»

«Herr im Himmel, Eddie.»

«Hör zu, ich hab ein bißchen rumtelefoniert und was für dich herausgefunden.»

«Okay.»

«Rossi scheint ein ziemlich heißer Feger zu sein.» Feger. «Geschieden. Zwei kleine Jungs. Ihr Ex gehört irgendwie zum mittleren Management bei Water and Power.»

«Alles klar.» Ich machte mir Notizen. Ich hatte mir bereits gedacht, daß sie womöglich reich geheiratet und die teure Wohnung bei der Scheidung bekommen hatte, aber Mitglieder des mittleren Managements bei Water and Power sind nicht gerade für ihre fetten Bankkonten bekannt.

«Auf der Akademie war sie die Beste ihres Jahrgangs und ist die Beförderungsleiter sofort hochgeklettert, als sie die Uniform bekam. Sie hatte im Verhältnis zu ihrer Dienstzeit und ihrem Dienstgrad mehr Einsätze, arbeitete mehr Stunden und machte mehr Festnahmen als alle anderen bis auf drei Beamte. Das war dann wahrscheinlich auch der Zeitpunkt, an dem die Ehe in die Binsen ging.»

Ich schrieb immer noch mit.

«Die Festnahme von LeCedrick Earle hat ihr die goldene Dienstmarke eingebracht, und bis zu diesem Schnitzer mit der vergessenen Aufklärung über die Rechte glaubte jeder, daß Rossi die Chance hatte, der erste weibliche Chief of Detectives zu werden. Wenn man einen Mordfall torpediert, nur weil man vergißt, einen Verdächtigen über seine Rechte aufzuklären, hat man's hinter sich. Sie wurde einen Dienstgrad runtergestuft und erhielt einen offiziellen Tadel. Das war praktisch das Aus für ihre Karriere.»

Ich nickte, während ich schrieb. Alles, was er sagte, bestätigte sowohl Haig als auch Truly. «Was war das für ein Fall?»

«Zwei mit Macheten bewaffnete Idioten überfielen einen *Burrito King* in Silverlake und zerstückelten dabei drei Leute. Rossi entdeckte ein Auto, das mit der Beschreibung des Fluchtfahrzeugs übereinstimmte, und nahm einen der Verdächtigen nach einer wilden Verfolgungsjagd fest. Sie war von der Jagd so erregt, daß sie vergaß, dem Burschen seine Rechte zu verlesen, bevor er ein Geständnis ablegte und seinen Komplizen belastete. Sie mußten beide Idioten laufenlassen, und Rossi bekam dafür ihr Fett ab. Verstehst du?»

«Mann. Hat sie die Sache bestritten?»

«Nee. Sie hat's vermasselt und alles zugegeben. Na, wie findest du das?» Als wäre er überrascht, daß jemand die Verantwortung für sein Handeln übernahm. «Ich kann dir den ganzen Kram rüberfaxen, wenn du willst.»

«Danke, Eddie. Was ist mit Earle?»

«Noch so ein Genie. Rossi verpaßt dem Kerl einen Strafzettel, weil irgendwas mit seinem Rücklicht nicht in Ordnung ist, und er schiebt ihr mit dem Führerschein einen Hunderter rüber. Er hatte mal gesehen, wie irgend so ein Schwachkopf das in einem Dirty-Harry-Film machte. Rossi erkennt, daß der Franklin falsch ist, und sagt ihm, das wird ihn noch erheblich mehr kosten, also fährt er mit ihr zu seinem Haus, wo er sein Schatzkistchen rausholt und sagt, sie könne sich nehmen, was sie wolle. Sie sagt, vielen herzlichen Dank auch, jetzt gehen Sie ins Gefängnis.»

«Das ist ihre Version der Geschichte.»

Eddie lachte. «Ja, klar. LeCedrick ist ein Berufskrimineller. Vor der Festnahme wegen dem Spielgeld war er schon ein halbes dutzendmal im Knast und wieder draußen, hauptsächlich wegen Rauschgift- und Einbruchsdelikten. In zwei Fällen hatte er einen Komplizen namens Waylon Mustapha. Mustapha verdient sich seine Brötchen, indem er Spielgeld auf Punkte verkauft.» Man verkauft auf Punkte, wenn man auf den Nominalwert des Falschgeldes Prozente einräumt, um es in größeren Mengen abzusetzen. So ähnlich wie ein Broker. «Mein Mann beim PD sagt, daß die Scheine, die sie sicherstellten, nachdem Rossi die Festnahme durchgeführt hatte, genau mit der Ware übereinstimmten, die Mustapha verschiebt.»

Ich klopfte mit dem Kuli gegen den Block und runzelte die Stirn. «Nur weil LeCedrick die meiste Zeit seines Lebens ein Arschloch war, muß er zu *diesem* Zeitpunkt nicht unbedingt auch ein Arschloch gewesen sein.»

Eddie lachte lauter. «Träum weiter.»

«Hast du irgendwas gehört, das auf ihre Bereitschaft hinweisen könnte, einen Fall zu manipulieren?»

«Hast du schon mit seiner Mutter geredet?»

«Wessen Mutter?»

«Earles Mutter war in dem Haus, als Rossi ihn verhaftete. Sie hat alles mitangesehen.»

«Steht irgendwas davon in der Akte?»

«*Nada*. Die Dienstaufsicht hat allerdings mit ihr gesprochen. Ob die auch richtig zugehört haben, steht auf einem anderen Blatt.»

«Hast du ihre Adresse, Eddie?»

Er hatte sie und gab sie mir. Es war dieselbe Adresse im Olympic Park wie in LeCedrick Earles Festnahmebericht. Ich legte auf, rief dann die Auskunft an, um mir Louise Earles Telefonnummer geben zu lassen, und rief sie an. Ich mußte immer noch mit LeCedrick sprechen, aber vielleicht konnte ich vorher bei ihr vorbeischauen. Unter Umständen hatte sie etwas anzubieten, das seine Version der Ereignisse stützte oder klarstellte. Ich ließ das Telefon zehnmal klingeln, aber niemand ging ran. Vermutlich würde ich LeCedrick wegen der Klarstellung aufsuchen müssen.

Ich legte wieder auf, erledigte den Abwasch, stieg in meinen Wagen und machte mich auf die lange Fahrt nach Süden, um LeCedrick Earle zu besuchen.

San Pedro liegt an der Südostspitze der Halbinsel Palos Verdes, sechzig Meilen südlich von Los Angeles. Sie liegt ziemlich genau senkrecht unterhalb des San Diego Freeway am Ende eines ausgedehnt wogenden Flaums, bestehend aus Flachbauten und Einfamilienhäusern, vorbei an Inglewood, Hawthorne und Gardena nach Torrance und dann noch weiter nach Süden auf dem Harbor Freeway bis ans Meer. Auch der Hafen von Los Angeles befindet sich dort unten, mit seinen glänzend weißen Kreuzfahrtschiffen, die ein- und auslaufen, und der großen *Queen Mary*, die für immer bleibt, sowie dem Bundesgefängnis auf Terminal Island.

Terminal Island liegt auf der Westseite des Hafens, und das Gefängnis wiederum befindet sich am äußersten Ende der Insel. Die *Queen Mary* liegt praktisch nebenan, genau wie die Liegeplätze der Kreuzfahrtschiffe, doch weder die eine noch die anderen sind vom Gefängnis aus zu sehen. Aus dem Gefängnis sieht man nur auf das offene Meer hinaus, und Wasser sieht Eisen sehr ähnlich. So ungefähr wie die Eisenstangen vor den Zellenfenstern.

Ich überquerte einen Damm zur Insel und folgte der Ausschilderung zum Gefängnis, und schon bald fuhr ich durch ein hohes Tor und parkte vor dem Verwaltungsgebäude. Ein hoher Maschendrahtzaun, gekrönt von aufgezogenen Natodrahtrollen, umgab das Gefängnis, das neu, modern und sauber war. Ein Wachturm überragte das Gelände, aber auch er war neu, modern und sauber. Keine Schießscharten. Keine drehbar montierten Maschinengewehre. Keine knurrenden Wachhunde oder breitbrüstigen Knastbullen, die Gefangene in Schach hielten. Die Wachen trugen blaue Blazer und Krawatte und keine Schußwaffen. Statt dessen hatten sie Walkie-talkies. Moderner Strafvollzug.

Ich betrat den Empfangsbereich, wies mich aus und erklärte dem dortigen Wärter, ich habe einen Besuchstermin mit LeCedrick Earle. Der Wärter war ein gepflegter Bursche von Anfang Dreißig. Er fand meinen Namen in seinen Unterlagen und drehte das Besucherbuch dann zu mir herum. «Unterschreiben Sie bitte hier. Sind Sie bewaffnet?»

«Nee.»

Er blätterte in einem großen Ringbuch, bis er Earles Namen fand, dann benutzte er sein Telefon, um jemandem zu sagen, daß der Gefangene E 2847 geholt werden sollte. Als er fertig war, lächelte er mich an und sagte: «Es wird sofort jemand kommen. Wenn Sie bitte an der Sicherheitsschleuse warten würden.»

Ein paar Minuten später führte mich ein zweiter Wärter durch die Schleuse zu einem Gesprächsraum mit verglasten Wänden. Ein neuer Tisch mit vier bequemen Stühlen stand in der Mitte des Raums. Eine zweite Glastür befand sich hinter dem Tisch, der auf einem netten grauen Berberteppich stand. Es duftete nach Luftverbesserer. Würden die Wärter nicht den Raum kontrollieren und wäre das Glas nicht drahtverstärkt, man würde gar nicht bemerken, daß man in einem Gefängnis war. Porträt des Knastes als Firma Amerika.

Dreißig Sekunden später öffnete derselbe Wärter die hintere Tür, und ein Afroamerikaner von Ende Zwanzig kam herein und fixierte mich mit zusammengekniffenen Augen. «Sind Sie der Typ, der wegen der Rossi hier ist?»

«Drücken Sie auf den Summer, wenn Sie fertig sind», sagte der Wärter. «Ich hole ihn ab.» Der Wärter hatte gelangweilte Augen und sprach mit mir, als sei Earle überhaupt nicht da und hätte nichts gesagt.

«Klar. Danke.»

Der Wärter ging, schloß hinter sich die Tür ab.

LeCedrick Earle war etwa zwei, drei Zentimeter kleiner als ich, hatte eine dunkle, glänzende Haut und einen rasierten Schädel. Er trug einen orangefarbenen Gefängnisoverall und Keds. «Genau», sagte ich. «Ich arbeite für einen Anwalt namens Jonathan Green.»

«Sind Sie auch Anwalt?»

«Nee. Privatdetektiv.»

Earle zuckte die Achseln. «Ich hab die Anzeige in der Zeitung gesehen und angerufen. Ich hab mit einem Typen gesprochen, der sagte, er wäre Anwalt.»

«Es dreht sich um Informationen, die wegen des Mordes an Susan Martin zur Festnahme von James X führen können.» Truly hatte mich ins Bild gesetzt, bevor er das Büro verlassen hatte. «Wissen Sie irgendwas darüber?»

Er ließ sich auf den nächstbesten Stuhl fallen, legte die Füße auf den Tisch und verschränkte die Arme. Grinste selbstgefällig. «Das interessiert mich einen Scheißdreck. Aber über die Rossi kann ich Ihnen was sagen. Ich hab in der Zeitung gelesen, daß sie einer der Cops war, die Teddy Martin verhaftet haben. Die Alte hat mich gefickt, da denk ich mir doch, vielleicht hat sie den auch gefickt.»

«Die Belohnung interessiert Sie nicht?»

«Scheiß auf die Belohnung.» Machte einen auf Heiliger. Machte einen auf Können-Sie's-sich-vorstellen? «Kann ein *brother* nicht einfach seine Pflicht als Bürger tun?»

«Ich habe Ihren Festnahmebericht gelesen, und ich habe auch die förmliche Beschwerde gelesen, die Ihr Anwalt gegen sie eingereicht hat. Was ist daraus geworden?»

«Scheiße, was glauben Sie denn, was damit passiert ist? Einen Scheißdreck haben die unternommen. Die haben gesagt, mein Wort steht gegen ihres.»

«Ihre Mutter war dabei.»

Das ganze Gehabe und Getue war plötzlich verschwunden. Sein Blick verfinsterte sich, sein Gesicht wurde angespannt. «Ja, schön, die weiß gar nichts. Nur eine verrückte alte Dame, die Angst vor der Polizei hat.»

«Okay, dann stimmt der Festnahmebericht also nicht und Rossi lügt», sagte ich.

«Gottverdammt richtig. Die Schlampe hat mir das angehängt.»

«Sie sagt, Sie hätten versucht, sich mit einem falschen Hunderter von einem Strafzettel freizukaufen.»

«Affenscheiße. Das Geld war echt.»

«Sie haben wirklich versucht, sich mit einem Hunderter freizukaufen?»

«Mann, ich hatte so viele ausstehende Haftbefehle, ich hatte einfach Schiß, daß die mich einlochte. *Das* wollte ich vermeiden.»

«Und was ist dann passiert?»

Er nahm die verschränkten Arme auseinander und beugte sich vor. «Ich schieb ihr den Schein rüber, und sie lacht. Sie sagt, so billig sei sie nicht zu haben, und ich sage, mehr hab ich aber nicht. Sie sagt, tja, dann haben wir wohl ein Problem, was? Ich krieg schon 'ne Bremsspur wegen all der Haftbefehle, also sag ich, zu Hause hab ich noch ein paar Hundert gebunkert. Sie sagt, laß doch mal sehen, und schon fahren wir zu mir nach Hause.»

«Sie ist Ihnen nach Hause gefolgt, um mehr Geld zu bekommen.»

«O ja. Der Teil ist schon richtig.»

«Okay.»

«Also, wir kommen da an und gehen rein, und ich hab die Kohle in meinem Zimmer, nicht viel, nur ein paar Hundert, aber es ist echtes Geld. Für die Kohle hab ich hart gearbeitet.»

«Okay.»

«Wir gehen also in mein Zimmer, um das Geld zu holen, und dann weiß ich nur noch, wie sie die Kanone zieht und mich anbrüllt, ich soll mich auf den Boden legen, und jetzt kack ich mir echt in die Hose, weil ich denk, die verrückte Alte knallt mich ab, also geh ich runter, und sie läßt die Handschellen zuschnappen, und dann zieht sie diese kleine Tüte mit Kohle unter ihrer Jacke raus, und das ist dann die Scheiße.»

«Das Spielgeld?»

Er nickte. «Ich sage, was ist das? Ich sage, he, was soll das? Sie sagt, halt gottverdammt die Schnauze. O Mann, dann weiß ich nur noch, daß mehr Autos vorfahren, und sie erzählt diesen anderen Bullen, daß die Blüten mir gehören, und jetzt hocke ich hier. Na, wie gefällt Ihnen die Scheiße?»

Ich starrte LeCedrick Earle an, und LeCedrick Earle starrte zurück. Seine Augen flackerten nicht. «Und?» meinte er.

«Und was?»

«Was sagen Sie dazu?»

«Ich denke nach.»

«Was denken Sie?»

«Ich denke über Sie und Waylon Mustapha nach.»

Er winkte ab. «Das ist einfach nur beschissenes Pech.» Er gestikulierte wieder. «Waylon ist ein Stück die Straße runter aufgewachsen. Waylon und ich kennen uns schon seit dem Kindergarten, wir haben mal zusammen ein bißchen gekokst, das ist alles. Ich kann doch nichts dafür, daß ich Waylon kenne. Ich kenn Typen, die haben schon Leute umgelegt, und ich bin trotzdem kein Mörder.»

«Das Geld, das Rossi als Beweismaterial abgeliefert hat, stimmt genau mit der Kohle überein, die Waylon dealt.»

LeCedrick verschränkte die Arme und grinste. «Die Hälfte aller Blüten auf der Straße kommt von Waylon. Sie hat's wahrscheinlich aus der Scheißasservatenkammer. Kann sogar sein, daß sie's von Waylon höchstpersönlich gekauft hat.»

«Okay.» Ich starrte ihn weiter an.

LeCedrick Earle fing an herumzuzappeln. «Was glotzen Sie so? Wenn Sie mir nicht glauben, dann sagen Sie's doch! Nennen Sie mich einen Lügner.» Er stand auf und drehte einen kleinen Kreis.

«Ich werde alles aufschreiben, was Sie sagen. Ich werde es nachprüfen. Ich werde es Jonathan Green weitergeben. Sind Sie sicher, daß Sie kein Stuck von dem Geldkuchen wollen?»

«Scheiß auf das Geld. Ich will nur hier raus.»

Ich nickte.

Er stach mit einem Finger in meine Richtung. «Ich sag's Ihnen und Gott und jedem anderen: Die Schlampe hat mir das angehängt. Prüfen Sie das nach, Sie werden schon sehen. Jede Wette, daß sie diesem Teddy Martin auch was untergejubelt hat.»

«Irgendwas an dem, was Sie sagen, stört mich, LeCedrick. Wollen Sie mir helfen?»

Er kniff die Augen zusammen. Mißtrauisch. «Wobei?»

«Wenn sie Ihnen wirklich was anhängen wollte, hätte sie doch nicht mit zu Ihnen nach Hause kommen müssen. Sie hätte Sie doch einfach auf der Straße hopsnehmen können und nur sagen müssen, sie hätte das Geld unter dem Fahrersitz gefunden.»

«Die Scheißschlampe ist verrückt! Wer weiß schon, wie eine gottverdammte verrückte Schlampe denkt?» Er riß die Hände in die Luft. Kehrte dann zum Tisch zurück und schlug auf den Summer, der die Wärter rief. «Scheiß doch drauf. Ich hätt's gleich wissen müssen, daß ihr abgewichsten Arschlöcher mir nicht glaubt. Leckt mich doch alle. Ein *brother* muß in diesem Loch hier einfach verrotten.»

Der Wärter kam und führte LeCedrick Earle zurück in seine Zelle.

5

Als ich zurück nach Los Angeles brauste, versuchte ich, meinen Kopf frei zu bekommen. Nur, weil jemand wie ein Lügner aussieht und sich wie ein Lügner verhält, muß er noch lange kein Lügner sein. Er muß noch nicht mal ein Lügner sein, wenn seine Geschichte von vorne bis hinten Lücken hat. Man hat sogar schon erlebt, daß die Wahrheit unglaubwürdig wirkt. Sicher, wenn seine Geschichte keinen Sinn ergibt, wird es natürlich etwas schwerer, sie zu schlucken. Angela Rossis Sicht auf den Fall konnte ich nachvollziehen, nicht aber die von LeCedrick Earle. In Rossis Bericht stand, daß sie mit Earle nach Hause gefahren war, weil er nur den einen Hundertdollarschein bei sich hatte, und es war ihr klar, daß er auf unschuldig plädieren würde. Er könnte behaupten, nicht gewußt zu haben, daß der Schein gefälscht war; und wenn er mehr zu Hause hatte, als er angab, dann konnte er das Wissen um und die Absicht zum Betrug nicht mehr glaubhaft leugnen, und die Festnahme war wasserdicht. LeCedrick Earle sagte, sie sei mit ihm nach Hause gekommen, wo sie dann eine versteckte Summe Falschgeld hervorzauberte und ihn verhaftete. Er unterstellte ihr, daß sie dies vielleicht deshalb getan hatte, damit es keine Zeugen gab, und doch war Mrs. Louise Earle dort gewesen, und Rossi führte die Festnahme durch. Rossis Version ergab Sinn und LeCedrick Earles nicht.

Trotzdem, Menschen tun manchmal merkwürdige Dinge aus merkwürdigen Gründen, und ich beschloß abzuwarten, was mir Mrs. Louise Earle anzubieten hatte. Ich rechnete damit, daß sie die Behauptungen ihres Sohnes untermauern würde, aber dabei würde sie noch das eine oder andere dazuerfinden, um die Geschichte glaubwürdiger zu machen.

Ich öffnete Trulys Umschlag, schüttelte meine Notizen heraus und suchte ihre Adresse. Es wäre nur höflich, von dem Freeway runterzufahren und noch einmal anzurufen, aber wenn die Leute wissen, daß man kommt, finden sie oft genug Gründe zu gehen. Ich beschloß, es drauf ankommen zu lassen.

Fünfundvierzig Minuten später verließ ich den Harbor Freeway auf den Martin Luther King Boulevard, und weitere fünf Minuten später war ich im Olympic Park.

Olympic Park ist eine einfache Wohngegend nördlich an die USC, den Exposition Park und das Natural History Museum anschließend, nicht weit von Downtown L. A. Das Coliseum liegt in der Nähe, genau wie die L. A. Sports Arena, und an Abenden, wenn Spiele stattfinden, sind die umliegenden Wohnstraßen verstopft mit parkenden Autos und Handkarren und Straßenhändlern, die Souvenirs und eiskalte Getränke verkaufen.

Louise Earle wohnte in einem schlichten Bungalow an der Twenty-fifth Street, vier Blocks südlich des Freeway und nahe der USC. Die Häuser und Gärten sind klein, die Zufahrten schmal, aber die Grundstücke wirken gepflegt und sauber, und das Haus der Earles war in einem fröhlichen Gelb gestrichen. Ungefähr eine Million bunte Blumen blühten auf der Veranda in ungefähr einer Million Tontöpfen und Holzblumenkästen. Blumen hingen von den Dachvorsprüngen und füllten zwei große schmiedeeiserne Regale. Auf dieser Veranda gab es so viele Blumen, daß nur noch ein schmaler Weg blieb, um zur Haustür zu gelangen. Wahrscheinlich brauchte sie jeden Tag zwei Stunden, nur um alles zu gießen.

Ein sechs Jahre alter Buick Skylark parkte in der Einfahrt, und in einem Seitenfenster brummte eine Klimaanlage. Ich parkte gegenüber am Bordstein, ging die Zufahrt hoch, vorbei an dem Buick und durch den Blumendschungel zur Tür. Der Motor des Buicks knackte leise, er kühlte noch ab. Noch nicht lange zurück. Auf einem kleinen Metallschildchen unter der Klingel stand WILLKOMMEN. Ich klingelte.

Die Tür öffnete sich, und eine dünne Frau von Anfang Sechzig sah mich an. Sie trug ein einfach geblümtes Kleid und bequeme Leinenschuhe, und das graue Haar hatte sie sich zu einem Knoten zurückgebunden. Nett. Ich sagte: «Mrs. Earle?»

Sie lächelte mich an. «Ja?»

Ich gab ihr meine Karte. «Mrs. Earle, mein Name ist Elvis Cole.

Ich bin Detektiv und untersuche die Festnahme Ihres Sohnes. Darf ich Ihnen ein paar Fragen stellen?»

Sie runzelte die Stirn, aber es konnte auch sein, daß sie die Augen wegen der Sonne zusammenkniff. «Kommen Sie von der Polizei?»

«Nein, Ma'am. Ich bin Privatdetektiv.» Ich erklärte ihr, daß ich für einen Rechtsanwalt namens Jonathan Green arbeite, und auch wenn Green nicht LeCedrick vertrat, könnten die Umstände seiner Festnahme auch für einen anderen Fall nützlich sein.

Sie trat nervös von einem Bein aufs andere, fühlte sich unwohl und war nicht sicher, was ich von ihr wollte. «LeCedrick ist auf Terminal Island.»

«Ich weiß. Sie waren Augenzeugin seiner Festnahme, dazu hätte ich Fragen.» Irgend etwas bewegte sich hinter ihr im Haus.

«Also, ich denke, das geht schon in Ordnung.» Widerstrebend. Sie warf einen Blick über die Schulter ins Haus, trat dann zur Seite und machte die Tür ganz auf. «Warum kommen Sie nicht herein, damit wir nicht die ganze kühle Luft rauslassen.»

Ich trat ein, und sie schloß die Tür.

Ein kleiner, zierlicher Gentleman stand im Wohnzimmer. Er hatte künstlich gewelltes Haar und trug einen braunen Sommeranzug, der wahrscheinlich vor zwanzig Jahren modern gewesen war. Seine Haare waren grau, und seine Haut glich schönem, kakaofarbenem Pergament. In der Hand hielt er einen kleinen Strauß Zinnien. Ich schätzte ihn auf Ende Sechzig, konnte aber fünf Jahre plus oder minus danebenliegen.

«Das ist mein Freund, Walter Lawrence», sagte Louise Earle. «Er ist gerade vorbeigekommen, und jetzt muß er leider wieder gehen. Ist doch so, Mr. Lawrence?» Sie sagte es mehr zu Lawrence als zu mir, und es schien ihm nicht sonderlich zu gefallen.

Mr. Lawrence runzelte die Stirn, war offensichtlich enttäuscht. «Ich nehme an, ich könnte später noch mal vorbeikommen.»

«Und ich nehme an, Sie könnten später einfach mal anrufen, um zu erfahren», sagte Louise Earle, «ob man zu tun hat oder nicht, bevor Sie wieder vorbeikommen, nicht wahr?»

Mr. Lawrence malmte mindestens zehn Zentimeter Zahnschmelz von seinen Zähnen, brachte aber nichtsdestoweniger ein verbissenes Lächeln zuwege. Das gefiel ihm ganz und gar nicht. «Ich nehm's an.»

Sie nickte zustimmend und nahm ihm die Blumen ab. «Und jetzt lassen Sie mich diese hübschen Blumen hier ins Wasser stellen, und wir unterhalten uns dann später weiter.» Sie drückte den Strauß an sich und begleitete ihn zur Tür.

Mr. Lawrence ging ausgesprochen gerade und versuchte, so groß wie nur irgend möglich zu wirken. Er raunte ihr etwas zu, das ich nicht verstand, warf mir im Vorbeigehen einen mißmutigen Blick zu, dann schloß Louise Earle die Tür. Zwei Herzschläge später setzte der Skylark aus der Zufahrt zurück. «Ach, die Liebe», sagte ich.

Louise Earle lachte, und das Lachen machte sie fünfzehn Jahre jünger. «Darf ich Ihnen einen Kaffee anbieten, Mr. Cole, oder vielleicht lieber etwas Kaltes?»

«Kaffee wäre nicht schlecht, Mrs. Earle. Vielen Dank.»

Sie brachte die Blumen in die Küche und rief über die Schulter zurück: «Bitte, machen Sie es sich bequem.»

Ich setzte mich auf eine durchgesessene Couch mit einem handgearbeiteten Schonbezug und bestickten Zierkissen. Ein dick gepolsterter Sessel bildete mit der Couch ein L, und Couch und Sessel waren um einen billigen Couchtisch angeordnet. Gegenüber stand ein großer Kirschholzschrank. Der Schrank hatte keine Türen, und auf den Regalböden standen Vasen und Nippes und Familienfotos, von denen einige LeCedrick zeigten. LeCedrick als Teenager. LeCedrick als Kind. LeCedrick, bevor er sich für eine Karriere als Krimineller entschieden hatte. Er schien ein glückliches Kind mit einem strahlenden Lächeln gewesen zu sein. Ihr Heim war adrett und gepflegt und duftete nach Blumen.

Mrs. Earle tauchte wenige Augenblicke später mit zwei Tassen Kaffee auf, wobei sie vorsichtig ging, um nichts zu verschütten. «Diese Sache mit LeCedrick ist schon einige Jahre her. Warum interessieren Sie sich ausgerechnet jetzt dafür?»

«Ich stelle Nachforschungen über die Polizeibeamtin an, die ihn damals verhaftet hat.»

«O ja. Ich erinnere mich an sie.» Sie stellte die Tassen auf den Tisch, bot mir eine an. «Nehmen Sie Milch oder Zucker?»

«Nein, danke sehr, Ma'am. Dann waren Sie während der Festnahme dabei?»

Sie nickte wieder. «O ja. Die Polizei ist deswegen auch bei mir gewesen. Danach noch insgesamt drei- oder viermal. Diese Aufsichtsleute.»

«Sie meinen die Dienstaufsicht?»

«Hm-hmh.» Sie trank einen Schluck Kaffee. Er war so heiß, daß Dampfschwaden den Konturen ihres Gesichts folgten und ihre Brille beschlug.

«Sie wissen, daß LeCedrick eine abweichende Darstellung der Verhaftung behauptet.»

«Natürlich weiß ich das.»

«LeCedrick behauptete zum Zeitpunkt seiner Festnahme, und er behauptet es noch immer, daß Officer Rossi ihm Falschgeld untergeschoben hat, um eine Festnahme zu ermöglichen.»

Mrs. Earle nickte, doch dieses Nicken war unverbindlich – als warte sie ab, ob noch mehr kam.

«Haben Sie das den Leuten von der Dienstaufsicht erzählt?»

Mrs. Louise Earle seufzte schwer, und die Maske zurückhaltender Distanz schmolz in ihren Augen dahin, die jetzt nur noch müde und schmerzerfüllt wirkten. «Ich weiß, daß er das sagt, und ich sage Ihnen genau das, was ich diesen Aufsichtsleuten auch gesagt habe.»

Ich beugte mich zu ihr.

«Sie können auch nicht ein Wort von dem glauben, was dieses Kind sagt.»

Ich blinzelte sie an.

Sie stellte den Kaffee zur Seite und deutete auf das Büfett. «Ich stand genau dort drüben, als LeCedrick und diese Beamtin hereinkamen. Ich habe jedes Detail gesehen, was passiert ist.» Louise Earle schloß ihre müden Augen, als könne sie alles wieder sehen, indem sie sie jetzt schloß, genau wie sie es auch den Leuten der Dienstaufsicht gesagt hatte. «Der Officer stand genau da, hielt ihre Mütze in der Hand und erzählte mir von ihrem Tag. Ich erinnere mich daran, daß sie ihre Mütze in der Hand hatte, weil ich dachte, wie höflich von ihr, die Mütze abzunehmen. Ich wußte nicht, daß sie hergekommen war, um ihn zu verhaften.»

«Sie ist nicht mit in sein Zimmer gegangen?» LeCedrick hatte gesagt, daß Rossi mit in sein Zimmer gekommen war.

«O nein. Sie ist einfach reingekommen und hat dort gestanden, sich die ganze Zeit mit mir unterhalten. Natürlich war ich wütend, als sie den Jungen dann verhaftete, aber sie hat es sehr nett und freundlich gemacht.» Sehr nett und freundlich gemacht. Ich konnte mir Jonathan Green schon genau vorstellen, wenn ich ihm das berichtete. Ich sah schon, wie er blaß wurde und Stielaugen bekam. Ich fragte mich, ob er auch ohnmächtig wurde, und Truly und ich müßten dann Wiederbelebungsversuche machen.

«LeCedrick behauptet, daß sie ihn in sein Zimmer begleitet hat. Er sagt, daß sie eine Tüte unter der Jacke hatte, in der sich Falschgeld befand.»

«Es war Sommer. Wozu sollte jemand im Sommer eine Jacke anziehen?» Louise Earle schüttelte den Kopf und strahlte Traurigkeit aus. Sie legte die Hände auf dem Schoß übereinander. «Mr. Cole, wenn man LeCedrick zuhört, könnte man meinen, er sei die Unschuld in Person, aber so ist es einfach nicht. LeCedrick gehen die Lügen leicht über die Lippen, und so ist es schon immer gewesen.»

Ich seufzte. Soviel zu LeCedrick Earle.

Louise Earle fuhr fort: «Damit wir uns nicht falsch verstehen. Ich liebe dieses Kind, und es macht mich unendlich traurig, daß er im Gefängnis ist, aber dasselbe hat er auch bei jeder seiner anderen Festnahmen gesagt. Immer ist jemand anderer schuld. Immer will die Polizei ihn nur fertigmachen. So in der Richtung.»

Ich nickte. «Ja, Ma'am.»

«Falls Sie erwarten, daß ich sage, der Junge ist unschuldig, kann ich Ihnen nicht helfen. Falls Sie von mir erwarten, daß ich gegen diese Polizeibeamtin aussage, kann ich Ihnen ebenfalls nicht helfen.» Sie sah sehr ernst aus, als sie das sagte.

«Nein, Ma'am. Das erwarte ich nicht von Ihnen.»

«Ich sollte damals für ihn lügen, und ich habe es nicht getan. Ich sollte ihn decken und Entschuldigungen für ihn erfinden, und ich habe nein gesagt. Ich sagte, LeCedrick, du mußt endlich aufhören, immer nur Ausreden zu suchen, du mußt lernen, ein Mann zu sein.» Ihre Stimme zitterte, und sie unterbrach sich. Sie nahm die Kaffeetasse, trank einen Schluck, fuhr dann fort. «Es kostet mich sehr viel, aber es ist zu seinem Besten. Irgend etwas muß dem Jungen einen solchen Schrecken einjagen, daß er zu Verstand kommt.»

«Ja, Ma'am.»

«Seit dem Prozeß hat er nicht mehr mit mir gesprochen. Er sagt, er würde nie wieder mit mir reden.»

«Das tut mir leid, Mrs. Earle.» Ich wußte nicht, was ich sonst sagen sollte. Es war mir peinlich und ich schämte mich, daß ich mich in ihr Leben gedrängt, Mr. Lawrence vertrieben und sie dazu gebracht hatte, noch einmal etwas zu durchleben, das offensichtlich schmerzhaft für sie war.

«Ich habe versucht, den Jungen richtig großzuziehen. Ich habe diesen Jungen so sehr geliebt, wie eine Mutter ihr Kind liebt, und ich wollte ein gutes Vorbild sein. Aber er hat einfach den falschen Weg eingeschlagen.» Ihre Augen röteten sich, und eine Träne rollte über ihre Wange. «Vielleicht war das mein Fehler. Vielleicht habe ich ihn zu fest gehalten und zuwenig losgelassen. Kann man jemanden zu sehr lieben?»

Ich sah sie an, und dann schaute ich auf das Mobiliar und die Bilder, dann wieder zu ihren müden Augen und der Bürde, die sie trugen. «Ich glaube nicht, daß es je zuviel Liebe geben kann, Mrs. Earle.»

Sie schien darüber nachzudenken, und dann stellte sie ihre Tasse wieder hin. «Habe ich Ihnen weitergeholfen?»

«Ja, Ma'am. Haben Sie.» Jonathan Green würde das anders sehen, aber was will man machen.

Sie stand auf, und es war offensichtlich, daß ich jetzt gehen sollte. «Wenn es Ihnen dann nichts ausmacht, schneide ich diese Zinnien jetzt an und stelle sie ins Wasser.»

«Ja, Ma'am. Es tut mir leid, daß ich Sie und Mr. Lawrence gestört habe.»

Das winzige Lächeln kehrte zurück, obwohl es nicht mehr so überzeugend war wie zuvor. «Ja, schön, es wird schon mehr als eine kleine Störung nötig sein, um diesen Mann zu entmutigen.»

«Männer sind so, Mrs. Earle. Wenn wir meinen, etwas lohnt sich, dann bleiben wir dran.»

Die müden Augen bekamen Lachfältchen, und plötzlich war ihr jüngeres Selbstbewußtsein wieder da. «Nun sehen Sie aber zu, daß Sie weiterkommen.»

Sie brachte mich zur Tür, und ich ging in die Sonne hinaus und sah zu, daß ich weiterkam.

6

Über den Bürgersteigen, Autos und den umliegenden Dächern flirrte die frühnachmittägliche Hitze als urbane Illusion des Silberstreifens am Horizont des Lebens. Es war kurz vor zwei am zweiten Tag meiner Nachforschungen über Angela Rossi, und die Türen der ermittlerischen Möglichkeiten schlossen sich; und mit jeder geschlossenen Tür stand Angela Rossi besser da, und die Leute, die Behauptungen gegen sie aufstellten, sahen schlechter aus. Louise Earle war glaubwürdig, überzeugend, im Vollbesitz ihrer geistigen Kräfte und schien kein Mensch zu sein, der nicht erkannte, wenn ein Cop eine Tüte mit Spielgeld durch ihr Wohnzimmer schleppte. Natürlich, vielleicht war Angela Rossi ein Meister der Ablenkung und hatte das Geld hinter dem Rücken verborgen. Sie könnte Louise mit den Worten «Sehen Sie, da drüben!» abgelenkt und als sie sich abwandte, in LeCedricks Zimmer gelaufen sein und die Blüten dort deponiert haben. Vielleicht sollte meine ermittlerische Aufgabe für diesen Nachmittag darin bestehen herauszufinden, ob Angela Rossi Hobbyzauberin war.

Oder vielleicht auch nicht. Drei Teenager mit langen dünnen Beinen und rückenfreien Tops liefen aus dem Haus auf der anderen Straßenseite und gingen zu einem alten VW-Käfer, der in ihrer Einfahrt parkte. Sie schleppten Badetücher und Flaschen mit Evian-Mineralwasser, und alle trugen Tangahöschen. Auf zum Strand. Vielleicht sollte ich sie begleiten und vor den miesen Typen am Strand beschützen. Vielleicht konnten wir über meine bisherigen Ergebnisse diskutieren. Andererseits wollte Lucy Chenier kommen, und vielleicht sollte ich mich lieber am Riemen reißen, bevor ich mich bis zum Hals in Scheiße wiederfand. *C'est la vie.*

Als ich den Bürgersteig erreichte, tauchte ein großer, muskulöser Schwarzer neben meinem Wagen auf. Nachdem er das Auto erreicht hatte, stieg ein kräftiger weißer Bursche von etwa Anfang Fünfzig aus einer blauen Limousine, die auf der anderen Straßenseite parkte, und setzte sich in Bewegung. Der schwarze Knabe trug eine tadellos gebügelte Designerjeans und ein enges Hemd, das seine Muskeln betonte, und der weiße Knabe hatte einen zerknitterten hellgrauen Winteranzug an. Eine Million Grad, und er trägt einen Winteranzug. Cops. Eine Frauenstimme sagte: «Entschuldigen Sie bitte, Sir. Könnte ich kurz mit Ihnen sprechen?» Höflich und irgendwie vergnügt.

Die gutgelaunte Frau kam aus dem benachbarten Garten auf mich zu, als hätte sie dort an der Hausecke gestanden und auf mich gewartet. Sie war vielleicht eins dreiundsiebzig groß und braun, so wie man braun wird, wenn man viel Zeit in der Sonne verbringt, joggt und trainiert. Ich schätzte sie auf Anfang bis Mitte Dreißig, aber um Augen und Mund hatte sie tiefe Falten. Wahrscheinlich von all der vielen Sonne. Wie der schwarze Bursche trug auch sie Designerjeans, dazu Reebok-Pumps und ein weitgeschnittenes Leinentop, über dem sie höchstwahrscheinlich ein Leinensakko getragen hätte, wäre es nicht so heiß gewesen. Modisch und attraktiv, selbst mit der 9-mm-Browning an ihrer rechten Hüfte. Sie zeigte mir im Näherkommen eine Detective-Dienstmarke des LAPD, dabei immer noch dieses fröhliche Lächeln auf den Lippen, und ich erkannte sie, kurz bevor sie sagte: «Mr. Cole, mein Name ist Angela Rossi. Der Detective in dem grauen Anzug würde Ihnen gern ein paar Fragen stellen.»

Sie warf dem Kerl in dem miesen Anzug einen kurzen Blick zu, und ich folgte ihrem Blick, genau, wie sie es erwartet hatte. Dann trat sie schnell auf mich zu und holte mit gestrecktem Arm und einem schwarzen, ledernen Totschläger aus, versuchte mich seitlich am Kopf zu erwischen. Ein mieser Versuch. Ich erkannte, was sie vorhatte, und versuchte noch, mich wegzudrehen, aber sie war schnell genug, um mich auf der rechten Wange zu erwischen. Blendender Schmerz loderte auf. Der Bursche in dem Anzug brüllte «He!», und der Schwarze grunzte «Scheiße!», als wären sie ebenfalls überrascht. Rossi ließ dem Totschläger einen harten Kniestoß folgen, der mich jedoch am Oberschenkel statt zwischen den Beinen erwischte, und dann war der ältere Knabe da, schob sich zwischen uns, drängte sie zurück und sagte:

«Scheiße, Rossi, willst du noch eine Beschwerde in deiner Akte? Willst du das?»

Ich schwankte, hielt mich aber auf den Beinen und ließ sie von dem Älteren zurückdrängen.

Der Schwarze schob sich schnell hinter mich, und er packte meine Handgelenke, drehte mir die Arme auf den Rücken. Die drei Mädchen liefen auf ihre Veranda und schauten von der Tür aus zu. Eine von ihnen hatte eine Hand vor den Mund gehoben. Meine rechte Wange fühlte sich an, als hätte jemand einen Knallkörper unter der Haut hochgehen lassen, und meine Augen tränten. Ich wollte nicht zusammenklappen, aber richtig aufrecht stehen ging auch nicht mehr so richtig. Ganz schön schwer, tough zu wirken, wenn man glaubt, jeden Moment kotzen zu müssen. Besonders wenn man durch einen Blick übertölpelt worden war. Vielleicht war Rossi ja doch ein Meister der Ablenkung.

Angela Rossi richtete einen wütenden Finger auf mich und fauchte: «Dieses Sackgesicht ist zu mir *nach Hause* gekommen! Was hattest du bei mir *zu Hause* zu suchen, du Wichser?» Jetzt kein Lächeln mehr. Ihr Gesicht war hart und abgespannt, und sie sah aus, als würde sie mir am liebsten die Augen auskratzen.

Der ältere Bursche drückte ihre Hand runter und drängte sie weiter zurück. «Verdammt, Rossi. Geh zurück.»

Der schwarze Bursche umklammerte meinen Arm oberhalb des Ellbogens, führte mich zu einem weißen Cressida und drückte mich über dem Kofferraum nach unten. Die Karosserie war so heiß von der Sonne, daß es sich wie ein Brandeisen anfühlte. «Seid ihr Typen wirklich Cops oder ist das hier *Amerikas witzigste Heimvideos*?»

Der Schwarze ignorierte mich. Er filzte meine Taschen und tastete meine Beine ab, dann sagte er: «Er ist sauber, Tommy.»

Rossi hörte auf, sich zu winden, um an mich heranzukommen. Der ältere Kerl kam rüber und wies sich mit seiner Marke aus. «Ich bin Detective Tomsic, und gegen Sie wird ermittelt wegen Belästigung eines Polizeibeamten von Los Angeles. Verstehen Sie das?»

Das Teenie mit der Hand vor dem Mund verschwand im Haus. Die beiden anderen blieben auf der Veranda und schauten weiter zu. «Hinter den Fenstern tauchten Gesichter auf. «He, hören Sie, Tomsic», sagte ich. «Ich glaube, die haben eine Videokamera.»

«Gut. Sollen Sie zusehen», erwiderte Tomsic.

«Vielleicht haben die auch den Totschläger aufgenommen. Was meinen Sie?» Totschläger gelten als gefährliche Waffen. Es ist verboten, sie bei sich zu führen, genauso wie Raketenabschußgeräte oder Samuraischwerter.

«Was hatten Sie bei mir zu Hause zu suchen?» wollte Rossi wissen. Sie atmete schwer, stand aber auf dem Bürgersteig ein gutes Stück von mir entfernt und konnte mich nicht mehr mißhandeln.

«Ausweis und Führerschein stecken in meiner Brieftasche. Ich bin Privatdetektiv.» Der Schwarze warf Tomsic meine Brieftasche zu.

«Wir wissen, wer du bist, Sackgesicht», knurrte Rossi. «Sag mir jetzt, warum du zu meiner Wohnung gekommen bist.»

«Ich bin einem Hinweis nachgegangen, daß Sie über Ihre Verhältnisse leben.»

«Warum?»

«Damit verdiene ich meine Brötchen. Ich stelle Nachforschungen an.»

Das dritte Mädchen kehrte nun aus dem Haus zu ihren beiden Freundinnen zurück, was Tomsic jedoch nicht zu irritieren schien. Er filzte meine Brieftasche, als hätte er alle Zeit dieser Welt. «Das ist allerdings unser Mann. Privatdetektivlizenz von Kalifornien. Elvis Cole.» Er sah mich an. «Sie haben hier die Lizenz, eine Waffe zu tragen. Wo ist die Kanone?»

«Unter dem Sitz.»

Der schwarze Knabe lachte. «Sie haben sie unter dem Sitz zurückgelassen?»

«Ich war auf dem Weg zu einer sechzigjährigen Frau. Wen sollte ich erschießen?»

Ohne fragen zu müssen, welcher Wagen mir gehörte, ging der Schwarze zu meiner Corvette. Wahrscheinlich waren sie mir gefolgt. Rossis Nachbar hatte sich vermutlich mein Nummernschild notiert, und das hatten sie durch den Computer gejagt und mich anschließend von meinem Haus oder vielleicht sogar auf dem Weg nach Terminal Island verfolgt.

Rossi blickte stirnrunzelnd zu Louise Earles Haus hinüber. «Stellen Sie Nachforschungen in der LeCedrick-Earle-Sache an?»

«Earle behauptet, Sie hätten ihm Blüten untergejubelt.»

«Das ist absoluter Bockmist.»

Ich nickte. «Ich mußte es nachprüfen.»

Sie stemmte die rechte Hand auf die rechte Hüfte, direkt über der Browning. «Für wen arbeiten Sie?»

«Jonathan Green. In der Sache Teddy Martin.»

«Scheiße», meinte Tomsic.

Der Schwarze richtete sich aus der Corvette auf und grinste breit. «Sie arbeiten für Martins Verteidigung? Wie nennt man's noch schnell, die Große Green-Verteidigungsmaschine?» Als wolle er lachen.

Ich sah wieder Rossi an. «Es werden Anschuldigungen erhoben, die möglicherweise für die Verteidigung relevant sein könnten, und ich überprüfe sie. Bislang schneiden Sie ganz gut ab.»

Sie sah überrascht aus. «Welche Anschuldigungen meinen Sie? Teddy Martin hat seine Frau umgebracht.»

Ich zuckte mit den Achseln. «Wenn Sie einmal jemandem ein Beweisstück untergeschoben haben, dann würden Sie das wieder tun. So lautet die Theorie. Einige Leute haben Green angerufen und ihm erzählt, daß Sie bekannt dafür sind, alles zu tun, um Ihre Karriere weiterzubringen. Green hat mich engagiert, um herauszufinden, ob da was dran ist.»

Angela Rossi reckte die Schultern und trat einen Schritt auf mich zu. Tomsic schüttelte den Kopf. «Angie.»

Rossi machte einen weiteren Schritt auf mich zu, aber der schwarze Bursche stellte sich zwischen uns. Als hätten die zwei Angst vor dem, was sie womöglich tun könnte. «Green ist ein mieses Schwein, und das gleiche gilt auch für Sie.»

«Immer mit der Ruhe, Angie», sagte Tomsic.

Rossi stieß Tomsic vor die Brust. «He, ich muß mir diese Scheiße nicht gefallen lassen! Irgendwelche Arschlöcher mischen sich in mein Leben ein und versuchen, mir was anzuhängen!»

«Niemand will Ihnen irgendwas anhängen. Mich interessieren einfach nur die Fakten. Kein Mensch will Sie abschießen.»

Rossi stach wieder einen Finger in meine Richtung, sprach aber Tomsic an. «Dieser Kerl *mischt* sich in mein Leben ein, Dan!»

«Beruhig dich wieder, okay? So was passiert. Gegen mich ist schon neuntausendmal ermittelt worden.»

«Hören Sie, Rossi», sagte ich. «Es ist genau so, wie ich sagte. Ich bin fast fertig, und Sie stehen gut da. Es handelt sich hier um eine legale Überprüfung, und wenn dabei herauskommt, daß Sie sauber sind, werde ich das Green mitteilen. Und das war's dann.»

«Hast du das gehört?» sagte Tomsic. «Sauber?» Ganz so als gehörten wir jetzt beide in ein Team und versuchten, sie zu beruhigen. Vielleicht lag Haig richtig, und sie hatte wirklich nicht mehr alle Tassen im Schrank. Tomsic tat gerade so, als hätte er Angst vor ihr, wenn sie die Beherrschung verlor. Er wandte sich wieder an mich. «Sie verstehen doch, warum wir so über Sie hergefallen sind, ja? Sie haben bei ihr zu Hause herumgeschnüffelt.»

«Kein Problem.» Meine Wange pochte, und die Haut um mein Auge begann sich zu dehnen, aber: kein Problem. Klar doch.

Ein schwarzweißer Streifenwagen des LAPD bog um die Ecke ein und kam mit Blaulicht auf uns zu. Sie fuhren wahrscheinlich einen Einsatz, nachdem die drei Mädchen angerufen hatten. Der Streifenwagen hielt mit quietschenden Reifen und spuckte zwei Uniformierte aus, noch bevor der Wagen aufgehört hatte zu wippen. Ein asiatischer Typ von Mitte Vierzig fuhr mit einem Hispanic von Ende Zwanzig Streife. «Super», meinte Tomsic. «Die Hurratruppe.» Er nickte dem schwarzen Burschen zu, deutete dann mit dem Kopf auf die Uniformierten. «Robert, beruhig die Jungs, okay?»

Robert zeigte den Uniformierten seine Dienstmarke und trabte hinüber. Der Asiate hatte zwei Streifen auf dem Ärmel und war gebaut, als hätte er die letzten zwanzig Jahre im Kraftraum des LAPD verbracht. Auf seinem Namensschildchen stand SAMURA. Robert begrüßte Samura als ersten und sprach mit gedämpfter Stimme, während sie zu uns zurückkehrten. Als Samura meinen Namen hörte, schaute er zu mir auf. «Sie sind Cole?»

«Hm-hmh.»

Er sah Tomsic an. «Der Kerl arbeitet zusammen mit Joe Pike.»

Robert und Tomsic starrten mich an. Rossi ebenfalls. «Kein Scheiß?» fragte Robert.

Ich spreizte die Hände. «Irgendwer muß ja.»

Tomsic bekam einen roten Kopf. Er war auf einmal gar nicht mehr so freundlich, als gehörten er und ich nicht mehr länger zum gleichen Team. «*Der* Joe Pike?»

«Wie viele kennen Sie denn?»

Seine Kiefer malmten, und schließlich sagte er: «Der Joe Pike, den ich kenne, kann meinen verfluchten Arsch küssen.» Als Joe das PD verließ, war es nicht glatt verlaufen.

Ich lächelte ihn an. «Ich geb Ihnen seine Nummer. Das können Sie ihm dann selbst sagen.»

Ein kleines Zucken begann in Tomsics linkem Auge. «Vielleicht sollten wir Ihren Arsch doch einlochen. Ein bißchen herumstochern und mal sehen, ob Sie womöglich gegen Ihre Lizenz verstoßen haben.»

Ich verdrehte die Augen. «Bitte, Tomsic. Verschonen Sie mich damit.»

Das Zucken verwandelte sich in ein Schnellfeuerblinzeln, doch dann trat er einen Schritt zurück und sah verlegen aus. Samura tat, als bekäme er nichts davon mit. «Wir sind verständigt worden, hier würde gerade ein Raubüberfall stattfinden. Was ist los?»

Tomsic klärte ihn auf, erzählte ihm von meiner Schnüffelei bei Rossis Privatwohnung, erzählte ihm von Teddy Martin und Jonathan Green und Rossis Rolle bei der Festnahme von Martin. Samura hörte zu, schien aber nicht sonderlich interessiert. Wenn man lange genug auf der Straße verbringt, interessiert es einen nicht einmal, wenn eine Atombombe hochgeht.

Als Tomsic fertig war, sagte Samura: «Cole hat einen guten Ruf. Ich kenne viele Jungs, die mit ihm zusammengearbeitet haben.» Er fixierte mich, dann nahm er die Mütze ab und wischte sich übers Gesicht. Es mußte eine Million Grad heiß sein, wenn man so in der Sonne stand. «Erinnern Sie sich an einen Kerl namens Terry Ito?»

«Sicher.» Ich hatte vor vier oder fünf Jahren mal mit Ito gearbeitet.

Samura setzte die Mütze wieder auf und sah Tomsic an. «Kein Grund zur Panik. Ito hält diesen Burschen für erste Sahne.»

«Terry hat eine charmante Ausdrucksweise», sagte ich.

«Wir wußten nicht, wer der Kerl war», meinte Robert, «und er hat einen Officer bespitzelt. Sie wissen ja selbst, wie's ist.»

«Sicher.» Samura rückte seine Mütze gerade, dann nickte er in Richtung Streifenwagen. Sein Partner zog sich zurück. Samura folgte ihm, drehte sich dann noch einmal um und musterte mich. «Ich habe Terry Ito noch nie etwas Gutes über irgendwen oder irgendwas sagen hören. Weiß Terry, daß Sie mit Joe Pike zusammenarbeiten?»

«Ja.»

Ein winziges Lächeln spielte um Samuras Mundwinkel, dann kehrte er zu seinem Wagen zurück und fuhr fort. Die drei Mädchen standen immer noch wie gebannt da, aber die meisten anderen Gesichter waren von den Fenstern verschwunden. Wenn man einen Tatort eines Verbrechens gesehen hat, kennt man alle.

Tomsic sah Rossi an. «Okay. Wir wissen, wer der Typ ist und was er macht. Bist du damit zufrieden?»

Sie zuckte widerwillig die Achseln.

Tomsic sah mich wieder an. «Wie steht's mit Ihnen? Wollen Sie Beschwerde einreichen wegen dem Totschläger?»

«Hat mich ja kaum berührt.»

Robert lachte. «Ja. Sehen Sie mal in einen Spiegel.»

«Also gut», meinte Tomsic. «Jeder weiß, wie die Dinge liegen.» Er stieß Rossi in die Rippen. «Es muß uns nicht gefallen, wir müssen nur wissen, woran wir sind.»

«Eines noch», sagte Rossi.

Ich sah sie an.

«Sie erledigen einen Job, und damit kann ich leben. Stellen Sie so viele Nachforschungen an, wie Sie wollen, aber halten Sie sich von meiner Wohnung fern. Wenn Sie noch einmal zu mir nach Hause kommen, mach ich Sie fertig. Wenn Sie meine Kinder auch nur ansehen, bringe ich Sie auf der Stelle um.»

«Jesus Christus, Angie», sagte Tomsic. «Hör auf mit der Scheiße. So eine Scheiße zu reden zieht dich bis über beide Ohren rein.»

Sie hob abwehrend eine Hand. «Hab's ja nur sagen wollen.»

«Sie stehen gut da, Rossi. Keine Panik», sagte ich.

«Ja, klar.» Sie starrte mich ein paar weitere Sekunden an, aber sie sah weder entspannt aus, noch schien sie zu glauben, daß es vorbei war. Sie atmete schwer, und die kleinen Falten um ihre Augen hüpften und flatterten, als seien winzige Schmetterlinge unter der Haut gefangen und versuchten zu entkommen. Dann zuckte etwas, das ein Lächeln hätte gewesen sein können, um ihre Mundwinkel, und sie sagte: «Bestellen Sie Joe einen schönen Gruß von Rossi.»

Ohne ein weiteres Wort drehte sich Angela Rossi um, überquerte die Straße und nahm auf der Beifahrerseite von Tomsics dunkelblauem Dienstwagen Platz. Tomsic folgte ihr, und Robert stieg in einen braunen Explorer. Zwei Minuten später waren sie fort. Selbst die drei Mädchen waren weg, in ihrem Volkswagen verschwunden zu einem verspäteten Ausflug an den Strand.

Ich stand noch eine Weile da, allein bis auf den dumpfen Schmerz auf dem Gesicht, und dann fuhr ich ins Büro.

7

Ich hielt an einem 7-Eleven, um mir Eis für mein Auge zu besorgen. Ein pakistanischer Gentleman stand hinter der Theke und starrte auf einen Minifernseher. Er sah sich eine Folge von *C.O.P.S.* an und musterte mich argwöhnisch.

Ich erklärte ihm, wozu ich das Eis brauchte, und fragte, ob ich die Toilette benutzen dürfe, um mal einen Blick in den Spiegel zu werfen, aber er sagte nur, die Toilette sei fürs Personal. Ich fragte, ob er mir vielleicht einen kleinen Spiegel ausleihen könnte, aber wieder verneinte er. Er warf einen verstohlenen Blick zur Tür, als wäre es ihm am liebsten, wenn ich schnell ging, als könnten er und sein Laden womöglich plötzlich von dem gleichen Gespenst großstädtischer Gewalttätigkeit heimgesucht werden, das über mich hergefallen war. Ich konnte es dem Burschen nicht verübeln. Wenn man oft genug *C.O.P.S.* sieht, dauert es nicht lange, und man glaubt, das Leben sei ein Krisenherd.

Ich bedankte mich bei ihm für das Eis, ging hinaus zu meinem Wagen und begutachtete mein Auge im Rückspiegel. Ein hübsches kleines Veilchen thronte weit oben auf meiner rechten Wange und begann sich bereits zu verfärben. Toll. Ich wickelte eine Handvoll Eis in mein Taschentuch und kehrte mit einer Hand auf dem Steuer zu meinem Büro zurück. Es gibt nichts Besseres, als sich mit dem Gesicht voller Eis in die Rush-hour zu stürzen.

Es war bereits nach fünf, als ich auf die Rampe der Tiefgarage einbog. Eine Schlange Autos befand sich auf dem Weg hinaus, doch der größte Teil der Garage war bereits leer. Cindys Mazda war nicht da, das gleiche galt für die Autos der Leute, die bei der Versicherungsgesellschaft gegenüber auf der anderen Seite des Flurs arbeiteten. Ich stellte den Wagen auf meinem Parkplatz ab, ging ins Foyer hinauf und nahm dann den Fahrstuhl. Das Licht aus, die Türen abgeschlossen, leer. Leer war gut. Wäre Los Angeles leer gewesen, dann hätte ich vielleicht auch zwei Wagenladungen Cops entdeckt, die mir quer durch die halbe Stadt gefolgt waren.

Ich schloß mein Büro auf, knipste das Licht an und entdeckte Joe Pike hinter meinem Schreibtisch. «Du hättest auch das Licht einschalten können, Joe», sagte ich. «Wir sind nicht pleite.»

Pike legte den Kopf auf eine Seite, betrachtete mein Auge. «Ist das ein Pickel?»

«Ha-ha.» Pike war wirklich zum Schreien. Ein echter Komiker.

Joe Pike ist eins sechsundachtzig groß, hat lange, sehnige Muskeln, kurzgeschnittenes dunkles Haar, und auf der Außenseite jedes Deltamuskels waren leuchtendrote Pfeile tätowiert. Die Tätowierungen hat er sich an einem weit entfernten Ort machen lassen, lange bevor es für Rockstars und Fernsehschauspieler und Generation X-Rave-Queens schick wurde, mit Kunst auf der Haut zu protzen. Die Pfeile zeigten nach vorn, ohne eine modische Aussage. Sie stehen für das Sein. Pike trug ein graues Sweatshirt, dessen Ärmel er abgeschnitten hatte, dazu Levi's und eine dunkle Pilotenbrille. Selbst nachts trägt er die Brille. Soweit ich weiß, schläft er auch damit.

Ich ging zu einem kleinen Spiegel, der an meiner Wand hängt, und sah mir das Auge an. Die Gesichtshälfte brannte wie die Hölle, aber das Eis hatte die Schwellung besänftigt. «Deine Freundin Angela Rossi hat mich mit einem Sechs-Unzen-Totschläger malträtiert. Hat mich mit einem Blick reingelegt.»

«Ich weiß.»

Ich sah ihn an. «Woher weißt du das?»

Er stand auf, holte zwei Falstaff aus dem kleinen Kühlschrank und gab mir eines. Und wenn man sich noch so konzentrierte, würde man doch nie hören, wie er sich bewegte. «Angie hat angerufen und es mir erzählt. Sie wollte wissen, was wir machen.»

«Sie hat dich angerufen.»

Er knackte seine Dose Falstaff und trank einen Schluck. «Ich bin schon eine ganze Weile hier. Lucy hat angerufen. Ich wußte gar nicht, daß sie rüberkommt.»

«Morgen.»

«Ich habe ihre Flugdaten auf deinen Schreibtisch gelegt.» Pike ging mit seinem Bier zur Couch. «Warum arbeiten wir für Theodore Martin?»

«Tun wir gar nicht. Wir arbeiten für Jonathan Green.» Ich erzählte ihm von Haig und seiner Behauptung, daß Rossi Beweismaterial manipulieren würde, um ihrer Karriere zu neuem Glanz zu verhelfen. Ich erzählte ihm von LeCedrick Earle und seinen Behauptungen, daß Rossi genau das getan hatte. «Green hat uns angeheuert, damit wir diese Theorie prüfen. Ich habe ihm gesagt, wir berichten, was wir herausfinden, selbst wenn es seinem Fall schadet. Er war einverstanden.»

«Anwälte sind wie Echsen.» Für Pike ist das Leben einfach.

«Lucy ist Anwältin.»

Pikes Kopf bewegte sich einen halben Zentimeter. «Lucy nicht.»

«Angela Rossi hat dich also angerufen», wiederholte ich.

Er starrte mich durch undurchdringliche schwarze Gläser an. Vor zwei Monaten hatte ich Segeltuchjalousien an der Verandatür anbringen lassen, um die Nachmittagssonne draußen zu halten, und wenn die Jalousien unten waren, füllte sich das Büro mit einem herrlich goldenen Licht. Jetzt waren sie unten, und Pike war in dieses Licht gehüllt. Es ließ seine dunklen Brillengläser glühen. «Wir waren zusammen in der Rampart Division. Sie kam gerade dazu, als ich ging.» Pike hatte drei Jahre beim LAPD in einem Streifenwagen verbracht. «Ich kannte Haig. Haig war ein Arschloch. Ich kannte auch Rossi. Wir sind nicht zusammen in einem Wagen gefahren, aber sie kam mir wie ein anständiger Kerl vor.»

«Okay.»

«Hast du das auch herausgefunden?»

Ich nahm mein Eis, mein Falstaff und ging zu meinem Schreibtisch. Ich sah den Zettel mit Lucys Flugdaten. Pikes Druckschrift war exakt und sauber, aber so klein, daß sie fast nicht zu lesen war. «Sie ist aggressiv, ehrgeizig, und keiner kann sie leiden, aber es gibt keinerlei Anhaltspunkte, daß sie LeCedrick Earle oder sonst irgendwen aufs Kreuz gelegt hat. Haig kommt mir wie ein notorischer Nörgler vor, und Earles eigene Mutter hat gesagt, daß ihr Sohn ein Lügner ist.»

Pike nickte.

«Das einzige, was nicht paßt, ist ihr bescheidenes Heim. Vor zwei Jahren hat sie sich eine Eigentumswohnung in der Marina gekauft, die mindestens vierhunderttausend Dollar gekostet haben muß. Ich habe Adrienne Martin deswegen angerufen.»

«Vergiß das Haus. Ihre Mutter hat ihr ein Mietshaus in Long Beach hinterlassen. Als Rossi es verkauft hatte, mußte sie das Geld in einer anderen Immobilie anlegen oder den Kapitalgewinn versteuern.»

Ich starrte ihn an.

«Wir standen uns nahe.»

«Ich verstehe.»

«Sehr nahe.» Immer noch verborgen hinter den schwarzen Gläsern.

Ich starrte ihn noch eine ganze Weile weiter an, und dann nickte ich. «Ich vermute, das war's dann wohl. Kein Verbrechen, keine Schiebung, keine Korruption. Es wird Jonathan nicht gefallen, aber so ist es nun mal.» Ich hatte nicht viel überprüfen müssen, und lange gedauert hatte es auch nicht.

«Sie ist ein gewiefter Cop, Elvis. Es ist eine harte Branche für eine Frau, noch härter, wenn die Frau besser ist als die Jungs und es sie auch noch spüren läßt.»

Ich lächelte ihn an. «Sie kam mir auch nicht wie jemand vor, der in Pension gehen will.»

Er neigte den Kopf ein paar Grad. «Sie hatte eine echte Chance, der erste weibliche Chief of Detectives zu werden. Hat sie vielleicht immer noch, selbst nach diesem Theater wegen der verpfuschten Rechteaufklärung.»

«Ein hohes Lob, wenn's aus deinem Mund kommt.»

Pike zuckte die Achseln.

«Joe, hast du eine Schwäche für diese Frau?»

Pike leerte sein Bier, stand auf und legte die leere Dose sorgfältig in den Papierkorb. «Ich bewundere sie, Elvis. So, wie ich auch dich bewundere.»

Ich wußte nicht, was ich antworten sollte, also sagte ich: «Wenn du mich so bewunderst, kannst du mir auch einen Gefallen tun.»

Er wartete.

«Lucy und Ben kommen, und ich hab nur den Zweisitzer. Kann ich mir deinen Jeep leihen, um sie abzuholen?»

Pike stand regungslos da. Der Jeep war in tadellosem Zustand, und Pike sorgte dafür, daß es auch so blieb. Den Kotflügel könnte man als Rasierspiegel benutzen und direkt vom Motorblock essen.

«Ich wasche ihn auch, bevor ich ihn dir zurückgebe», sagte ich. «Wenn jemand eine Beule reinfährt, erschieß ich ihn.»

Pikes Kopf drehte sich ein halbes Grad. Ich glaube, er war schwer geprüft. «Warum begleite ich dich nicht einfach, und wir holen sie zusammen ab?»

«Joe.» Es war wie beim Zähneziehen.

Er wirkte immer noch nicht glücklich, aber schließlich nickte er. Einmal.

«Ich schreibe heute abend den Bericht über Rossi. Ich werde Truly anrufen und ihm sagen, daß ich ihn morgen abliefere, und wahrscheinlich wird er mit mir sprechen wollen. Willst du mitkommen?»

«Nein.» Echsenmenschen.

«War nur eine Frage.»

Pike ging zur Tür, schaute dann noch einmal zu mir zurück und deutete auf sein rechtes Auge. «Das wird Lucy gefallen.»

«Danke, Joe.»

«Schön zu sehen, daß Angie es noch nicht verlernt hat.» Sein Mund zuckte ein einziges Mal, dann ging er. Pike lächelt oder lacht niemals, aber manchmal spendiert er ein Zucken. Mr. Ausgelassen.

Ich trank mein Bier aus, dann rief ich Elliot Truly an. Als ich ihn in der Leitung hatte, sagte ich: «Die Nachforschungen über Angela Rossi sind abgeschlossen. Ich werde den Bericht heute abend schreiben.»

Einen Moment lang sagte er nichts. «So früh?»

«Ich bin schnell, Truly. Solche Aufträge werden im Handumdrehen erledigt, oder Sie bekommen Ihr Geld zurück.»

«Tja, verdammt auch», sagte Truly. Als sei er enttäuscht, daß es nicht länger gedauert hatte, als würde er vielleicht denken, ich hätte den Job einfach so hingerotzt. «Was haben Sie denn herausgefunden?»

«Sie ist sauber. Earle ist ein Lügner und Haig ein notorischer Nörgler. Es gibt keine Beweise, daß Rossi je etwas anderes gewesen ist als ein guter Cop.»

Wieder Schweigen. «Sie sollten besser vorbeikommen. Jonathan wird mit Ihnen darüber sprechen wollen.» Das war zu erwarten.

«Morgen nachmittag bekomme ich wichtigen Besuch.»

Ich hörte, wie er an irgend etwas herumfummelte. «Wir haben morgen früh um neun eine große Besprechung angesetzt. Schaffen Sie das?»

«Ich werde dort sein.»

Es dauerte keine zwanzig Minuten, den Bericht zu schreiben, und dann fuhr ich zur Musik von k.d. lang nach Hause. Lucy liebte k.d. lang, und während ich fuhr, stellte ich fest, daß ich weniger über Jonathan Green und Angela Rossi nachdachte als über Lucy Chenier. Ich dachte, vielleicht könnte ich das Haus in Ordnung bringen und einen Einkaufszettel machen. Das Haus war bereits sauber, und zum Einkaufen war es zu spät, aber das spielte keine Rolle. Meine Arbeit war getan, Lucy kam, und was konnte es Besseres geben? Vorfreude ist alles.

Als ich nach Hause kam, erwartete mich Pikes Jeep in der Einfahrt, frisch gewaschen, einwandfrei und glänzend. Unter der Windschutzscheibe fand ich einen Zettel: *Grüß Lucy von mir, und bitte, fahr vorsichtig*

Pike ist schon Klasse, oder?

8

Am nächsten Morgen fuhr ich um zwanzig vor neun den Laurel Canyon die Berge hinunter zum Sunset, wo ich dann nach Westen in Richtung Jonathan Greens Kanzlei abbog.

Die meisten prominenten Rechtsanwälte in Los Angeles würden ihre Mutter verkaufen, nur um ein Büro in Beverly Hills oder Century City zu finden, da unter Anwälten beide Stadtteile als beste Adressen gelten. Jonathan Greens Kanzlei lag am Sunset Boulevard in einem prunkvollen, vierstöckigen Bürogebäude in spanischem Stil gegenüber vom *Mondrian Hotel.* Ich vermute, wenn man Jonathan Green heißt, dann wird jeder Ort, an dem man sich zufälligerweise befindet, zur erstklassigen Adresse.

Das Gebäude war älter und hatte einen gepflegten Garten, dessen Königspalmen und Bougainvilleen die topmodernen Sicherheitseinrichtungen diskret vor neugierigen Blicken verbargen. Auf einem stilvollen Schild an der Vorderseite des Gebäudes stand einfach RECHTSANWALTSKANZLEI JONATHAN GREEN. Das Tor der Tiefgarage öffnete sich erst, nachdem ein Gentleman in einem roten Blazer zu meinem Wagen geschlendert kam und sich nach meinem Namen erkundigte. Er gab sich äußerst höflich, und unter seinem linken Arm bemerkte ich eine leichte Unebenheit seiner ansonsten tadellos sitzenden Jacke. Diese Unebenheit war, genau wie das Firmenschild und die Sicherheitsvorkehrungen, dezent.

Ich parkte in der Tiefgarage und folgte den Anweisungen des Sicherheitsbeamten, vorbei an einem Springbrunnen in der Eingangshalle zu den Fahrstühlen und weiter bis zum obersten Stock. Ein weiterer in einen Blazer gekleideter Gentleman lächelte mich in der Lobby an, und ein dritter stand wie zufällig im Fahrstuhl. Beide waren höflich und hatten, wie der Sicherheitsmann in der Tiefgarage, muskulöse Nacken. Muskulöse Nacken verraten alles.

Als die Fahrstuhltür aufglitt, wurde ich von Elliot Truly erwartet. Ich vermute, daß der Mann in der Tiefgarage angerufen haben mußte. «Toller Sicherheitsdienst», meinte ich.

Er starrte mein Auge an.

«Hab mich beim Rasieren geschnitten.»

Truly wurde sich bewußt, daß er mich anstarrte, und wandte den Blick ab. «Ja, also, ich denke, so was passiert.»

Ich folgte ihm vorbei an der Empfangsdame auf dieser Etage und weiter einen verglasten Flur hinunter. «Wozu all die Aufpasser?»

«Viele von Jonathans Mandanten sind nicht gerade beliebt, wie Sie sich bestimmt vorstellen können. Sie würden staunen, wie viele Menschen nicht der Ansicht sind, daß Angeklagte ein Recht auf die bestmögliche Verteidigung haben.»

«Kein Scheiß.»

Männer und Frauen in Anzügen und Kostümen huschten in beiden Richtungen herum, manche trugen Akten, andere längliche Notizblöcke und wieder andere kleine Styroporbecher, in denen sich offenbar Kaffee befand. Neun Uhr morgens, und jeder wirkte angespannt. Ich vermute, Anspannung ist ein Lebensstil, wenn man versucht, den Leuten die bestmögliche Verteidigung angedeihen zu lassen. Besonders bei fünfhundert Dollar die Stunde.

«Arbeiten all diese Leute hier für Teddy Martin?» fragte ich.

«O nein. Die Kanzlei bearbeitet derzeit über zweihundert Mandate.»

«Hmh.»

«Jonathan befaßt sich persönlich nur mit den, wie soll ich sagen, eher verfahrenen Fällen.» Er lächelte mich verschmitzt an.

Ich nickte.

Er sah mich an. «‹Den eher verfahrenen.›»

«Hab's verstanden, ja.»

Truly sah enttäuscht aus. «Oh.» Anwaltshumor.

Wir bogen in einen weiteren Gang ein und betraten von dort einen Konferenzraum ungefähr so groß wie Rhode Island. An einem Ende des Raumes war ein Frühstücksbüfett aufgebaut. Es gab genug Kaffee, Mineralwasser, Lachs und Bagels, um die

Lexington zu versenken. Sechs Männer und drei Frauen drängten sich um das Büfett, flüsterten leise miteinander. Jeder hatte einen Kaffee, aber niemand aß etwas. Vermutlich zu angespannt. «Darf ich Ihnen etwas zu essen anbieten?»

«Nur Kaffee.» Elvis Cole, auf einer Wellenlänge mit dem Team.

«Ich möchte Sie den anderen vorstellen. Jonathan wird gleich zu uns stoßen.»

Wir holten uns den Kaffee, und Elliot Truly stellte mich vor. Jeder im Raum war Rechtsanwalt, nur ich nicht. Während die Vorstellungsrunde noch lief, trudelten weitere Anwälte ein. Bei vierzehn hörte ich auf zu zählen. Der kräftigere unbedeutendere Anwalt kam herein, gefolgt von dem kleineren unbedeutenderen Anwalt, und beide trugen die gleichen Armani-Anzüge aus beigefarbenem Leinen. Übrigens genau wie Elliot Truly. «Beige», sagte ich.

«Entschuldigung?» sagte Truly.

«Ach, nichts.» Jonathan Green würde ebenfalls Beige tragen. Man konnte ein Pferd drauf setzen.

Dreißig Sekunden später kam Jonathan Green in einem beigefarbenen Leinenanzug von Armani herein. Alles klar? «Mist.»

Truly warf mir einen Seitenblick zu und flüsterte «Was?» Ich schätze, nachdem Jonathan nun da war, würden wir nur noch flüstern.

«Kein Videograph. Ich hatte gehofft, noch mehr Sendezeit zu kriegen.»

Truly blinzelte mich an, dann schien der Groschen zu fallen. «Oh, genau. Ha-ha.» Ha-ha. Um neun Uhr morgens ist einfach alles zum Wiehern.

Hinter Jonathan folgte ein weiterer Mann. Er war etwas kleiner als ich, aber seine Arme waren so lang wie die Ausleger eines Krans und seine Schultern so breit, daß man den Eindruck bekam, sie wären aus Stahlträgern. Arme und Schultern paßten nicht zum restlichen Körper, wirkten vielmehr, als hätten sie mal zu King Kong oder Mighty Joe Young oder irgendeinem anderen großen Säugetier gehört und würden jetzt von diesem Burschen recycelt. Er hielt einen braunen Umschlag in der Hand.

Green lächelte, als er mich sah, und bot mir die Hand an. «Vielen Dank für Ihr Kommen. Das hier ist Stan Kerris, der Chef unseres Sicherheitsdienstes. Stan, darf ich Ihnen Mr. Cole vorstellen.» Stan Kerris war der Knabe mit den Schultern. Er hatte die monstermäßige Stirn der Klingonen, und seine Augen sahen einen an, verrieten aber absolut nichts – wie Fenster in ein leeres Zimmer.

«Fangen wir an», sagte Truly.

Jonathan Green nahm am Kopfende des Tisches Platz, Stan Kerris setzte sich neben ihn. Die zwei unbedeutenderen Anwälte wollten so nahe wie möglich bei ihm sitzen. Wie die unbedeutenderen Anwälte versuchte überhaupt jeder, sich so nahe wie nur möglich an Jonathan Green heranzumanövrieren. Truly setzte sich neben mich. Als endlich jeder Platz genommen hatte, schlug Green die Beine übereinander und lächelte mich an. «So. Elliot berichtet mir, daß Sie keine bekräftigenden Beweise für Mr. Earles Behauptungen gefunden haben.»

«Das ist richtig.»

«Und das gleiche gilt für Mr. Haig?» Er hob fragend die Augenbrauen.

«Das ist richtig. Ich habe sowohl mit Haig als auch mit Earle gesprochen, anschließend noch mit Earles Mutter. Ich habe Earles Vergangenheit oberflächlich überprüft und die Ermittlungsunterlagen der Dienstaufsicht im Zusammenhang mit dieser Falschgeld-Festnahme geprüft. Die Dienstaufsicht gelangte zu dem Ergebnis, daß Rossi eine seriöse Festnahme durchgeführt hat.»

Truly schüttelte den Kopf. «Was soll das heißen? Selbstverstandlich müssen Sie das behaupten.»

«Nein, Mr. Truly. Müssen sie nicht. Das LAPD nimmt solche Dinge ausgesprochen ernst.» Ich sah Green an. «Ich stimme ihrem Ermittlungsergebnis zu.»

Green faltete die Hände über seinem Knie und lehnte sich zurück. «Bitte erläutern Sie uns, warum.»

Mindestens sieben der versammelten Anwälte schrieben mit, was ich sagte. Ich begann mit Raymond Haig und arbeitete mich zu Eddie Ditko und Rossis Eigentumswohnung sowie meinen Gesprächen mit LeCedrick Earle und Louise Earle vor. Ich erzählte ihnen von LeCedricks Vorstrafen einschließlich seiner engen Verbindung zu Waylon Mustapha und beschrieb detailliert, wie sehr Louise Earles Version der Ereignisse mit Rossis offiziellem Polizeibericht übereinstimmte. Ich sprach fast zwanzig Minuten, und genauso lang kratzten Kugelschreiber über Blöcke, und Jonathan Green saß regungslos da. Einige Male verengten sich seine Augen, aber die meiste Zeit beobachtete er mich, als könne er die Details mühelos absorbieren und aufnehmen. Oder vielleicht war er auch einfach nur schrecklich gelangweilt.

Als ich fertig war, sagte Kerris: «Gibt es irgendwas bei dieser Geschichte mit der Verlesung der Rechte, das wir nutzen könnten?»

«Was meinen Sie mit nutzen?»

Truly lächelte. «Deutet irgend etwas auf böswillige Absicht und Vorsatz oder auf eine Bereitschaft, eine gesetzwidrige Handlung zu begehen?»

Ich nahm die Berichte, die Eddie Ditko mir zugefaxt hatte, aus der Akte und reichte sie Truly. Ich erzählte ihnen von den Burschen mit den Macheten. Ich beschrieb, was in dem *Burrito King* passiert war. «Man hat diese beiden Kerle laufenlassen, und Rossi hat die Folgen zu spüren bekommen. Ich glaube kaum, daß hier sehr viel Vernunft im Spiel war. Wer würde schon im Anschluß an eine heiße Verfolgungsjagd die eigene Karriere wegen eines Adrenalinkicks zerstören?»

Truly lächelte wieder und sah Kerris achselzuckend an. «Schätze nicht.»

«Und Sie sind sich Ihrer Sache ganz sicher?» fragte Jonathan Green.

«Ja, Sir. Es gibt keinerlei Anhaltspunkte dafür, daß diese Frau, abgesehen von dem Schnitzer mit der verpfuschten Rechtsaufklärung, irgend etwas Ungesetzliches oder Unehrenhaftes getan hat. Es gab keinen Grund, LeCedrick Earle irgend etwas anzuhängen. Er ist ein Berufskrimineller.»

Green nickte. «Sie glauben also nicht, daß sie den Hammer auf Theodores Grundstück geschmuggelt hat?»

«Nein, Sir.»

«Wir sollten diese juristische Möglichkeit aufgeben?»

«Das ist meine Meinung, Sir.»

Jonathan Green nickte wieder, starrte dann mehrere Minuten auf die gegenüberliegende Wand. Niemand rührte sich, niemand sagte ein Wort. Alle starrten Jonathan an, als könnte er plötzlich eine Anweisung geben, auf die alle würden handeln müssen. Ängstlich.

Ich sah auf meine Uhr. Es war achtzehn Minuten vor zehn, und das Gestarre hörte nicht auf. Vielleicht war Jonathan Green in Trance gefallen, und kein Mensch ahnte etwas. Vielleicht würde er den ganzen Tag weiter starren, und ich würde immer noch hier sitzen, wenn Lucy und Ben auf dem LAX landeten. Ich trommelte mit den Fingern auf den Tisch, und Elliot Truly setzte eine entsetzte Miene auf. So was tut man einfach nicht!

Plötzlich spreizte Jonathan Green die Hände, legte sie auf den Tisch und beugte sich vor. «Nun, das war also das. Besser, es jetzt zu wissen, als uns vor Gericht in Verlegenheit zu bringen. Sie haben hervorragende Arbeit geleistet, Mr. Cole. Vielen Dank.»

Die anderen Anwälte atmeten unisono auf und brachen in breites Lächeln aus, um zu bestätigen, was für eine hervorragende Arbeit ich geleistet hatte.

Green drehte sich zu Truly. «Es war eine Theorie, aber wir müssen immer noch zahlreiche Aspekte behandeln. Wir werden jetzt die Ärmel hochkrempeln und uns weiter anstrengen müssen.» Green drehte sich zu mir zurück und beugte sich völlig ernst wieder vor. «Ich bin weiterhin von Teddys Unschuld überzeugt, und ich bin fest entschlossen, jetzt noch mehr zu arbeiten, um das zu beweisen.»

Die vierzehn anderen Anwälte an dem großen Tisch nickten emsig, und ich wußte schon, warum. Ich wollte ebenfalls nikken.

«Mr. Cole», fuhr Jonathan Green fort, «ich weiß, daß Sie nur für einen Teil unserer Ermittlungen engagiert wurden, aber es ist mir ausgesprochen wichtig, daß Leute Ihres Formats zum Team gehören.»

«Hört, hört», sagte Elliot Truly. Wirklich.

Green deutete auf Kerris. «Wir werden von den Leuten, die unsere Hotline anrufen, überrannt. Ist es nicht so, Stan?»

Kerris nickte, aber das Nicken verriet nichts, genausowenig wie seine Augen. «Wir haben mehrere hundert Anrufe von Personen erhalten, die Informationen über die Entführung zu besitzen glauben. Manche können wir nach dem Gespräch am Telefon gleich vernachlässigen, viele müssen jedoch überprüft werden. Wir teilen diese Aufgaben unter unseren Ermittlern auf.»

«Stan», sagte Green, «geben Sie ihm bitte den Umschlag.»

Kerris schob mir den Umschlag den Tisch hinunter zu. Ich öffnete ihn und fand acht einseitige Gesprächsnotizen.

«Jedes Blatt», sagte Jonathan, «enthält den Namen, die Telefonnummer und die Anschrift einer Person, die behauptet, etwas über den Mord an Susan Martin zu wissen. Wenn Sie in dieser Angelegenheit weiterhin für uns arbeiten und diese Leute überprüfen wollen, würden wir uns sehr freuen.»

Ich warf einen Blick auf die Blätter. Ich schob sie in den Umschlag zurück. «Ich erwarte Besuch.»

Truly zuckte die Achseln. «Es eilt nicht, Cole. Natürlich ist früher besser als später, aber Sie wissen ja selbst, wie langsam die Mühlen der Gerechtigkeit mahlen.»

«Okay.»

Green lächelte zufrieden. «Nun, das ist wunderbar. Das ist fabelhaft.»

Die versammelten Anwälte versicherten mir, wie fabelhaft es war.

Ich sah kurz auf meine Uhr und dachte, drei oder vier Gespräche könnte ich sicher noch abhaken, bevor Lucys Maschine landete. Je mehr ich vor Lucys Ankunft erledigte, desto mehr Zeit hätte ich für sie.

«Wir wissen nichts über diese Personen», sagte Truly. «Wie Stan bereits sagte, unsere Leute konnten die Spinner bereits am Telefon ausklammern, aber man weiß ja nie. Wir möchten, daß Sie Ihre Erfahrung einsetzen, um zu ermitteln, ob sie irgend etwas Interessantes anzubieten haben.»

«Erfahrung. Okay.» Ich sah wieder auf meine Uhr. «Hab ich verstanden.»

Truly spreizte die Hände. «Und wenn Sie damit fertig sind, warten natürlich weitere.»

Die unbedeutenderen Anwälte kicherten leise vor sich hin, und jemand sagte: «*Erheblich* mehr.» Sogar Jonathan Green mußte lachen.

Green erhob sich, und alle anderen standen mit ihm auf, und ich hoffte nur, mit meinem Auf-die-Uhr-Gesehe nicht zu unverschämt gewesen zu sein. Jonathan kam um den Tisch und bot mir wieder die Hand an. Als ich sie diesmal ergriff, hielt er sie fest. «Sie müssen wissen, daß ich von Ihrer guten und zügigen Arbeit sehr angetan bin, Mr. Cole. Es ist mir wichtig, und es ist auch wichtig für Teddy. Ich habe gestern mit ihm gesprochen und ihm berichtet, daß Sie zum Team gehören. Sie werden Teddy mögen, Mr. Cole. Jeder mag ihn.»

«Ich freu mich schon drauf.»

«Viel Erfolg.» Er versuchte, meine Hand loszulassen, doch jetzt hielt ich fest, ohne mir dessen bewußt zu sein. In diesem Augenblick lächelte er freundlich, und ich ließ los.

Jonathan Green rauschte zusammen mit Kerris hinaus, immer die unbedeutenderen Anwälte im Schlepptau, die sich gegenseitig anrempelten, um an Boden zu gewinnen.

9

Es war kurz vor zehn, als ich den Sicherheitsdienstleuten zu meinem Wagen folgte, dann direkt in den Virgin Megastore fuhr, wo ich die neue k.d. lang und einen Sampler von Louisiana-Hits namens *Cajun Party* kaufte, anschließend im Parkhaus des Megastores saß und den Umschlag mit den Hotline-Anrufern durchging. Es blieben mir noch fast sieben Stunden, bis Lucys Maschine landete; jede Menge Zeit für den weltschnellsten Detektiv, seinem Ruf gerecht zu werden und eine beachtliche Zahl von Gesprächen zu führen, besonders wenn die ermittlerischen Pflichten auf so methodische und professionelle Art in Angriff genommen wurden.

Ich ordnete die acht Gesprächsprotokolle und beschloß, mit denen anzufangen, die sich am nächsten befanden, und mich dann weiter nach draußen vorzuarbeiten.

Ich kehrte ins Virgin zurück, besorgte mir bei einer hübschen jungen Frau mit einem Ring durch die Nase etwas Kleingeld und vereinbarte aus einer Telefonzelle auf dem Sunset Boulevard Gesprächstermine. Ein Obdachloser mit einem Einkaufswagen voller gefalteter Kartons hockte unter dem Münztelefon, besaß aber die Güte, zur Seite zu rücken, als ich ihm sagte, ich müsse telefonieren. «Bitte, gern. Schließlich ist es ja ein öffentlicher Ort», sagte er. Er trug Gamaschen.

Ich fütterte das Telefon mit einem Quarter und wählte die Nummer von Mr. C. Bertrand Rujillio, der keine fünf Minuten von hier entfernt wohnte. Ein Mann mit einer leisen, schnarrenden Stimme meldete sich nach dem vierten Klingeln. «Wer spricht da?»

«Mein Name ist Cole, und ich arbeite für die Anwaltskanzlei Jonathan Green. Ich möchte bitte Mr. C. Bertrand Rujillio sprechen.»

Kurzes Schweigen, und dann war das Krächzen wieder da. «Haben Sie das Geld?»

«Spreche ich mit Mr. Rujillio?»

Wieder Schweigen, dann sanfter: «Das Geld?»

«Falls Sie die Belohnung meinen, die wird nur dann ausgezahlt, wenn Sie Informationen besitzen, die zur Festnahme und Verurteilung von Ms. Martins Mörder führen.» Truly hatte behauptet, daß die Angestellten der Hotline das bereits in aller Deutlichkeit erklärt hatten und ich mir keine Gedanken machen müßte. «Ich muß erst Ihre Aussage aufnehmen, Mr. Rujillio. Könnten wir einen Termin vereinbaren?»

Wieder Schweigen, und dann war die Leitung tot. Ich starrte den Hörer ein paar Sekunden an, legte auf und strich C. Bertrand Rujillios Namen von der Liste.

Der Obdachlose fragte: «Kein Glück gehabt?»

Ich schüttelte den Kopf.

Bei den nächsten drei Anrufen erreichte ich zweimal einen Anrufbeantworter und einmal meldete sich überhaupt niemand. Keiner zu Hause. «Scheiße», sagte ich.

«Vier von vier ist ziemliches Pech», meinte der Obdachlose.

«Kann ja nicht immer so weitergehen.»

«Wollen Sie noch oft telefonieren?»

«Ein paarmal.»

Er seufzte und schaute fort.

Zwei weitere Anrufe, zwei weitere Anrufbeantworter, und damit war die Liste der Leute in der Nähe erschöpft. Soviel zu Effizienz. Soviel zu meinem Plan, sich vom Nahen zum Entfernten vorzuarbeiten. «Na gut, zum Teufel damit.»

«Erzählen Sie mir davon», sagte der Obdachlose.

Ich sah ihn an. «Ich hatte einen Plan, aber kein Mensch ist zu Hause.»

Er zuckte mitfühlend die Achseln, spreizte dann die Hände. «Flexibilität, mein Freund. Flexibilität ist der Schlüssel zum Glück. Merken Sie sich das.»

Ich sagte, ja, das werde ich, durchwühlte die Unterlagen und beschloß: zum Teufel damit, unbedingt in der Nähe anfangen zu wollen. Ich rief Floyd M. Thomas in Chatsworth an. Chatsworth lag gut vierzig Autominuten entfernt. Floyd M. Thomas meldete sich nach dem dritten Klingeln mit einer hektischen, nervösen Stimme und sagte, er habe meinen Anruf bereits erwartet und wolle sich mit mir treffen. Ich legte auf. Der Obdachlose sagte: «Sehen Sie? Wenn wir etwas erzwingen wollen, verderben wir nur alles. Ihre Flexibilität jedoch erlaubt es den Dingen, sich auf eine Weise zu entwickeln, die Sie zufriedenstellt. Wir kennen dafür den Begriff der Synchronisation.»

«Sie sind ein kluger Mann. Vielen Dank.»

Er spreizte die Hände. «Der Besitz großer Weisheit verpflichtet, sie mit anderen zu teilen. Viel Spaß.»

Ich fuhr nach Chatsworth.

Floyd Thomas wohnte in einer Studiowohnung im ersten Stock einer Zehn-Parteien-Parkwohnanlage in der Nähe der Nordhoff Street. Das Haus befand sich hinter einem Gerüst, und Hispanic-Männer in ausgebeulten Hosen schlugen rissigen Putz ab. Erdbebenreparaturen. Thomas war ein dünner, gebeugter Mann von Anfang Fünfzig, der die Tür gerade weit genug aufmachte, um mit einem Auge zu mir herauszuschauen. Als er die Tür öffnete, quollen um ihn herum Nebelschwaden und feuchte Hitze raus. Ich schob meine Karte durch den Spalt. «Elvis Cole. Ich habe wegen dem Martin-Mord angerufen.»

Er sah die Visitenkarte an, ohne sie zu nehmen. «O ja. Floyd Thomas hat das gesehen. Floyd Thomas hat genau gesehen, was passiert ist.» Floyd Thomas. Ist es nicht super, wenn man in der dritten Person von sich redet?

«Ist ja toll, Mr. Thomas. Ich muß Ihre Aussage zu Protokoll nehmen.»

Er zog vier Sicherheitsketten ab und öffnete die Tür gerade so weit, daß ich eintreten konnte. Wenn es draußen über fünfunddreißig Grad war, dann mußten es drinnen mindestens fünfundvierzig Grad sein, während mindestens drei Hochleistungsluftbefeuchter Wasserdampf ausspuckten. Stapel von Zeitungen, Illustrierten und Zeitschriften wuchsen überall im Zimmer wie ein außer Kontrolle geratener Pilzdschungel aus dem Boden, und alles roch nach Schimmel und Körpergeruch. «Ganz schön heiß hier», meinte ich.

«Floyd Thomas friert leicht.» Schweiß sickerte von seinem Skalp und über die Konturen seines Gesichts. Das dünne Hemd klebte auf seiner Haut. Dreißig Sekunden in der Wohnung, und ich fing auch schon an zu schwitzen.

«Und? Was genau haben Sie denn gesehen, Mr. Thomas?» Ich kramte ein Formblatt heraus und machte mich bereit für Notizen.

«Wir waren über dem Encino Reservoir. Sie saßen in einem langen, schwarzen Kabriolett. Es war ein Mercury, glaube ich.»

Ich sah ihn an, ohne zu schreiben. «*Über* dem Encino Reservoir?»

Er nickte. «Genau. Ich habe sie mit einer Frau in ihrem Wagen gesehen, und ich bin sicher, daß sie es war. Sie hat sich gewehrt.» Während er sprach, bewegten sich seine Augen von einer Seite zur anderen.

Ich senkte den Kugelschreiber. «Wie konnten Sie *über* dem Reservoir sein?»

Er kniff die Augen zusammen und sah mich mißtrauisch an. «Sie haben mich mit ins Raumschiff genommen, um die Chips zu justieren.»

«In das Raumschiff?» fragte ich. «Die Chips?»

Er zog seine Oberlippe zurück, so daß sein Zahnfleisch zu sehen war. «Sie haben Chips in mein Zahnfleisch eingepflanzt, die niemand sehen kann. Sie tauchen nicht mal auf einer Röntgenaufnahme auf.» Er stieß ein winziges Lachen aus. Hie-hie. Ungefähr so.

«Sie glauben», sagte ich, «Sie haben Susan Martin in einem schwarzen Mercury Kabrio gesehen, als Sie im Raumschiff waren.»

Er nickte wieder. «Es waren drei schwarzgekleidete Männer, und sie hatten die Frau. Schwarze Anzüge, schwarze Krawatten, schwarze Hüte, schwarze Brillen. Sie hatte das Raumschiff gesehen, und die schwarzgekleideten Männer mußten dafür sorgen, daß sie zum Schweigen gebracht wurde. Sie arbeiten für die Regierung, wissen Sie das denn nicht?»

«Natürlich.»

«Wann bekomme ich die Belohnung?»

«Wir werden Sie benachrichtigen, Mr. Thomas.»

Ich bedankte mich bei Floyd Thomas für seine kostbare Zeit, fuhr dann zu einem 7-Eleven in der Nähe und erledigte vier weitere Anrufe, die drei weitere Gespräche zur Folge hatten. Mr. Walter S. Warren aus Van Nuys war ein pensionierter Unternehmer, der überzeugt war, sein jüngerer Bruder Phil stecke hinter der Entführung. Er erzählte, daß Phil einmal in Teddy Martins Restaurant in Santa Monica gegessen, sich bei dem Genuß eines Tatarbeefsteaks einen Zahn angebrochen und geschworen hatte, für das, was mit seinem Zahn passiert war, «dieses Arschloch dranzukriegen». Ms. Victoria Bonell, ebenfalls aus Van Nuys, war eine extrem dünne Frau, die ihre Ranchervilla mit sieben Möpsen und neun Millionen Flöhen teilte. Ms. Bonell schilderte ein ausgefeiltes Szenario, in dem «Lippenstiftslesben» und «Power-Mannweiber» hinter dem Mord an Susan Martin steckten, Informationen, die sie zufällig mitbekommen hatte, als sie sich in einem Salon namens Rosa's die Haare färben ließ. Pflichtbewußt notierte ich all das, dann suchte ich Mrs. Lewis P. Reese aus Sherman Oaks auf, die mir Tee und Keksröllchen anbot und ganz offensichtlich nichts von Teddy Martin, Susan Martin oder der Entführung wußte. Sie war ältlich und einsam, und ich blieb zwanzig Minuten länger als nötig, um mit ihr über ihren verstorbenen Ehemann zu plaudern. Der Detektiv im Dienst der Nächstenliebe.

Zwanzig nach zwei verließ ich Mrs. Reese, aufgedunsen vom Teegebäck, mit einem Juckreiz von den Flöhen und nach Floyd C. Thomas' Höhlenmensch-Umgebung riechend. Bevor ich weitere Anrufe tätigte, sollte ich vielleicht Jonathan anrufen und ihn fragen, ob er wirklich sein Geld dafür ausgeben wollte, daß ich mit solchen Leuten sprach?

Ich hielt an einem Supermarkt, kaufte Weichspüler, zwei Long Island-Jungenten, genug Salat für eine neunköpfige Familie und war um zehn nach drei wieder zu Hause. Von der Fluggesellschaft erfuhr ich, daß Lucys Maschine planmäßig erwartet wurde. Ich legte die Enten in einen großen Topf, bedeckte sie zum Auftauen mit Wasser und stellte den Topf in den Kühlschrank. Ich duschte, rasierte mich und zog etwas Frisches an, um einen letzten Kontrollgang durchs Haus zu machen. Picobello. Tadellos. Frei von peinlichen Wollmäusen.

Ich stieg in Pikes Jeep, fuhr wieder den Berg hinunter und weiter zum LAX, traf achtundzwanzig Minuten zu früh am Gate ein. Ich setzte mich gegenüber von einer älteren Frau mit spröden grauen Haaren und freundlichen Augen. Ich nickte ihr zur Begrüßung zu, und sie nickte zurück. «Ich mache jede Wette, daß sie sehr hübsch ist», sagte sie.

«Wer?»

«Die, auf die Sie warten. Sie müßten das Lächeln auf Ihrem Gesicht sehen.» Alleswisser.

Es wurde voll am Gate, und mit wachsender Menge wurde ich immer nervöser und flippte fast aus. Als die Maschine gelandet war, hämmerte mein Herz, und das Atmen fiel mir schwer. «Reiß dich zusammen, Dummkopf. Versuch's wenigstens.»

Die ältere Frau lachte, und ein Mann mit einem Zweijährigen auf dem Arm entfernte sich ein Stück.

Ich sah Lucy zuerst, sie kam hinter drei älteren Herren aus der Gangway, und ich wollte brüllen «Hey, Luce!» und auf und ab hüpfen.

Lucy Chenier ist eins fünfundsechzig groß, hat grünbraune Augen und rotbraune Haare, die von goldenen Strähnen durchzogen sind, weil sie viel Zeit in der Sonne verbringt. Sie trug schwarze Shorts, ein weißes, langärmeliges Hemd mit aufgerollten Ärmeln und weiße Reebok-Tennisschuhe, eine graue Leinen-Umhängetasche, die wahrscheinlich neuntausend Pfund schwer war, und ihre Gucci-Aktentasche. Als sie mich bemerkte, versuchte sie zu winken, aber ihre Hände waren zu voll. «He, da ist Elvis!» brüllte Ben, und ich drängte mich an zwei Marines vorbei. Lucy umarmte mich, und ich umarmte sie, und dann trat sie einen Schritt zurück und sagte: «Oh, dein armes Auge!»

«Du siehst umwerfend aus, Luce. Du ahnst es gar nicht.»

Wir küßten uns lange, und dann umarmte ich Ben. Ben Chenier war etwa zehn Zentimeter gewachsen während der drei Monate, die ich ihn nicht gesehen hatte. «Du bist größer geworden.»

Er strahlte. «Eins achtunddreißig. Bald bin ich eins fünfzig.»

«Wow!»

Ich nahm die Umhängetasche, und wir folgten den anderen Passagieren zum Gepäckband. Lucy und ich hielten Händchen, während Ben vor uns her tobte und die Energie eines achtjährigen Jungen verbrannte. Lucys Hand fühlte sich trocken, warm und natürlich an. Während wir die weiß gekachelten Korridore hinuntergingen, erzählte sie mir von ihrem Flug (ereignislos) und wie Ben seinen Sommer verbracht hatte (eine Woche im Camp Avondale mit seiner Pfadfindergruppe) und über Lucys geschäftliche Aufgabe in Long Beach (gütliche Neuverhandlung einer sechs Jahre alten Scheidungsübereinkunft, bei der es unter anderem um komplexe Firmenanteile ging). Während wir sprachen, wuchs in mir das Gefühl, daß dies nicht einfach nur zwei Menschen waren, mit denen ich einige Zeit verbringen würde, sondern zwei Menschen, die ich in mein Leben hineinließ. Bei dem Gedanken mußte ich lächeln, und Lucy sagte: «Was?»

«Ich denke nur gerade, wie glücklich ich bin, daß ihr zwei hier seid.»

Sie drückte meine Hand.

Nachdem ihr Gepäck gekommen war, luden wir es in den Jeep und folgten dem LaTijera Boulevard in nordöstlicher Richtung durch die Stadt. Es war Rush-hour, und wir kamen nur langsam vorwärts, aber das schien überhaupt keine Rolle zu spielen. «Fahren wir zu deinem Haus?» fragte Ben.

«Richtig. Ich wohne in den Bergen oberhalb von West Hollywood.»

«Wo werden wir schlafen?»

Lucy und ich lächelten uns an. «Ich habe ein Gästezimmer. Dort steht ein Bett für deine Mom und eine Campingliege für dich.»

«Was für ein Haus hast du?»

«Das wirst du sehen, wenn wir da sind, Ben», sagte Lucy.

Ich lächelte ihn im Rückspiegel an. «Es wurde an einen Berghang gebaut und ist von Bäumen umgeben. Eine Freundin hat mal gesagt, es erinnere sie an ein Baumhaus.»

«Cool», meinte Ben.

Lucy hob eine Augenbraue und sah mich an. «Welche Freundin?»

«Das ist schon Jahre her.»

«Hm-hmh.»

Den Slauson Pass bewältigten wir in einer guten Zeit, dann ging es weiter nach Norden durch den Fairfax District vorbei an CBS und schließlich den Laurel Canyon hinauf in die Berge, und dann waren wir zu Hause. Die Sonne stand immer noch hoch im Westen, als wir in den Carport einbogen und ausstiegen, und Lucy sagte: «Oh, das ist einfach wunderbar!» Man konnte den Eukalyptus und die Kiefern riechen, und über uns schwebten die beiden rotschwänzigen Falken, die im Canyon lebten. «Habt ihr Hunger?» fragte ich.

«Jaaa!» rief Ben.

«Ich verhungere», sagte Lucy, «aber vorher würde ich gern baden.»

Ich führte sie durch die Küche ins Haus, am Eingang vorbei durchs Wohnzimmer, und während wir gingen, beobachtete ich, wie Lucys Blicke über die Arbeitsflächen in der Küche, den Kühlschrank mit den Spiderman-Magneten, die in die Eßzimmerwand eingebaute Theke, den gemauerten Kamin im Wohnzimmer, die Bücherregale und Bilder wanderten, um in diesen wenigen Sekunden soviel wie möglich von meinem Leben aufzunehmen. Sie bemerkte, daß ich sie beobachtete, und lächelte anerkennend. «Es gefällt mir hier.»

Ich zeigte ihnen ihr Zimmer und das Bad, dann führte ich sie hinaus auf die Veranda. Ben sagte: «O *Mann*!», rannte am Geländer entlang und schaute hinunter. Es geht ungefähr sechs Meter steil nach unten.

«Elvis, es ist wunderschön hier», sagte Lucy.

«Dieser Canyon geht in den Nichols Canyon über, der sich in das Becken öffnet. Das kleine bißchen Stadt, das man sieht, gehört zu Hollywood. Morgen früh werden wir die Straße dort hinunterfahren.»

Sie drehte sich zum Haus um und senkte die Stimme. «Und wo schläft der Hausherr?»

Ich grinste und zog sie an mich. «Die Treppe im Wohnzimmer führt zu den Gemächern des Hausherrn.»

Sie schob mich zurück, lehnte sich dann gegen das Geländer und verschränkte die Arme. Es war eine verdammt gute Pose. «Vielleicht erhalte ich etwas später Gelegenheit, die Räumlichkeiten zu inspizieren.»

Ich zuckte mit den Achseln, aber es war mir nicht möglich, so zu tun, als wäre mir das gleichgültig. «Wenn du brav bist, erlaube ich's dir vielleicht», sagte ich mit brüchiger Stimme.

Ein Lächeln schlängelte sich unter den längsten Wimpern der Welt heraus, und sie senkte ihre Stimme noch mehr. Mit starkem Südstaatenakzent sagte sie: «Oh, Studly, ich hab vor, sehr, sehr ungezogen zu sein.»

Die Luft schien unter einer Art elektrischer Hitze zu knistern, und dann kam Ben von der Seite des Hauses zurückgestürmt. «Elvis, darf ich den Berg runterklettern?»

«Da mußt du deine Mom fragen, mein Freund.»

Lucy warf einen Blick über das Geländer. «Ist es sicher?»

«Klar. Es ist ein flacher Abhang. Die Leute, die dort drüben wohnen, haben zwei Jungs, und die spielen überall auf den Steinen.»

Lucy wirkte nicht sonderlich überzeugt, aber man sah, daß sie nachgeben würde. «Schön, okay, aber geh nicht zu weit weg.»

Ben verschwand wieder um die Hausecke, und diesmal hörten wir ihn durch das verdorrte Gras und in die Bäume laufen. Lucy sah mich an, und ich sah sie an, aber jetzt war sie völlig ernst. «So. Wirst du mir jetzt erzählen, was mit deinem Auge passiert ist?»

«Eine Polizeibeamtin namens Angela Rossi hat mir mit einem Totschläger eins übergezogen.»

Lucy seufzte und schüttelte den Kopf. «Andere Frauen sind mit Ärzten oder Geschäftsleuten liiert. Ich muß mich ausgerechnet in jemanden verknallen, der sich auf der Straße in Schlägereien verwickeln läßt.»

«Ach, es war eigentlich keine Schlägerei. Sie hat mich ausgetrickst.» Ich erzählte ihr, weshalb mich Green engagiert hatte und wie ich an mein Veilchen gekommen war.

Lucy hörte zu, war mehr an den Passagen über Jonathan Green interessiert und runzelte die Stirn, als ich ihr erzählte, wie Rossi mich mit einem Blick ausgetrickst hatte. «Sie hat dich überrumpelt. Du hast sie unterschätzt, weil sie eine Frau ist.»

«Wenn ich das zugebe, würde ich ihr nicht gerecht. Ich habe sie nicht unterschätzt; sie war schlicht und einfach gut genug, mich mit einem Blick zu täuschen und dann auszutricksen.»

Lucy schenkte mir ein mildes Lächeln, berührte dann das Veilchen. «Du bist süß.»

Ich nickte.

Sie trat näher, stellte sich auf die Zehenspitzen und küßte es. «Ich muß noch ein paar Anrufe erledigen und möchte dann ein Bad nehmen. Darf ich dein Telefon benutzen?»

«Klar.» Ich streifte ihr Haar, streichelte dann ihren Oberarm. «Du brauchst nicht zu fragen, okay? Gleichgültig, was du tun willst, solange du hier bist – mach's einfach. Das gilt auch für Ben.»

Sie stellte sich wieder auf die Zehenspitzen und küßte mich. «Behalt Ben im Auge, okay?»

«Im guten oder schlechten Auge?»

«Witzig.»

Während Lucy ihre Anrufe erledigte, warf ich den Grill an, zerlegte die Enten und rieb sie mit Zitronensaft, Knoblauch und Pfeffer ein. Lucy telefonierte mit zwei Anwälten, um für den nächsten Tag ihre Besprechung zu vereinbaren, und dann rief sie Jodi Taylor an. Jodi war mitten in den Dreharbeiten zu ihrer Serie *Songbird* und hatte Ben eingeladen, den Tag mit ihr auf dem Set zu verbringen. Als Lucy mit Telefonieren fertig und ins Bad verschwunden war, kümmerte ich mich um Ben, und als die Kohle durchgeglüht war, legte ich die vier Entenhälften auf den Grill und deckte sie ab. Ich stand wieder in der Küche und war mit dem Estragonreis und Salat beschäftigt, als die Katzentür klapperte und der Kater hereinmarschierte. In der Mitte der Küche erstarrte er und knurrte böse.

«Laß das!» sagte ich.

Er schlich durch die Küche, blieb alle paar Schritte stehen, seine Katzennase arbeitete fieberhaft, und das Knurren drang weiter leise aus seiner Brust. «Wir werden ein paar Tage Gäste haben, und falls du jemanden beißt oder kratzt, bekommst du ernste Schwierigkeiten.»

Seine Augen verengten sich, und er sah mich an. «Das ist mein Ernst», sagte ich.

Er sprintete durch seine Tür nach draußen. Es gibt Dinge, über die kann man einfach nicht mit ihm diskutieren.

Ich sah wieder nach Ben, machte den Salat fertig, deckte den Tisch und legte die neue k.d. lang auf. Lucy tauchte in frischen Shorts und mit nassen, zurückgekämmten Haaren auf, legte von hinten die Arme um mich und ließ mich ihre Wärme spüren. «Alles ist absolut perfekt», sagte sie.

«Noch nicht», erwiderte ich. «Aber bald.»

Dann riefen wir Ben, um zu essen. Stückchen für Stückchen bewegten wir uns durch den Abend, redeten und verplanten unsere nächsten Tage. Manchmal berührten Lucy und ich uns leicht, und jede Berührung war eine Möglichkeit, etwas Größeres zu teilen als die simple Erfahrung des Zusammenseins. Nach einer Weile lief auch Ben nicht immer in Erwartung eines Abenteuers nach draußen, und Lucy flüsterte schließlich: «Er ist eingeschlafen.»

«Soll ich dir helfen, ihn ins Bett zu bringen?»

«Nein. Ich stell ihn auf die Beine, und dann geht er von allein.»

Als ihre Tür zu war, löschte ich überall das Licht und ließ nur eines an, dann ging ich nach oben und zog mich aus. Das Haus war still, und ich meinte, ich könnte sie riechen wie der Kater. Aber vielleicht war das nur Einbildung.

Ich lag eine kleine Ewigkeit im Dunkeln, und dann hörte ich, wie unten die Tür aufging und sie die Treppe heraufkam, und ich dachte daran, was für ein Glück es war, daß sie gekommen war und daß ich derjenige war, den sie besuchen kam.

10

Die Sonne strahlte hell und heiß auf die Laken, und als ich aufwachte, zog mir der Duft von frischem Kaffee in die Nase, und aus dem Fernseher hörte ich eine Folge von *Verliebt in eine Hexe*. Elizabeth Montgomery sagte: «Aber Darren ist ein so wunderbarer Mann, Mutter», und Agnes Moorehead antwortete: «Genau das ist ja das Problem, meine Liebe. Er ist ein *Mann*, und du hast etwas viel Besseres verdient.»

Als ich nach unten ging, waren Lucy und Ben auf und angezogen. Ben lag auf der Couch und sah fern, Lucy saß am Eßzimmertisch und trank Kaffee. Sie trug einen blaßgelben Hosenanzug, und ihre Gucci-Aktentasche war offen. Die Dokumente lagen neben ihr auf dem Tisch ausgebreitet. «Hi. Da sind ja Leute in meinem Haus», sagte ich.

Lucy lächelte. «Wir haben versucht, leise zu sein.»

«Wart ihr auch. Ich habe überhaupt nichts gehört.» Sie streckte eine Hand aus, die Finger gespreizt, und ich schlang meine Finger durch ihre.

«Hmh», machte sie.

Ich wackelte mit den Augenbrauen, warf dann einen verstohlenen Blick Richtung Treppe. «Hm-hmh.»

Lucy zog ihre Hand zurück. «Keine Zeit, mein Lieber. Jodi wird Ben auf dem Weg ins Studio abholen, anschließend mußt du mich zu einer Budget-Niederlassung bringen. Sie müßte eigentlich bald hier sein.»

«Toll.» Wir grinsten uns breit und ein bißchen dümmlich an, was vermutlich recht albern wirkte. «Hast du gut geschlafen?»

Lucy setzte ein ernstes Gesicht auf. «Sehr gut, vielen Dank. Und selbst?»

Ich tat, als unterdrücke ich ein Gähnen. «Ein bißchen unruhig. Ich fühle mich heute morgen etwas ausgelaugt.»

Lucy hob die Augenbrauen. «Vielleicht brauchst du mehr Ruhe.»

Ben sah verwirrt von der Couch zu uns herüber. «Ich finde gar nicht, daß du müde aussiehst.»

Lucy und ich grinsten, und Ben sah uns noch verwirrter an. «Was habe ich gesagt?»

Lucy sagte: «Ich kenne den Weg zu meiner Besprechung, also müssen wir nur noch den Wagen abholen. Du gehst jetzt duschen und ziehst dich an, währenddessen mache ich uns ein Frühstück. Abgemacht?»

«Abgemacht.»

Ich erledigte meinen Teil und sie ihren, wir wurden gerade fertig mit getoastetem Bananenbrot und Rühreiern, als Jodi Taylors schwarzer BMW rasant vor meiner Einfahrt bremste. Ich drückte die Küchentür auf und gab ihr einen Kuß, als sie eintrat. «Was denn, keine Limousine für den Star?»

Jodi Taylor zupfte an meinem Hemd. «Ich kaufe mir erst eine überlange Limousine, wenn du mitfährst, schöner Mann.» Dann zwinkerte sie Lucy zu und sagte: «Ooops, sorry. Wie ich sehe, ist er bereits ausgebucht.»

Ich wackelte wild mit den Augenbrauen. «Ausgebucht, ja, aber vielleicht mietbar.»

«In diesem Fall», sagte Lucy, «sollte sie sich einen Leichenwagen kaufen. Da kann man den Leichnam besser aufbahren.»

Jodi lachte. «Knu-rrr. Diese Südstaatenschönheiten sind *sehr* territorial.»

«Besitzergreifend», korrigierte Lucy. «Das Wort heißt besitzergreifend.»

Lucy und Jodi umarmten sich, und Ben kam aus dem Wohnzimmer gestürmt. Wie Lucy stammte auch Jodi Taylor aus Louisiana, auch wenn man es ihr nicht mehr anhörte. Sie war etwa drei Zentimeter größer als Lucy, hatte hellbraune Augen und dunkelrotes Haar und besaß eine Art natürliche Schönheit, die sie jede Woche für dreißig Millionen Leute attraktiv machte. Eben Supermarktschönheit, die einen glauben ließ, daß man ihr vielleicht zufällig über den Weg liefe, wenn sie gerade Pampers oder Cola light kaufte. *Songbird* war um eine zweite Staffel verlängert worden, und Jodi Taylor hatte gerade mit der Produktion der neuen Episoden begonnen. Sie wirkte glücklich und ruhte in sich, was vor drei Monaten nicht so gewesen war. «Jodi, du siehst wunderbar aus», sagte Lucy.

Jodi lächelte schüchtern. «Dank euch beiden.»

Ich hatte Jodi ab und zu in den drei Monaten getroffen, seit ich ihr geholfen hatte, Lucy jedoch nicht, deshalb unterhielten sie sich angeregt und besprachen die Einzelheiten von Bens Tag, während ich den Tisch abräumte und den Geschirrspüler vollpackte. Dann ging ich nach oben, um meine Akte mit den Informationen zu holen. Ich überlegte, ob ich eine Dose Insektenschutzmittel mitnehmen sollte, entschied mich dann doch dagegen. Zu schwer, die Dose ins Holster zu zwängen.

Als ich wieder nach unten ging, standen Jodi und Lucy zusammen und grinsten. «Sie arbeiten für Jonathan Green?» fragte Jodi. «Nein so was.» Beeindruckt.

Ich spreizte die Hände. «Er ist einfach nur ein Klient, meine Damen.» Mr. Bescheiden.

Lucy stemmte die Hände in die Hüften. «Nein, ist er nicht. Er ist Jonathan Green.»

Wieder spreizte ich die Hände. Sie machen so weiter, und ich schlage mich mit Flöhen herum und rede mit Leuten, die glauben, sie hätten Chips im Zahnfleisch.

Lucy machte ihre Stimme tief und rauchig. «Er *beherrscht* einen Gerichtssaal. Seine Ausstrahlung ist so dominierend.»

Jodi Taylor schlich sich zu mir und spielte mit meinem Kragen. «Könnten Sie nicht vielleicht einen persönlichen Termin arrangieren?»

«Ob er wohl mein juristisches Diplom signieren würde?» meinte Lucy. «Würde er das für meine Wenigkeit tun?»

«Ich hab was ganz anderes, worauf er sein Autogramm setzen könnte», säuselte Jodi.

Mädchenhumor.

Jodi und Ben brachen schließlich zum Studio auf, und dann brachte ich Lucy zum Budget-Büro. Schweigend fuhren wir auf der Nebenstraße durch den Canyon. Lucy starrte aus dem Fenster, und ich dachte, daß sie sich vielleicht die fremdartige Landschaft und die merkwürdigen Häuser auf dem Berg ansieht, aber das tat sie nicht. Sie sagte: «Was ich vorhin mit besitzergreifend gemeint habe, das war nur Spaß.» Ihre Stimme war leise, und als sie es sagte, da schaute sie mich nicht an.

«Sicher.»

Ihre Hände lagen auf dem Schoß und die Aktentasche auf dem Boden neben ihren Beinen.

«Elvis?»

«Hmh?»

Wieder Schweigen. Länger diesmal. «Triffst du dich mit anderen Frauen?»

Ich sah sie an, aber sie schaute immer noch fort. Ich richtete meinen Blick wieder auf die Straße.

«Ich meine», sagte Lucy, «es geht mich ja nichts an. Wir haben nie darüber geredet.»

Ich nickte. Ich sah sie wieder an, aber sie starrte immer noch auf die vorbeiziehende Landschaft. «Im ersten Monat nach meiner Rückkehr aus Louisiana war ich zweimal aus. Einmal mit einer Frau, mit der ich mich vorher bereits einige Male getroffen habe, und einmal mit einer Kellnerin aus dem Valley. Beide Male waren nicht so besonders.»

«Oh.» Sie klang nicht enttäuscht.

«Ich war mit ihnen zusammen, aber ich habe an dich gedacht. Dann haben wir darüber geredet, zusammen nach Cancun zu fliegen. Seitdem bin ich mit niemandem mehr ausgewesen. Ich habe einfach keine Lust, mit einer anderen auszugehen.» Ich sah nicht mehr auf die Straße, sondern nur noch sie an, was in den Bergen nicht besonders klug ist.

Lucy Chenier blickte mir in die Augen, nickte kurz und drehte den Kopf wieder zum Fenster.

«Hast du dich mit jemandem getroffen?» fragte ich.

Sie schüttelte den Kopf. «Nein.»

Ich dachte darüber nach. «Gut.»

Ohne mich umzusehen, streckte sie die Hand aus. Ich ergriff sie.

So fuhren wir den Rest des Weges, bis ich sie bei Budget absetzte und einen weiteren aufregenden Tag in den Diensten der Großen Green-Verteidigungsmaschine begann.

11

Nachdem ich Lucy abgesetzt hatte, hielt ich vor einem Diner auf dem Hollywood Boulevard und telefonierte ausgiebig. Von den restlichen Personen auf meiner Liste wohnten zwei in El Monte, einer in San Marino und einer in Pasadena, allesamt am Ostrand der riesigen Stadtlandschaft von Los Angeles.

Mr. James Lester rief ich als erstes an. Eine Frau meldete sich, die jung und gequält klang und mir sagte, er schlafe noch. Vor Mittag müsse er nicht zur Arbeit, also schlief er lange. Ich sagte, daß ich später in der Nähe sein würde und ob es okay wäre, wenn ich noch einmal anriefe. «Mister», antwortete sie, «es ist mir so was von scheißegal, was Sie tun oder lassen.» Es gibt nichts Besseres, als den Tag mit einem Anschiß zu beginnen.

Bei meinem nächsten Anruf nahm niemand ab, also rief ich Ms. Mason aus San Marino an. Eine Frau mit tiefer, rauchiger Stimme meldete sich nach dem dritten Klingeln. Sie gab sich als Mistress Maggie Mason zu erkennen und sagte mir, Mary sei ihre Schwester. Als ich ihr erklärte, warum ich anrief, sagte sie, daß Mary in Kürze zu sprechen sei, und beschrieb mir den Weg zu ihrem Haus. Einer von dreien.

Mary Mason wohnte am Winston Drive in einem prächtigen, gepflegten Haus, das etwas von der Straße zurück lag. Es war ein älteres Haus, aus schwerem Stein gebaut und verputzt. Ich drückte dreimal auf die Klingel, klopfte zweimal und wollte schon wieder gehen, als sich die Tür öffnete und eine große, statueske Frau in einem schwarzen Leder-Teddy, Netzstrümpfen und auf fünfzehn Zentimeter hohen Plateausohlen heraustrat. Eine sich windende Kobra war auf ihren rechten Oberschenkel tätowiert. «Kann ich Ihnen helfen?» fragte sie. Sie trug ihr langes und schwarzes Haar glatt zurückgekämmt.

«Sind Sie Mary Mason?»

Sie lächelte nett. Es war ein freundliches Lächeln, entspannt und sympathisch. «Nein, ich bin ihre Schwester Maggie. Wir haben gerade miteinander telefoniert.»

«Aha.»

«Kommen Sie doch herein, ich hole Mary.»

Das Wohnzimmer war mit minimalistischen italienischen Möbeln, einem kugelförmigen Salzwasseraquarium und maßgefertigten Bücherregalen aus afrikanischem Teak geschmackvoll eingerichtet. Die Regale mußten ein Vermögen gekostet haben. «Warten Sie bitte hier», sagte Maggie Mason. «Ich hole sie.» Sie wirkte fröhlich und vergnügt, so wie ein Girl Scout aus Nebraska.

Ich wartete. Es war so still in diesem Haus, daß ich weder Straßenlärm oder vorbeifahrende Autos noch Maggie Mason hören konnte, die ihre Schwester holte. Ich sah mir die Bücher an. Kurzgeschichten von Raymond Carver und John Didion. Asiatische Philosophie von T'sun T'su und Koji Toyoda. Kriminalromane von James Ellroy und Jim Thompson. Science-fiction von Olaf Stapledon und Jack Finney. Eklektisch und beeindruckend. Ich hatte die Titel an einer Wandseite gelesen und begann gerade mit der zweiten, als Mary und Maggie Mason zurückkehrten. Zwillinge. Beide waren groß, aber während Maggie den Teddy und die Netzstrümpfe trug, hatte Mary ein Kostüm und konservative Pumps mit niedrigen Absätzen an. Ihr Gesicht war sehr weiß und ihre Lippen rot geschminkt, und ihr schwarzes Haar war kurz geschnitten und mit strenger Perfektion gegelt. «Mary Mason?» fragte ich.

Mary Mason setzte sich neben das Aquarium, schlug ein schimmerndes Bein über das andere und sagte: «Vier Raten. Die erste Rate will ich jetzt, die nächste, wenn es zu einer Festnahme kommt, die dritte bei der Anklageerhebung und die letzte am ersten Tag des Prozesses. Nur so werden wir ins Geschäft kommen.»

«Geschäft?» fragte ich.

Ihre Schwester lächelte höflich. «Wenn Sie mich entschuldigen würden, ich habe noch etwas zu erledigen.» Sie ging, ohne meine Antwort abzuwarten.

Mary Mason beugte sich zu mir. «Ich höre so manches.» Sie zog die Augenbrauen hoch, die, wie alles an ihr, perfekt waren. «Ich kenne die Identität von James X. Ich kann Teddy Martin helfen.»

Ich teilte ihr dasselbe mit, das ich auch schon Floyd Thomas gesagt hatte. Bis zu einer Verurteilung würde es kein Geld geben.

«Schwachsinn», sagte Mary Mason. Als sie das Wort aussprach, drang aus dem hinteren Teil des Hauses ein gedämpfter *Knall*!

Ich schaute an ihr vorbei. «Was war das?»

Mary Mason beugte sich noch näher und legte eine Hand auf mein Knie. «Machen Sie als Zeichen des guten Willens eine Anzahlung. Fünftausend Dollar, und Sie erhalten von mir eine Personenbeschreibung. Wie wär's damit?» Es folgte ein weiterer dumpfer *Knall*! und dann ein Wimmern.

Wieder schaute ich an ihr vorbei. «Das kann ich leider nicht, Ms. Mason.»

Sie drückte mein Knie. «Dann eben dreitausend. Teddy Martin kann es sich leisten.» Sie leckte sich mit der Zungenspitze über ihre glänzenden Lippen, und dann jammerte ein Mann im hinteren Teil des Hauses darüber, Hund genannt zu werden. Die Stimme war gedämpft und weit fort, und ich dachte, vielleicht hatte ich ihn mißverstanden. Dann brüllte der Mann.

«Vielen Dank für Ihre kostbare Zeit, Ms. Mason.» Ich ging und überlegte, ob es schon zu spät war, den Beruf zu wechseln.

Um achtundzwanzig Minuten nach zehn verließ ich die Mason-Zwillinge und fuhr von San Marino in südlicher Richtung nach San Gabriel. In einem Einkaufszentrum an der Hauptstraße führte ich zwei Telefonate und erreichte beide Male einen Anrufbeantworter. Also versuchte ich es wieder bei James Lester, der inzwischen vielleicht aufgewacht war. Ich wählte seine Nummer, und diesmal meldete sich ein Mann. «Mr. Lester?» fragte ich.

Irgendwo im Hintergrund brüllte eine Frau. Lester brüllte zurück: «Halt gottverdammt mal die Schnauze!» Dann war er wieder am Telefon. «Ja?»

«Mr. James Lester?»

«Wer will das wissen?» Aha, einer von den ganz Schlauen.

Ich sagte ihm, wer ich bin und was ich wollte.

«Sie sind der Bursche von dem Anwalt, stimmt's?»

«Stimmt.»

«Okay, klar. Kommen Sie vorbei.»

Ich fuhr vorbei.

El Monte, Kalifornien, ist ein Industriegebiet nördlich der Puente Hills und südlich von Santa Anita, mit einem kleinen Arbeiterviertel im Süden und Westen. James und Jonna Lester lebten in einem ungepflegten Bungalow aus dem preiswerten Nachkriegswohnungsbau an einer schmalen Straße westlich des San Gabriel River. Der Rasen sah aus wie ein Flickenteppich und war aufgrund mangelnder Bewässerung gelb, als hätten die Lesters den Kampf gegen die Wüste aufgegeben und die Wüste würde ihren Garten zurückverlangen. Alles wirkte alt und staubig, als gebe es hier keine Zukunft, nur noch Vergangenheit.

Ich ließ meinen Wagen auf der Straße stehen, lief durch den toten Vorgarten, und ein Bursche, von dem ich annahm, daß es James Lester war, öffnete mir die Tür. Er hatte eine durchschnittliche Statur, trug eine dunkelgraue Arbeitshose, schmutzige weiße Socken und ein schmuddeliges Unterhemd. Sein Haar war oben und an den Seiten kurz geschnitten, hinten jedoch lang und zottelig. Er musterte mich von der Seite. In seinen schwieligen Händen hatte sich Schmierfett in den Furchen festgesetzt, und auf der blassen Haut seiner Arme, Schultern und Brust zeigten sich krude Tätowierungen. Arbeitscamp-Zeugs. Ich schätze ihn auf dreißig, aber er könnte auch jünger sein. «Sie sind der Bursche, der angerufen hat», sagte er. «Sie kommen von dem Anwalt, stimmt's?» Viertel vor elf morgens, und er stank bereits nach Bier.

«Das ist richtig.»

Ich folgte ihm in ein ärmlich eingerichtetes Wohnzimmer, das sich in keinem besseren Zustand befand als der Vorgarten. Illustrierte, Zeitungen und Comics stapelten sich überall, und Staub gewischt hatte hier schon niemand mehr seit 1942. Ein zerfleddertes Poster vom Silver Surfer war mit Reißzwecken an die Wand gepinnt, vier Dart-Pfeile steckten in der Brust des Silver Surfers. Lester ließ sich in einen mitgenommenen, viel zu dick gepolsterten

Sessel fallen und zog sich einen Arbeitsschuh an. Eine geöffnete Dose Hamm's stand auf dem Boden neben dem anderen Schuh. «Ich muß mich für die Arbeit fertigmachen. Wie steht's mit 'nem Gerstensaft?»

«Ich passe.»

«Ihre Sache, Alter. Ohne komm ich nicht in die Puschen.»

Eine Frau kam barfuß und mit geschwollener, verfärbter Lippe aus der Küche, um ein Sandwich in einem Papiertuch hereinzubringen. Sie trug ausgebeulte Shorts und ein weites Top, und ihre Haut war sehr weiß, als würde sie nicht besonders oft in die Sonne kommen. Sie ließ das Sandwich auf einen kleinen Tisch neben dem Sessel fallen, als wäre es ihr scheißegal, ob er es aß oder nicht. Sie sah wie sechzehn aus, war aber vermutlich älter.

Ich lächelte. «Ich glaube, wir haben bereits miteinander telefoniert.»

«Na prima!»

James Lester zog fest an den Schnürsenkeln. «Ich brauch noch 'n Gerstensaft, Jonna. Geh mir einen holen.»

Jonna Lester warf einen vernichtenden Blick auf den Rücken ihres Mannes, dann stapfte sie in die Küche. Schmollend.

«Die Alte rennt den ganzen Tag nur mit ihren Freundinnen rum, während ich mir den Arsch aufreiß. Deshalb sieht's hier auch aus wie in 'nem Saustall. Deshalb ist es ein gottverdammtes Dreckloch.» Sie hatten keine Klimaanlage. Zwei alte elektrische Ventilatoren wälzten heiße Luft durch den Raum und einer machte ein leises, monotones *Tschingtsching*. Jonna Lester kehrte mit einem frischen Hamm's zurück, stellte es neben das Sandwich und stapfte wieder raus. Ich war noch keine dreißig Sekunden in ihrem Haus, und schon begann mir der Nacken weh zu tun.

«Ich bin hier, um den Informationen nachzugehen, die Sie zu der Entführung von und dem Mord an Susan Martin besitzen.»

Lester hatte den ersten Schuh zugebunden, machte sich jetzt an den zweiten. «Klar. Der Typ, mit dem ich telefoniert hab, der hat gesagt, irgendwer würde vorbeikommen und mit mir drüber reden. Sind dann wohl Sie, schätz ich mal so.»

«Schätz ich auch.» Mr. Glückspilz.

Er sah mich an und grinste, als er mein Veilchen entdeckte. «He, Sie und Jonna passen irgendwie gut zusammen, wissen Sie das?» Er lachte, als er das gesagt hatte, *hah-jack, hah-jack, hah-jack.* Wie eine Dumpfbacke.

Ich starrte ihn an.

James Lester knallte den Rest aus der ersten Dose weg, dann knackte er die zweite. «Ich glaub, ich bin dem Typ begegnet, der's getan hat.»

«Okay.»

Er trank einen ordentlichen Schluck, nahm sich dann das Sandwich vor. Nach dem ersten Bissen sprang er auf und riß die beiden Hälften auseinander, als hätte er in Kacke gebissen. «Scheiße, Jonna, was zum Henker ist da drin?»

«Das ist dein eingelegtes Fleisch!» Gebrüll aus der Küche.

«Wo ist die Scheißmayo?»

«Keine mehr da. Muß erst welche besorgen.»

«Wo sind die *kleinen Pickles*?» Jetzt quengelte er schlimmer als sie.

«Ich geh welche holen, okay?» Sie schrie jetzt. *«Glaubst du eigentlich, ich wär deine Scheißsklavin?»*

Seine Miene wurde verdrießlich und sein Atem laut. Er genehmigte sich wieder einen Schluck aus der Dose. Dann noch mal. Mein Nacken tat mir so verflucht weh, daß ich schon einen Krampf befürchtete.

«Erzählen Sie mir, was Sie wissen, James.»

Er atmete noch eine Weile heftig durch, dann klappte er das Sandwich zu und genehmigte sich einen weiteren Bissen. Man sollte meinen, es würde ihn umbringen, wenn er sein Sandwich ohne Mayo und die kleinen Pickles essen mußte.

«James», sagte ich.

Er fuhr mit vollem Mund fort. «Eine Woche, bevor sie's im Fernseher brachten, daß sie umgelegt worden ist und alles, geh ich auf ein paar Bier in diesen Schuppen. Da sind dann diese zwei Typen, einer von denen hat ein Shell-Tankstellenhemd an, und auf der Brust stand ‹Steve›.»

«Okay.» Ich schrieb *Shell*-Tankstelle in meinen Block und *Steve*.

«Wir haben drüber gequatscht, wie beschissen das ist, arbeiten zu müssen und so, und dann zwinkert mir dieser Typ zu und sagt, er hat sie im Sack. Und ich sage, was meinst'n damit, du hast sie im Sack? Er sagt, he, ein Typ mit genug Mumm könnte sich eine von diesen reichen Beverly Hills-Schlampen krallen und genug Kasse machen, um sich anständig zur Ruhe zu setzen.»

«Steve hat das gesagt?» fragte ich.

«Hm-hmh.» Er stopfte sich das restliche Sandwich in den Mund und spülte es runter. «Ich sag ihm, klingt für mich wie 'ne Schnellstraße in die Gaskammer, aber er meint, man braucht nur einen Lageplan des Hauses und einen ausgebufften Weg rein und raus, so was eben.» Er schluckte schwer und stieß einen satten Rülpser aus.

«Hat der andere Bursche auch was gesagt?»

«Nee. Hat nur dagesessen und getrunken.»

«Wie haben sie ausgesehen?»

«Steve war irgendwie groß und dünn, helle Haare. An den anderen erinnere ich mich nicht mehr so genau. Kleiner. Dunkler.»

In der Küche klingelte das Telefon, und wir hörten, wie Jonna Lester ranging. James' Miene verfinsterte sich und er brüllte: «Ich hoffe, das ist keine von deinen Fotzen-Freundinnen!»

Sie brüllte zurück: «Fick dich!»

«James», sagte ich.

Er richtete sein Unwettergesicht auf mich.

«‹Fotze› ist ein häßliches Wort.»

Er blinzelte mich an, als wäre er nicht sicher, was ich gesagt hatte, dann schüttelte er den Kopf. «Die quatscht immer nur mit ihren Freundinnen. Die rennt immer nur im Einkaufszentrum rum, während ich mir den Arsch aufreiße.» Als würde das irgendwas erklären.

«Haben Steve und der dunkelhäutige Typ noch was gesagt?»

Er saugte an seinen Zähnen, beseitigte den letzten Rest des Sandwichs. «Ich mußte pissen, also bin ich aufs Scheißhaus. Als ich zurückkomme, waren sie weg.»

Ich starrte ihn an, dachte nach. Sieben Gespräche, und seine Geschichte war die einzige, der es sich vielleicht nachzugehen lohnte. Wahrscheinlich würde nichts dabei herauskommen, aber das wußte man immer erst am Ende. «Erinnern Sie sich noch an die Kneipe?»

«Klar. Der Schuppen heißt *Hangar* drüben am Mission Boulevard. Da geh ich manchmal hin.»

Ich schrieb's auf. *Hangar.*

«Das letzte, was der Typ sagt, bevor ich aufs Scheißhaus muß, er sagt, er weiß auch schon, wen er sich schnappen muß. Er sagt, sie wär die Fahrkarte zum lockeren Leben.»

«Das hat Steve gesagt?»

«Ja. Steve.»

«Hat er auch einen Namen genannt?»

«Hm-hmh.»

Jonna Lester tauchte wieder auf, diesmal in Sandalen und mit einer kleinen Handtasche. Sie hatte sich geschminkt, aber die Lippe sah immer noch geschwollen aus. «He, wo zum Henker willst du hin?» fragte er.

Sie schürzte die Lippen, warf sich in Pose. «Ich muß zum Supermarkt. Einkaufen.»

«Bildest du dir vielleicht ein, du könntest mit deinen Fotzen-Freundinnen rumhängen, während ich mir den Arsch aufreiße? Bildest du dir ein, du könntest meine Kohle in irgend so einem Scheißeinkaufszentrum verballern?»

«Wir haben keine Mayo mehr. Wir haben keine kleinen Pickles mehr.»

Er sprang auf und packte ihren rechten Arm. «Du bleibst hier und machst das Dreckloch mal richtig sauber, genau das tust du jetzt.»

Ich erhob mich.

Sie versuchte, sich aus seinem Griff wegzudrehen, und schrie: «Du Stück Scheiße! Ich bin nicht dein beschissener Sklave!» Sie drosch mit der linken Faust auf ihn ein, mit ziemlich guten Schlägen, die ihn in Gesicht, am Kopf und der Brust erwischten, bis er schließlich auch ihren linken Arm packen konnte.

«James.» Die Schmerzen in meinem Nacken waren weiter hochgewandert. Kein gutes Zeichen.

«Du tust mir weh, du Arschloch!»

«James. Lassen Sie sie los.»

«Leck mich», knurrte James Lester. «Das ist mein Haus. Das ist meine Frau. Sie macht, was ich ihr sage, andernfalls kriegt sie noch 'ne dicke Lippe!»

Ich hob meinen rechten Zeigefinger. «Sehen Sie sich den Finger an, James. Ich möchte Ihnen etwas zeigen.»

Sein Blick wanderte zu dem Finger als wär's irgendein Trick, nur daß er nicht dahinterkam, welcher Trick das wohl sein könnte.

«Sehen Sie auf meinen Finger?»

«Leck mich am Arsch.» Sie sah ebenfalls meinen rechten Finger an.

Mit einem linken Haken verpaßte ich ihm ein Ding voll auf den Zinken.

«Au!» brüllte er und umklammerte mit beiden Händen sein Gesicht. Er torkelte nach hinten und stolperte über den kleinen Beistelltisch. Jonna Lester beugte sich über ihn, wackelte mit dem Arsch und brüllte: «Ha-ha, *Arschloch*!» Tolle Ehefrau.

James Lester lag auf dem Rücken, Tränen in den Augen, und blinzelte mich an. «Sie Stück Scheiße. Warten Sie, bis ich wieder hochkomme!»

Ich steckte meine Notizen in den braunen Umschlag und ging zur Tür. Lucy befand sich jetzt höchstwahrscheinlich mitten in der Verhandlung. Ben sah genau in diesem Moment zu, wie Jodi Taylor eine Szene drehte. Die Welt drehte sich in diesem Augenblick um ihre eigene Achse.

«Danke für die Aussage, James», sagte ich. «Sollte irgend etwas dabei herauskommen, werden wir uns wegen der Belohnung wieder mit Ihnen in Verbindung setzen.»

«Sie sollten mich besser nicht um diese Belohnung bescheißen! Ich werd die Cops anrufen, verstanden? Ich werd Sie *verhaften* lassen!»

Ich überließ sie ihrem Leben und trat hinaus in die Sonne. Man will das Richtige tun, aber manchmal geht's einfach nicht.

Ein neuer Tag, ein neuer Volltrottel. Und so was muß man sich mal vorstellen: Manche Leute müssen tatsächlich für ihre Brötchen arbeiten.

12

Das *Hangar* war eine kleine, helle, unscheinbare Kneipe, eingekeilt zwischen einem Laden, in dem Balsaholzbausätze für Raketen verkauft, und einem anderen Laden, in dem Elektrogeräte repariert wurden. Als ich um die Mittagszeit dort eintraf, war viel los. Chili-Tacos und Bratwürstchen wurden an Leute verkauft, die große Gläser Bier wegkippten. Beide Barkeeper waren Frauen um die Fünfzig, und keine kannte einen blonden Burschen namens Steve, der bei Shell arbeitete. Ich hatte auch nicht damit gerechnet, aber man weiß ja nie. Die ältere der Frauen nannte mich «Sweetie». Die jüngere der beiden fand das gar nicht witzig. Eifersüchtig.

Ich bestellte mir eine Bratwurst mit Sauerkraut, ein großes Glas Miller und fragte, ob sie was dagegen hätten, wenn ich ihr Telefonbuch benutzte. Die Ältere nicht, aber die Jüngere warnte mich davor, damit zu verschwinden. Ich versicherte ihnen, daß ich so was nie tun würde. Die Jüngere sagte noch, ich sollte nichts reinkleckern. Die Ältere fragte die Jüngere, warum sie immer so einen Wirbel machen mußte, und die Jüngere sagte, was ist, wenn er das Ding versaut? Ich versicherte ihnen, daß ich ein neues Telefonbuch kaufen würde, wenn ich die Leihgabe ruinieren sollte. Die Ältere sagte, «Ach, vergiß es, Sweetie», und die Jüngere verschwand ans andere Ende der Theke und schmollte.

Ein halbes Bierglas später hatte ich die Adressen von neun Shell-Tankstellen im Gebiet El Monte / Baldwin Park / West Covina. Ich aß mein Würstchen, bedankte mich bei der älteren Frau für ihre Hilfe und begann meine Shell-Runde. Bei jedem Stopp sprach ich mit dem Geschäftsführer oder seinem Stellvertreter, wies mich aus und fragte, ob ein großer blonder Bursche namens Steve während der letzten sechs Monate dort gearbeitet habe. Bei den ersten vier von mir besuchten Tankstellen lautete die Antwort nein, aber bei der fünften sagte der Manager: «Sie meinen Pritzik?»

«Wer ist Pritzik?»

«Wir hatten mal einen Burschen namens Steve Pritzik.» Der Manager war ein persischer Gentleman namens Mr. Pavlavi. Klein und dick, stand er mit verschränkten Armen im Schatten seines Wartungscenters. Sein Wartungscenter war, wie auch der Rest seiner Tankstelle, auf Hochglanz gewienert und glänzte.

«War er groß?» fragte ich.

«O ja. Sehr groß.»

«War er blond?»

«O ja. Sehr blond.»

«Mr. Pavlavi, ist er jetzt noch hier beschäftigt?» Nur weil ein großer, blonder Kerl namens Steve hier arbeitete, mußte es noch lange nicht *derselbe* große blonde Steve sein. Vielleicht war es nur ein Zufall.

Pavlavi runzelte die Stirn. «Schon eine ganze Zeitlang nicht mehr. Er hat gekündigt, wissen Sie. Am einen Tag war er noch hier, den nächsten schon nicht mehr und kehrte auch nicht mehr zurück.» Er seufzte, als sei dies eines der Dinge, die das Leben eben ausmachten. Man mußte mit allem rechnen, und deshalb gab es keinen Grund zur Besorgnis oder für Groll.

«Wie lange ist das jetzt etwa her?»

«Nun», sagte er. «Sehen wir doch mal nach.»

Er führte mich in das klimatisierte Büro und nahm das Hauptbuch vom Schreibtisch. Es war Seite für Seite in einer Handschrift beschrieben, die, genau wie die Tankstelle, mustergültig aussah. «Pritzik arbeitete hier zum letzten Mal vor exakt einhundertundzwei Tagen.»

«Hmh.» Steve Pritzik war also vier Tage vor dem Mord an Susan Martin das letzte Mal hier gewesen.

«Ich schulde ihm noch achtundvierzig Dollar und sechzehn Cents, aber er hat das Geld noch nicht abgeholt. Ich werde es genau ein Jahr behalten, dann spende ich es einem wohltätigen Zweck.»

«Mr. Pavlavi, haben Sie zufälligerweise auch die Adresse von Pritzik?»

Hatte er, und er gab sie mir.

Steve Pritzik wohnte in einem von sechs kleinen Doppelhäusern in einem alten Viertel am Fuß der Puente Hills nicht weit von der Pomona Freeway entfernt. Die Doppelhäuser waren einstöckige und holzverkleidete Gebäude am Berghang, der von Obstplantagenbäumen, Efeu und Kletterrosen überwuchert war.

Ich parkte am Bordstein, ging über kaputte Betonstufen hinauf und suchte Pritziks Adresse. Die Stufen waren schmal, und der wuchernde Efeu und die Rosen machten sie noch schmaler. Pritziks Wohnung lag auf der linken Seite des dritten Doppelhauses. Jedes Häuschen besaß eine eigene kleine Veranda, getrennt durch zwei alte Orangenbäume und ein Rosenspalier. Die rechte Veranda war gepflegt, sauber und dekoriert mit einem kleinen Kaktusgarten. Pritziks Veranda war schmutzig und schmucklos, und sein Briefkasten quoll über vor Briefen und Reklamezetteln. Ich klingelte und konnte es im Haus läuten hören, aber niemand rührte sich. Ich spitzte die Ohren. Nichts. Ich ging zum Briefkasten, wühlte mich durch die Gas- und Telefon- und Stromrechnungen. Sie waren nicht an Steve Pritzik, sondern an einen Mr. Elton Richards adressiert. Hmh. Ich ging um die Orangenbäume und klingelte auf der benachbarten Veranda. Musik drang aus dem Haus. Alanis Morisette.

Eine Frau von Ende Zwanzig öffnete die Tür. «Ja?» Sie hatte langes, dunkles Haar, einen langen Pony und trug abgeschnittene Jeans unter einem übergroßen Herren-T-Shirt. Das T-Shirt war mit Farbklecksen übersät. Genau wie ihre Hände.

Ich gab ihr die Karte und stellte mich vor. «Ich suche einen Burschen namens Steve Pritzik. Ich glaube, er wohnt oder besser wohnte nebenan.»

Sie las die Visitenkarte und grinste. «Sind Sie wirklich ein Private Eye?»

«Erstaunlich?»

Sie grinste noch breiter und nickte. «Cool.»

«Kennen Sie Pritzik?»

Sie wollte mir die Karte zurückgeben, aber ich hob eine Hand, sie sollte sie behalten. «Ich glaube nicht. Nebenan wohnt Elton.»

«Ist Elton groß und blond?»

«O nein. Er ist klein und irgendwie dunkelhäutig.» Aha. Sie verdrehte die Augen. «Ein ausgesprochenes Ekel. Er baggert mich dauernd an, also versuche ich, ihm aus dem Weg zu gehen.»

«Ich war gerade drüben, und es sieht ganz so aus, als sei Elton schon eine Weile nicht mehr zu Hause gewesen.» Ich erzählte ihr von der Post.

Sie schob die Hände in ihre Taschen. «Wissen Sie, wenn ich jetzt so drüber nachdenke, stimmt, ich hab ihn schon eine Weile nicht mehr gesehen. Ich hab auch seinen Fernseher nicht gehört oder so.»

«Ist er vielleicht umgezogen?»

«Keine Ahnung.»

«Können Sie mir ungefähr sagen, wie lange er schon weg ist?»

Sie verzog das Gesicht, dachte nach. «Paar Monate vielleicht.»

«Zwischen drei und vier Monate?»

Sie gestikulierte. «Er ist ein so unglaubliches Ekel. Ich gehe ihm aus dem Weg. Tut mir leid.»

«Haben Sie mal einen großen blonden Burschen bei ihm gesehen?» fragte ich.

Sie runzelte die Stirn.

«Vor ungefähr vier Monaten.»

Sie wiegte sich im Takt mit Alanis, dann legte sie den Kopf auf die Seite. «Wissen Sie, ich glaube, da war mal so ein Typ. Elton hatte widerliche Freunde.» Sie nickte, dann erinnerte sie sich. «Ja. Da war dieser blonde Typ.» Sie nickte energischer, das Bild wurde deutlicher. «Bah, was für ein Arschloch. Eines Tages sieht er mich auf der Straße und folgt mir den Weg herauf. Er fragt mich, ob ich mit ihm reingehe und ficke, einfach so. Bah! Ich glaube, er hat an einer Tankstelle oder so was gearbeitet.»

Ich nickte.

«Eltons Freunde waren alle so. Absolute Penner.» Plötzlich streckte sie die Hand aus. «Ich heiße übrigens Tyler.»

«Hi, Tyler.» Wir schüttelten uns die Hände, und ich schenkte ihr ein großes Lächeln. «Darf ich Sie um etwas bitten?»

«Klar.» Sie erwiderte das Lächeln, brannte darauf zu hören, um was ich sie bitten würde. Im Haus legte Alanis richtig los.

«Ich möchte Eltons Tür knacken und mich reinschleichen, um mich dort mal umzusehen. Sie würden doch nicht die Polizei rufen, oder?»

Ihr Lächeln wurde breiter, als ich das sagte. «Niemals! Kann ich mitkommen?»

Ich schüttelte den Kopf. «Wenn wir erwischt werden, stecken wir beide in der Scheiße, verstehen Sie?»

Sie sah enttäuscht aus. Hinter ihr hörte Alanis auf zu singen, und Tyler zog lange genug eine Hand aus der Tasche, um den Pony zur Seite zu streichen. Schon erstaunlich. «Verstehen Sie wirklich was davon, wie man Schlösser knackt und so?»

«Ich bin ein Profi mit komplettem Serviceangebot, Tyler.»

Sie starrte mich ein paar Sekunden an, und dann verschränkte sie die Arme. Listig linste sie unter ihrem Pony zu mir herauf. «Und welchen Service genau bieten Sie an?»

«Ich habe eine Freundin. Tut mir leid.»

Tyler starrte mich einige weitere Sekunden unter ihrem Pony hervor an, dann nahm sie die Arme auseinander und warf noch einen Blick auf meine Karte. «Ja, schön. Falls ich mal einen Fall für Sie habe, ruf ich vielleicht an.»

«Was ist mit den Cops?»

Tyler zog zwei Finger wie einen Reißverschluß über ihre Lippen.

Ich schenkte ihr noch ein großes Lächeln, ging dann zurück nach nebenan, knackte das Schloß und betrat Eltons Haus. Wegen der vorgezogenen Jalousien war es schummerig, und ich drückte auf den Lichtschalter, aber die Lampen blieben dunkel. Ich vermute, das E-Werk hatte einfach den Saft abgedreht. «Mr. Richards?»

Keine Antwort. Nebenan hörte ich Alanis wieder loslegen, leise und weit entfernt.

Das Haus roch muffig. Vor der Wand unter einem Green Day-Poster stand eine schäbige Couch, davor ein Couchtisch aus rohen Brettern, die über Hohlblocksteine gelegt worden waren, und ein alter Gartensessel. Ein schwarzes, stromlinienförmiges Telefon stand auf den Brettern. Vor der gegenüberliegenden Wand stand eine ziemlich gute Stereoanlage von Hitachi, und auf dem Boden ein ramponierter Zenith-Fernseher mit einer Kleiderbügelantenne. Auf allem lag die leichte Patina unberührten Staubs.

Ich ging in die Küche und drehte den Wasserhahn auf. Nichts. Ich kehrte ins Wohnzimmer zurück, nahm den Hörer mit meinem Taschentuch ab. Kein Amtszeichen. Ich vermute, Elton Richards hatte seine Rechnungen lange genug ignoriert, daß das Elektrizitäts- und Wasserwerk und die Telefongesellschaft alles abgestellt hatten. So ungefähr vor vier Monaten.

Ich stand im Wohnzimmer neben dem Telefon und dachte nach. James Lester hatte einen kleinen, dunkelhäutigen Mann und einen großen blonden Mann namens Steve etwa eine Woche vor dem Tag kennengelernt, an dem Susan Martin entführt und ermordet worden war. Steve faselt davon, sich eine reiche Frau zu krallen, um an die besseren und schöneren Dinge des Lebens heranzukommen. Vielleicht hatten die zwei was damit zu tun, vielleicht aber auch nicht. Vier Monate nach der Tat identifiziere ich einen Steve, der vielleicht als Täter in Frage kommt, und verfolge seine Spur zu dieser Adresse, die offenbar einem kleineren, dunkelhäutigen Mann namens Elton Richards gehört. Vielleicht sind es dieselben Männer, vielleicht aber auch nicht. Vielleicht ist es völlig normal, daß große blonde Typen wie Steve kleine, dunkelhäutige Freunde haben.

Zwei kleine Schlafzimmer rahmten das Bad ein. Ich durchsuchte beide, suchte nach Quittungen oder sonst irgendwas, das einen Anhaltspunkt darauf liefern könnte, wann und wohin Elton Richards und Steve Pritzik verschwunden waren. Ich fand nichts. Ich ging ins Bad und sah hinter und unter der Toilette und im Wasserbehälter nach. Ich hob das Arzneischränkchen von der Wand. Ich sah in dem kleinen Holzschrank unter dem Waschbekken nach. *Nada.* Ich ging zurück ins Wohnzimmer und nahm die Kissen von der Couch und fand einen DIN-A 4-Umschlag. Es war einer dieser Umschläge, die man von Lotteriefirmen bekommt, die verkunden, daß man gerade zehn Millionen Dollar gewonnen habe. Adressiert war er an Mr. Elton Richards. Eine Seite des Umschlags war aufgeschnitten und dann wieder zugeklebt worden.

Ich schob meinen Autoschlüssel unter das Klebeband, öffnete den Umschlag und warf einen Blick hinein. Dann setzte ich mich.

Ich atmete tief und gleichmäßig ein und aus, flutete mein Blut mit Sauerstoff und zwang mich, ganz ruhig zu bleiben.

Ich sah noch einmal in den Umschlag und hielt ihn schräg, damit der Inhalt auf die Couch rutschte. Darin befanden sich sieben Fotos von Susan Martin und Teddy Martin sowie zwei handgezeichnete Karten. Die eine war der Grundriß eines sehr großen Hauses. Die andere war eine Straßenkarte. Es war Teddy Martins Viertel, und es war Teddy Martins Haus.

13

Ich holte die neue Canon Autofocus aus dem Handschuhfach meines Wagens. Nachdem ich kontrolliert hatte, ob ein Film eingelegt war und der Blitz funktionierte, nahm ich ein Paar Einmalhandschuhe und kehrte ins Haus zurück. Ich streifte die Handschuhe über und fotografierte alles, wie ich es vorgefunden hatte, wobei ich darauf achtete, scharfe Aufnahmen der handgezeichneten Karten und der Fotos zu machen. Als ich fertig war, ließ ich alles auf der Couch liegen, ging nach nebenan und fragte Tyler, ob ich ihr Telefon benutzen dürfe.

Zuerst rief ich Truly an, der ruhig zuhörte, bis ich fertig war und dann sagte: «Ich werde Jonathan verständigen. Wir werden so schnell wie möglich kommen. Lassen Sie niemanden ins Haus.» Er legte eine Hand über die Sprechmuschel, und ich hörte gedämpfte Stimmen. Dann war er wieder in der Leitung. «Wir werden auch die Polizei verständigen. Kooperieren Sie mit ihnen, wenn sie eintrifft, aber behalten Sie sie auch im Auge. Achten Sie darauf, daß kein Beweismaterial vernichtet wird.»

«Truly, so etwas würden die nicht tun.»

«Hah», kommentierte er nur.

Als ich auflegte, lehnte Tyler an der Rückenlehne ihrer Couch, hatte die Arme verschränkt und einen langen Pinsel in der Hand. Ihre Wohnung duftete nach frischem Jasmintee und Acrylfarbe, war dekoriert mit großen Sonnenblumenplastiken aus Karton und Draht. «Glauben Sie wirklich, daß dieser Ekeltyp irgendwas mit dem Mord an Susan Martin zu tun hatte?»

«Vielleicht.»

«Ich dachte, ihr Mann wär's gewesen. Dieser Restaurantfritze.»

«Man kann es nie genau wissen.»

«Im Fernsehen haben sie behauptet, er wär's gewesen.»

«Im Fernsehen.»

Sie schüttelte den Kopf. «L. A. ist ja so pervers.»

Der erste Streifenwagen traf achtzehn Minuten später ein. Der ranghöhere Beamte war ein Bursche namens Hernandez, und sein Partner eine jüngere Afroamerikanerin namens Flutey. Mit einem Glas eisgekühltem Jasmintee in der Hand ging ich hinaus und ihnen entgegen. «Sie sind Cole?» frage Hernandez.

«Jap.» Ich erzählte ihm alles.

Er nickte. «Okay. Flutey, hol das Band aus dem Wagen, und dann versiegeln wir die Bude, okay? Ich seh mir mal das Haus an.»

Flutey holte das Absperrband, und Hernandez sah mich an. «Wo werden Sie zu finden sein?»

«Ich bleib hier draußen, sofern Sie nicht Gesellschaft haben wollen.»

Tyler rief von der Veranda. «Möchten Sie und der andere Officer vielleicht einen Eistee?»

Hernandez lächelte sie an. «Das wäre wirklich sehr nett, Miss. Vielen Dank.» Tyler verschwand wieder im Haus. Hernandez starrte ihr nach. Porträt eines Tatorts als Begegnungsstätte.

Zwei Detectives vom L. A. County Sheriff's Office trafen ein, direkt gefolgt von einem Transporter der Spurensicherung. Der ranghöchste Detective war ein stämmiger Bursche mit schütterem Haar namens Don Phillips. Als nächstes trudelte ein Wagen der Staatsanwaltschaft ein, spuckte eine schlanke Frau namens Sherman, einen glatzköpfigen Burschen namens Stu Miller und einen ernsthaften Afroamerikaner mit Sonnenbrille namens Warren Bidwell aus. Sherman war die stellvertretende Bezirksstaatsanwältin, die mit den Ermittlungen im Fall Teddy Martin betraut war. Miller und Bidwell arbeiteten für sie.

Alle drei duckten sich unter dem Absperrband und gingen in Richards Doppelhaushälfte, dann kamen Miller und Sherman wieder heraus und zu mir. Tyler strahlte sie an und schob ihren Pony zur Seite. «Möchte jemand von Ihnen vielleicht einen Eistee?»

Sherman sagte «Nein». Sie blinzelte mich an. «Ich bin Anna Sherman vom Büro der Bezirksstaatsanwaltschaft, und das hier ist Stu Miller. Würden Sie bitte mit hineinkommen?»

«Sicher.»

«Darf ich auch mit?» fragte Tyler.

«Nein», sagte Anna Sherman.

Ich sah Tyler an, zuckte die Achseln und folgte ihnen.

Im Haus sagte Sherman dann: «Okay. Erzählen sie mir, was passiert ist.»

Ich erzählte ihnen, wie ich die Adresse von Pavlavi erhalten, die Doppelhaushälfte verlassen vorgefunden und dann das Schloß geknackt hatte. Ich erzählte ihnen, wie ich den Umschlag unter den Couchkissen gefunden und anschließend geöffnet hatte. Sherman unterbrach mich. «Sie haben den Umschlag angefaßt?»

«Nur an den Kanten.»

Der Mann von der Spurensicherung schaltete sich ein. «Was ist mit dem Inhalt?»

Ich schüttelte den Kopf. «Als ich sah, was ich da gefunden hatte, ließ ich das Zeug auf die Couch rutschen. Ich habe die einzelnen Fotos allerdings mit den Knöcheln voneinander getrennt. Als ich das Material fotografierte, habe ich Handschuhe getragen.»

Bidwell machte ein so finsteres Gesicht, daß er am ganzen Körper zuckte, und ich fragte mich, ob ihm wohl klar war, was mit ihm vorging. «Ich will diese Fotos», sagte er.

Ich schüttelte den Kopf. «Wohl kaum.»

Bidwell zuckte stärker. «Nein? Sind Sie ein vereidigter Beamter? Haben Sie einen Durchsuchungsbefehl oder die Genehmigung, in eine Privatwohnung einzudringen?»

Ich sah Sherman an. «Soll ich fortfahren oder lieber meinen Anwalt verständigen?»

Sherman schloß die Augen und schüttelte den Kopf. «Nicht jetzt, Warren.»

Im Garten und auf dem Weg wimmelte es langsam vor Cops und Presseleuten und Gaffern aus der Nachbarschaft, die von den Ü-Wagen angezogen wurden. Zwischen den Fragen beobachtete ich, wie die Typen vom Live-Fernsehen sich unter die Cops mischten. Eine Frau, die ich schon tausendmal im NBC-Lokalfernsehen gesehen hatte, sprach mit ihrem Kameramann, als der mich im Fenster stehen sah und auf mich zeigte. Die Reporterin sagte irgendwas, und der Kameramann richtete sein Objektiv auf mich. Sie schob sich an Flutey vorbei, lief zum Fenster und war ganz gelacktes Haar mit intelligenten Augen. «Sind Sie der Detective, der die Kidnapper gefunden hat?»

«Mein Name seien José Jiminez.»

Sie winkte ihren Kameramann heran. «Hören Sie, wir wissen, daß hier zwei Männer namens Elton Richards und Steve Pritzik gewohnt haben, und wir verlangen eine Stellungnahme.» Der Kameramann hielt die Kamera über seinen Kopf und versuchte, den Raum dahinter in den Kasten zu kriegen.

Don Phillips sah die Kamera durch das Fenster und sagte: «Herr im Himmel!» Er schob sich vor mich, dann beugte er sich aus dem Fenster und brüllte einem uniformierten Sergeant zu. «Räumen Sie das Gelände, um Himmels willen. Sperren Sie es bis zur Straße ab.» Der Sergeant eilte davon, und Phillips sah mich an. «Versuchen Sie, hier eine miese Nummer abzuziehen?»

Ich spreizte die Hände. «Versuchen hat überhaupt nichts damit zu tun.»

Die Uniformierten drängten Presse und Gaffer zurück, als sich ein sanftes Wogen über die Menge ausbreitete, als hätte jemand einen Stromschlag durch die Luft geschickt. Köpfe wurden gedreht, und Stimmen erhoben sich, und die Fernsehleute drängten zur Straße. «Was ist jetzt los?» sagte Phillips.

Jonathan Green und Elliot Truly bahnten sich zusammen mit dem Videographen von *Inside News* einen Weg durch die Menge. Die Tontechnikerin des Videographen gab sich große Mühe, den Weg freizumachen, aber es ging nur zäh voran, bis Hernandez und Flutey und zwei andere Uniformierte ihnen behilflich waren. Anna Sherman kam ans Fenster, rief dann Bidwell und Miller zu einer geflüsterten Lagebesprechung zu sich. Als Green und die anderen sich durch die Haustür an dem uniformierten Sergeant vorbeischoben, sagte Phillips: «Was zum Teufel bilden Sie sich eigentlich ein?»

Anna Sherman kam herüber und lächelte angespannt. «Lassen Sie sie durch, Detective.» Sie streckte ihre Hand aus. «Hallo, Mr. Green.»

«Ms. Sherman.» Jonathan Green lächelte mich an. «Glückwünsche, mein Junge. Ich könnte Ihnen fast um den Hals fallen.» Der Videograph stieß gegen Phillips, als er versuchte, eine gute Aufnahme zu bekommen, und Phillips stieß ihn zurück. Fest. «He!» sagte der Videograph.

«Detective Phillips, das hier ist Jonathan Green», stellte Anna Sherman vor. «Mr. Green vertritt Theodore Martin.»

«Tatsächlich?» fragte Phillips ironisch.

Jonathan und Truly gingen zur Couch, beugten sich über die Unterlagen, ohne sie zu berühren. «Fassen Sie nichts an», sagte Phillips. «Wir haben noch keine Fingerabdrücke genommen.»

Truly grinste breit und schüttelte den Kopf. «Das ist ja wunderbar. Sehen Sie sich das nur mal an. Das ist ja absolut fabelhaft.» Er strahlte mich an, und dann strahlte er Sherman an, nur daß Sherman sein Lächeln nicht erwiderte.

«Mr. Cole, sind dies dieselben Dokumente, die Sie gefunden haben, als Sie diese Wohnung betraten?» fragte Green. Er sagte es so laut, damit jeder im Raum es hören konnte.

«Ja.»

Green winkte den Videographen heran. «Könnten Sie vielleicht bitte eine Nahaufnahme machen?»

Auf dem Weg dorthin stolperte der Videograph beinahe über seine eigenen Beine. «Wer ist denn *das* Weichei?»

«Die sind von *Inside News*. Sie drehen eine Dokumentation über Jonathan.»

«Um Gottes willen!» meinte Bidwell und schüttelte den Kopf.

Der Videograph schwenkte zu Jonathan, und Jonathan sagte: «Mr. Cole hat die Dokumente, die er in diesem Umschlag gefunden hat, fotografiert, bevor die Polizei gerufen wurde. Das fotografische Dokument stellt den genauen Beweis dar, was exakt hier lag, bevor die Polizei das Beweismaterial in Besitz genommen hat. Wir beabsichtigen, unsere Fotos mit dem hier zu vergleichen, um zu sehen, ob das Beweismaterial manipuliert wurde.»

Phillips lief rot an. «Das gibt's doch wohl nicht!»

Anna Sherman befahl ihm, den Mund zu halten, und wenn er sich nicht beherrschen könne, solle er besser hinausgehen.

«Ich weiß genau, was er da sagt, und es gefällt mir nicht»,

schimpfte Phillips. «Meine Abteilung ist sauber, gottverdammt.» Er war puterrot.

Sherman sagte etwas zu Bidwell, und Bidwell führte Phillips hinaus.

Ich rekonstruierte noch einmal alles, während Jonathan Green und Elliot Truly Fragen stellten, und der Videograph und die Tontechnikerin zeichneten alles auf. Anna Sherman hörte mit verschränkten Armen zu, gelegentlich grub sie ihren Absatz in den Boden und wippte auf dem Fuß, und, wie Green und Truly, stellte von Zeit zu Zeit weitere Fragen. Bidwell und Phillips kehrten zurück, aber diesmal hielt Phillips den Mund und warf uns aus der Ecke finstere Blicke zu. Als ich fertig war, schaute Jonathan Green wieder zu Sherman und sagte: «Wir hoffen, daß diese Dokumente sicher verwahrt werden, und wir wollen sie sobald wie möglich untersuchen. Wir hätten gern die Ergebnisse Ihrer Fingerabdruckanalyse, und anschließend möchten wir natürlich unsere eigene Analyse durchführen.»

Anna Shermans Kinn war unbeweglich. «Natürlich.»

«Brauchen Sie Mr. Cole noch?»

Der Mann von der Spurensicherung sagte: «Ich habe Cole um Erlaubnis gebeten, seine Fingerabdrücke nehmen zu dürfen. Er war einverstanden.»

Green nickte. «Erledigen Sie Ihren Job bitte in unserer Gegenwart.» Der Mann von der Spurensicherung packte sein Fingerabdruckkit aus, und ich mußte mich auf einen der Stühle in der Eßecke setzen. Er nahm meine Abdrücke schnell und professionell, dann reichte er mir ein Kleenex, um die Tinte zu entfernen. Der Videograph zeichnete jeden Augenblick auf. «Ist bei Ihnen eigentlich nie das Band zu Ende?» fragte ich.

Die Tontechnikerin lachte.

Green kehrte zur Couch zurück, prüfte die Unterlagen erneut, ohne sie zu berühren, dann sah er Sherman an. «Ihnen ist bewußt, was wir hier haben, Anna, nicht wahr?» Ganz der geduldige Vater.

Anna Sherman erwiderte nichts. Ganz die schmollende Tochter.

Jonathan Green lächelte. «Falls nicht, Ms. Sherman, bin ich

überzeugt, daß der Bezirksstaatsanwalt es wissen wird. Richten Sie ihm doch bitte aus: ich erwarte seinen Anruf baldmöglichst.»

Ihr Kinn zuckte.

«Ich denke, wir können jetzt gehen, Elliot», sagte Green. «Mr. Cole hatte einen langen und erfolgreichen Tag. Er möchte bestimmt nach Hause.»

Phillips hustete laut in seiner Ecke des Raumes, und es klang verdächtig nach «Leck mich».

Ich folgte ihnen nach draußen. Die Straße am Ende des Fußweges war verstopft mit Presseleuten, Übertragungswagen und uniformierten Cops, die versuchten, eine Gasse freizumachen. Hernandez und Flutey nahmen Jonathan in die Mitte, wir bückten uns unter dem Band her, und die Presseleute drängten sich um uns, schoben Jonathan ihre Kameras und Mikrophone entgegen und brüllten Fragen. Dort standen so viele Sendefahrzeuge, daß es aussah, als befänden wir uns in einem Antennenwald, wobei jede zierliche Spitze auf den gleichen, unsichtbaren Satelliten 22 500 Meilen weit oben in einer geosynchronen Umlaufbahn gerichtet war. Genau so viele Kojoten heulten nachts den Mond an. «Das ist doch verrückt», sagte ich.

Truly brüllte in mein Ohr: «Es hat noch nicht mal angefangen.»

Die Frau mit dem lackierten Haar streckte ihr Mikrophon direkt an Hernandez vorbei und schrie: «Jonathan, können Sie uns sagen, was man gefunden hat?»

«Tut mir leid. Diese Information sollte aus dem Büro der Bezirksstaatsanwaltschaft kommen.»

«Ist es wahr, daß man einen Plan von Teddy Martins Haus gefunden hat?»

«Tut mir leid.» Wir arbeiteten uns zu Jonathan Greens Rolls-Royce vor.

Ein kleiner Mann, der selbst Rechtsanwalt gewesen war, bevor er Rundfunk- und Fernsehjournalist wurde, brüllte: «Jonathan? Stimmt es, daß das in diesem Haus gefundene Beweismaterial Theodore Martin entlastet?»

Jonathan lächelte freundlich. «Ich habe das Beweismaterial gesehen, das Mr. Cole gefunden hat, und ich werde in den kommenden Tagen in engen Kontakt zum Büro der Bezirksstaatsanwaltschaft treten. Wenn Sie mich jetzt bitte entschuldigen würden.»

Weitere Fragen explodierten aus einem Dutzend Richtungen, und alle kreisten um Mr. Cole.

Ich erwartete nicht, daß Jonathan antworten würde, aber er blieb stehen und legte eine Hand auf meine Schulter. «Das hier ist Mr. Elvis Cole von der Elvis Cole Detective Agency, und ich bin überzeugt, daß seine Entdeckung den entscheidenden Durchbruch darstellen wird, den wir brauchen. Ich kann Ihnen gar nicht sagen, wie stolz ich auf diesen jungen Mann bin und wie beeindruckt von der Qualität seiner Arbeit.»

«Boooh», sagte ich nur.

Wie auf einmal drehten sich die Mikrophone in meine Richtung, und die Fragen folgten so schnell und lautstark, daß sich die Worte zu einem weißen Rauschen vermischten. Ich war ziemlich sicher, daß niemand mich «Mann» sagen hörte. Schon möglich, daß ich es zweimal gesagt habe.

«Zum derzeitigen Zeitpunkt können wir nur sagen, daß wir den Tip über unsere Hotline erhalten haben, und Mr. Cole ist ihm bis zu diesem Ergebnis nachgegangen.» Er drückte wieder meine Schulter, als wäre ich sein Sohn und gerade zum obersten Pfadfinder befördert worden. «Wir sehen hier das Ergebnis einer guten, soliden Detektivarbeit, und ich nehme an, daß Mr. Cole der Held dieses kleinen Dramas sein wird.»

«Und Teddy Martin das unschuldige Opfer», fügte Truly hinzu.

Jonathan stieg geschmeidig in seinen Rolls-Royce, und dann begleiteten mich Truly und die beiden Uniformierten zu meinem Wagen. Die Presse drängelte, schubste und bombardierte mich weiter mit Fragen. Wir mußten einen fetten Kerl und zwei Frauen von meinem Wagen fortschieben, um die Tür aufzubekommen. Flutey verlor ihre Mütze. «Filtern Sie die Anrufe dieser Meute», sagte Truly. «Falls jemand zu Ihnen durchkommt, leiten Sie sie an unsere Kanzlei weiter. Jonathan ist der einzige, der sich mit der Presse befaßt. Ist das ein Problem für Sie?»

«Nein.»

«In ein paar Tagen wird sich alles legen.»

«Und wenn nicht?»

Truly zuckte die Achseln. «Genießen Sie die Idolisierung. Sie haben es verdient, mein Freund. Sie haben uns einen großen Dienst erwiesen.»

Ein großer, dünner Bursche von einem der landesweiten Networks brüllte: «He, Sherlock Holmes! Sind Sie wirklich so gut, oder hatten Sie einfach nur Glück?»

«Tolles Idol», sagte ich.

Truly lachte, und ich stieg in meinen Wagen und fuhr fort. Langsam. Um ein Haar hätte ich einen Kameramann über den Haufen gefahren.

14

Um zwei Minuten nach sechs an diesem Abend bog ich auf meinen Einstellplatz ein. Der Fernseher lief, und Lucy und Ben saßen am Eßtisch. Lucy trug noch ihren Anzug und Ben ein *Songbird*-T-Shirt. Die Katze war nirgends zu finden, aber das war vermutlich in Ordnung so. Wäre der Kater zu Hause gewesen, müßten Lucy und Ben wahrscheinlich genäht werden.

Lucy lächelte, als sie mich sah. «Der weltbeste Detektiv. Gratuliere, Sherlock.»

Ben sprang auf und klatschte in die Hände. «Wir haben dich im Fernsehen gesehen!»

«Woher wißt ihr, daß ich es war? Vielleicht war's ein Schwindler.»

Lucy verschränkte die Arme und betrachtete mich. «Wo du's jetzt erwähnst – der Mann im Fernsehen sah umwerfend gut und auf eine finstere Art geheimnisvoll aus.»

«Oh. Das war ich», sagte ich.

Lucy strahlte. «Wir haben gerade die Nachrichten eingeschaltet, und da warst du und Jonathan Green. War's aufregend?»

«Mit Jonathan zusammenzusein?»

«Nein, du Dummkopf! Sie haben gesagt, daß deine Entdeckung so was wie der Durchbruch ist, der dem Fall eine völlig neue Wende geben könnte. Jonathan sagte, daß du der beste Privatdetektiv seist, mit dem er je zusammengearbeitet hat.»

Ich versuchte einen blasierten Eindruck zu machen und unterdrückte ein Gähnen. «Ach, das.»

Sie knuffte mich auf den Arm. «Sei ernst.»

Ich gab ihr einen Kuß. «Da waren so viele Reporter, ich dachte schon, ich müßte mir den Weg freischießen.» Ich küßte sie noch einmal und rieb meine Nase an ihr. «Genug jetzt. Wie war dein Tag?»

«Gut. Wir werden uns übermorgen wieder zusammensetzen,

dann vielleicht noch einmal, also hab ich jede Menge Zeit.» Auf dem Tisch lagen Touristenbroschüren und Reiseführer, gespickt mit gelben Zetteln, sowie eine Liste der Dinge, die es zu sehen und zu tun gab.

Ich warf einen Blick auf ihre Liste. Sie wolltem mein Büro besichtigen und sowohl Disneyland als auch die Universal Studios besuchen, außerdem ein Spiel der Dodgers sehen und einen Hot dog bei Pink's auf der LaBrea Avenue in Hollywood essen. Sie wollten am Magic Mountain Achterbahn fahren und nach Malibu und einen Tag am Strand verbringen. Sie wollten die Strandpromenade von Venice, Beverly Hills und den Rodeo Drive sehen. Sie wollten ins Griffith Observatory, wo James Dean in *... denn sie wissen nicht, was sie tun* seine berühmte Messerstecherei hatte, und die Hollywood-Buchstaben fotografieren. Sie wollten Ronald Colmans Haus sehen. «Ronald Colman?» fragte ich.

«Natürlich, Dummkopf», erwiderte Lucy. «Das können wir uns nicht entgehen lassen.» Während ich zuschaute, markierte sie mehr mit den kleinen gelben Zetteln. Sie blätterte in den Reiseführern, konsultierte dabei Notizen und runzelte die Stirn, während sie mit Alternativen jonglierte und Optionen abwägte und das Große L. A.-Abenteuer plante. Sie warf mir einen Blick zu, widmete sich dann wieder dem Frommer's, sah mich erneut an. «Worüber lächelst du?» fragte sie.

«Wie-ich-meinen-Sommerurlaub-verbracht-habe.»

Sie legte einen Finger in den Reiseführer, klappte ihn zu und sah unglücklich aus. «Es ist einfach so viel.»

«Zu viel. Das alles wirst du niemals in den wenigen Tagen schaffen.»

Sie legte den Reiseführer fort. «Was würdest du vorschlagen?»

«Kommt öfters her.»

Sie lächelte und tätschelte meine Hand. «Welche Vorschläge hast du *dieses Mal* anzubieten?»

«Also, wie wär's mit einem Abendessen im *Spago*? Und morgen, wie wär's mit einer Universal-Tour einschließlich Mittagessen am Universal City Walk, danach entweder Beverly Hills und der Rodeo Drive oder Malibu und ein Abendessen am Strand?»

Sie warf dem Frommer's Reiseführer einen sehnsüchtigen Blick zu. «Könnten wir Ronald Colman nicht noch irgendwie mit reinpacken?»

Ich beugte mich zu ihr und senkte die Stimme, daß Ben es nicht hören konnte. «Könnten wir, aber damit wären dann die fünfundvierzig Minuten weg, die ich für die Liebe vorgesehen habe.» Ich trat zurück und spreizte die Hände. «Deine Entscheidung.»

Sie runzelte die Stirn und trommelte auf den Tisch. «Letztes Mal haben wir keine fünfundvierzig Minuten gebraucht.»

Die Komikerin zuckte die Achseln und runzelte die Stirn, als handele es sich um die Entscheidung des Jahrhunderts. «Okay. Vergiß Ronald Colman.»

«He! Du bist schon wieder im Fernsehen!» rief Ben.

Lucy ergriff meine Hand. «Oh, sieh nur!»

Der Moderator der Lokalnachrichten erklärte, daß es heute eine «überraschende Entwicklung» in der Untersuchung des Mordfalls Theodore Martin ergeben habe, die «der Anklage ihre Grundlage entziehen» könnte. Sie zeigten Elton Richards Doppelhaushälfte, und die Reporterin mit den glasierten Haaren übernahm die Berichterstattung. Im Hintergrund war ich zu sehen, wie ich mit Hernandez und Flutey sprach. Ben und Lucy brüllten wie aus einem Mund: *«Da bist du ja!»*

Die Reporterin erzählte, daß ein Privatdetektiv, der für die Große Green-Verteidigungsmaschine arbeite, einem Hinweis nachgegangen sei, um Beweise für die Beteiligung zweier Männer aus El Monte an der Entführung/dem Mord von/an Susan Martin zu finden. Sie blickte in ihre Notizen und fuhr fort. «Wie wir erfahren haben, handelt es sich bei den beiden Männern um Stephen Pritzik und Elton Richards, die beide mehrfach vorbestraft sind.» Das Bild wechselte zu grobkörnigen Polizeifotos von Pritzik und Richards. Pritzik sah bschränkt und bösartig, Richards einfach nur dumm aus. «Oh, diese Typen sind wirklich erste Sahne», kommentierte Lucy.

Die Reporterin fuhr fort. «Quellen aus dem Umfeld der Ermittlungsbehörden zufolge stellt das gerade gefundene Beweismaterial eine direkte Verbindung her zwischen diesen Männern und der

Entführung von Susan Martin.» Sie brachten einen Clip von mir und Jonathan Green vor Jonathans Rolls-Royce. Jonathan hatte mir eine Hand auf die Schulter gelegt und sagte, ich hätte den entscheidenden Durchbruch geschafft, den die Verteidigung brauchte. Lucy und Ben jubelten wieder, als Jonathan das sagte, und Lucy hakte einen Finger in meine Gürtelschnalle. Ich fand, daß ich wie eine Steckrübe aussah.

Der Moderator im Studio tauchte wieder auf dem Bildschirm auf und sagte, nach den beiden Männern würde jetzt gefahndet, dann folgte eine Story über Ausbeuterbetriebe in East L. A.

«Mist», sagte ich. «Er hat nicht den Teil gebracht, als Jonathan sagte, ich würde zum großen Helden des Falles werden.»

Lucy zog an meiner Gürtelschnalle. «Was hast du denn gefunden?»

Ich erzählte ihr von der Karte und den Fotos. Lucy lächelte jetzt nicht mehr. Sie sah sehr ernst aus, und dann schüttelte sie den Kopf. «Wow.»

Ich nickte.

«Glaubst du, du kannst dir freinehmen und den Tag mit uns verbringen?»

«Ich werde Jonathan morgen früh anrufen. Ich muß weitere Nachforschungen über Pritzik und Richards anstellen, aber das dürfte eigentlich nicht so lange dauern. Vielleicht einen halben Tag.»

Wir sahen uns in die Augen.

Sie hielt mir die Hand hin, und ich nahm sie. «Ist schon okay, Studly. Ich verstehe.»

«Ich dusche schnell, und dann gehen wir essen.»

Ich reservierte telefonisch einen Tisch im *Spago*, duschte anschließend, zog mich um, und als ich wieder runterkam, strahlte sie mich an. «Was ist?» fragte ich.

Ihr Grinsen wurde breiter. «Nichts.»

«Was?»

«Nur eine kleine Überraschung. Gehen wir.»

Es war fast acht, als wir es bis *downtown* geschafft hatten. Der Himmel war dunkelviolett und bewegte sich unübersehbar auf die

Dunkelheit zu. Auf dem Sunset Strip wimmelte es von Porsche fahrenden Hippies mittleren Alters, die vor zwanzig Jahren jüngeren Frauen protzten, von spitzbärtigen Intellektuellen auf der Jagd nach dem Christian Slater-Look und von jungen Frauen mit Nabelringen, die im Neonlicht glitzerten. Die Bürgersteige vor Clubs wie dem *Viper Room*, dem *House of Blues* und dem *Roxy* waren durch Leute versperrt, von denen einige hineinwollten, die meisten jedoch zufrieden waren, Teil der Asphaltszene davor zu sein, zu lachen und rumzualbern und reagenzglasgroße Schnapsgläser gefüllt mit Wodka plus rotem Farbstoff Nummer sechs zu kippen. «Mom, sieh nur!» sagte Ben. «Da steht ein Mann mit einem Knochen durch die Nase.»

«Willkommen auf dem Planeten Los Angeles», sagte ich.

Lucy schüttelte den Kopf und lächelte. «Tja, es ist nicht Baton Rouge, oder?»

«Warte nur, bis du Melrose siehst.»

«Aber es ist witzig. So was wie Mardi Gras dreihundertfünfundsechzig Tage im Jahr.»

«Ja», sagte ich. «So gesehen ist L. A. schon okay.»

Sie sah mich an. Ernst. «Wohnst du gern hier?»

«Wäre es anders, würde ich nicht.»

Sie starrte mich einen Augenblick an, dann nickte sie und drehte sich wieder zum Fenster um. «Ja, ich vermute, das würdest du wohl nicht.»

Wir hielten vor *Spago* und überließen dem Parkservice den Wagen. Lucy schlug vor, daß ich meine Groucho Marx-Nase als Verkleidung aufsetzen sollte, um nicht zu sehr von Fans belagert zu werden. Ich wies sie darauf hin, daß mich in diesem Fall jeder für Groucho Marx halten und man so oder so über mich herfallen würde. Ich beschloß also, ganz ich selbst zu sein.

Wir gingen nach oben, genossen einen schönen Caesar Salad, Pizza mit Entensalami und einen ziemlich guten Merlot. Johnny Depp dinierte mit ein paar Freunden, ebenfalls drei Stammschauspieler von *Beverly Hills 90210*. Niemand starrte mich an, niemand bat mich um ein Autogramm, niemand fotografierte mich. Alle glotzten nur Johnny Depp an. Selbst die *90210*-Leute. Enttäuschend, aber vielleicht sehen die Leute, die zu *Spago* gehen, keine Nachrichten.

«Vielleicht hättest du doch die Groucho-Nase aufsetzen sollen», meinte Lucy.

«Ja, vielleicht.»

Sie tätschelte meinen Arm. «Sei nicht traurig, mein Schatz. Man würde dich bestimmt erkennen, wenn nicht all diese Fast-Berühmtheiten hier wären.»

«Ja», spottete ich. «Johnny Depp.»

Während des ganzen Essens strahlte Lucy im Wissen ihres Geheimnisses, und ich fragte danach, und sie antwortete: «Wirst schon sehen.» Dann hörten alle auf, Johnny Depp anzustarren, und drehten sich zur Tür. Lucys Grinsen wurde breiter, und ich schaute ebenfalls hin.

Joe kam herüber, glitt über den Boden, während der Raum sich vor ihm teilte. Große Männer mit ärmellosen Sweatshirts, dunkler Sonnenbrille und leuchtend roten Tätowierungen fallen sogar im *Spago* auf. Sogar Johnny Depp sah hin.

Lucy stand auf, um ihn zu begrüßen. «Hi. Joseph.»

Joe gab Lucy einen Kuß auf die Wange, umarmte sie, schüttelte dann Ben die Hand. «Bist du bereit, Junge?»

«Ja!»

«Was ist jetzt los?» fragte ich.

Joe drehte sich zu mir um. Man sah deutlich, wie amüsiert er war und daß er schrecklich gespannt war, auch wenn sein Gesicht nichts verriet. «Peter Nelsen wartet unten im Wagen. Peter und ich fahren mit Big Ben zu einer Vorführung von Peters neuem Film.» Peter Alan Nelsen ist der dritterfolgreichste Regisseur der Welt. Früher war er ein Klient, heute ist er ein Freund.

Ich sah Lucy an.

«Es wird spät werden», sagte Joe.

Ich sah Joe an.

«Sehr spät.»

Lucy drückte Ben. «Ich wünsche euch Jungs viel Spaß.»

Joes Mundwinkel zuckten einmal kurz, und dann waren er und Ben verschwunden.

Ich sah Lucy wieder an, und sie sagte: «Zeit zu zweit ist sehr wichtig.»

«Du hast ihn angerufen, als ich unter der Dusche stand?»

«Hm-hmh.»

«Ich wußte doch, daß ich irgendwas an dir mochte.»

Sie trank einen Schluck Wein. «Ich glaube, es gibt da etwas, das du ganz besonders an mir magst.»

Wir genossen in aller Ruhe das Dessert, während Lucy und ich unter dem Tisch turtelten. Wir sprachen etwas ausführlicher über ihren Tag und meinen, und ich erzählte ihr von den Mason-Zwillingen und der Mops-Frau und dem Mann, der behauptete, aus einem Raumschiff Susan Martins Entführung beobachtet zu haben. Ich spreche nicht oft von meiner Arbeit, aber bei Lucy erschien es mir normal. Und während wir redeten, lachten wir und alberten über Menschen in Raumschiffen und streichelten Hände, Arme und Finger des anderen. Die Zeit verstrich so träge und warm wie tropfender Honig, und schließlich schloß Lucy ihre Füße um meine und sagte: «Vielleicht sollten wir jetzt gehen.»

Wir verließen *Spago* um zweiundzwanzig Uhr fünfunddreißig. Als wir nach Hause kamen, ging Lucy in ihr Zimmer, und ich legte eine CD von Janis Ian in den Player, spendierte uns einen Merlot, der mit dem harmonierte, den wir bei *Spago* getrunken hatten.

Als Lucy wieder herauskam, hatte sie sich Shorts, ein abgeschnittenes T-Shirt mit der Aufschrift *Tank Girl* und silberne Pumps mit zehn Zentimeter hohen Absätzen angezogen. Das Licht war gedämpft, und Janis sang. Lucy drehte langsam eine Pirouette. «Ist der tollste Detektiv der Welt am Ende seines langen und erfolgreichen Tages müde?»

Ich beobachtete die Pirouette. Ich beobachtete, wie das warme Licht auf ihren Rücken, ihre Haare und die lange, glatte Linie ihrer Beine und die klassischen Pumps als sexy Kontrapunkt zu Shorts und dem T-Shirt fiel. «War er, aber jetzt fühlt er neue Energie.»

«Aha. Ist es das, was wächst?»

«So kann man es auch sehen.» Ich bot ihr den Merlot an, und Lucy trank einen Schluck. «Nette Schuhe», sagte ich.

Lucy streifte mich kurz und wiegte sich dann zur Musik. Der Merlot hinterließ einen süßen, vollen Geschmack in meinem Mund, der mir sehr gefiel. «Um elf kommst du wahrscheinlich wieder in den Nachrichten. Sollen wir den Fernseher anmachen und mal sehen?»

Ich schüttelte den Kopf. «Mich einmal sehen reicht völlig. Außerdem ist schon was anderes angemacht.»

«Aha.»

«Ich glaube, dann ist es Zeit für den Rest meiner Überraschung.»

Sie nahm meine Hand und zog mich zu den großen Glastüren. Der Himmel war klar und würde voller Sterne sein.

«Die Veranda?» fragte ich.

Sie ließ ihre Haare über ein Auge fallen. «Ich dachte, dein zweiter Vorname sei Abenteuer.»

«So ist es.»

Ich folgte ihr hinaus, und was ich dort fand, schmeckte erheblich besser als jeder Wein und war viel schöner als die Sterne.

15

Lucy und Ben wachten kichernd und voller Pläne auf. Während sie sich für ihren Tag fertigmachten, rief ich Elliot Truly in seinem Büro an. «Cole hier. Irgendwas Neues von Pritzik oder Richards?»

«Noch nicht, aber wir werden bald mehr wissen.» Er klang gedankenverloren.

«Ich dachte, ich gehe noch einmal zu Richards Haus und spreche mit den Nachbarn, aber die Polizei wird dort sein, und das wird denen gar nicht gefallen. Vielleicht könnte Jonathan mit Sherman kooperieren und mir den Weg ebnen.»

Truly sagte einen Moment gar nichts. «Warum wollen Sie noch einmal dorthin?»

«Um vielleicht eine Spur von Pritzik und Richards zu finden.»

«Vergessen Sie's. Wir reden mit den Cops. Wir haben Kerris darauf angesetzt. Nehmen Sie sich den Tag frei, und spannen Sie mal aus.» Im Hintergrund hörte ich Stimmen.

«Die Spur ist ohnehin schon kalt, Elliot. Wir sollten sie nicht noch kälter werden lassen.»

«Hören Sie, Sie haben doch gerade selbst gesagt, daß es in der ganzen Gegend von Cops nur so wimmeln wird. Wir haben hier gleich eine Konferenz, um uns darüber klarzuwerden, was als nächstes zu tun ist. Jonathan versucht, einen Termin mit dem DA zu bekommen.»

«Was hat das damit zu tun, Pritzik und Richards zu finden?»

«Nehmen Sie sich den Tag frei, amüsieren Sie sich, und ich werde mich dann wieder bei Ihnen melden.»

«Sie wollen, daß ich nichts tue.»

«Ja. Was könnte es Besseres geben?» Er legte auf, und ich starrte den Hörer an.

«Was ist los?» fragte Lucy.

Ich sah das Telefon noch eine Weile an, und dann legte ich auf.

«Überhaupt nichts. Ich habe den ganzen Tag Zeit für euch. Was könnte es Besseres geben?»

Ihre Aufregung wirkte ansteckend. Wir bereiteten uns ein schnelles Frühstück aus geschnittenem Obst, Hüttenkäse und Toast, zogen dann Shorts und leichte Hemden und Baseballmützen für den stets populären Ralph Cramden-Look an. Ich überlegte, meinen Dan Wesson-Kaliber .38-Revolver mitzunehmen, fand ihn aber doch etwas unansehnlich in dem Halfter über meinem geblümten Hemd. Außerdem gehören gebläute Stahlrevolver nicht zur erforderlichen Touristenkleidung in Südkalifornien. In Florida vielleicht, aber noch nicht in Kalifornien.

Es war so früh, daß wir beschlossen, zuerst mein Büro zu besichtigen, dann mit der Universal-Tour weiterzumachen. Wir fuhren mit Lucys gemietetem Taurus den Laurel Canyon hinunter, dann weiter über den Sunset zu meinem Büro. Weder Dunst noch Smog trübten den Himmel. Das große V eines Möwenschwarms schwebte über West Hollywood Richtung Meer, und die Straßen waren voll mit Autos aus anderen Bundesstaaten und Leuten mit Camcordern und jungen Typen aus dem Nahen Osten, die Stadtpläne mit den Häusern der Stars verkauften. Der Sommer hatte Einzug in der Stadt der Engel gehalten.

Als wir auf den Santa Monica einbogen, einen Block von meinem Büro entfernt, sahen wir zwei Transporter von Fernsehnachrichten-Teams vor meinem Gebäude parken. «Oh-oooh», machte ich.

«Glaubst du, die sind wegen dir hier?» fragte Lucy.

«Keine Ahnung.» Vielleicht waren sie wegen Cindy da. Vielleicht wollten sie eine Story über brandneue Kosmetikprodukte drehen.

«Willst du nicht mit ihnen sprechen?»

«Jonathan ist der einzige im Team, der mit der Presse spricht.»

Ich fuhr an den Transportern vorbei. Eine äußerst attraktive asiatisch-amerikanische Frau stand auf dem Bürgersteig und sprach mit einem Burschen, der eine Minicam hielt, und einem Typen, der aussah wie ein Surfer im Sakko, neben dem eine verwahrloste Frau rauchte, die ein Arbeitshemd trug. Einen Block weiter hielt ich an und bat Lucy um ihr Handy, dann rief ich Cindys Büro an. Cindy meldete sich nach dem ersten Klingeln. «Wow, du bist ja eine ganz heiße Nummer.»

«Sind sie schon oben gewesen?»

«Den ganzen Morgen. Sie klopfen bei dir, und weil du nicht aufmachst, kommen sie zu mir oder den Versicherungsfritzen und erkundigen sich nach deiner Bürozeit.» Die Versicherungsfritzen hatten das Büro auf der anderen Seite des Flurs. «Das Foto in der Zeitung war schon toll.»

«Ich bin in der Zeitung?»

«Du hast es noch nicht gesehen?»

«Hm-hm.» Mr. Voller-Durchblick. Mr. Cooler-L.A.-Privatschnüffler mit den Fingern auf dem Puls der Dinge.

«O Mann, du siehst so unglaublich cool aus. Und im Fernsehen hab ich dich auch gesehen. Ich hab dich *zweimal* gesehen.» Sogar Cindy war aufgeregt.

«Ist jetzt jemand oben?»

«Ja, auf dem Flur sitzt dieser Bursche. Ich glaube, er ist vom Radio.»

Ich bedankte mich und gab Lucy das Handy zurück. Lucy sah mich an. «Sie sind oben?»

Ich nickte. «Macht's euch was aus, wenn wir nicht raufgehen? Ich zeig euch mein Büro ein anderes Mal.»

Sie tätschelte mein Bein und verstaute das Handy. «Ein anderes Mal ist schon okay, Studly. Ich will meinen Mann in der Zeitung sehen.»

Wir hielten an einem Drugstore, wo wir die *Times*, den *Examiner* und die *Daily News* kauften. Dann hielten wir auf dem Parkplatz und lasen. Elton Richards, Steve Pritzik und die Entdeckung, die ich in Richards Doppelhaushälfte gemacht hatte, waren in allen drei Tageszeitungen Titelgeschichten. Ein Foto von mir mit Jonathan Green war auf der ersten Seite sowohl des *Examiner* als auch der *Daily News* und auf Seite drei der *Times*. Vermute, die Leute von der *Times* hatten einfach höhere Ansprüche. «Ach, Elvis. Das alles ist ja so schrecklich aufregend», meinte Lucy.

«Hm», sagte ich.

«Bist du nicht stolz?»

«Es ist schon irgendwie in Ordnung.» Ich hielt die Zeitung neben mein Gesicht und runzelte die Stirn. «Sehe ich aus wie Moe Howard?»

Lucy verglich mich mit dem Foto, dann nickte sie. «Ja. Ich denke, ja.»

Ein rundlicher Mann mit dicken Brillengläsern und einem nervösen Zucken ging glotzend vorbei. Er setzte sich in einen braunen Cressida, starrte immer noch herüber, dann rief er laut: «He, sind Sie nicht der Bursche?»

Ich faltete die Zeitung zusammen und warf sie auf die Rückbank.

«Ich habe gelesen, was Sie gemacht haben. Ich hab sie in den Nachrichten gesehen. Das war wirklich gute Arbeit.»

Ich winkte sparsam. «Danke.»

«Diese Cops hier in L. A. sind das Letzte, stimmt's nicht?» fragte er.

Ich sah ihn stirnrunzelnd an. «Ein paar meiner besten Freunde sind Cops.»

Er stieß ein nasales, wieherndes Lachen aus, startete seinen Wagen und fuhr fort.

Ich hielt Lucy die Tür auf, und wir fuhren quer durch West Hollywood und Hollywood nach Osten, dann weiter über den Cahuenga Pass zu den Universal Studios. Wir parkten wie ungefähr zwölf Millionen andere Touristen in einem der großen Parkhäuser, reihten uns in den scheinbar endlosen Menschenstrom vor den Kassen ein und anschließend in weitere Schlangen, die zu den Straßenbahnen führten. Ich kam mir vor wie einer dieser Lemminge.

Wir fuhren mit der Bahn kreuz und quer durch das Universal-Gelände und machten alberne Fotos, posierten mit gigantischen Zahncremetuben und fuhren in kleinen Wagen vorbei an kreischenden Dinosauriern und gewaltigen Gorillas, bis Lucy sagte: «Mir ist danach, Geld auszugeben.»

Ich sah sie an. «Ausgeben?»

Ben tat, als sei er entsetzt. «Nein, Mom, nicht das! Versuch, dich zu beherrschen!»

Lucy kniff vor Konzentration die Augen zusammen, und ihr

Blick wurde leer. «Das Shopping-Gen ist unkontrollierbar. Andenken. *Ich muß Andenken kaufen!*»

Es war schrecklich. Lucy kaufte; ich trug. Drei T-Shirts, zwei Sweatshirts und einen Schneekugel-Briefbeschwerer. Später hatten wir den oberen Teil des Parks abgegrast und zogen auf der Suche nach mehr Beute runter zum CityWalk. Der CityWalk ist ein Open-air-Einkaufszentrum mit Läden, Buchhandlungen, Restaurants und anderen netten Orten, an denen man sein Geld lassen kann. Manche Menschen haben den City-Walk als eine urbane Version von Disneys Main Street U. S. A. beschrieben, ich persönlich halte es für eine jugendfreie Version der Kulisse aus *Blade Runner*. Allerdings ohne Regen.

Wir kamen kurz vor zwölf Uhr mittags dort an, und wie in dem anderen Park, schoben sich auch hier Reisegruppen aus Asien und Besucher aus dem ganzen Land durch den CityWalk. Wir gingen einmal rauf und runter, stöberten in den Geschäften und beobachteten die Leute, wobei Lucy und ich Händchen hielten und Ben um uns herumwirbelte. Es war ein gutes Gefühl, nicht zu arbeiten, und es war gut, mit Lucy zusammenzusein. «Meinst du, du könntest deinen Kaufrausch lange genug zügeln, um etwas zu essen?»

Sie sah mich an wie der Kater, wenn ich ihm die Schale wegnehme, bevor er fertig ist.

«Schon möglich, daß ich ohne eine Kalorieninfusion all das Zeug hier nicht mehr lange tragen kann.»

«Du wirst es schon schaffen.»

«Kann sein, daß wir uns einen Gepäckträger besorgen müssen.»

«Es ist nur Geld.»

«Kann sein, daß wir aufhören müssen, weiter Geld auszugeben.»

Sie seufzte und verdrehte die Augen. «Moderne Männer sind ja solche Schwächlinge.»

Ich beugte mich an ihr Ohr. «Das hast du letzte Nacht auf der Veranda nicht gesagt.»

Lucy lachte, drückte meinen rechten Arm und knabberte an meiner Schulter. «Okay, Studly, dein Wunsch ist mir Befehl. Wo möchtest du denn gern naschen?»

«Das hast du letzte Nacht ebenfalls gefragt.»

Sie vergrub ihren Daumen in meinen Rippen. «Pssst! Ben!»

«Der hat nichts gehört. Komm. Da vorn ist ein *Puck's*. Wir können da essen.»

«*Puck's*! Oh, prima!»

Wir gingen zu *Wolfgang Puck's* und mußten für einen Tisch Schlange stehen. Um uns herum stammten alle aus Iowa, Kanada oder Japan, und kein Mensch schien die Nachrichten gesehen oder die Zeitung gelesen zu haben. Es gab jede Menge Sitzplätze im Freien, und die Leute an den Tischen aßen Salate und Sandwiches.

Wir arbeiteten uns die Schlange vor bis zu einer hübschen blonden Hosteß, die uns sagte, es werde nur noch eine Minute dauern, als ich bemerkte, wie ein übergewichtiger Typ mich anstarrte. Er saß an einem der Tische, aß Salat mit Hühnchenstreifen und las die *Times*. Sein Blick wanderte von mir zur Zeitung und wieder zu mir. Er rief eine vorbeikommende Kellnerin zu sich und zeigte ihr die Zeitung, dann sahen mich beide an. Ich drehte mich in die entgegengesetzte Richtung. «Diese Leute da starren dich an», meinte Lucy.

«Toll.»

«Ich glaube, die haben dich erkannt.»

«Ich weiß.»

«Er zeigt auf dich.»

Das koreanische Pärchen hinter uns sah mich jetzt auch an. Ich vermute, sie hatten den ausgestrecken Arm bemerkt. Ich lächelte und nickte ihnen zu, und sie antworteten ebenfalls mit einem Lächeln.

«O mein Gott», sagte Lucy, «er zeigt jetzt den Leuten am Nachbartisch die Zeitung.»

Ich berührte den Arm der Hosteß. «Meinen Sie, Sie könnten uns jetzt bitte einen Tisch besorgen. Drinnen oder draußen. Was als nächstes frei wird.»

«Lassen Sie mich nachsehen.» Sie verschwand im Restaurant.

«Vielleicht sollten wir zusehen, daß wir von hier verschwinden.»

«Sehr witzig.»

«Wir könnten gehen. Macht mir nichts aus.»

«Nein. Du willst *Puck'*, also werden wir auch bei *Puck's* essen.»

Ein älteres Pärchen hinter den Koreanern reckte den Hals, um zu sehen, was es mit dem Gestarre und Gezeige auf sich hatte. Die Frau schaute von mir zu den Leuten mit der Zeitung, sah dann wieder mich an. Sie sagte irgendwas zu ihrem Mann, der nur die Achseln zuckte. Ich drehte mich weg, und jetzt war der dicke Mann in eine Unterhaltung mit einem Tisch vertieft, an dem sechs Personen saßen, die sich ausnahmslos zu mir herumgedreht hatten. «Das ist doch Wahnsinn», sagte ich.

Lucy lächelte.

«Ich finde das überhaupt nicht komisch», sagte ich.

Die Frau hinter dem koreanischen Pärchen sagte: «Entschuldigen Sie bitte. Sind Sie jemand Berühmtes?»

«Nein», sagte ich.

Sie lächelte mich an. «Sie sind Filmschauspieler, stimmt's? Sie machen bei dieser Serie mit.»

Lucy fing mit einem dieser lautlosen Lacher an, bei denen man einen roten Kopf bekommt, aber gar nichts dagegen machen kann.

«Bin ich nicht, wirklich», sagte ich.

«Und warum sieht Sie dann jeder an?»

«Das ist eine lange Geschichte.»

Die Frau reagierte beleidigt. «Nun, es ist nicht besonders freundlich, Ihr Publikum so vor den Kopf zu stoßen.»

Lucy beugte sich zu der Frau. «Er kann ausgesprochen unhöflich sein, finden Sie nicht auch? Ich sage ihm das immer wieder.»

Ich starrte sie an.

«Nun, das müssen Sie auch tun», sagte die Frau. «Er ist überhaupt nicht nett.»

Lucy stieß mir in die Rippen. «Warum gibst du ihr nicht ein Autogramm?»

Ich fixierte sie. «Du bist schon irgendwie albern, weißt du das?»

Lucy nickte. Und strahlte.

«Oh, das wäre ausgesprochen nett», sagte die Frau. Sie deutete auf ihren Mann. «Merle, wir haben doch einen Kuli, oder?» Sie hielt mir einen Kuli und eine Souvenir-Serviette aus Jodi Maronis Wurstküche hin. Das koreanische Pärchen unterhielt sich auf koreanisch, während der Mann fieberhaft in seiner Umhängetasche kramte.

Ich nahm die Serviette und beugte mich zu Lucy vor. «Das zahle ich dir heim.»

Sie drehte sich zur Seite, damit niemand sehen konnte, wie sie losprustete. «Oh, das will ich aber auch wirklich hoffen.»

«Mom?» fragte Ben. «Warum sehen die Leute Elvis so an?»

Die ältere Frau bekam große Augen. «Sie sind *Elvis*?»

Die Koreanerin hielt mir ein Autogrammbuch hin, und der koreanische Mann fing an, Fotos zu schießen. Zwei Teenager, die hinter der Sechsergruppe saßen, bemerkten, wie ich mein Autogramm auf die Jodi Maroni-Serviette setzte, und kamen herüber, und dann folgten zwei jüngere Burschen von dem Sechsertisch. Ein großer, dünner Mann auf der anderen Seite des Restaurants stand auf und richtete seine Videokamera auf mich. Seine Frau erhob sich ebenfalls. Ein Latino-Paar, das gerade auf dem CityWalk vorbeikam, blieb stehen, um zu sehen, was hier los war, und dann blieben auch noch drei junge Frauen stehen, die aussahen, als seien sie in ihrer Mittagspause zum CityWalk gekommen. Eine Frau mit ausgesprochen beweglichen Oberarmen zeigte auf mich und sagte zu ihrem Freund: «Oh, ich liebe seine Filme, du nicht auch?» Sie sagte es sehr laut.

Der dicke Mann mit der Zeitung, mit dem alles angefangen hatte, stand auf und ging. Lucy und Ben entfernten sich ebenfalls. Schnell. Unterwegs, das Leben eines anderen zu ruinieren, gar keine Frage.

Die Menge wuchs an. Ich gab zweiundzwanzig Autogramme in vier Minuten, und das waren die längsten vier Minuten meines Lebens. Schließlich entschuldigte ich mich mit den Worten, so sehr ich mich auch freue, sie alle kennengelernt zu haben, müsse ich nun leider gehen, weil der Präsident meinen Rat brauche. Als ich das sagte, meinte die Frau mit den beweglichen Armen: «Ich wußte gar nicht, daß er auch in der Politik mitmischt!»

Als ich schließlich Lucy und Ben fand, waren sie schon ein gutes

Stück den CityWalk hinunter, grinsten breit und entfernten sich schnell von mir.

«Lucille Chenier», sagte ich, «du kannst weglaufen, aber verstecken kannst du dich nicht vor mir.» Ich sagte es laut genug, daß sie es hörten.

Lucy und Ben lachten, und dann rannten sie los.

16

Nach Souvenirs, Postkarten und kleinen Geschenken für weitere 182,64 $ rief Lucy in Baton Rouge an, um sich auf dem laufenden zu halten. Ich hoffte, daß es inzwischen Neues über Pritzik oder Richards gab, also rief ich mit dem Handy in meinem Büro an. Sechzehn Nachrichten warteten auf meinem Anrufbeantworter. Von den sechzehn waren sieben von Presseleuten, die um Interviews baten, und fünf von Freunden, die mich in den Nachrichten gesehen hatten. Von den restlichen vier hatten zwei Anrufer einfach wieder aufgelegt, und zweimal war es Elliot Truly. Beim ersten Auflegen sagte eine Frauenstimme «O Scheiße», und beim zweiten sagte dieselbe Stimme «Leck mich doch!» Die Stimme klang gedämpft und gereizt. Trulys Sekretärin hinterließ die dritte Nachricht und bat mich um einen Rückruf. Truly selbst hinterließ die vierte Nachricht. «Cole? Cole, falls Sie da sind, gehen Sie bitte ran. Es ist wichtig.» Ich vermute, Truly war ebenfalls gereizt. Vielleicht wirkte ich so auf diese Leute.

Ich rief Truly zurück. Als er am Apparat war, sagte er: «Gott sei Dank! Ich versuche schon den ganzen Tag, Sie zu erreichen. Wo waren Sie?» Er klang außer sich.

«Sie haben mir doch gesagt, ich soll mir den Tag freinehmen, erinnern Sie sich noch?»

«Ja, schön, aber wir möchten nicht, daß Sie das noch mal machen. Channel Eight möchte Sie für die Abendnachrichten interviewen, und Jonathan hält das für eine gute Idee.»

«Ins Fernsehen zu gehen?» fragte ich.

«Es sind vielleicht drei Minuten in den Fünf-Uhr-Nachrichten, und Jonathan möchte, daß Sie das für uns machen.»

«Truly, ich habe schon Pläne mit meinen Gästen.»

«Hören Sie, das Team hat heute darüber diskutiert, und wir möchten, daß Sie der Presse zur Verfügung stehen. Entweder kontrollieren wir die Medien oder die Bezirksstaatsanwaltschaft wird es tun. Offenheit ist wichtig. Ehrlichkeit ist alles. Was Besseres haben wir nicht.»

Ich bereute es bereits, ihn zurückgerufen zu haben.

«Sie wollen wissen, warum ein Bursche allein das ganze LAPD schlagen konnte.»

«Ich habe niemanden geschlagen. Ich bin einem Hinweis nachgegangen und hatte Glück.» Lucy sah mich an.

«Richtig. Deshalb haben Sie den Durchbruch ja auch geschafft, während achttausend Blauuniformierte Kaffee und Donuts in sich reinstopften.»

«Ich habe niemanden geschlagen, Truly.» Er ging mir damit langsam auf die Nerven.

«Sie müssen nichts anderes tun, als sich dorthin zu setzen und sympathisch zu sein. Leute wie Sie sind sympathische Typen. Mehr interessiert die nicht. Es ist Fernsehen.»

Ich legte eine Hand über den Hörer. «Die wollen, daß ich nachher ein Fernsehinterview gebe», sagte ich zu Lucy. «Das durchkreuzt aber unsere Pläne, nach Beverly Hills zu fahren.»

Lucy lächelte und rieb meinen Arm. «Wenn du mußt, dann mußt du. Wir erledigen Beverly Hills später.»

«Das wird dir aber Zeit fürs Einkaufen nehmen. Bist du dir sicher?»

Sie lächelte wieder. «Wir kommen mit und sehen zu, wie du interviewt wirst. Macht bestimmt Spaß.»

«Was haben Sie gesagt?» fragte Truly.

«Entspannen Sie sich, Elliot. Ich mach's.»

«Es ist jetzt schon fast drei, und die wollen, daß Sie um halb fünf bei Channel Eight sind. Schnappen Sie sich einen Stift, dann sage ich Ihnen, wohin Sie müssen.»

Truly gab mir die Wegbeschreibung durch. Lucy, Ben und ich fuhren nach Hause, zogen uns um, dann ging's wieder den Berg runter zum Studio von Channel Eight auf der Ostseite der Western Avenue in Hollywood. KROK-TV. *Persönliche Nachrichten von uns für Sie – Wir nehmen es persönlich!*

Wir parkten auf dem Parkplatz neben dem Gebäude, gingen durch den Vordereingang zu einer Empfangssekretärin, die hinter kugelsicherem Glas saß. Das Foyer war vom Rest des Gebäudes ebenfalls durch dickes Glas abgetrennt, und neben der Empfangsdame befand sich eine große Tür, die nur per Knopfdruck geöffnet werden konnte. Ich fragte mich, ob schon mal jemand versucht hatte, sich einen Weg hineinzuschießen. *Bring mich in die Nachrichten oder stirb!* Man weiß ja nie.

Ich sagte ihr, wer ich war und warum ich hier war, und ein paar Minuten später tauchte eine Frau von Anfang Vierzig auf und öffnete die Tür von innen. «Hi», sagte sie. «Ich bin Kara Sykes, Chefredakteurin der Nachrichten. Sind Sie Mr. Cole?»

«Genau der. Das hier ist Lucy Chenier und ihr Sohn Ben. Sie gehören zu mir.» Ich hielt Lucys Hand.

Kara Sykes öffnete für uns die Tür. «Wunderbar. Sie gehen in wenigen Minuten auf Sendung, wir haben nicht mehr viel Zeit. Bitte folgen Sie mir.»

Wir folgten ihr einen langen Gang hinunter, dann durch eine Nachrichtenredaktion voller Schreibtische und Redakteure und weiter ins Studio. Ein Mann und eine Frau saßen hinter dem Moderatorentisch vor mit Telepromptern ausgestatteten Fernsehkameras. Zwischen den Kameras stand ein Aufnahmeleiter, dessen Hand auf dem Teleprompter ruhte, von dem der Mann ablas. Am Moderatorentisch waren noch Plätze frei für den Sportreporter und die Wetterfrau. Das Bühnenbild war so arrangiert, daß die Moderatoren mit dem Rücken zur Nachrichtenredaktion saßen, und das Publikum konnte sehen, wie das Nachrichtenteam von Channel Eight die persönlichen Nachrichten persönlich produzierte. Kara flüsterte: «Lyle Stodge und Marcy Bernside sind unsere Fünf-Uhr-Moderatoren. Lyle wird Sie interviewen.»

«Okay.» Lyle Stodge war ein markig wirkender Bursche von Anfang Fünfzig mit einem leichten Grauschimmer in den Schläfen. Marcy Bernside, eine äußerst attraktive Frau von Ende Dreißig mit dunklem Haar und ausdrucksvollen Augen, lächelte wie ein gesundes Mädchen aus der Nachbarschaft.

«Haben Sie schon einmal ein Live-Interview gegeben?» fragte Kara.

«Nein.»

«Ist gar nicht kompliziert. Sprechen Sie einfach mit Lyle. Schauen Sie nicht in die Kamera.»

«Okay.»

«Ich habe mit Jonathan gesprochen, und ich weiß, wie wichtig das ist. Hier stehen alle auf Ihrer Seite.»

«Meiner Seite?»

«Entspannen Sie sich einfach und genießen Sie es. Sie sind der Mann der Stunde.»

Lucy drückte meine Hand und flüsterte: «Ich schätze, die werden gehört haben, wie sie in den Universal Studios über dich hergefallen sind.»

Lucy ist wirklich lustig, oder?

Lyle verlas die letzten Zeilen einer Story über illegale Einwanderer aus Taiwan, die in einem Ausbeuterbetrieb in Gardena gefaßt worden waren, und Marcy begann, eine Story über Pritzik und Richards vom Prompter abzulesen. Sie sagte, Polizei und FBI hätten ihre Fahndung auf sieben Staaten ausgedehnt, und inoffiziell gehe man davon aus, daß Pritzik tatsächlich James X sei.

Der Aufnahmeleiter hob die Hand, machte eine kreisende Bewegung, und Marcy Bernside sagte, das Team der Persönlichen Nachrichten auf Channel Eight melde sich gleich nach der Werbung zurück. Der Regisseur hob beide Hände und verkündete: «Werbung läuft. Alles klar.»

Marcy Bernside brüllte: «*Scheiße!* Wer hat den Ton in meinem *Scheiß*ohrhörer versaut?» Sie drehte sich um und warf einen wütenden Blick in die Nachrichtenredaktion. «Komm schon, Stuart. Was macht ihr Arschlöcher eigentlich da hinten? Mein *Gott*!» Soviel über gesunde Mädchen aus der Nachbarschaft.

Kara zog an meinem Arm. «Showtime.»

Sie führte mich schnell zum Moderatorentisch und ließ mich auf dem freien Platz für den Sportmoderator Platz nehmen, während die Kameramänner in Position gingen, um mich und Lyle zusammen ins Bild zu bekommen. Ich konnte Lyles Text auf dem Teleprompter sehen, nur darauf wartend, daß der Werbeblock vorbei war. Der Aufnahmeleiter steckte mir ein winziges Mikro an das Revers meines Sakkos, verbarg das Kabel darunter und schloß es an ein dickeres Kabel, das auf dem Boden lag, an. Kara stellte mich Lyle Stodge vor, der sagte: «Ich freue mich, daß Sie kommen konnten. Sie sind ein toller Typ.»

«Merkt es jemand, wenn ich vor der Kamera Grimassen schneide?» fragte ich.

Lyle Stodge schob lose gelbe Blätter hin und her. «Machen Sie sich um nichts Sorgen. Ich habe das schon tausendmal gemacht, und bei mir sieht jeder gut aus. Sogar Sie.» Ich schaute zu Lucy hinüber, und Lucy lachte. Ich sah wieder Lyle Stodge an, und er zwinkerte mir zu. Noch so ein Komiker.

Jemand von der Maske brachte Marcy Bernsides Frisur und mein Gesicht in Ordnung. Marcy sang leise vor sich hin und bewegte sich zu dem Song, als wäre sie allein zu Hause. Sie trällerte *Legs* von ZZ Top. Nervöse Energie.

Der Aufnahmeleiter sagte «Zehn Sekunden». Er hob die Hand hoch über Lyles Kamera. Lyle zog sein Jackett zurecht und beugte sich zur Kamera. Der Maskenbildner verließ den Set. Lyle sagte: «Würdest du bitte mit dem Scheißgesinge aufhören, um Himmels willen?»

Marcy Bernside zeigte ihm den Mittelfinger und sang weiter.

«Drei, zwei, eins –» Der Aufnahmeleiter berührte den Teleprompter, und Lyles Text rollte nach oben. Lyle warf sein patentiertes Lächeln mit Fältchen um die Augen in die Kamera. «Wie wir gerade berichtet haben, hat ein Privatdetektiv, der für die Große Green-Verteidigungsmaschine arbeitet, eine sensationelle Entdeckung gemacht, die womöglich ein völlig neues Licht auf die Ermittlung im Mordfall Theodore Martin werfen könnte. Wir begrüßen ihn jetzt exklusiv in den Persönlichen Nachrichten von Channel Eight. Denn wir präsentieren *Ihnen* die Menschen, die *Schlagzeilen* machen.» Lyle richtete das selbstgefällige Lächeln auf mich. «Mr. Elvis Cole, vielen Dank, daß Sie exklusiv zu uns in die Persönlichen Nachrichten auf Channel Eight gekommen sind.»

«Danke, Lyle. Es freut mich, hier zu sein.» Mr. Aufrichtigkeit.

Lyle faltete die Hände und beugte sich zu mir, kam jetzt zum ernsten Journalistengeschäft. «Wie ist es möglich, daß Sie allein in der Lage waren, Dinge aufzudecken, die das gesamte Police Department von Los Angeles in drei Monaten nicht ermitteln konnte?»

«Ich bin einem Hinweis nachgegangen, der über die Hotline in Jonathan Greens Kanzlei eingegangen ist. Wenn das LAPD diesen Tip erhalten hätte, dann hätten sie dieselben Entdeckungen gemacht, und wahrscheinlich sogar früher.»

Lyle lachte leise und gutmütig. «Das hört sich etwas sehr bescheiden an.» Das leise Lachen verschwand, und Lyle wurde wieder ernst, rümpfte eine Augenbraue, damit auch ja jeder wußte, wie ernst er jetzt war. «Erzählen Sie uns, wie gefährlich es war?»

«Man trifft einfach die richtigen Leute und stellt die richtigen Fragen, Lyle. Es ist genauso ungefährlich, wie eine Straße zu überqueren.»

Lyle lachte wieder leise, dann drehte er sich zu Marcy Bernside um und lächelte sie an. «Marce, ich bin noch nie einem echten Mann begegnet, der mit seinen Leistungen prahlt. Du?»

Marcy Bernside antwortete: «Noch nie, Lyle. Echte Männer lassen eben Taten sprechen.»

Lyle drehte sich wieder zu mir. «Theodore Martin hat von Anfang an seine Unschuld beteuert. Insider behaupten jetzt, daß er durch Ihre Entdeckung recht behält.»

«Es ist nur ein weiteres Steinchen im Puzzle.»

Lyle beugte sich ernst und sehr professionell zu mir. «Die Insider sagen ebenfalls, daß das LAPD die Ermittlung verpfuscht hat und jetzt nicht bereit ist, den Fehler zuzugeben.»

«Das LAPD ist die beste Polizei das Landes, Lyle.»

Lyle nickte, als hätte ich gerade die Einheitliche Feldtheorie erläutert. «Nun, Sir, wir haben uns erlaubt, einmal *Ihre* Vergangenheit unter die Lupe zu nehmen, und dabei erfahren, daß *Sie* ganz sicher einen ausgezeichneten Ruf genießen, sogar unter Angehörigen des Police Departments und im Büro der Bezirksstaatsanwaltschaft.»

«Ach, ja. Haben die das wirklich gesagt?»

Lyle nickte ernst. «Wie Personal News Eight erfahren hat, ist dies nicht Ihr erster hochkarätiger Fall. Allem Anschein nach haben Sie bereits auf vertraulicher Basis für einige hochkarätige Persönlichkeiten gearbeitet.»

«Ich spreche nie über meine Klienten, Lyle. Deshalb heißt es ja auch ‹vertraulich›.»

Lyle blinzelte mich zustimmend an. «Ein integerer Mann.» Er lächelte ermutigend. «Die meisten von uns sehen Privatschnüffler nur im Fernsehen oder Kino, erhalten aber nie die Chance, hautnah vor einem zu sitzen. Sagen Sie, ist es so aufregend, wie es aussieht?»

«Nein.»

Lyle lachte. Für dieses Lachen bekam er siebenhunderttausend Dollar pro Jahr, und ich fragte mich, wie oft er es wohl übte. «Sie scheinen mir außerdem auch noch ein ehrlicher Mann zu sein. Was ist das für ein Gefühl, wenn man mit diesem berühmten Detektiv aus Los Angeles verglichen wird, mit Raymond Marlowe?»

Marcy korrigierte: «Philip Marlowe.»

Lyle sah verdutzt aus und drehte sich wieder zu ihr um. Ich vermute, sie hatte ihren Teil gesagt, und er hatte nicht damit gerechnet, daß sie noch einmal den Mund aufmachte. «Was hast du gesagt, Marce?»

«Raymond *Chandler* hat *Philip* Marlowe erschaffen.»

Lyle lachte wieder, doch diesmal war es ein angespanntes Lachen. Vermutlich durfte man den Moderator während der Sendung nicht korrigieren. Er drehte sich wieder zur Kamera. «Tja, anscheinend hat Los Angeles jetzt seinen eigenen Sherlock Homes gefunden, und leider geht damit unsere Zeit für dieses hochinformative Gespräch zu Ende.» Lyle Stodge bot mir die Hand an, und er schüttelte sie, als hätte er mir gerade die Ehrenauszeichnung des Kongresses überreicht. «Mr. Cole, es war mir eine besondere Ehre, Sie kennenlernen zu dürfen. Herzlichen Glückwunsch und vielen Dank, daß Sie sich die Zeit genommen haben, mit uns zu sprechen.»

«Danke, Lyle. Es war sehr persönlich.»

Der Aufnahmeleiter hob beide Hände. «Vorschau läuft. Alles klar.»

Lyle Stodge funkelte Marcy Bernside wütend an. «Du verdammte Fotze! Wag es nie wieder, so was noch mal abzuziehen, wenn wir auf Sendung sind!»

Marcy Bernside schenkte ihm wieder das Mittelfingerchen. «Richtig heißt es *Holmes*, du Trottel. Sherlock *Holmes*. Mit einem *L*.»

«Oh. Ja. Genau. Klar.»

Kara Sykes nahm mir das Mikro ab und half mir vom Set. Kein Mensch würdigte mich eines zweiten Blicks.

Wir folgten Kara Sykes zurück ins Foyer, verließen das Gebäude und gingen zum Wagen. Lucy hakte sich bei mir unter. «Das war fast genauso lustig wie Beverly Hills.»

«Hm.»

Sie trat zurück und sah mich an. Sie legte den Kopf auf eine Seite. «Mit dir alles okay, Studly?»

«Luce?» sagte ich.

«Hmh?»

«Falls Truly mich bittet, so was noch mal zu machen, knall ich ihn ab. Wirst du mich dann vertreten?»

Sie lächelte lieb. «Ach, du weißt doch, daß ich das mache, Schatz. Knall ihn ab, soviel und sooft du willst.»

«Danke, Luce.»

17

Lucy, Ben und ich verbrachten die nächsten zwei Tage damit, Disneyland, Malibu und das Griffith Observatory zu besuchen. Wir sahen uns Ronald Colmans Haus an. Wir gingen in Beverly Hills einkaufen. Ich rief zweimal täglich Jonathan Greens Kanzlei an und bat darum, mit Jonathan oder Truly zu sprechen, aber keiner von beiden hatte Zeit. Beschäftigt, hieß es. In Konferenzen.

Wegen der Presse hielt ich mich von meinem Büro fern. Auf dem Anrufbeantworter waren so viele Anfragen für Interviews, daß ich alles löschte, ohne mir die einzelnen Mitteilungen anzuhören. Die Leck-mich-Lady rief noch zweimal an.

Elliot Trulys Assistentin rief an, um drei weitere Fernsehinterviews und zwei Auftritte im Lokalradio zu vereinbaren. Es ist wichtig für Jonathan, sagte sie. Wir müssen unsere Seite der Geschichte publik machen, sagte sie. Ich fragte nach Pritzik und Richards. Ich sagte, ich will wissen, was los ist. Sie sagte, sie werde mit Jonathan sprechen und sich wieder melden. Was sie nicht tat.

Immer häufiger erschienen Berichte, in denen die Ermittlungstechniken des LAPD in Frage gestellt wurden. Ein sommerliches Tief schob sich vom Meer über die Stadt, hüllte den Morgenhimmel in eine drückende Schicht dunkler Wolken. Manchmal waren sie bis mittags wieder verschwunden, aber nicht immer.

Am Morgen des dritten Tages holte Peter Alan Nelsen Ben ab, damit er den Tag bei den Dreharbeiten seines neuen Films verbringen konnte, und Lucy zog sich für ihren zweiten Geschäftstermin um, als das Telefon klingelte und Elliot Truly sagte: «Wir treffen uns heute morgen um zehn mit Teddy Martin im Zentralgefängnis. Teddy möchte Sie kennenlernen, und Jonathan hätte sie gern dabei. Können Sie das einrichten?»

«Was zum Teufel ist überhaupt los, Truly?» fragte ich. «Wieso ruft mich niemand zurück, wenn ich darum bitte?»

«Sie sind nicht der einzige Detektiv, der für uns an dieser Sache arbeitet, Cole. Die Arbeit hat uns überflutet, und Jonathan arbeitet sechzehn Stunden am Tag.»

«Ich bin Privatdetektiv. Ich stelle Nachforschungen an. Wenn Sie nicht wollen, daß ich weitere Nachforschungen anstelle, schön.» Ich war mürrisch und bockig. Mr. Reife.

«Hören Sie», sagte Truly. «Reden Sie darüber mit Jonathan im Gefängnis. Eines noch. Heute abend gibt Jonathan einen kleinen Empfang bei sich zu Hause. Leute, die bei dieser Sache hinter Teddy gestanden haben, und ein paar Presseleute. So in dieser Richtung. Jonathan hat mich persönlich gebeten, Sie einzuladen. Sie können noch jemanden mitbringen, wenn Sie möchten.»

Ich legte eine Hand über den Hörer und sah Lucy an. Sie stand in der Küche, schick gemacht, die Gucci unter dem Arm, bereit fürs Geschäft, und aß Pfirsichjoghurt. «Willst du heute abend auf eine Party bei Jonathan Green?»

Lucy blinzelte mich an, der Löffel erstarrte auf halbem Weg zwischen Becher und Mund. «Ist das dein Ernst?»

«Truly fragt gerade.»

Sie schüttelte den Kopf, hatte den Löffel völlig vergessen. «Ich habe nicht die richtige Garderobe für Jonathan Green.»

Ich nahm die Hand von der Muschel. «Vergessen Sie's, Truly. Wir können nicht.»

Der Joghurtbecher klatschte auf den Boden, und Lucy packte meinen Arm. «Das habe ich nicht gesagt! Ich werd mir was besorgen!»

«Entschuldigung, Truly. Wir werden dasein.»

«Wunderbar», sagte Truly. «Wir sehen uns dann im Gefängnis. Zehn Uhr.»

Ich lächelte Lucy an. «Na, wie ist das? Du wirst Jonathan kennenlernen.»

Ihre Augen waren glasig und ganz weit weg. «O mein Gott, was soll ich nur anziehen?»

«Trag das, was du anhast. Du siehst toll aus.»

Sie schüttelte den Kopf. «Du verstehst das nicht. Ich werde Jonathan Green kennenlernen.»

«Du hast reichlich Zeit», sagte ich. «Erledige jetzt deinen Termin, anschließend fährst du nach Beverly Hills. Du wirst schon irgendwas finden.»

Lucy sah unglücklich aus. «Ich weiß doch gar nicht, wohin ich gehen sollte. Es könnte *Tage* dauern.»

«Ruf Jodi an. Jodi kann's dir sagen.»

Lucy bekam große Augen, und sie ergriff wieder meinen Arm. «Genau. Jodi kann mich retten!» Ich denke, solche Dinge sind relativ.

Lucy traf die erforderlichen Vorkehrungen für ihre Errettung, und ich fuhr in mein Büro. Ich war seit drei Tagen nicht mehr dort gewesen und wollte nach meiner Post und möglichen Anrufen sehen. Am Bordstein parkten keine Fernsehtransporter mehr. Vielleicht war meine Viertelstunde des Ruhms vorbei. Nie die Hoffnung aufgeben.

Ich schloß die Tür zu meinem Vorzimmer ab und beantwortete die Post. Zum größten Teil waren es Rechnungen, denn selbst weltberühmte Privatschnüffler müssen ihre Visa-Belastungen bezahlen. Als ich mit den Rechnungen fertig war, wollte ich gerade Anrufe erledigen, als das Telefon klingelte. «Detektei Elvis Cole. Bitte hinterlassen Sie eine Nachricht nach dem Piep. Piep.» Der Detektiv als Naturtalent geistreichen Witzes.

Es folgte eine Pause, dann sagte eine gedämpfte Frauenstimme: «Sie sind nicht die Maschine.» Die Leck-mich-Lady.

«Wer spricht da?»

«Dieser Wichser James Lester mit seinem Rüsselkäferschwanz ist voller Scheiße. In Santa Barbara werden Sie mehr über Stuart Langolier erfahren.» Sie sprach durch ein Tuch, aber ich hatte diese Stimme schon einmal gehört.

«El-ah-geh-ooh ...» Sie buchstabierte es. «Nein, Moment ... Großes El-ah-*enn*-geh-ooh-el-iie-eeh-ärrr.»

«Jonna?»

Wieder ein Schweigen, und dann legte Jonna Lester auf. Ich lauschte mehrere Sekunden auf das Freizeichen, dann rief ich eine befreundete Detektivin namens Toni Abatemarco an, die bei einer großen Detektei in Santa Barbara beschäftigt ist. Toni arbeitete schon als Privatdetektivin, seit sie alt genug war, die Lizenz zu beantragen, und hatte jahrelang Zwölf-Stunden-Tage abgerissen, um ihre kleine Detektei zu einer der besten in Santa Barbara aufzubauen. Dann lernte sie einen Burschen kennen, verliebte sich Hals über Kopf und beschloß, daß sie eine kleine Schar Kinder haben wollte. Sie verkaufte die kleine Agentur an eine größere, bekam vier kleine Mädchen und arbeitete heute an drei Tagen in der Woche für die Firma, die sie aufgekauft hatte. Sie liebte die Ermittlungsarbeit, sie liebte es, eine Mom zu sein, und die kleinen Mädchen begleiteten sie oft ins Büro. Wahrscheinlich würden sie auch alle Detektivinnen.

Ich gab Toni den Namen, mit der Bitte, alles herauszufinden, und fuhr dann ins Gefängnis.

Das Zentralgefängnis für Männer ist ein unscheinbares Gebäude hinter dem Hauptbahnhof, keine zehn Minuten vom Criminal Courts Building in *downtown* L. A. Ich stellte meinen Wagen in einer gepflegten, modernen Tiefgarage ab, ging dann eine Treppe hinauf auf eine freundliche Piazza. Adrett gekleidete Menschen schlürften *lattes* und flanierten über den Platz, und niemand schien ein Problem damit zu haben, daß die Piazza an ein Gebäude angrenzte, in dem Verbrecher, Gangmitglieder und die wilden Männer einer ansonsten zivilisierten Gesellschaft untergebracht waren. Vielleicht, weil dies L. A. ist und das Gefängnis so nett aussieht. Es gibt auch einen Springbrunnen auf dem Platz, und auch der sieht sehr nett aus.

Truly wartete auf mich im Eingangsbereich des Gefängnisses. «Jonathan und die anderen sind bei Teddy. Kommen Sie. Ich habe uns schon angemeldet.»

«Ich trage eine Waffe.»

«Okay. Sicher.» Wie auf Terminal Island darf man keine Waffen ins Besucherzimmer oder den Zellentrakt mitnehmen.

Wir durchquerten die Eingangshalle vorbei an den Deputys. Hinter dem Informationsschalter zur Aufbewahrung für Schußwaffen gab ich meine Waffe ab, dann gingen wir durch den Metalldetektor und zeigten an der Sicherheitsschleuse unsere Ausweise. Der Wärter dort sitzt hinter kugelsicherem Glas und öffnet die

Metalltüren, durch die man in den Besucherbereich kommt. Er ist der letzte Wärter, den man im Gefängnis mit Schußwaffen sieht. Er hat Schrotflinten, Pistolen, Elektroschockgeräte und CS-Gas. Vorbereitung ist eben alles.

Der Wärter legte ein paar Schalter um, und die Metalltür bewegte sich zur Seite. Wir betraten einen Raum, der einer grauen Luftschleuse glich, und dann schloß sich die Tür. Als sie hinter uns wieder geschlossen war, öffnete sich die Tür vor uns, und wir kamen in einen großen Raum mit zwei langen Tischen, an denen Metallstühle standen. Die Tische waren schmal und dunkel. Alles erinnerte mich irgendwie an Cafeterien öffentlicher Schulen, nur daß über die gesamte Länge der Tische in der Mitte senkrechte Trennwände angebracht waren. Häftlinge in orangefarbenen Overalls saßen auf den Stühlen auf der Innenseite der Tische und starrten zu den Rechtsanwälten hinüber, die ihnen gegenübersaßen. Die vertikalen Trennwände sollten verhindern, daß illegale Schmuggelware oder Waffen von einer Seite auf die andere gereicht wurden. Manchmal funktionierte es. Ein weiterer Deputy saß hinter Glas in der hinteren Ecke des Raumes und führte Buch darüber, wer kam und wer ging. Außerdem sorgte er dafür, daß niemand erstochen wurde. Manchmal funktionierte auch das.

Jeden Tag mußten irgendwelche Dreckskerle an langen Tischen sitzen und in aller Öffentlichkeit über ihre Fälle reden, aber hochkarätige Angeklagte wie Teddy Martin hatten sich ein privates Besuchszimmer verdient. Ich folgte Truly einen kurzen Korridor hinunter, dann weiter in einen Raum, der jenem nicht unähnlich war, in dem ich LeCedrick Earle auf Terminal Island getroffen hatte, nur älter, häßlicher und nach Urin stinkend.

«Hier ist er ja», sagte Jonathan Green zu meiner Begrüßung.

Das kleine Besuchszimmer war überfüllt. Stan Kerris, Greens Sicherheitschef, lehnte an der Glasscheibe und hatte seine Fred Munster-Arme verschränkt. Jonathan Green saß mit einem der unbedeutenderen Anwälte und Teddy Martin an einem Tisch. Ich war Teddy Martin noch nie persönlich begegnet, erkannte ihn aber wegen der Fotos. Teddy Martin hatte ein rundliches, jungenhaftes Gesicht, einen weit zurückweichenden Haaransatz und blasse, zarte Haut. Er sah wie der älter gewordene jüngere Bruder von irgendwem aus; eine Art Antiheld, der zufälligerweise sechs Hotdog-Buden in Familienbesitz zu einem Imperium ausgebaut hatte. Truly stellte uns vor. «Elvis Cole, darf ich Ihnen Teddy Martin vorstellen. Teddy, das ist unser berühmter Mann.»

Teddy Martin trat hinter dem Tisch hervor und bot mir die Hand an. «Ich weiß nicht, was ich sagen soll außer: vielen Dank.» Seine Augen waren groß und verzweifelt. «Ich habe meine Frau nicht umgebracht. Ich habe sie geliebt, Cole. Ich habe versucht, sie zu retten, verstehen Sie? Sie wollen mir diese Sache in die Schuhe schieben, und es kommt mir vor, als wären Sie der erste, der überhaupt etwas unternommen hat, um mir zu helfen.»

«Freut mich, daß wir uns endlich kennenlernen.» Er ergriff mit beiden Händen meine Hand und schüttelte sie, als wäre es das Wichtigste in seinem Leben, sich an mich zu klammern.»

«Theodore», sagte Green.

Teddy Martin wurde sich bewußt, was er gerade machte, und bekam einen roten Kopf. «Tut mir leid.» Er ließ los und kehrte an den Tisch zurück.

«Warum haben Sie mich kommen lassen?» fragte ich.

Green klopfte Teddy auf die Schulter, sehr ähnlich, wie er es auch bei mir gemacht hatte. «Aus zwei Gründen. Teddy wollte Sie unbedingt kennenlernen, und ich habe eine Pressekonferenz anberaumt, die auf der Piazza stattfinden wird. Der Kern des Teams wird dasein, und ich möchte, daß Sie auch dabei sind.»

Ich sah Kerris an, dessen leere Augen nicht beeindruckt waren. «Pressekonferenzen sind schon in Ordnung, Jonathan, aber was ist mit Ermittlungen? Ich habe fünfmal angerufen, und niemand hat reagiert.»

Jonathan Greens Miene verhärtete sich um eine Nuance, als wäre er es nicht gewohnt, kritisiert zu werden, und als würde er es auch nicht gerade schätzen.

«Wir stecken bis über beide Ohren in Arbeit. Habe ich Ihnen doch bereits erklärt», meinte Truly.

Jonathan winkte ab und unterbrach Truly. «Was würden Sie denn gern tun?»

«Mich weiter mit Pritzik und Richards beschäftigen. Weiteren Tips der Hotline nachgehen.»

Kerris bewegte sich vor der Glasscheibe. «Ich habe andere Leute auf Pritzik und Richards angesetzt. Sie können von mir so viele Hinweise von der Hotline bekommen, wie Sie haben wollen.»

Jonathan gestikulierte wieder. «Vergeuden wir doch nicht damit Mr. Coles Zeit.» Er ließ Teddy stehen und setzte sich auf die Tischkante.

«Die Polizei und die Feds fahnden nach Pritzik und Richards», sagte ich. «Wir könnten mit ihnen zusammenarbeiten. Die Cops sind nicht unsere Feinde.»

Jonathan spreizte die Hände. «Wenn Sie mit der Polizei zusammenarbeiten wollen, schön. Wenn es uns hilft, Teddy früher freizubekommen, um so besser.»

Ich schaute von Jonathan zu Kerris und weiter zu Truly. Sie starrten mich an. Der unbedeutendere Anwalt starrte mich ebenfalls an. «Da ist noch etwas», sagte ich. «Eine Frau, von der ich glaube, daß es Jonna Lester war, hat mich angerufen. Sie sagte, James Lester habe gelogen. Sie sagte, ich solle jemanden namens Stuart Langolier unter die Lupe nehmen.»

Jonathan nickte. «Selbstverständlich.» Er schaute auf seine Uhr. «Wir sollten jetzt aber wirklich weitermachen, damit unsere Freunde von der Presse nicht unnötig warten müssen.»

Wir verabschiedeten uns von Theodore Martin und gingen. Jonathan hielt sich neben mir. Als wir durch die Tür und den Korridor hinunter waren, sagte Jonathan: «Eine korrekt durchgeführte Strafverteidigung ist eine Aufgabe, die enormes Management erfordert, sehr ähnlich der Inszenierung der Invasion in der Normandie oder des Beginns des Golfkrieges. Alle Steinchen werden sich zusammenfügen. Verlassen Sie sich darauf.»

Ich nickte.

«Elliot sagte mir, daß Sie heute abend zu unserer kleinen Soirée kommen werden.»

«Richtig. Vielen Dank für die Einladung.»

«Soweit ich weiß, kommen Sie mit einer Freundin.»

«Sie ist auch Anwältin. Sie freut sich schon, Sie kennenlernen zu können.»

«Tja, wer kann es ihr verübeln?» Jonathan lachte leise. «Ha-ha.» Ich warf Truly einen Blick zu, und Truly nickte. Ernst.

Jonathan fuhr fort. «Wir werden die Fortschritte des Teams bekanntgeben und die Richtung, in der wir ermitteln. Ich möchte, daß Sie bei dieser Konferenz dabei sind. Ich möchte nicht, daß Sie sich ausgeschlossen fühlen.»

«Auf mich müssen Sie keine Rücksicht nehmen, Jonathan.»

«Das weiß ich, mein Junge. Ich respektiere Ihren Wunsch.

Ich holte meine Kanone ab, dann traten wir auf den Platz hinaus, und sofort brandete eine Welle von Menschen und Kameras und Mikrophonen auf und hüllte uns ein. Ich dachte, vielleicht war das kein Gefängnis mehr, und vielleicht war ich nicht mehr ich. Vielleicht war ich durch Calvin und Hobbs Transmogifizierer getreten und war nun kein Detektiv mehr und Green kein Rechtsanwalt. Vielleicht hatten wir gerade Leben auf dem Titan entdeckt. Vielleicht hatten wir das Heilmittel gegen AIDS gefunden und würden es jeden Augenblick der Welt mitteilen. Warum sonst sollten so viele Menschen hier sein und uns mit Fragen bombardieren?

Jonathan trat vor die Mikrophone. «Wir sind nicht hier, um Fragen zu beantworten. Ich möchte vielmehr eine kurze Erklärung abgeben.» Er sprach mit normaler Lautstärke, und die Menge brachte sich selbst zum Schweigen, um ihn hören zu können.

Jonathans Miene verfinsterte sich, und dann sah er mich an und legte wieder seine Hand auf meine Schulter. «Wie Sie alle wissen», sagte er, «hat Mr. Cole vor drei Tagen wichtiges Beweismaterial entdeckt, das weder vom Police Department noch von der Bezirksstaatsanwaltschaft gefunden wurde, Beweismaterial, das nach unserer Überzeugung die Unschuldsbehauptung unseres Mandanten stützt. Sowohl das Police Department als auch die Bezirksstaatsanwaltschaft haben zugesagt, dieses Beweismaterial einer Beurteilung zu unterziehen und entsprechend zu handeln. Doch bislang ist nichts geschehen.» Er ließ meine Schulter los, und die düstere Miene wurde grimmig. «Wir verlangen, daß die Polizei endlich aufhört, den Fall weiter zu verschleppen, und umgehend Haftbefehle gegen Stephen Pritzik und Elton Richards ausstellt. Gleichzeitig und in Anbetracht der nunmehr geschwächten Anklage ersuche ich hiermit den Bezirksstaatsanwalt, diesem Unrecht ein Ende zu bereiten, das Scheitern seiner Ermittlungsarbeit einzugestehen und alle Anklagepunkte gegen Theodore Martin abzuweisen. Wir haben bei Gericht die Kaution beantragt, damit Mr. Martin aus der Haft entlassen werden kann.»

Reporter in den hinteren Reihen riefen Fragen, während die Reporter vorne ihre Mikros noch dichter heranschoben.

Jonathans Stimme schwoll an, und der grimmige Ausdruck verwandelte sich in tiefe Empörung. Wieder packte er meine Schulter. Die ständige Berührung war mir unangenehm. «Die Tyrannei des Bösen kann vor dem Licht der Wahrheit nicht bestehen! Wir haben nicht nur Beweismaterial für ein Verbrechen ausfindig gemacht, sondern gleichzeitig die himmelschreiende Inkompetenz und Nachlässigkeit einer Polizei aufgedeckt, die nur zu bereitwillig die Wahrheit verschleiern will bei dem Versuch, ihre eigenen Mängel zu verbergen.» Immer noch klickten Kameras und wurden Kameras geschwenkt, und jetzt schienen sie zu mir herüberzuschwenken.

«Was redet er da?» sagte ich.

Truly stieß mir in die Rippen. «Jonathan weiß, was er tut.»

Green bellte. «Wir werden nicht ruhen. Und wir werden weitere Nachforschungen anstellen. Meine Damen und Herren, wir werden schonungslos das Böse und das Verlangen nach persönlichem Profit aufdecken, das dieser tragischen und ungerechtfertigten Anklage zugrunde liegt!»

Unvermittelt wandte Jonathan sich dann von den Mikrophonen ab, und eine Mauer von Geräuschen erhob sich von der Presse. Sie umringten uns und brüllten ihre Fragen, und genauso unvermittelt tauchten Kerris und vielleicht ein Dutzend seiner Sicherheitsjungs aus dem Nichts auf und schirmten uns in einer Blitzaktion ab. Truly lächelte. Ich packte sein Jackett und brüllte gegen den Lärm an. «Was hat er da gesagt, Truly? Was ist hier gerade passiert?»

Truly lachte. «Die Wahrheit ist passiert, Cole. Machen Sie sich darüber keine Gedanken. Wir sehen uns auf der Party.»

Kerris' Leute bahnen uns einen Weg über den Platz, runter in die Tiefgarage. Ich wurde von dem Gedrängel der Körper wie ein Blatt vom Wind weggetragen, als Teil einer unsichtbaren Welt, und doch auch wieder nicht.

18

Auf der Rückfahrt zu meinem Haus fühlte ich mich ausgebrannt. Den Rest des Nachmittags verbrachte ich damit, auf Lucys Rückkehr von ihrem Shoppingausflug mit Jodi Taylor zu warten.

Darlene rief zehn nach drei an. «Guten Nachmittag, Mr. Cole. Wie geht es Ihnen heute?»

«Uns geht's blendend, Darlene. Und selbst?» Ich fragte mich, ob sie die Pressekonferenz gesehen hatte.

«Ist Ms. Chenier zufälligerweise in der Nähe?»

«Ich erwarte sie jeden Augenblick, Darlene. Kann ich ihr etwas ausrichten?»

Darlene zögerte und schien verwirrt. Ich habe noch nie erlebt, daß sie verwirrt klang. «O nein. Sie soll mich zurückrufen.»

«Ich rechne nicht vor etwa einer Stunde mit ihr, Darlene, und es ist bereits nach fünf Uhr Ihrer Zeit. Ist morgen auch okay?» Baton Rouge war schon zwei Stunden weiter als wir.

«Sie kann mich zu Hause anrufen.»

«Ist alles in Ordnung, Darlene?»

«Alles ist bestens, Mr. Cole. Haben Sie einen schönen Abend.»

Ich legte auf. Fünf Minuten später klapperte die Katzentür, und ich hörte ihn in der Küche. Ich stand von der Couch auf und fand ihn bewegungslos in seiner Tür stehend vor, die winzige Nase zuckte, während er die Luft beschnupperte. «Wir sind's nur», sagte ich.

Er starrte mich ungefähr vierzig Sekunden an, dann schlich er zum Wohnzimmer und schnupperte wieder. «Wie wär's mit etwas Thunfisch?» fragte ich. Er war seit fast vier Tagen nicht mehr zu Hause gewesen, und ich hatte ihn bereits vermißt.

Ich öffnete eine kleine Dose Bumble Bee Fancy White, setzte mich auf den Boden und stellte sie neben mich. Er liebt Bumble Bee Fancy White. Es ist sein Lieblingsfutter. Das und Feldmäuse. «Na und?»

Man sah, wie er den Geruch witterte. Man sah, wie seine Augen größer wurden und seine Nase einen anderen Gang einlegte und sich seine Ohren aufstellten. Er musterte die Dose, machte zwei Schritte auf mich zu, warf dann wieder einen kurzen Blick ins Wohnzimmer. Er ließ sein leises Knurren hören.

«Lucy und Ben sind nicht hier, kommen aber bald zurück. Du solltest dich besser dran gewöhnen und diese Mätzchen sein lassen.»

Er hörte mit dem Knurren auf und kam herüber, rührte den Thunfisch jedoch nicht an. Ich streichelte seinen Rücken, aber er schnurrte nicht. «Ich weiß, Kumpel. Ich fühle mich auch ein bißchen verstört.»

Er stieß mich mit dem Kopf an, trabte dann aus der Küche direkt die Treppe hinauf, suchte die Sicherheit meines Lofts, beeilte sich für den Fall, daß Lucy oder Ben irgendwo auf der Lauer lagen. Ich mußte den Kopf schütteln, aber wenigstens war er wieder zu Hause. Man nimmt den Fortschritt, wie er eben kommt.

Um Viertel vor vier hörte ich die Nachrichten auf meinem Anrufbeantworter im Büro ab. Dreizehn weitere Interviewanfragen müllten das Band zu, aber da war auch eine Nachricht von Toni Abatemarco. Sie hatte etwas über Stuart Langolier. Ich rief sofort zurück. «Was gibt's, Toni?»

«Ich habe sieben Festnahmen über einen Zeitraum von fünf Jahren, angefangen hat es mit schwerem Diebstahl. Mit Kraftfahrzeugen, als er sechzehn war. Wir haben noch zwei weitere schwere Diebstähle, eine Anklage wegen Hehlerei mit gestohlenen Autoteilen und einen bewaffneten Überfall. Typischer Kram für einen Volltrottel aus der Arbeiterklasse.»

«Das war's?» Ich dachte an Jonna Lester. Ich fragte mich, was Stuart Langolier mit James Lester zu tun hatte.

«Seine letzte Festnahme liegt acht Jahre zurück. Danach nichts mehr. Wenn du willst, kann ich dir den Kram zufaxen.»

«Klar.» Ich nannte ihr die Nummer. «Wird irgendwann ein gewisser James Lester als Komplize oder Kontaktperson erwähnt?»

«Bleib dran und laß mich nachsehen.» Ich wartete. «Nee.»

Ich dachte weiter darüber nach. «Wie steht's mit einer Telefonnummer oder Adresse von diesem Langolier?» Ich könnte ihn ja vielleicht einfach anrufen und ihn ja vielleicht einfach mal fragen, warum Jonna Lester ihn ins Spiel gebracht hatte.

«Da ist eine, aber die ist acht Jahre alt, also habe ich das noch mal bei der Auskunft gecheckt. Für Santa Barbara oder einen anderen Ort im Ventura County ist kein Stuart Langolier eingetragen.»

«Wie steht's mit einem Anwalt?» In seinem Strafregister mußte ein Anwalt stehen. Ich könnte ihn anrufen und die aktuelle Adresse in Erfahrung bringen.

«Sicher», sagte sie. «Er hatte einen Pflichtverteidiger namens Elliot Truly.»

Ich wollte den Namen schon aufschreiben, tat es aber nicht. «Stuart Langolier wurde von einem Pflichtverteidiger namens Elliot Truly vertreten?»

«Genau. Willst du seine Nummer?»

«Nein, Babe, die hab ich.» Ich bedankte mich bei Toni für die gute Arbeit, bat sie, ihren Mann Frank von mir zu grüßen, und legte dann auf.

Ich stand in meiner Küche, starrte eine ganze Weile durch die Glastüren auf den Canyon hinaus und wählte dann Trulys Nummer. «Büro Mr. Truly.»

«Elvis Cole hier. Ist Truly da?»

«Tut mir leid. Kann ich ihm etwas ausrichten?»

«Wie steht's mit Jonathan?»

«Ich fürchte, sie können im Augenblick nicht gestört werden.»

Ich legte auf.

Ich duschte, zog mich um und wollte mich gerade schon auf den Weg zu meinem Büro machen, als Lucy zurückkam. Ich wollte einen Blick auf das Fax werfen. Ich wollte die Fakten kennen, wenn ich Truly bei der Party zur Rede stellen und ihn fragen würde, was zum Teufel hier gespielt wurde. Lucy kam mit geröteten Wangen, aufgeregt und strahlend herein, trug eine Einkaufstüte mit Schuhen und einen länglichen Kleiderbeutel aus Plastik. «Ich zeig's dir sofort!» sagte sie. «Es ist einfach sagenhaft, und sie haben sogar den Saum gekürzt, während wir gewartet haben. Es ist einfach perfekt!»

Ihr Lächeln ließ mich lächeln. «Du siehst in allem perfekt aus.»

«Ja, aber darin sehe ich noch besser aus.»

Ich griff nach dem Beutel, um einen Blick hineinzuwerfen, doch sie hielt ihn fort. «Nein. Ich möchte, daß du es siehst, wenn ich es trage.»

«Wie wär's, wenn ich dich sehe, wenn du nicht drinsteckst, und dann, wenn du drinsteckst, damit ich entscheiden kann, wie du mir besser gefällst. Eben vorher und nachher.»

Sie lächelte. «Wenn du so klug bist, wie du meiner Meinung nach bist, wirst du in beiden Fällen hin und weg sein.»

Ich zog sie an mich. «Mach ich, aber Klugheit hat nichts damit zu tun.»

Sie küßte mich auf die Nase. «Ich genieße es in vollen Zügen.»

«Ich auch, Luce. Ich bin froh, daß ihr zwei hier seid.»

Wir küßten uns wieder, und dann erzählte ich ihr von Darlenes Anruf und richtete aus, daß Lucy sie zu Hause anrufen sollte.

Lucy runzelte die Stirn. «Sie hat wirklich gesagt, daß ich sie zu Hause anrufen soll?»

Hm-hmh.

«Ich habe gefragt, ob es irgendein Problem gibt, aber sie hat verneint.»

Jetzt lächelte Lucy nicht mehr. Sie wirkte distanziert und beunruhigt.

«Lucy?»

Sie lächelte wieder, aber es war ein gezwungenes Lächeln. Sie trat einen Schritt zurück. «Ich muß jetzt Darlene anrufen und mal nachhören. Warum fährst du nicht ins Büro, und ich zeige dir nachher das Kleid?»

«Bist du sicher?»

Sie war bereits auf dem Weg in ihr Zimmer. «Ich bin mir sicher, daß es etwas Geschäftliches ist, und es könnte eine Weile dauern. Ich führ dir das Kleid vor, wenn du zurückkommst.»

Sie verschwand im Gästezimmer und schloß die Tür hinter sich.

«Okay», murmelte ich.

Die Wolkenschicht war inzwischen verschwunden, und alles wirkte grell und heiß, als ich zum Büro fuhr. Bei diesen Inversionswetterlagen hört die Luft auf, sich zu bewegen, und wird durch die Auspuffgase von fünf Millionen Autos getrübt. Im Osten bildete sich ein feiner Dunstschleier. Ich war überrascht, daß Jonathan Green eine Inversionswetterlage an einem Tag erlaubte, wenn er eine Party gab. Dadurch könnte die Veranstaltung doch erheblich an Reiz verlieren.

Ich parkte auf meinem Parkplatz, ging die vier Treppenabsätze hinauf und sah, daß die Tür zu meinem Büro offenstand. Ich trat ein, und Dan Tomsic saß auf meiner Couch. Er sah breit und dick aus, und seine Augen waren geschlossen. Ich warf einen Blick auf das Faxgerät, und im Empfangskorb lag etwas. Ich sah wieder Tomsic an. «Ich hätte schwören können, daß ich die Tür abgeschlossen habe.»

Tomsic schlug die Augen auf, rührte sich aber nicht. Die Arme hatte er auf der Rückenlehne der Couch ausgestreckt, und er wirkte weder überrascht noch besorgt. «Aber was bedeutet das schon für zwei Jungs wie uns?»

Ich starrte ihn an.

«Ich versuche, schlau aus Ihnen zu werden, Cole. Ich erkundige mich, und jeder behauptet, daß Sie zuverlässig sind, aber jetzt haben wir da diese Scheiße mit Pritzik und Richards.»

Ich schüttelte den Kopf. «Wovon reden Sie da eigentlich?»

«Die Pressekonferenz. Sie und Green sahen richtig reizend aus, wie Sie da draußen auf dem Platz gestanden haben. Zwei Lügner.»

«Ich weiß wirklich nicht, was Sie wollen, und ich weiß auch nicht, wovon Jonathan geredet hat. Ich weiß nur, daß wegen Pritzik und Richards nichts unternommen wird.»

Tomsic runzelte die Stirn, genauso als wäre er ein wenig verwirrt, aber dann verwandelte sich das Stirnrunzeln in ein häßliches Lächeln. «Sie wissen es nicht, ja?»

«Was weiß ich nicht, Tomsic?»

«Pritzik und Richards sind tot. Sie sind vor drei Wochen bei einem Verkehrsunfall in Tempe, Arizona, ums Leben gekommen.»

«Und was soll die große Geheimniskrämerei? Sie hätten uns doch bloß informieren brauchen.»

Jetzt verschwand auch dieses fiese Lächeln. «Wir haben es erst gestern abend erfahren und Greens Kanzlei heute morgen um fünf nach neun benachrichtigt.»

Ich starrte ihn an. Ich machte den Mund auf, schloß ihn dann wieder.

Tomsic erhob sich und ging an mir vorbei zur Tür. «Sie arbeiten für ein Arschloch! Er wußte, daß die beiden tot waren, und hat trotzdem seine große Rede geschwungen, daß wir nichts unternehmen und die zwei nicht finden wollen. Wir lassen die Sache schleifen. Das hat er doch gesagt. Vertuschen, irgendwas in der Richtung.»

«Wurden Pritzik oder Richards je von Elliot Truly anwaltlich vertreten?»

Tomsic kniff die Augen zusammen und sah mich an. «Woher zum Henker soll ich das wissen?»

Wieder warf ich einen Blick auf das Faxgerät.

Tomsic baute sich direkt vor mir auf. «Das Department durch die Scheiße zu ziehen ist eine Sache, aber das mit Rossi ist etwas Persönliches. Sie haben gesagt, sie sei sauber. Sie haben gesagt, sie hätte nichts damit zu tun.»

«Das ist auch so, Dan.»

«Das ist aber nicht identisch mit dem, was Green in den Nachrichten sagt. Dort heißt es, sie habe den Hammer zum Tatort geschmuggelt. Sie behaupten, sie habe ihm die Sache angehängt und verfügten nun über den entsprechenden Beweis. So was nennen Sie nichts mehr mit etwas zu tun zu haben?»

Ich wußte nicht, was ich sagen sollte.

Tomsic drehte sich wieder zur Tür, hob dann den Zeigefinger, wie ein Lehrer, der einen Schüler belehrt. «Mein Vorname ist meinen Freunden vorbehalten. Sie gehören nicht dazu.» Er senkte den Finger. «Jonathan Green ist bereit, das Leben eines guten Detectives zu zerstören, nur um ein Stück Scheiße zu retten. Das macht ihn automatisch auch zu einem Stück Scheiße, und Sie sind ebenfalls ein Stück Scheiße.»

«Reden Sie nicht so um den heißen Brei, Dan. Sagen Sie, was wirklich in Ihnen vorgeht.»

Dan Tomsic hielt seine ausdruckslosen Cop-Augen ein weiteres Leben auf mich gerichtet. Dann ging er.

Mein Herz klopfte, und mein Kopf fühlte sich schwer an. Ich holte die Seiten aus dem Faxgerät, schaltete den kleinen Sony-Fernseher für die Fünf-Uhr-Nachrichten ein. Die Reporterin mit den gelackten Haaren sagte gerade, daß Pritzik und Richards in einen Abwasserkanal gerast waren, daß sie Alkohol getrunken hatten und daß wir vielleicht nie erfahren würden, ob Pritzik tatsächlich James X gewesen war.

Der Moderator mit dem fein geschnittenen Gesicht kam ins Bild, und sie schalteten live zu Jonathan. Jonathan und Truly und die unbedeutenderen Anwälte beschuldigten Angela Rossi, die Mordwaffe Teddy Martin untergejubelt zu haben, und sie verlangten eine umfassende Untersuchung, nicht nur gegen Rossi, sondern gegen die Leitung des LAPD, die den Vorfall vertuschte. Jonathan sagte, sein Team habe Beweise gefunden, daß Rossi bereits früher Beweismaterial manipuliert habe, und dann kam Stan Kerris mit Mrs. Louise Earle ins Bild. Als ich Mrs. Earle sah, beugte ich mich vor, und das Gefühl der Schwere breitete sich auf Nacken und Schultern aus. Jonathan stellte sie vor und betonte, es sei den Bemühungen von Elvis Cole zu verdanken, daß sie sich gemeldet habe. Er erinnerte daran, daß Elvis Cole jener junge Detektiv war, der den Durchbruch mit Pritzik und Richards erreicht hatte. Er verkündete, daß die Aussage von Mrs. Earle noch schockierender war. Die Kamera holte Mrs. Louise Earle bildfüllend heran, und sie sagte, wie Detective Angela Rossi ihrem Sohn LeCedrick bewußt Falschgeld untergeschoben und ihn anschließend verhaftet habe. Rossi hätte gedroht, ihn im Gefängnis umbringen zu lassen, falls sie etwas sagte. Mrs. Earle weinte bei diesen Worten, und Jonathan Green legte einen Arm um ihre Schultern, um sie zu trösten.

Ich sah mir die Nachrichten weitere zehn Minuten an, dann schaltete ich den Fernseher aus. «Was zum Teufel geht hier vor?» fragte ich.

Niemand gab mir eine Antwort.

Ich holte tief Luft, atmete wieder aus, lehnte mich in meinem Sessel zurück und fragte mich, wie ahnungslos ich wirklich war.

Ich blätterte die Faxe durch, bis ich Stuart Langoliers Inhaftierungsformular vom Büro des Ventura County Sheriff fand. Das Blatt zeigte Stuart Langoliers Fingerabdrücke in zwei Reihen zu je fünf Fingern am unteren Seitenrand und darüber seine Verbrecherfotos von vorn und von der Seite. Die Qualität des Fax war bescheiden und die Abdrücke nur noch schwarze Flecken, aber die Verbrecherfotos waren deutlich genug.

Es war acht Jahre her, und die Frisur hatte sich verändert, aber Stuart Langolier hieß nicht einfach nur Stuart Langolier. Er war außerdem James Lester, ehemaliger Mandant von Elliot Truly.

Ich packte die Faxe zusammen, schloß mein Büro ab und fuhr nach Hause, um Lucy abzuholen.

Das würde eine Irrsinnsparty werden.

19

Es war kurz nach sechs, als ich mein Haus erreichte. Ich ging durch die Küche und sah Lucy auf der Veranda stehen. Sie stand am Geländer und trug ein weißes Seidenkleid mit Spaghettiträgern, die ihre Schultern und den Rücken frei ließen. Die Seide war nicht bestickt und schien in der untergehenden Sonne zu glühen.

«Schlicht. Elegant. Absolut überwältigend.»

Sie drehte sich um und lächelte, aber das Lächeln wirkte angespannt. «Ben hat angerufen. Peter wird ihn nach dem Abendessen nach Hause bringen.»

«Toll.»

«Du warst lange fort.»

«Angela Rossis Partner hat auf mich gewartet. Hast du die Nachrichten gesehen?»

«Nein.»

Ich stellte den Lokalsender ein, aber jetzt berichteten sie über eine Fruchtfliegenplage im Orange County. Ich wechselte zweimal den Kanal, doch in der Welt passierten noch andere Dinge. «Sie haben eine Frau, mit der ich gesprochen habe, dazu gebracht zu behaupten, Rossi habe ihrem Sohn etwas angehängt.»

«Ich gratuliere.» Sie verstand mich nicht.

«Das hat sie mir aber nicht erzählt. Rossi hat niemandem etwas angehängt. Ich habe ihre Unschuld bewiesen, und genau das habe ich auch Jonathan berichtet.»

«Ich bin sicher, es handelt sich nur um ein Mißverständnis. Solche Dinge passieren.» Sie sagte es, aber es war, als sei sie abwesend.

Ich schaltete den Fernseher aus und sah sie an. «Ist mit Darlene alles in Ordnung?»

«Natürlich.» Sie schaute fort, dann zuckte sie mit den Achseln. «Nur etwas in der Kanzlei.»

Ich sah sie schärfer an. «Bist du sicher?»

Lucy versteifte sich. «Solltest du dich nicht umziehen?»

«Luce, er hat es so dargestellt, als hätte ich diese Frau gefunden. Er hat es so dargestellt, als hätte ich etwas entdeckt, das Angela Rossi belastet.» Ich wählte die Worte vorsichtig.

«Vielleicht bist du einfach nur überempfindlich.» Cool.

Ich trat einen Schritt zurück, ging nach oben und zog ein Jackett und eine Krawatte an. Der Kater beobachtete mich aus dem Kleiderschrank. Versteckte sich. Ich sagte: «Sag jetzt nichts.»

Er sagte nichts.

Ich faltete das Fax aus Santa Barbara und steckte es in meine Innentasche, dann gingen wir zum Wagen hinaus. «Willst du lieber offen oder geschlossen fahren?» Wobei ich an ihre Frisur dachte.

«Egal.»

Ich ließ das Dach offen.

«Falls es ein Problem gibt, wäre es schön, wenn wir drüber reden könnten.»

Sie schaute aus dem Fenster. «Bitte fang jetzt nicht eine dieser Diskussionen an.»

Ich nickte.

Während wir über den Mulholland fuhren und weiter den Coldwater hinunter, entspannte sich Lucy, und als wir dann schließlich den Wagen dem Parkservice übergaben, lächelte sie wieder und hielt meine Hand. «Das sind ja schrecklich viele Menschen», sagte sie.

Jonathan Green wohnte auf einem Eckgrundstück unmittelbar nördlich des Sunset in Coldwater Canyon. Es war eine gewachsene Gegend mit hohen Redpines und geschwungenen Zufahrten und Anwesen im Ranch-Stil, die sehr der Ponderosa ähnelten. Eine kleine Armee von Haustieren trabte die Fußwege entlang, und die Bordsteine waren bereits mit Wagen und Limousinen und einer schrecklichen Menge Menschen gesäumt, die alle aussahen, als seien sie gerade dem Schauspielerverzeichnis entsprungen.

Jonathans Vordereingang stand offen, und wir konnten im Näherkommen sehen, daß sein Haus schon recht voll war. «Bereite dich drauf vor, angestarrt zu werden.»

Sie warf mir einen Seitenblick zu. «Warum?»

«Du wirst mit Abstand die schönste Frau hier sein.»
Sie hakte sich bei mir unter.
«Im mit Abstand schönsten Kleid.»
Sie drückte meinen Arm. Ich bin ja so ein Charmeur.

Ein Fernsehteam von Channel Eight hatte auf dem Rasen vor Jonathans Haus Scheinwerfer aufgestellt und interviewte eine Persönlichkeit, die Anfang der siebziger Jahre einmal die Hauptrolle in einer erfolgreichen Fernsehserie gemimt hatte und nun eines der großen Studios leitete. «Ist das nicht ...?» fragte Lucy.

«Jap.» Er war allgemein bekannt als Initiator privater Wohltätigkeitsprogramme und bereits zweimal zum Botschafter des Humanitätsgedankens des Jahres ernannt worden, was zum größten Teil der Tatsache zu verdanken war, daß Teddy Martin große Beiträge für seine jeweiligen Projekte geleistet hatte. Für sein gewalttätiges, leicht cholerisches Naturell war er weit weniger bekannt. Er offenbarte es nur jungen Männern, die er mit Heroin versorgte.

Als wir vorbeigingen, erzählte er dem Reporter gerade: «Ich habe von Anfang an gewußt, daß Teddy unschuldig ist, und das wird jetzt bewiesen. Teddy war seit Jahren in unserer Gemeinde eine treibende Kraft für das Gute. Er hat immer zu uns gehalten, und jetzt sind wir aufgefordert, zu ihm zu halten. Ich verstehe einfach nicht, aus welchem Grund der Bezirksstaatsanwalt diese Vendetta betreibt.» Weitere Reporter interviewten in der Menge andere Sympathisanten.

Der breite Eingang war lang und führte in einen prächtigen Raum, der sich durch mehrere Verandatüren wieder nach draußen öffnete. Die Böden waren mit spanischen Fliesen ausgelegt, und die Inneneinrichtung war rustikal mit jeder Menge herrlichem Holz und Bücherregalen und Ölgemälden von Rindern und Pferden. Ein Original-Russell hing über einem prächtigen offenen Kamin. Durch die Verandatüren erreichte man den Pool und das Poolhaus und, noch weiter weg, einen Tennisplatz. Vielleicht ein halbes Dutzend von Kerris' Sicherheitspersonal stand herum. Sie versuchten unauffällig zu wirken, waren aber nicht sehr erfolgreich damit. Die üppige Vegetation wurde dramatisch angestrahlt. Kellner und Kellnerinnen schwebten zwischen den Gästen hin und her, um Wein und Kanapees anzubieten. Vielleicht an die dreihundert Personen tummelten sich im Haus und am Pool. «Es ist wunderschön hier», sagte Lucy.

Ich nickte. «Verbrechen zahlt sich eben aus.»

«Oh. Dort ist Jonathan.»

Green stand in der Nähe des Kamins, unterhielt sich mit zwei Männern in dunklen Anzügen und einer ziemlich abgeklärt wirkenden Frau von Ende Fünfzig. Einer der Männer war groß, trug eine kleine, runde Brille, hatte eine markante Stirn und einen vorspringenden Adamsapfel. Ernsthaft. Als wir uns näherten, sagte er gerade: «Das LAPD hat eine etablierte weiße, männliche, rassistische Grundeinstellung, die jede Veränderung ablehnt. Ich sage Ihnen, die Zeit ist gekommen, sie einfach abzuschaffen.»

Die abgeklärt wirkende Frau erwiderte: «Darum geht es doch überhaupt nicht, Willis. Angela Rossi ist eine weiße Frau.»

Willis stach mit dem Finger Löcher in die Luft. Erregt. «Und als solche muß sie sich den dominanten, weißen, männlichen, rassistischen Einstellungen unterwerfen. Verstehen Sie das denn nicht?»

Die abgeklärte Frau sagte: «Aber das LAPD besteht heute zu über fünfzig Prozent aus Frauen und Angehörigen von Minderheiten, und der Prozentsatz nimmt ständig zu.»

Willis' Augen traten hervor. «Aber nimmt er auch schnell genug zu? Mein Gott, wir leben doch jetzt schon in einem Polizeistaat! Wenn Teddy so etwas passieren konnte, dann könnte es jedem von uns passieren!»

Jonathan bemerkte mich, bot mir die Hand an und sah ganz und gar nicht unglücklich darüber aus, Willis' Redeschwall unterbrechen zu können. «Leute, ich möchte euch gern Elvis Cole vorstellen, ein wichtiges Mitglied des Teams.»

Willis' Augen leuchteten auf, und er packte meine Hand. «Toll, Sie kennenzulernen. Sie sind doch derjenige, der dieses faschistische Miststück genagelt hat.»

Die abgeklärte Frau holte tief Luft, und Lucy sagte: «Bitte benutzen Sie in meiner Gegenwart nicht dieses Wort im Zusammenhang mit einer Frau.» Sie sagte es höflich.

Willis trat einen Schritt zurück und hob abwehrend die Hände.

«Oh, ich entschuldige mich. Wirklich. Aber diese Bullen sind einfach zu weit gegangen, und ich bin schrecklich frustriert.»

«Sie sind ja so ein Penner», sagte die abgeklärte Frau.

Jonathan stellte uns vor. Die Frau war Tracy Mannos, Chefin von Channel Eight. Willis schrieb für eine alternative Wochenzeitung, den *L. A. Freak*.

Als Green mich vorgestellt hatte, stellte ich Lucy vor. «Es ist mir eine große Freude, Mr. Green», sagte sie.

Er lächelte herzlich und ergriff ihre Hand. «Bitte, nennen Sie mich doch Jonathan. Wie ich höre, sind Sie auch Rechtsanwältin.»

Sie nickte. «Ich praktiziere Zivilrecht, aber Ihre Fälle waren äußerst inspirativ. Besonders der Fall Williams in neunzehn zweiundsiebzig.» Er hielt immer noch ihre Hand.

«Das ist ja ein reizender Akzent. Woher kommen Sie?» Er tätschelte ihre Hand.

«Louisiana.»

«Nun, vielleicht haben wir einmal das Vergnügen, gemeinsam an einer Sache zu arbeiten.»

Er tätschelte wieder ihre Hand, und ich sagte: «Jonathan, ich muß Sie unter vier Augen sprechen.»

Als ich das sagte, tauchte Kerris hinter Jonathan auf und flüsterte ihm etwas zu. Jonathan starrte mich an, während Kerris sprach, und dann nickte Jonathan mir zu. «Ich muß einen Moment zu meinem Team. Warum begleiten Sie mich nicht einfach?»

Ich ließ Lucy bei Tracy Mannos zurück und folgte Jonathan in sein Büro, ungefähr so groß wie mein Wohnzimmer. Elliot Truly war da, der kräftigere der beiden unbedeutenderen Anwälte und zwei weitere Männer, die mir vage bekannt vorkamen. Einer von ihnen war groß und hart und Afroamerikaner. Als Kerris die Tür schloß, sagte ich gerade: «Jonathan, ich habe ihre Presseerklärung heute nachmittag gesehen. Was haben Sie mit Louise Earle gemacht?»

Jonathan spreizte die Hände. «Tut mir leid. Ich verstehe nicht, was Sie meinen.»

«Sie hat ihre Meinung geändert. Sie hat Rossi nicht belastet, als ich mit ihr gesprochen habe.»

«Dann haben Sie das vermutlich falsch mitbekommen», meinte Kerris. Er ging zur Wand hinter Jonathan, um sich anzulehnen. Immer lehnte er sich irgendwo an. Es machte den Typen wahrscheinlich fertig, ständig diese Schultern und Arme mit sich herumzuschleppen.

«Ich habe Rossi entlastet, und jetzt beschuldigen Sie sie. Sie stellen es außerdem so dar, als wäre ich der Verursacher.»

Einen Augenblick sagte niemand ein Wort, und dann spreizte Jonathan wieder die Hände. «Angela Rossi hat die Mordwaffe gefunden, als sie die Böschung zu Susans Leiche hinunterkletterte. Sie hat die Tatwaffe heimlich an sich genommen und anschließend auf Teddys Grundstück versteckt, um ihm den Mord an Susan anhängen zu können. Wenn Sie auf diese Art einen solch hochkarätigen Fall aufklären können, wäre auch ihre Karriere gerettet.» Er lächelte mich an. «So einfach ist das.»

Ich sah Truly und Kerris und die beiden anderen Burschen an. «Das ist doch verrückt.»

Kerris verschränkte die Arme. Er war so breit, daß er wie Zwillinge wirkte, die sich nicht trennen konnten. «Wo liegt Ihr Problem? Jeder hält Sie für einen Helden.»

Ich starrte ihn an. «Was ist hier los?»

Jonathan schüttelte den Kopf.

«Wie haben Sie es geschafft, daß Mrs. Earle ihre Meinung ändert?»

Jonathan lächelte, wie man lächelte, wenn man etwas nicht glauben konnte. «Verzeihen Sie mir. Werfen Sie mir vor, Aussagen zu manipulieren?»

«Zum Glück», sagte Kerris, «habe ich Ihre Arbeit gründlich überprüft. Hier hält Sie jeder für einen erstklassigen Detektiv, aber die Wahrheit ist schlicht und einfach, daß Sie Scheiße sind.»

Jonathan runzelte die Stirn. «Bitte, Stan. Es besteht keinerlei Veranlassung, beleidigend zu werden.»

Kerris behielt seine leeren Augen auf mich gerichtet. «Er ist Scheiße. Ich bin fünf Minuten mit der Frau zusammen, und schon bricht sie zusammen, erzählt mir, daß sie fürchterlich Angst hat, erzählt mir, daß sie bereits seit gottverdammt fast sechs Jahren jemanden sucht, der ihr hilft, weil diese Cops ihrem Sohn etwas angehängt und sie dann bedroht haben, den Mund zu halten.»

Alle waren so bewegungslos wie auf einem Fresko. Elliot Truly zeigte eine Art idiotisches Halbgrinsen. Er schaute fort, als ich ihn ansah. «James Lester ist ein Betrüger», sagte ich.

Truly schüttelte den Kopf, bevor ich fertig war. «Das stimmt nicht. Ich hätte etwas über ihn sagen sollen, als Sie im Gefängnis Langolier erwähnten, aber ich wußte nicht, wie Jonathan die Sache anpacken wollte.»

Jonathan funkelte ihn an.

Ich nahm das Fax aus der Tasche und reichte es Jonathan. «James Lester ist ein Pseudonym. James Lester ist ein vorbestrafter Verbrecher namens Stuart Langolier. Truly kannte ihn.»

Jonathan rührte das Fax nicht an. «Das ist meine Schuld. Sie sind es gewohnt, an kleinen Fällen zu arbeiten, und hier handelt es sich um einen großen Fall. Ich hätte Sie bei unseren Besprechungen besser instruieren müssen. Dann würden Sie jetzt nicht denken, daß wir Ihnen Informationen vorenthalten.»

Truly zuckte die Achseln, und seine Miene drückte Bedauern aus. «Mir war nicht bewußt, daß Lester Langolier war, bis ich sein Foto in der Zeitung gesehen habe, okay? Sobald ich es wußte, habe ich Jonathan verständigt. Wir haben die Bezirksstaatsanwaltschaft angerufen und sie heute nachmittag offiziell unterrichtet.»

«So etwas nennt man Zufall», sagte Kerris.

«Keine Geheimnisse?» fragte ich.

Jonathan schüttelte den Kopf. «Es tut mir leid, daß ich Sie nicht informiert habe, wie es sich gehört. Aber eine Verteidigung wie diese ist ein ungeheuer komplexes Unternehmen.»

«Wie der Golfkrieg?»

«Genau. Es gibt bei uns keine Geheimnisse.»

«Was ist mit den Lügen?» fragte ich. «Sie wußten, daß Pritzik und Richards tot waren, als Sie heute morgen die Polizei angegriffen haben.»

Jonathan runzelte die Stirn, als sei ich ein Kind, das er einmal für zurückgeblieben gehalten hatte, jetzt aber für störrisch. «Ich bin enttäuscht, Elvis. Offensichtlich verstehen Sie weder, was eine gemeinsame Anstrengung bedeutet, noch meine Pflichten als Strafverteidiger.»

Truly schüttelte den Kopf. «Was für ein Spielverderber. Dieser Fall hat Sie berühmt gemacht.»

«Spielverderber?» wiederholte ich.

«Wie wär's mit Arschloch?» meinte Kerris.

Ich sah ihn an, und Kerris bewegte sich von der Wand fort.

«Nein, Stan», sagte Jonathan.

Ich lächelte ihn an. «Kerris, ich stehe Ihnen zur Verfügung, wann immer Sie's nötig haben.»

«Nein, Stan», sagte Jonathan.

Kerris lehnte sich wieder gegen die Wand, und immer noch rührten sich seine leeren Augen nicht. Der Schwarze grinste mich breit an. Genau wie der andere Idiot.

Ich sah wieder zu Jonathan Green. «Sie haben recht, Jonathan. Ich finde das alles gar nicht gut. Ich kündige.»

«Ich bedauere sehr, das zu hören, aber unter den gegebenen Umständen verstehe ich es», sagte Jonathan.

«Soll ich ihn rausbringen?» fragte Kerris.

«Wenn Sie mich rausbringen wollen, schaffen Sie's nicht mal bis zur Tür», sagte ich.

«Oooh», machte Kerris.

Ich verließ das Büro, knallte die Tür hinter mir zu und blieb in dem überfüllten Wohnzimmer stehen, bis sich mein Puls beruhigt hatte und es in meinen Ohren nicht mehr klopfte. Es war so voll und so laut, daß niemand das Zuschlagen der Tür mitbekommen hatte. Wieder nichts! Ich wanderte zwanzig Minuten herum, bevor ich Lucy und Tracy Mannos fand, die sich am Pool unterhielten. Willis und der andere Knabe waren weit und breit nicht zu sehen. Gut für Willis. «Entschuldige bitte», sagte ich. Mein Gesicht fühlte sich angespannt und wie ein offenes Buch an. «Luce, kann ich dich bitte mal kurz sprechen?»

Tracy Mannos gab Lucy eine Karte. «Es war mir ein Vergnügen, Ms. Chenier. Rufen Sie mich an, wenn Sie Zeit haben.»

Lucy lächelte sie an, dann entfernte sich Tracy Mannos. «Interessante Frau», meinte Lucy.

«Freut mich, daß du dich gut amüsiert hast.»

Sie sah mich an. «Was ist los?»

«Ich gehöre nicht länger zur Großen Green-Verteidigungsmaschine. Es wäre vermutlich besser, wenn wir jetzt gehen.»

Lucy starrte mich an. «Was ist passiert?»

«Ich habe gekündigt.»

Wir ließen uns den Wagen vom Parkservice holen, kehrten nach Coldwater zurück und fuhren hinauf in die Berge zum Mulholland. «Es tut mir leid, daß wir gehen mußten. Ich weiß, daß du ganz gespannt darauf warst, Jonathan kennenzulernen.»

«Jonathan interessiert mich nicht. Ist mit dir alles in Ordnung?»

Ich erzählte ihr von Truly und Lester. Ich erzählte ihr von Mrs. Earle und davon, daß Jonathan die irreführende Erklärung zu Pritzik und Richards abgegeben hatte. «Ich verstehe das nicht», sagte ich. «Es ist Jonathan Green. Er ist ein berühmter Rechtsanwalt. Was bildet er sich eigentlich ein?»

Sie sah mich an. «Wahrscheinlich glaubt er, er macht seinen Job.»

Ich schüttelte den Kopf.

«Es ist sein Job, die Anklage anzugreifen. Auf diese Weise sät er vernünftige und berechtigte Zweifel an der Schuld des Angeklagten.»

«Gehört es auch zu seinem Job zu lügen?»

«Nein, aber du unterstellst, es ist eine Lüge. Vernünftige Menschen können unterschiedlicher Meinung sein und die Fakten gegensätzlich interpretieren. Es ist Jonathans Aufgabe, eine Interpretation vorzulegen, die für seinen Mandanten vorteilhaft ist. Andernfalls würde er sich eines Verstoßes gegen das Berufsethos schuldig machen.» Als sie dies sagte, klang es steif und gereizt, und es hörte sich an, als hätten wir Streit.

«Was ist los?» fragte ich.

«Nichts.»

«Bist du sauer, daß wir die Party verlassen mußten?»

«Warum fängst du immer wieder damit an? Ich habe doch gesagt, daß alles in Ordnung ist.»

«Gut.»

«Gut.»

Ich schaltete das Radio ein. k. d. sang, aber ich bin nicht sicher, ob Lucy oder ich zuhörten. Keiner von uns sagte ein Wort.

Peter Alan Nelsens schwarzer Range Rover parkte vor meinem Haus. «Sieht aus, als wären sie zu Hause.»

Lucy sagte immer noch nichts.

Wir stellten den Wagen ab und gingen hinein. Peter und Ben saßen auf der Couch und zogen sich die Laserdisk von *Der jüngste Tag* rein. Im ganzen Haus roch es nach Popcorn. Peter brüllte: «Versteck die Babes, Ben! Es ist die Polizei!» Peter brüllt immer solche Sachen.

«Hi, Mom», sagte Ben. «Du hättest dabeisein sollen, als ich all die tollen Sachen bei Peters Dreharbeiten erlebt habe!»

«Du kannst mir morgen alles erzählen, mein Schatz.»

Lucy durchquerte das Wohnzimmer, ging ins Gästezimmer und zog hinter sich die Tür zu. Ben und Peter sahen mich an. «Sie ist wahrscheinlich müde», sagte ich.

«O ja. Sah so aus.»

Ich musterte ihn stirnrunzelnd und verschwand nach oben in mein Loft.

Ein weiterer toller Abend in der bunten Glitzerstadt des Films.

20

Irgendwann vor Sonnenaufgang hörte ich die Katzentür klappern, und dann, ein paar Minuten später, noch einmal. Kommen und Gehen.

Als der Osthimmel golden leuchtete und der große Glasturm gegenüber meinem Loft kupferfarben aufflammte, zog ich Shorts an und glitt die Treppe hinunter. Die Tür des Gästezimmers war geschlossen. Ich ging hinaus auf die Veranda, atmete die kühle Morgenluft ein und machte die *Zwölf Sonnen-Salute* des Hatha-Yoga. Die Finken, Spatzen und zwei Spottdrosseln schauten mir zu. Der Canyon war still und ruhig, erst allmählich begann er sich mit Licht zu füllen. Ich machte hundert Liegestütze und hundert Sit-ups, genoß den Rhythmus des Zählens und das Gefühl, eine Leistung erbracht zu haben, die von körperlicher Anstrengung und Schweiß begleitet wurde.

Der Kater kletterte auf die Veranda und beobachtete mich von der Ecke des Hauses. Er sah nicht glücklich aus.

Ich arbeitete mich durch die Asanas, fing an mit der halben Heuschrecke, dann der ganzen, anschließend ließ ich den Skorpion und den Pfau folgen. Die Luft erwärmte sich, und der Schweiß floß nun reichlich, und dann sah ich Ben mit nachdenklicher Miene in der Verandatür stehen. «Du bist früh auf», sagte ich.

Er nickte. Vielleicht mitgenommen wegen gestern abend.

«Komm raus.»

Ben kam heraus. Er trug eine ausgebeulte Schlafanzughose und ein weißes T-Shirt. Als er neben mir stand, legte der Kater die Ohren an und knurrte. «Er mag mich nicht», meinte Ben.

«Es liegt nicht an dir. Er mag überhaupt niemanden.»

«Er mag dich.»

Ich nickte. «Ja. Er mag mich und natürlich Joe, aber andere Menschen sind ihm gleichgültig. Warum es so ist, weiß ich nicht.»

Das tiefe Knurren schraubte sich zu einem Jaulen hoch, und ich befürchtete bereits, daß er jetzt einen Angriff plante. Ich kannte seine Attacken, und es war nicht besonders angenehm. «Hör auf damit!» sagte ich laut.

Das Knurren hörte auf.

«So ist es besser.»

Seine Ohren blieben angelegt, aber wenigstens verdrückte er sich nicht.

Ben ging über die Veranda zum Geländer, behielt dabei den Kater immer im Auge, und schaute hinaus auf den Canyon. Er legte seinen Oberkörper auf das Geländer und beugte sich vor. «Falken», sagte er.

Zwei rotschwänzige Falken glitten niedrig über den Canyon. «Das sind Rotschwänze. Sie nisten weiter oben im Tal.»

Er wippte auf dem Geländer. «Ich glaube, letzte Nacht habe ich Kojoten gehört. Waren das Kojoten?»

«Jap. Ein Rudel lebt am Reservoir.»

Er wippte schneller, schob sich das Geländer entlang und wippte wieder. War nervös. Erst dachte ich, er sei herausgekommen, um sich die Falken anzusehen. «Deine Mom und ich werden uns schon wieder vertragen, Ben. Es ist alles okay.»

Das Wippen hörte auf, und er sah mich mit demselben Blick an, mit dem er mich auch bei unserer ersten Begegnung gemustert hatte, mißtrauisch und in Sorge um seine Mom. «Sie hat geweint.»

Ich holte tief Luft, warf einen Blick auf den Canyon und sah ihn wieder an. «Weint sie jetzt?»

Er schüttelte den Kopf. «Ich glaube, sie schläft.»

«Sie ist wegen irgend etwas traurig, aber ich weiß nicht, was es ist.»

Das Hüpfen war beendet, aber er schien sich immer noch nicht wohl zu fühlen.

«Hat sie irgendwas gesagt?»

Er starrte auf den Verandaboden und wirkte noch beklommener.

«Sie schien okay, bis Darlene angerufen hat.» Ich beobachtete ihn. «Nach dem Gespräch mit Darlene war sie irgendwie erschüttert.»

Ben sah den Kater an. Der Kater hatte inzwischen die Ohren wieder aufgestellt, und er sah ruhig aus. «Sie streitet sich mit meinem Dad.» Streiten.

«Aha.»

«Mein Dad wollte nicht, daß wir hier sind. Er hat gesagt, wir sollten in ein Hotel gehen.»

«Ich verstehe.» Die Falken tauchten wieder auf, höher jetzt, folgten der Luftströmung zurück zu ihrem Nest. Das Weibchen hatte irgendwas in ihren Krallen. «Ist das okay für dich, Ben?»

Er zuckte die Achseln, ohne mich anzusehen.

Ich trat ans Geländer und lehnte mich neben ihn. «Es ist ganz schön hart, wenn sich Eltern streiten. Man sitzt zwischen allen Stühlen, und egal, was man tut, man hat immer das Gefühl, als würde man einen von ihnen im Stich lassen.»

«Sie mag dich wirklich», sagte Ben.

«Ich mag sie wirklich. Ich mag auch dich. Ich freue mich, daß ihr zwei hier seid.»

Was ihn nicht weiter zu beeindrucken schien, aber was will man machen.

Ich holte tief Luft und ging in die Mitte der Veranda, um dort eine einfache Kata des Taekwondo, genannt der Kranich, vorzuführen. Dabei krümmt und beugt man sich ziemlich, und die Arme wirbeln kräftig herum, und man dreht sich, aber schwer ist es nicht. Ben beobachtete mich. Ich machte den Kranich langsam, bewegte mich von einem Ende der Veranda zur anderen, legte große Sorgfalt in meinen Bewegungsablauf, so ungefähr wie beim *Tai Chi*. Als ich das Ende der Veranda erreichte, drehte ich mich um und wiederholte die Übung zurück zur anderen Seite, nur erheblich schneller, mit Dreiviertelgeschwindigkeit. «Was ist das?» fragte Ben.

«Ballett.»

Ben grinste. «Ah-ah!» Er hörte auf, sich über das Geländer zu beugen, und verschränkte die Arme. «Ist das Karate?»

«Koreanisches Karate. Es heißt *Taekwondo*.» Ich vollführte es noch einmal. Von links nach rechts, von rechts nach links.

«Das machen sie in *Power Rangers* auch immer», sagte er. «Die schlagen Monster zusammen.»

«Tja, es ist eine Kampftechnik, allerdings nur dann, wenn man es auch will. Die Entscheidung trifft man selbst. Man kann es auch als eine Möglichkeit sehen, stärker und flexibler und gesünder zu werden. Außerdem macht es Spaß.» Ich bewegte mich wieder und sah, wie er mich beobachtete. «Soll ich's dir mal zeigen?»

Er kam herüber, und ich brachte es ihm bei. Ich führte die Stellungen vor, korrigierte seine Körperhaltung und ging mit ihm die Bewegungsabläufe durch. «Versuch, nichts zu überstürzen. Langsam ist besser.»

«Okay.»

Wir machten den Kranich. Nach dem Kranich zeigte ich ihm den Tiger. Ben zog sein T-Shirt aus und warf es zur Seite. Er schwitzte. Gemeinsam gingen wir die Katas durch, während die Sonne über dem Kamm im Osten aufstieg und die Luft sich weiter erwärmte, und dann sah ich Lucy, die uns von der Tür aus beobachtete. Ich lächelte. «Guten Morgen.»

«Hi.»

«Sieh dir das an, Mom!» sagte Ben. «Man nennt es Kranich. Es ist eine Taekwondo-Kata. Paß auf.»

Ben führte die Übung vor, und während er es tat, legte Lucy ihre Hand auf die Scheibe, die Finger gespreizt, und ich legte meine darüber. «Joe ist am Telefon», sagte sie.

«Mom, du siehst mir nicht zu!» sagte Ben.

Ich ging hinein und fand das Telefon auf der Arbeitsfläche. «Was gibt's?»

«Schalt Channel Five ein», sagte Pike.

Ich schaltete den Fernseher an und nahm das Telefon mit. Die Moderatorin der Morgensendung brachte eine kurze Zusammenfassung des Berichts vom Vortag über Greens Anschuldigungen, und wieder wurde der Beitrag ausgestrahlt, in dem Green behauptete, daß ich derjenige gewesen sei, der Mrs. Louise Earle ausfindig gemacht hatte. «Wir haben gestern abend gekündigt», sagte ich. «Wir arbeiten nicht mehr für die Große Green Verteidigungsmaschine.»

Pike grunzte. «Sieh weiter zu.»

Die Moderatorin sagte, daß LAPD habe eine umfassende Untersuchung gegen Angela Rossi angekündigt. Die Moderatorin sagte weiter, Angela Rossi sei bis zum Ergebnis der Ermittlungen vom Dienst suspendiert worden. Ich bekam ein flaues Gefühl in den Bauch und sagte nur: «O Mann.»

«Ich habe versucht, sie anzurufen», sagte Pike, «aber sie hat den Hörer ausgehängt.»

«Wie wär's, wenn ich dich abhole?»

Ohne Antwort legte er auf. Lucy war ins Haus gekommen, und Ben übte immer noch auf der Veranda. «Wir müssen uns um Rossi kümmern», sagte ich.

Lucy nickte. «Dachte ich mir schon. Ich habe erst nachher meinen Termin in Long Beach und kann Ben mitnehmen.»

«Sicher.»

Sie wollte schon gehen, drehte sich dann noch einmal um. «Es hat mir gefallen, euch beide so zusammen zu sehen.»

Ich lächelte, sagte aber nichts. Ich wollte fragen, was mit ihrem Ex-Mann vor sich ging, ohne sie zu bedrängen. Ich wollte sie unterstützen, aber manchmal kann Unterstützung erdrückend sein. Vielleicht würde sich alles von selbst klären. Vielleicht ging es mich auch nichts an. Ich beschloß, ihr Raum zu lassen. Raum zu lassen ist so edel, besonders, wenn man nicht alles noch schlimmer machen will.

Ich duschte und zog mich an, dann fuhr ich runter nach Culver City. Joe wartete bereits auf mich. Er rutschte auf den Beifahrersitz, zog schweigend die Tür zu und schnallte sich an. Er sagte immer noch nichts. Ich vermute, er war ebenfalls wütend.

Kurz nach neun fuhren wir zum Strand, bogen dann südlich zur Marina ab und wurden an der Einmündung von Angela Rossis Sackgasse langsamer. Wir wären in ihre Straße eingebogen, aber die Übertragungswagen der Fernsehsender blockierten die Sackgasse und stauten sich bis hinaus auf den Admiralty Way. Reporter und Kameramänner drängten sich auf den Bürgersteigen und der Straße, und zwei Frauen, wahrscheinlich Nachbarn von Rossi, stritten mit einem kleinen, stämmigen Burschen in einem Sakko. Anscheinend versperrte sein Transporter ihre Zufahrt. Anscheinend wollten sie, daß die Reporter Rossi in Ruhe ließen und aus ihrem Viertel veschwanden. «Sieh dir diese Scheiße an!» sagte Pike.

Wir parkten auf der anderen Straßenseite des Admiralty und gingen das Stück zu Fuß. Ein fleischiger Reporter mußte zweimal hingucken, als wir an seinem Blazer vorbeigingen, dann flitzte er hinter uns her und fragte, ob er mal kurz mit uns sprechen könne. Er erreichte Pike zuerst. Pike zuckte kurz zusammen, und dann plumpste der Reporter auf die Straße und machte nur noch: «Hmpfff!»

Pike kam nicht aus dem Tritt. «Kein Kommentar.»

Ich schätze, manche Interviews sind härter als andere.

Wir gingen an den Reportern vorbei zum Eingangstor. Der dünne Mann mit der Brille und eine ältere Frau erzählten gerade einer attraktiven rothaarigen Reporterin, daß sie sie auf gar keinen Fall hineinlassen würden, als der dünne Mann mich erkannte und mir mit dem Finger drohte. «Sie sind das! Sie haben mich angelogen, als Sie hier waren. Sie haben niemanden gesucht, der Keith heißt!»

«Würden Sie bitte Detective Rossi sagen, daß Joe Pike und ich sie sprechen möchten?» bat ich.

Die rothaarige Reporterin drehte sich um und brüllte ihrem Kameramann zu, er solle schnell herkommen. Sie brüllte, weil sie diese Sache auf Band haben wollte.

Der dünne Mann schüttelte weiter seinen Finger. «Sie sind ein Arschloch. Sie sollten sich schämen.»

Joe Pike trat an das Tor und flüsterte etwas, das ich nicht verstand. Pike wirkte überhaupt nicht bedrohlich. Er wirkte vielmehr liebenswürdig und beruhigend. Die Frau ging zu Rossis Wohnungstür. Ich vermute, sie war die Frau des dünnen Mannes.

Der Kameramann der rothaarigen Reporterin kam angehechelt und begann zu filmen. Die Reporterin fragte, ob ich weitere, Angela Rossi belastende Informationen besäße. Sie wollte wissen, ob ich hier sei, um eine Aussage von Rossi aufzunehmen, und welchen Aspekt der Ermittlung ich weiterverfolge. Ich hielt ihr den Rücken zugewandt. Ich starrte auf den mit Bällen gefüllten Korb. Ich starrte das rote Fahrrad an.

Die Frau des dünnen Mannes kehrte zurück und ließ uns durch

das Tor. Die rothaarige Reporterin versuchte, sich durchzuschieben, doch die Ehefrau drängte sie zurück mit den Worten: «Unterstehen Sie sich!» Der dünne Mann war überhaupt nicht erfreut, daß ich hereinkam.

Joe Pike klopfte einmal an die Tür, öffnete sie dann, und wir betraten Angela Rossis Leben.

Es war eine nette, geräumige Wohnung, auch wenn die Einrichtung nicht teuer war – nur eine Couch und ein dazu im spitzen Winkel stehendes S-förmiges Sofa sowie ein Fernsehsessel. Wahrscheinlich hatte sie das ganze Geld in den Kauf der Wohnung gesteckt und für das Mobiliar nicht mehr viel übrig. Eine Frau und ein Mann standen hinter dem S-förmigen Sofa, eine zweite Frau saß auf der Couch, und zwei kleine Jungs hockten auf dem Boden, der kleinere auf dem Schoß des größeren. Vermutlich Rossis Kinder. Die Erwachsenen waren wahrscheinlich Freunde oder Angehörige, die gekommen waren, um sie zu unterstützen. Alle im Raum sahen mich an. Sogar die Jungs.

Angela Rossi stand mit verschränkten Armen neben dem Sofa. Ihre Wangen sahen eingefallen aus, ihre Augen hatten dicke, dunkle Ränder und wirkten gehetzt. «Ich wollte Ihnen sagen, daß ich nichts damit zu tun habe», sagte ich. «Ich habe Green gesagt, daß Sie sauber sind. Er sagte, er akzeptiere das. Ich weiß nicht, wie das alles passieren konnte.»

«Okay. Danke.» Wie benommen.

«Angie», sagte Joe.

Sie schüttelte den Kopf. «Ich habe das alles nicht getan. Ich habe diesem Kerl nichts angehängt.»

«Ich weiß», sagte Joe.

Angela Rossi wirkte verwirrt. «Ich weiß nicht, warum sie lügt. Sie schien so eine nette Frau zu sein.»

«Wir werden mit ihr reden», sagte ich. «Wir werden alles klären.»

«Es wird keine Rolle mehr spielen. Der Job ist für mich erledigt», sagte Angela Rossi.

Joe schüttelte einmal den Kopf. «Sag das nicht, Angela. Gib nicht auf.»

«Welche Karriere steht mir noch offen, wenn das alles vorbei ist?» Sie ging an uns vorbei zum Fenster und schaute vorsichtig hinaus. «Ich kann einfach nicht glauben, daß all diese Menschen nichts Besseres zu tun haben.» Dann schaute sie uns an. «Und ihr?»

Alle starrten uns stumm an. Ich wollte etwas sagen, wußte aber nicht, was. Dort, wo sie mich getroffen hatte, schmerzte mein Auge immer noch, und vielleicht sollte sie mich noch einmal schlagen. «Es tut mir leid.»

«Vergessen Sie's.» Sie zuckte die Achseln. Was soll's?

«Wir werden dir helfen», sagte Joe.

«Da gibt's nichts zu helfen. Ich werde meinen Abschied nehmen.»

Joe beugte sich vor. Hinter seiner dunklen Sonnenbrille schien es zu lodern. «Mach das nicht, du bist viel zu gut, um deinen Abschied zu nehmen.»

«Ach, Joe», sagte sie.

Pike beugte sich so weit vor, daß er zu schwanken schien.

«Sie haben mir alles genommen, aber das ist schon okay. Ich muß diese Sache hier einfach nur überstehen, und ich kann es.» Sie lächelte, als sie das sagte, weil sie mit allem in Frieden abgeschlossen hatte.

«Was ist los mit dir?» fragte Joe. Er sprach so leise, daß ich ihn kaum hören konnte.

Angela Rossis linkes Auge begann zu zucken, wurde dann feucht, und ich hatte das Gefühl, wäre sie aus dünnem Porzellan, würde sich jetzt ein Netz haarfeiner Risse unter der Oberfläche ausbreiten. Sie hob die rechte Hand. «Bitte, geht jetzt.»

Pike nickte, und ich wollte noch etwas sagen, doch dann drehte sie die Hand zu mir, und ich nickte ebenfalls.

21

Wir verließen Angela Rossis Haus und kehrten zum Wagen zurück. Der quengelige Reporter, der einmal Rechtsanwalt gewesen war, kam uns entgegengerannt und brüllte: «Sie sind rausgekommen! Sie sind rausgekommen!» Die anderen Reporter blieben zurück, traten von einem Bein aufs andere. Pike hob die Handfläche in Richtung des quengeligen Reporters, und auch er blieb sofort stehen. Ich vermute, seine Schlagfertigkeit hatte sich herumgesprochen, oder vielleicht konnte man es auch auf unseren Gesichtern lesen.

Wir fuhren langsam, keiner sagte etwas, dann verließen wir die Marina, fuhren rauf durch Venice und am Strand entlang. Ich fuhr wie mit einem Autopiloten, machte alles mechanisch, ohne konkrete Gedanken oder eine bestimmte Richtung. Eine Bewegung ohne Ziel oder Absicht. Pike kauerte auf dem Beifahrersitz, sein Gesicht wirkte dunkel in der hellen Sonne und hinter seiner dunklen Brille wütend. Es ist nicht gut, Joe Pike wütend zu sehen. Besser, von einem Löwen aus der Nähe angegriffen zu werden. Besser, jemanden schreien zu hören: *«Ich komme!»* «Wo willst du hin?» fragte ich ihn.

Sein Kopf drehte sich nur einen Zentimeter nach rechts.

«Wie wär's, wenn wir einfach nur fahren?»

Sein Kopf bewegte sich nach oben, dann nach unten. Vielleicht auch nur einen Zentimeter.

«Okay. Wir fahren.»

Wir blieben auf der Ocean Avenue durch Venice und fuhren weiter oberhalb des Strands das Kliff entlang. Pike war so stumm wie ein stiller See. In Ocean Park hielten wir vor einer Ampel, und ich beobachtete die Jogger, Radfahrer und die sonnengebräunten jungen Frauen, die auf den Radwegen auf dem Kliff unterwegs waren. Alle lächelten. Glückliche Menschen genossen das Leben an einem schönen Tag. Was könnte es Besseres geben?

Natürlich konnten sie alle glücklich sein, weil sie nicht gerade von Angela Rossi kamen. Es ist einfach zu lächeln, wenn man nicht dabei geholfen hätte, das Leben eines Unschuldigen zu zerstören.

Die Ampel schaltete auf Grün, und ein roter Toyota-Pickup mit Surfern und Surfbrettern hupte. Der Fahrer brüllte, wir sollten verschwinden. Joe Pike richtete sich geschmeidig auf und drehte sich um. Sofort hörte das Hupen auf. Der Toyota legte den Rückwärtsgang ein und raste mit hohem Tempo davon. Rückwärts.

«Tja. Ich schätze, wir sollten besser darüber reden, bevor wir jemanden umlegen», sagte ich.

Pike runzelte die Stirn. Seine Arme waren verspannt und steif, und die Venen auf seinen Unterarmen traten hervor. In seiner Sonnenbrille verfing sich die strahlende Sonne, heiß genug, um Fleisch zu versengen. Die tätowierten roten Pfeile auf seinen Schultermuskeln waren so leuchtendrot wie arterielles Blut. Ich fragte mich, ob die Idioten in dem Toyota wußten, wie knapp sie davongekommen waren.

«Es ist doch nicht nur Angela Rossi, oder?» fragte ich.

Diesmal bewegte sich Pikes Kopf von einer Seite zur anderen.

«Es gefällt dir nicht, daß die Cops, die wir kennen, glauben, daß wir an allem schuld sind. Es gefällt dir nicht, wenn die Leute denken, du und ich würden diesen Müll glauben oder das Leben einer unschuldigen Frau zerstören.»

Pikes Kopf bewegte sich wieder. Nur ein bißchen. Nur die Andeutung einer Bewegung.

«Aber so sieht's aus.»

Ein leichtes Zucken kräuselte sein Kinn.

Wir fuhren in ein thailändisches Lokal ein paar Blocks vom Strand entfernt. Es war immer noch Vormittag, als wir am Bordstein parkten und hineingingen. Früh. Das winzige Lokal mit den ramponierten Resopaltischen war leer, bis auf zwei Frauen, die am einzigen Fenstertisch saßen. Der junge Bursche, der uns begrüßte, meinte, wir könnten uns überall hinsetzen. Eine ältere Frau, wahrscheinlich seine Großmutter, saß an dem Tisch neben der Küche, pulte einen riesigen Haufen Erbsen und sah dabei auf einen Mini-Fernseher von Hitachi. Sie lächelte und nickte, und ich lächelte zurück. Ich war noch nie in ihrem Restaurant gewesen, ohne daß sie Erbsen putzte. Wir nahmen den Tisch neben ihr, bestellten zwei Thai-Bier, Tintenfisch, gebackenen Gemüsereis und Meeresfrüchte-Curry. Die kleine Frau sah sich während der Arbeit die Mittagsnachrichten an. Irgend etwas über den Nahen Osten.

Das Bier wurde gebracht, und ich sagte: «Joe, ich glaube, da steckt mehr dahinter als nur ein Anwalt, der seinen Mandanten übereifrig verteidigt.» Der Meister der Untertreibung.

Pike neigte mir den Kopf zu.

Ich erzählte ihm von der Verbindung zwischen James Lester und Elliot Truly und von Lesters Vorstrafen. «Lesters Identität und seine Beziehung zu Truly könnten ein Zufall sein, aber vielleicht auch nicht. Pritzik und Richards wurden getötet, bevor Lester die Hotline anrief.»

«Denkst du, er wußte das?»

«Nehmen wir mal an, er kannte sie besser, als er zugibt. Nehmen wir weiter an, er wußte, daß sie in Arizona verunglückt waren. Also dachte er sich, sie würden die perfekten Dummys abgeben, denen der Mord an Susan Martin in die Schuhe geschoben werden konnte. Vielleicht hat Lester seine Hausaufgaben gemacht und das Beweisstück selbst eingeschmuggelt, um die Belohnung kassieren zu können.»

«Truly könnte ihm auch dabei geholfen haben.»

Ich nickte. «Ich denke ja nur laut.»

«Weil du keinen Beweis hast.» Die Venen auf seinen Armen standen nicht mehr so deutlich hervor, und seine Tätowierungen hatten an Leuchtkraft verloren. Die Gefahr einer thermonuklearen Kernschmelze nahm ab.

Ich schüttelte den Kopf. «Nein. Lester könnte die Wahrheit sagen, auch wenn er ein Widerling ist.»

«Was ist mit der Frau?»

«Louise Earle ist eine andere Sache. Kerris ist zu ihr gegangen, und sie hat ihre Geschichte geändert. Ich glaube einfach nicht, daß sie mir gegenüber gelogen hat, und ich glaube auch nicht, daß

Rossi ihr vor sechs Jahren eine Kanone an den Kopf gehalten und sie gezwungen haben soll zu lügen. Das hätte Rossi nie getan, und Louise Earle hätte deshalb auch nicht gelogen.»

«Wenn sie damals nicht gelogen hat, dann lügt sie jetzt.»

«Ja. Aber warum?» Der Kellner brachte unser Essen, und es duftete intensiv nach Minze, Knoblauch und Curry. Er servierte und sagte: «Würzig. Wie immer.»

«Toll.»

Als der Kellner fort war, fuhr Pike fort: «Weil Recht auch Krieg ist, muß Green zwei Dinge tun, um die Anklage zu vernichten. Er muß eine brauchbare Theorie für das, was mit Susan Martin passiert ist, entwickeln, und er muß die Version der Anklage in Mißkredit bringen.»

«Okay.»

«Lester liefert ihm die Alternative. Die Vorgeschichte von Rossi erlaubt ihm, das Beweismaterial der Anklage zu diskreditieren.»

«Wenn Rossi LeCedrick Earle etwas angehängt hat, dann hängt sie Teddy Martin auch etwas an.»

Pike nickte. «Ja.» Pike drehte sich zu dem kleinen Fernseher. «Hör zu.»

Jonathan Green war wieder in den Mittagsnachrichten. Der Hauptbeitrag widmete sich Elliot Trulys Verbindung zu James Lester, auch bekannt als Stuart Langolier. Green gab bekannt, daß James Lester einem Privatdetektiv der Verteidigung gegenüber gestanden habe, daß er früher einmal unter dem Namen Stuart Langolier von Elliot Truly anwaltlich vertreten worden sei. Green betonte, daß sich Mr. Truly seines Wissens nicht an Mr. Lester als einen Mandanten erinnern könne, und fügte hinzu, daß die Verteidigung umgehend das Büro der Bezirksstaatsanwaltschaft unterrichtet habe, um das Auftreten eines Konflikts zu verhindern und die Möglichkeit zu einer umfassenden Untersuchung zu geben. «Er macht genau das, was er gesagt hat», kommentierte ich.

Pike grunzte. «Bringt seinen Arsch in Sicherheit.»

Die kleine Frau bemerkte unser Interesse und drehte den Hitachi so, daß wir leichter mitsehen konnten.

Der Nachrichtenmoderator fuhr mit den Anklagepunkten gegen Angela Rossi fort und kündigte denselben Beitrag von Louise Earle an, den ich bereits gestern abend gesehen hatte. Mrs. Earle weinte, während sie Angela Rossi beschuldigte, ihrem Sohn etwas angehängt zu haben, sagte, die Polizei hätte sie damals gezwungen zu lügen, sagte, sie wäre bedroht worden. Ihre Tränen sahen echt aus. Ihr Schmerz sah echt aus. Jonathan Green stand neben ihr. Elliot Truly stand hinter den beiden. Jeder wirkte ach-so-betroffen.

Pike drehte sich zur Seite. «Ich kann das nicht mehr sehen.»

Ich starrte weiter auf den Bildschirm. Ich beobachtete Green, und ich beobachtete Louise Earle, und es ergab einfach keinen Sinn. «Wenn das stimmt, was wir über Lester und Louise Earle wissen, warum sollte dann ein Kerl wie Jonathan Green seinen Namen und seinen Beruf aufs Spiel setzen?»

«Weil er ein Arschloch ist.» Die Welt nach Pike.

«Echsenmenschen», sagte ich.

Pikes Brille funkelte. «Wir können uns das bis in alle Ewigkeit fragen, aber die einzige Möglichkeit besteht darin, diese Leute zu fragen.»

Der junge Kellner beobachtete uns. Es gefiel ihm gar nicht, daß wir das Essen noch nicht angerührt hatten, und er wirkte besorgt. Er sagte etwas zu der kleinen Frau. Sie sah uns stirnrunzelnd an und schien seine Besorgnis zu teilen.

Der Kellner kam an unseren Tisch und erkundigte sich, ob irgend etwas nicht in Ordnung sei. Pike sah ihn an und stand auf. «Wahrscheinlich, und wir werden es wieder in Ordnung bringen.»

Wir nahmen den Santa Monica Freeway und fuhren zu Louise Earles Haus in Olympic Park. Wir klopften zweimal, klingelten dreimal, aber sie reagierte nicht. «Ich seh hinten nach», sagte Pike.

Pike verschwand um die Hausecke. Es war ein strahlend heller Tag, und dieselben drei Mädchen waren wieder auf der anderen Straßenseite, vertrieben sich den Sommer auf der Veranda. Ich winkte ihnen zu, und sie winkten zurück. Wurden langsam alte Freunde. Pike tauchte von der anderen Seite wieder auf. «Sie ist nicht da.»

«Dann besuchen wir Lester.»

Wir kehrten auf den Freeway zurück und fuhren vorbei an Pasadena nach La Puente und James Lesters Haus.

Lesters Haus sah noch genauso aus wie bei meinem letzten Besuch. Der Vorgarten war immer noch tot und alles von einer Schicht feinem, grauem Sand bedeckt. Wir parkten und gingen über die graue Erde zum Haus. Die Haustür stand offen, und Musik drang nach draußen. Die George Baker Selection mit «Little Green Bag». Als wir näher kamen, fragte Pike: «Riechst du das?»

«Jap.» Der süßliche Geruch von Haschisch wehte aus dem Haus.

Als wir die Tür erreichten, mußten wir nicht klopfen. Jonna Lester saß auf der Couch, saugte heftig an einer Glaspfeife, die kleinen Ventilatoren drehten sich, um den Haschischrauch zu verteilen. Sie trug ein Michigan State University-T-Shirt, knappe Shorts und transparente Plastikclogs. Ihr linkes Auge war rot-blau und fast zugeschwollen, und die Sohlen ihrer Clogs waren verkrustet, als sei sie durch Matsch gegangen. Sie lächelte dümmlich, als sie mich sah, und deutete mit der Pfeife auf ihr Auge. «Ist gut gegen die Schmerzen. Wollt ihr euch auch eine reinziehen?»

Ich öffnete die Fliegentür und ging hinein. Da lag noch ein Geruch in diesem Raum, nur nicht ganz so prägnant wie das Dope. Ich schob ihr Gesicht vorsichtig zur Seite, um das Auge besser sehen zu können. «War das James?»

Sie zog sich von mir zurück und gestikulierte mit der Pfeife. «Garantiert das letzte Mal!» Sie nahm noch einen Zug.

«Wir müssen mit ihm reden.»

Jonna Lester kicherte. «Er ist im Bad. Sein Lieblingszimmer hier im Haus. Das hat er immer gesagt.» Sie kicherte wieder.

«Könnten Sie ihm vielleicht sagen, daß wir ihn sprechen wollen?» Der andere Geruch war irgendwie feucht und alt, erinnerte an Melonen, die zu lange herumgelegen hatten.

Jonna Lester ließ sich in die Couch zurücksinken. «Das ist ein cooler Song.»

Joe Pike ging zum Radio und schaltete es aus. Jonna Lester verzog das Gesicht. «He!»

«James?» rief ich.

Jonna Lester wuchtete sich hoch und deutete wütend auf den hinteren Teil des Hauses. «Wenn ihr den Dreckskerl unbedingt sehen wollt ... er ist da hinten. Kommt, ich zeig's euch.»

Pike und ich sahen uns an, dann zog er seine .357er Python und hielt sie neben seinem Oberschenkel. Wir folgten ihr aus dem Wohnzimmer, durch einen quadratischen kleinen Flur ins Bad. Es war ein altes Badezimmer, aus den Fünfzigern, mit einem welligen Linoleumboden, korrodierten Armaturen und einer spröden gläsernen Duschabtrennung, an der man sich übel verletzten konnte, wenn man ausrutschen sollte. Jonna Lester blieb in der Tür stehen und gestikulierte mit der Haschischpfeife. «Da ist er. Quatscht mit dem Mistkerl, soviel ihr wollt.»

«O Mann», sagte ich.

James Lester lag in der zerbrochenen Duschabtrennung, halb in der Wanne, halb draußen, aufgespießt von einem halben Dutzend gezackter Glasscherben. Der Kopf war beinahe vollständig abgetrennt, Wände, Wanne und das wellige Linoleum mit dunkelrotem Blut bespritzt. Irgendwie erinnerte es mich an zum Himmel erhobene Flügel.

Wir hatten James Lester nach Pritzik und Richards und dem fingierten Beweismaterial befragen wollen, aber jetzt war er nicht mehr in der Lage, unsere Fragen zu beantworten. Genausowenig wie Pritzik und Richards.

Schon komisch, wie schnell so was geht. Oder?

22

Ich näherte mich der Leiche soweit wie möglich, ohne in das Blut zu treten. Jonna Lesters Fußabdrücke befanden sich bereits auf dem Linoleum, aber es schien keine anderen Anhaltspunkte oder Spuren zu geben, die auf noch jemanden hinwiesen. Am hinteren Ende des Badezimmers befand sich über der Toilette ein kleines Fenster, das zum Lüften geöffnet war. Das Fliegengitter des Fensters war schmutzig und zerrissen, aber von innen befestigt. Es schien nicht beschädigt zu ein. Metallisch glänzende schwarze Fliegen prallten gegen das Netz, angezogen vom Blut. «Haben Sie irgend etwas angefaßt?» fragte ich.

«Bah! Die Schweinerei faß ich nicht an!» sagte sie.

«Ihre Fußabdrücke sind auf dem Boden. An Ihren Schuhen klebt getrocknetes Blut.»

Jonna Lester nahm wieder einen Zug aus ihrer Haschischpfeife. Der Stoff mußte ausgegangen sein, denn sie sah die Pfeife mißbilligend an und stocherte im Kopf herum. «Mußte das Wasser abstellen.» Eine schwarze Fliege schaffte es durch das Netz und summte niedrig über dem schlüpfrigen Boden. Man konnte ihr Spiegelbild im Blut sehen.

«Das Wasser im Waschbecken lief?»

«Ja.»

James Lester trug Hose und Arbeitsschuhe, aber kein Hemd. Beide Beine und ein Arm formten ein K auf dem Boden, während der andere Arm und der Oberkörper in der Wanne hing. Vor dem Waschbecken war Wasser auf den Boden übergelaufen und vermischte sich mit James' Blut. Ein Stück Seife, ein Einmalrasierer und eine Dose Rasierschaum lagen auf dem Becken. Es sah aus, als hätte er gerade mit der Rasur angefangen, sich dann plötzlich umgedreht, wäre ausgerutscht und kopfüber durch die Scheibe gestürzt. «Was ist passiert, Jonna?» fragte ich.

Sie schüttelte den Kopf. «Ich bin über Nacht bei meiner Freundin Dorrie gewesen und hab ihn so gefunden, als ich nach Hause gekommen bin. Schätze, er ist hingefallen.» Sie verursachte ziemlich viel Wirbel, um mir ihr Auge zu zeigen. «Das hat mir der Arsch gestern verpaßt. Sehen Sie, was er gemacht hat?» Sie schüttelte den Kopf, und ihr Mund bebte wie bei einer Trickfilmfigur. «O Mann, bei dem Gestank hier könnte man kotzen.»

Sie kehrte ins Wohnzimmer zurück, und wir folgten ihr. Sie versuchte, die Pfeife wieder in Gang zu kriegen, und ich nahm sie ihr weg. «He, was soll das?»

«Er ist tot, Jonna. Ein wichtiger Zeuge in einem Mordfall, dem eine Belohnung von hunderttausend Dollar zusteht, fällt nicht einfach so in eine Duschabtrennung.»

Jonna Lester schlug nach mir, und ich versuchte auszuweichen. «Wir hatten gestern einen Mordskrach, und ich mußte hier raus! Ich weiß nicht, was passiert ist!»

«Hat er Besuch erwartet?»

«Keine Ahnung!»

«Hat er Ihnen gegenüber jemanden erwähnt, hatte er vielleicht Angst?»

Sie legte die Hände über die Ohren. «Ich weiß es nicht, ich weiß es nicht, ich weiß es nicht!» Gebrüllt.

Ich trat zurück, atmete durch und ließ sie wieder zur Ruhe kommen. Ich sah Pike an, und er zuckte die Achseln. Ich holte tief Luft, atmete aus, setze mich dann neben sie. «Okay, Jonna, wegen was habt ihr gestritten?» Ruhig.

«Wir haben gestritten, weil er ein Arschloch ist!»

«Weil Sie mir gesteckt haben, daß James eigentlich Stuart Langolier ist?»

Sie erstarrte einen Moment, dann blinzelte sie mich an. Mißtrauisch. «Ich weiß nicht, was Sie da reden.»

«Kommen Sie, Jonna. Ich hab Ihre Stimme erkannt. Warum haben Sie mir James' richtigen Namen gesteckt?»

Sie sackte auf der Couch zurück und schob die Unterlippe vor. Schmollen. «James Lester war sein richtiger Name. Er hat ihn ganz legal geändert, für einen Neuanfang und um mit seinem kriminellen Leben Schluß zu machen.»

«Jonna», sagte ich.

«Ich hab's getan, um ihn fertigzumachen.» Ihre Stimme war leise und bockig.

«Warum?»

«Weil er mich bescheißen wollte. Ich weiß es.»

«Woher wissen Sie das?»

«Weil er gesagt hat, wenn der große Zahltag kommt, laß ich dich sausen und schnapp mir ein Bud Lite-Mäuschen.» Ihre Augen schwammen in Tränen. Ihr Kinn bebte.

Pike drehte sich um. Er besitzt wenig Verständnis für das Wechselbad menschlicher Gefühle.

«*Jonna?*» sagte ich. «Was wissen Sie noch?»

«Was meinen Sie damit?» Sie rieb sich die Augen. Als sie das Veilchen berührte, zuckte sie zusammen.

«Kann sein, daß er nicht die Wahrheit gesagt hat. Kann sein, daß er die Geschichte mit Pritzik und der Kneipe erfunden hat. Vielleicht hat er die Beweismittel, die ich gefunden habe, dort hineingeschmuggelt, um die Belohnung zu kassieren. Oder es war jemand anderer, und James war in die Sache verwickelt.»

Sie zuckte die Achseln, schmollte noch mehr. «Keine Ahnung.»

«Kannte er Pritzik und Richards? Hat er Ihnen erzählt, wie er das einfädeln wollte?»

Plötzlich richtete sie sich auf, laut und lebhaft. «He, die Belohnung krieg ich doch, oder nicht? Ich meine, wo er jetzt tot ist, da krieg ich doch das Geld, richtig?»

«Vergessen Sie die Belohnung», sagte Pike. «Sie können froh sein, wenn Sie nicht in den Knast kommen.» Pike, der Einschüchterer.

Jonna Lesters Augen schwammen wieder in Tränen, und diesmal lösten sie sich und rollten über ihre Wangen. «Das ist nicht fair.» Was ist schon fair?

«Erzählen Sie mir von Pritzik und Richards.»

Sie schüttelte den Kopf. «Ich glaub nicht, daß er die beiden kannte. Ich meine, vielleicht, aber ich glaub's einfach nicht.»

«Warum nicht?»

Achselzucken. «Weil er keine Freunde hatte. Nur diesen Typ

aus der Videothek und Clarence von der Arbeit. Clarence ist Mexikaner.»

Ich warf Pike einen Blick zu, aber Pike starrte durch die Haustür hinaus. Schüchterte die Nachbarschaft ein. «Vielleicht», sagte ich, «hat er mal einen Kumpel erwähnt, der bei einer Shell-Tankstelle arbeitet. Oder einen Ex-Knacki, mit dem er einen trinken ging.»

Sie schüttelte den Kopf. «Er ist immer nur mit Clarence weg – ich weiß das, weil ich ihm mal gefolgt bin.»

«Sie sind ihm gefolgt.» Der Detektiv und anspruchsvolle Vernehmungstechniken.

Sie machte wieder dieses Irgendwie-Achselzucken. «Als er mit dem Gequatsche anfing, sich ein Bud Lite-Mäuschen zu schnappen, da hab ich mir Sorgen gemacht, daß er vielleicht nicht nur einen saufen geht.»

«Aber er hat nie was anderes gemacht, als mit Clarence auszugehen?»

Ihr Kopf wippte. «Ah-hah.»

«Wie oft sind Sie ihm gefolgt?»

«Acht- oder neunmal.» Sie dachte darüber nach. «Vielleicht auch zehnmal.»

Ich beschrieb Pritzik und Richards. «Haben Sie ihn irgendwann mal mit diesen Typen gesehen?»

Wieder ein Kopfschütteln. «Nh-hah. James und Clarence haben einfach nur rumgesessen, getrunken und manchmal mit Videospielen rumgemacht.» Eine weitere fette Fliege kreuzte durch den Raum, diesmal brummte sie zwischen uns durch, bevor sie auf das Bad zuhielt. Jonna Lester beobachtete sie, erkannte, wohin sie wollte, und verzog das Gesicht. «Bah, wie ekelhaft!»

Pike folgte der Fliege und schloß die Badezimmertür.

Ich ging zur Haustür, starrte hinaus auf die heiße Erde, kehrte dann zu James Lesters Sessel zurück und setzte mich. Vielleicht hatte James Pritzik und Richards nicht gekannt. Es bestand die Möglichkeit, aber falls nicht, dann hätte er auch nicht das Beweismaterial manipulieren können. Er konnte nicht wissen, daß sie tot waren, und auch nicht, wo er das Zeug deponieren mußte. Vielleicht hatte James aber die Wahrheit gesagt. Und natürlich konnte auch sein Sprung kopfüber durch die Duschabtrennung ein Unfall gewesen sein.

Jonna Lester bekam wieder diesen He-Moment-mal-Blick, dann runzelte sie die Stirn, als versuche sie, in den Schatten der Erinnerung etwas zu erkennen, wobei sie allerdings nicht sonderlich erfolgreich war. Sie fuchtelte mit einem Finger in der Luft herum und sagte: «Ich nehm alles zurück! Da war noch ein Typ, mit dem ich ihn gesehen hab.»

Ich starrte sie an.

«Als ich ihm damals gefolgt bin, ist er zu unserem Mayfair Market gefahren und hat mit einem Kerl geredet.»

Pike verschränkte die Arme und sah mich an. Na, so was.

«Ein Kerl im Mayfair?»

«Ein Kerl auf dem Parkplatz. Ich dachte, er wollte in den Laden reingehen, aber er hat einfach nur da geparkt und ist dann rüber zu diesem anderen Auto. James hat sich vor die Fahrertür gehockt und durch die Seitenscheibe mit dem Typen geredet, und dann hat dieser Kerl ihm eine Tüte gegeben, und James ist wieder los.»

«Der Mann in dem Auto hat ihm eine Tüte gegeben?»

«Hmmmh. Wie eine Mayfair-Tüte. Aus braunem Papier.»

«Wann war das?»

Sie preßte die Lippen aufeinander. Ihre Augenbrauen zuckten. Das Zeitgefühl war durch das Hasch völlig durcheinander. «Ist schon ziemlich lange her. Vor zwei oder drei Wochen.»

Wieder sah ich Pike an, und Pikes Mundwinkel zuckten. Es könnte gewesen sein, nachdem Pritzik und Richards gestorben sind und bevor James Lester die Hotline angerufen hatte. Vielleicht kamen wir jetzt doch langsam weiter.

«Wie hat dieser Kerl ausgesehen, Jonna?» fragte ich.

«Wie ein Kerl eben. Ich stand weit weg, und er ist nicht ausgestiegen.»

«Was für ein Auto war es?» schaltete sich Pike ein.

«Ich versteh nichts von Autos. Es war klein.»

«Welche Farbe?»

Sie runzelte die Stirn. «Dunkelblau. Nein. Momentchen. Ich

glaub schwarz. Ein kleines schwarzes Auto war's.» Sie nickte, als könnte sie es klar und deutlich vor sich sehen.

«Hat James Ihnen gegenüber irgendwann mal einen Mann namens Elliot Truly erwähnt?» fragte ich.

Sie schüttelte den Kopf. «Wer is'n das?»

«Truly war James' Anwalt in San Diego.»

Wieder schüttelte sie den Kopf. «Nh-hah.»

Ich schaute mich im Wohnzimmer um. Ich wühlte in den Comics und Monstertruck-Magazinen und warf einen Blick unter die Couch. Schließlich fand ich unter einem Plastikmülleimer in der Küche eine vier Tage alte *Los Angeles Times*. Ich suchte mein Bild und ging damit zu ihr. Hinter mir und Jonathan Green war klar und deutlich Elliot Truly zu sehen. Ich deutete auf Truly. «War das der Mann in dem Auto?»

Jonna Lester schüttelte den Kopf. «Nein. So hat er nicht ausgesehen.»

Ich zeigte auf Green. «Der?»

«Nein. Der auch nicht.»

Ich warf Pike einen Blick zu, und Pike zuckte die Achseln. «Könnte jeder wegen allem möglichen gewesen sein. Muß überhaupt nichts mit der Sache zu tun haben. Vielleicht hat er Hasch gekauft.»

Jonna Lesters Schmollmund kehrte zurück, und jetzt war auch noch eine Spur Bockigkeit dabei. «Hören Sie, ich hab versucht, Ihnen zu helfen, okay? All diese Nachrichtentypen haben gesagt, es sieht ganz so aus, als würden wir die Belohnung kriegen, und ich finde, das sollten wir auch. Ich meine, obwohl er jetzt tot ist, steht ihm die Belohnung doch immer noch zu, und das bedeutet, ich muß sie kriegen, stimmt's?»

Ich starrte sie an.

«Tja, das ist nur recht und billig. Sie raten doch nur, daß er alles erfunden hat, und selbst wenn, beweisen können Sie's nicht. Ich glaube nicht, daß er's erfunden hat. Ich glaube, er hat die Wahrheit gesagt, auch wenn er ansonsten ein verlogenes, nichtsnutziges Dreckschwein gewesen ist.»

«Jonna», sagte ich, «in ungefähr zwei Minuten werden Sie die

Polizei anrufen. Tun Sie sich selbst einen großen Gefallen, und sagen Sie denen nicht, daß Sie unbedingt die Kohle wollen.»

Der Schmollmund kippte um zu ausgewachsener Bockigkeit. «Und? Warum nicht?»

«Weil alle angesichts Ihrer ungeheuren Trauer denken werden, Sie hätten ihn wegen dem Geld umgebracht. Sie wollen doch sicher nicht, daß die Polizei das denkt, oder doch?» fragte Pike.

Jonna Lester schlug die Couch, dann warf sie die Glaspfeife zu Boden. Sie stampfte mit beiden Beinen auf. Verrückt. «Das Leben ist echt zum Kotzen.»

«Wie wahr», sagte ich. «Aber sehen Sie's doch mal so ...»

Sie kniff die Augen zusammen und fixierte mich, ich schaute zum Bad hinüber.

«Der Tod ist noch mehr zum Kotzen.»

23

Jonna Lester wählte die 911, nannte ihren Namen und sagte, daß sie ihren Ehemann tot aufgefunden hatte, nachdem er in der Badewanne ausgerutscht war. Jonna gab die Fakten so durch, wie ich es ihr erklärt hatte, und der Mann in der Zentrale sagte, der Krankenwagen sei schon unterwegs.

Ich ließ Jonna ihren Shit in den Müllschlucker werfen und Lysol versprühen, um den Geruch zu beseitigen. Es in der Toilette wegzuspülen wäre besser gewesen, aber ich wollte niemanden mehr ins Bad lassen. Beweismaterial. Sie sollte sich den Mund mit Bourbon ausspülen; falls sie sich dumm oder albern aufführte, würden alle den Alk riechen und sie für eine Säuferin halten. Der Krankenwagen kam als erster, dann die Polizei. Ein uniformierter Sergeant namens Belflower schüttelte den Kopf, als ich ihm erklärte, wer James Lester war, und sagte: «Das ist ja ein Ding, oder? Da sackt der Bursche vielleicht hundert Riesen ein und schneidet sich den Hals auf, weil er auf einem Stück Seife ausrutscht.»

«Glauben Sie?» fragte ich.

Er betrachtete mich mit einem Stirnrunzeln. «Sie nicht?»

Wir starrten uns an, bis er zu seinem Streifenwagen hinausging und die Detectives verständigte. Pike und ich blieben, bis die Polizei davon überzeugt war, daß Jonna Lester die Leiche allein gefunden hatte und wir erst später hier hereingestolpert waren. Dann sagten sie, wir könnten gehen.

Zwei Blocks weiter hielten wir an einer Tankstelle. Von der Telefonzelle rief ich einen Freund an, der für die Gerichtsmedizin arbeitet. Ich sagte ihm, daß James möglicherweise nicht freiwillig durch die Scheibe gestürzt ist, und bat ihn um die Autopsie-Ergebnisse. Er antwortete, daß so etwas durchaus denkbar sei, falls ich ihm vier Tickets auf der First-base-Seite der Dodgers besorgen könnte. «Ich habe keine Tickets auf der First-base-Seite für ein Spiel der Dodgers.»

Mein Freund antwortete nicht.

«Aber vielleicht kann ich welche auftreiben.»

Mein Freund versprach zurückzurufen und legte auf.

Ich setzte Pike ab, und als ich nach Hause kam, war es zwanzig vor sieben.

Lucys Mietwagen stand links im Carport, still und kühl im Abendlicht. Der gegenüberliegende Bergkamm erstrahlte in Kupfer und Bronze, und der Duft von Geißblatt begann sich mit dem moschusartigen Geruch des Eukalyptus zu vermengen. Ich stand an der Seite des Carports und atmete in tiefen Zügen durch. Ich nahm wahr, wie sich Motorengerüche und der Gestank der Straße auf meinem Stingray mit den Gerüchen der Berge mischte. Ich spürte die Hitze des Motors, hörte das Knistern und Knacken des abkühlenden Metalls. Das Haus war still. Eine Ohreule glitt über die Straße und weiter den Abhang hinunter, verschwand hinter einer Ecke des Hauses. Insekten wirbelten über den Canyon, ausgelöscht durch dunkle, verschwommene Flecken der Fledermäuse. Ich stand da, genoß die sich abkühlende Luft, das Erwachen der Tiere der Nacht und das Zwielicht in den Bergen. Daheim ist der Detektiv, bereit für die Nacht. Bewußt getäuscht, arbeitslos und mehr als nur ein wenig mißtrauisch.

Ich betrat das Haus wie immer durch die Küche. Lucy saß auf der Couch im Wohnzimmer und las das *Los Angeles Magazine*. Ben saß im Schneidersitz auf einem der Gartenstühle der Veranda und las Robert A. Heinleins *Have Spacesuit, Will Travel.* Viel Licht hatte er nicht mehr, und schon bald würde er hereinkommen. «Ein weiterer merkwürdiger Tag in Oz, Lucille.»

Lucy schlug die Illustrierte mit einem Finger zu und lächelte, aber das Lächeln wirkte gehemmt und unsicher. «Wir sind so um vier zurückgekommen.»

«Tut mir leid, daß ich so spät dran bin.»

«Ist schon okay.» Sie zuckte leicht mit den Achseln, und in diesem Augenblick fragte ich mich, wieviel von der angespannten Atmosphäre des vergangenen Abends immer noch existent war.

«Verhungert ihr zwei schon?»

Lucy lächelte wieder unsicher, als erkenne sie die Spannung und versuchte nun, sie etwas zu mildern. «Ich habe Ben vorhin einen Snack gemacht, aber wir könnten zusammen etwas essen.»

«Wie wär's, wenn ich Spaghetti mache?»

«Das wäre schön.»

Ich ging in die Küche, knackte eine Dose Falstaff und holte ein Päckchen Rehwurst aus dem Gefrierfach. Ich gab reichlich Wasser für die Spaghetti in einen großen Topf, warf die Wurst hinein und schaltete die Platte an. Ich hörte, wie die Verandatür aufgeschoben wurde und Ben «Hi» brüllte. Ich brüllte «Hi» zurück und hörte, wie Lucy Ben sagte, das Abendessen werde bald fertig sein und daß er ein Bad nehmen solle. Ich hörte, wie die Tür des Gästezimmers geschlossen wurde, und kurz darauf fließendes Wasser. Es waren die Geräusche anderer Menschen in meinem Haus.

Ich trank das Falstaff fast aus und kontrollierte den Freßnapf des Katers. Eingetrocknetes Futter war über das Küchentuch verstreut, das unter seinem Napf lag, und in seinem Wassernapf schwamm ein Haar. Wahrscheinlich hatte er sich irgendwann während des Tages die Treppe heruntergeschlichen, als niemand zu Hause war, hatte gefressen und war dann verduftet. Ich beseitigte das alte Futter und Wasser, füllte frisches nach und wünschte mir, er wäre hier.

Ich leerte das Falstaff, öffnete eine Flasche Pinot Grigio, schenkte zwei Gläser ein und brachte eines Lucy. Sie las wieder in der Illustrierten, deshalb stellte ich den Wein auf den Tisch neben ihr. «Ich wollte wirklich früher nach Hause kommen, aber Rossi war in ziemlich schlechter Verfassung, und irgendwie hat der Tag von da an eine Eigendynamik entwickelt.» Ich erzählte ihr nichts von James Lester. Lester würde uns auf Green bringen, und das Thema wollte ich vermeiden. «Ich hatte gehofft, wir könnten mehr Zeit zusammen verbringen.»

Lucys Miene wurde traurig, und sie legte eine Hand auf meine. «Ach, Studly. Ich weiß doch, daß du nicht rund um die Uhr bei mir sein kannst. Ist schon okay.»

«Kommt mir aber nicht okay vor.»

Lucy starrte an mir vorbei, und ihre Traurigkeit wurde intensiver. Sie befeuchtete ihre Lippen, als wolle sie etwas sagen, doch dann schüttelte sie den Kopf, als habe sie es sich anders überlegt. «Es passiert im Moment so vieles, Elvis, aber es hat überhaupt nichts mit uns zu tun.»

«Können wir drüber reden?»

Sie feuchtete wieder ihre Lippen an, sah mich aber nicht an. Sie starrte auf einen Punkt zwischen uns, als wäre da noch ein unsichtbarer Dritter im Zimmer, der mitten im Raum schwebte und ihre volle Aufmerksamkeit verlangte. «Lieber nicht. Nicht jetzt.»

Ich nickte. «Okay. Du mußt es wissen.»

Sie sah mich an, und da war wieder dieses kleine Lächeln, und jetzt war es unübersehbar gezwungen. «Ich helf dir beim Kochen. In Ordnung?»

«Klar.»

Wir gingen in die Küche, stellten die Zutaten für die Spaghettisoße zusammen und redeten über den Tag. Wir schnitten Champignons, Zwiebeln und Paprika, öffneten eine Dose Tomaten sowie Gläser mit Oregano und Basilikum. Währenddessen sprachen wir miteinander, aber unsere Unterhaltung war leer und gezwungen, genauso als wären wir weit voneinander entfernt und müßten brüllen, um uns zu verstehen. Ich erkundigte mich, wie ihre Besprechung gelaufen war, und sie antwortete, gut. Ich fragte, ob sie nun mit den Verhandlungen fertig sei, und sie meinte, daß es mit dem letzten Termin morgen eigentlich erledigt sein müßte. Ben kam herein, setzte sich auf einen Barhocker, aber er schien die Anspannung zu spüren und sprach nur wenig. Nach einer Weile ging er ins Wohnzimmer, schaltete meinen Mac ein und ging on line.

Wir hatten die Spaghetti gerade erst in das kochende Wasser gegeben und deckten den Tisch, als es an der Tür klingelte. «Wenn das ein Reporter ist, erschieß ich ihn», sagte ich.

Es waren Joe Pike und Angela Rossi. Rossi wirkte immer noch unsicher, mit großen dunklen Ringen unter den Augen. Lucy starrte stumm aus der Küche herüber, und Rossi schaute von ihr zu mir. «Ich hoffe, wir stören nicht.»

«Natürlich nicht.» Ich machte sie bekannt.

Angela Rossi warf Lucy einen Blick zu, und in diesem Moment erfüllte etwas sehr Weibliches den Raum, als spürte Rossi die Spannung und gleichzeitig, daß sie nicht in meine Privatsphäre eindrang, sondern vielmehr in Lucys. «Tut mir leid», sagte sie. Zu Lucy, nicht zu mir.

«Wir wollten gleich essen», sagte Lucy. «Möchten Sie uns nicht Gesellschaft leisten?» Sie hielt den Soßenlöffel wie beim Rühren erstarrt.

«Nein. Vielen Dank», sagte Rossi. «Ich kann nicht lange bleiben.» Sie lächelte Ben an. «Ich habe Kinder.»

«Natürlich.» Lucy legte den Soßenlöffel auf die Arbeitsfläche, entschuldigte sich und ging mit Ben hinaus auf die Veranda.

Wir sahen zu, wie die Glastür zugezogen wurde, und Rossi schien sich weitaus unwohler zu fühlen. «Sieht so aus, als wär ich zu einer ungünstigen Zeit gekommen.»

«Vergessen Sie's.»

Pike trat einen Schritt hinter sie. Er hatte noch nichts gesagt, würde es wahrscheinlich auch nicht tun.

Angela Rossi blickte zu Boden, sah mich dann an, als seien ihre Energiereserven so erschöpft, daß sie sehr sparsam mit dem Rest haushalten mußte. «Joe hat mir von Lester erzählt und was Sie alles versucht haben.»

Ich nickte.

«Ich habe mich heute morgen vergessen, und ich möchte mich entschuldigen. Sie stecken in dieser Geschichte drin wie ich.»

«Ja, aber für Sie ist es schlimmer.»

«Vielleicht.» Sie senkte den Blick wieder gen Boden, sah dann auf. «Ich möchte, daß Sie eines wissen: Ich habe Sie nicht belogen. Sie sollen wissen, daß alles, was ich Ihnen gesagt habe, der Wahrheit entspricht. LeCedrick Earle lügt, und seine Mutter auch. Ich habe all das nicht getan.»

«Ich glaube Ihnen, Detective.»

Als ich das sagte, stockte ihr Atem, Tränen traten in ihre Augen, und ihre Miene wurde brüchig, doch im gleichen Augenblick fing sie sich wieder und richtete erneut die ruhige Cop-Fassade auf. Ihr Atmen und ihre Augen und ihr Gesicht beruhigten sich. Es war nicht leicht, sich so in den Griff zu bekommen, aber sie hatte jahrelang geübt, und wie bei jedem professionellen Cop, dem ich begegnet war, gehörte diese Fähigkeit unbedingt zum Überleben. Sie hatte zugelassen, daß sich ein Fenster zu ihrem Herzen öffnete, hatte es dann wieder zugeschlagen, wie man einen geschlossenen Topf vom Herd nimmt, um den Inhalt zu retten. «Ich bin suspendiert. Bis zum Abschluß der Ermittlungen durch die Dienstaufsicht habe ich mich von allen polizeilichen Angelegenheiten oder Aktivitäten fernzuhalten. Die Bezirksstaatsanwaltschaft ermittelt ebenfalls gegen mich.»

«Ich weiß.»

«Meine Kollegen können praktisch nichts für mich tun.»

Auch das wußte ich. Wenn Tomsic oder die anderen Ermittlungen auf eigene Faust etwas unternahmen, würden sie wegen Behinderung der Justiz Ärger bekommen und beschuldigt werden, Rossis mutmaßliche Verbrechen vertuschen zu wollen.

Sie sah Joe an. «Ihr habt mir Hilfe angeboten. Joe sagte, das Angebot steht immer noch.»

«Natürlich.» Ich warf einen Blick zu Lucy auf der Veranda. Sie und Ben standen am Geländer. Ben zeigte auf etwas weit unten im Canyon und erzählte aufgeregt, doch Lucy schien ihn weder zu hören noch zu sehen. Als wäre dieser unsichtbare Dritte auch dort draußen und fesselte ihre Aufmerksamkeit. Ich spürte, wie auch mir Tränen in die Augen stiegen, aber genau wie Angela Rossi kannte ich die Tricks des Überlebens. «Wir lassen Sie nicht im Stich, Angie. Wir werden Sie nicht hängenlassen.»

Angela Rossi sah mich zum ersten Mal an, zuerst mit einem Auge und dann mit dem anderen, und schließlich blickte sie wieder zu Lucy und Ben. «Tut mir leid, daß ich hier so eingedrungen bin.»

«Machen Sie sich deswegen keine Gedanken.»

Sie streckte eine Hand aus. Wir schüttelten uns noch einmal die Hände, und dann verließ Angela Rossi mein Haus.

Joe Pike stand im Eingang, starrte hinaus auf die Veranda, gerade so, als könne auch er die aufgestaute Spannung spüren. Vielleicht sollte ich der Einfachheit halber ein großes Schild aufstellen: FAMILIENPROBLEM. «Was?» fragte ich.

Pike starrte noch etwas vor sich hin, dann drehte er sich um, folgte Angela Rossi und ließ mich allein.

Ich kehrte in die Küche zurück, rührte die Soße um, stellte dann die Kochplatte ab. Die Spaghetti waren schlaff und verquollen. Ich kippte sie in ein Sieb und ließ sie abtropfen.

Ich sah Lucy und Ben im Licht der Veranda, umrahmt von einem Wirbel fliegender Insekten, Lucy immer noch nicht ganz da, Ben inzwischen still. Die Katzentür klapperte hinter mir, und der Kater schlich herein. Er bewegte sich vorsichtig, verharrte schnuppernd zwischen den Schritten. Ich lächelte ihn an. «Alles okay, Kumpel. Sie sind draußen.»

Er blinzelte mich an, aber man merkte, daß er mißtrauisch war. Er schlich zur Eßecke, prüfte immer noch die Luft, kehrte dann zurück und stellte sich neben meine Füße. Ich nahm ein Stück Rehwurst, leckte die Tomatensoße ab und blies, bis es kalt war. Ich bot es ihm an, und als er es nahm, streichelte ich ihn. Sein Fell war mit Staub und Pflanzenteilen besprenkelt und fühlte sich durch die Nachtluft kühl an. Im schwarzen Pelz tauchten die ersten weißen Haare auf, und ich fragte mich, wie alt er wohl war. Wir lebten schon ziemlich lange zusammen.

Als er fertig war, schaute er zu mir auf, und ich lächelte. Ich nahm ihn auf den Arm und drückte ihn an mich. Nach einer Weile schnurrte er. «Das Leben ist kompliziert, stimmt's?» sagte ich.

Er leckte meine Wange und biß mich sanft ins Kinn.

Nach einer Weile sprang er runter und schlich durchs Haus. Er bewegte sich langsam, starrte sehr lange zur Veranda, bevor er schließlich die Treppe hinauf in mein Schlafzimmer sauste.

Ich sagte Lucy und Ben, das Essen sei fertig. Wir aßen, und nicht lange danach machten wir das Licht aus und gingen ins Bett.

Lucy kam in dieser Nacht nicht herauf, und deshalb schlief der Kater gut.

24

Den nächsten Tag wollten Lucy und Ben in Beverly Hills verbringen, um anschließend nach Long Beach hinauszufahren, wo Lucy ihre letzte Besprechung führen würde. Übermorgen reisten sie wieder ab.

Wir machten Bananenpfannkuchen, Eier und Kaffee und aßen zusammen, aber Lucy wirkte immer noch traurig und gedankenverloren, als sie sich für den Aufbruch vorbereitete. Ich merkte, daß ich mehr über sie nachdachte und weniger über mich, aber keiner von uns schien einer Lösung näher zu kommen. Vielleicht lag es daran, daß wir bislang erfolgreich vermieden hatten, miteinander zu reden, und vielleicht war die Zeit vorbei, einem Gespräch aus dem Weg zu gehen. Es führt zu nichts, wenn man der Kommunikation ausweicht. «Wann wollt ihr wieder zu Hause sein?» fragte ich.

«So gegen sechs.» Lucy legte ihre Unterlagen zurück in die Aktentasche. «Ich glaube nicht, daß uns irgendwas in Long Beach aufhalten wird.»

«Gut. Ich lade euch heute abend zum Essen an einen ganz besonderen Ort ein.»

Sie lächelte mich an. Ihr sanftes Lächeln. «Wohin?»

«Überraschung.»

Zum ersten Mal an diesem Morgen sahen wir uns direkt in die Augen, und dann streckte Lucy die Hand aus. Ihre Haut war warm und weich, und bei der Berührung durchfuhr mich ein Kribbeln. «Eine Überraschung ist nicht schlecht.»

«Überlaß alles mir.» Elvis Cole, Herr des Universums, knipst den alten Charme an.

Um zehn vor neun verließen sie das Haus, und ich rief meinen Freund in der Gerichtsmedizin an. Die Obduktion von James Lester war beendet, und als ich nach der Todesursache fragte, sagte er: «Der Typ hat einen Kopfsprung durch die Glasscheibe gemacht und noch gelebt, als er stürzte. Willst du genau wissen, was alles so durchtrennt wurde?»

«Nicht nötig. Gib mir nur einen Tip, ob man bei seinem Sprung durch die Scheibe womöglich etwas nachgeholfen hat.»

«Du meinst zum Beispiel, daß ihm vorher jemand die Scheiße aus dem Leib geschlagen und dann gestoßen hat?»

«Das ist eine Möglichkeit, es auszudrücken.» Im Hintergrund hörte ich Papiergeraschel und Lachen. Jemand erzählte einen tollen Witz, um den Tag im Leichenschauhaus schwungvoll zu beginnen.

«Nee. Kein Anzeichen eines Traumas verursacht durch einen stumpfen Gegenstand. Keine Prellungen, Schnitte oder Abschürfungen, die auf eine körperliche Auseinandersetzung hinweisen würden.»

«Hm.» Dann war es vielleicht kein Mord. Vielleicht war James Lester einfach nur tolpatschig.

«Aber auf eine merkwürdige Sache sind wir gestoßen.» Vielleicht war James Lester doch nicht tolpatschig. «Über der Halsschlagader fanden wir größere Gefäßverletzungen.»

«Klingt nach einem Bluterguß.»

«Es ist kein Bluterguß, weil es nicht durch eine Schlagverletzung verursacht wurde.»

«Also hat ihm niemand eins übergezogen.»

«So etwas sieht man, wenn sich jemand übergibt oder einen Hustenanfall hat. Husten kann so etwas verursachen. Du würdest staunen, was Husten alles anrichten kann.» Diese Gerichtsmediziner.

Ich dachte über die Halsschlagader nach und versuchte mir vorzustellen, welche äußere Gewalteinwirkung winzige Blutgefäße zerreißen könnte, ohne den typischen Bluterguß zu hinterlassen. «Willst du damit sagen, er ist erwürgt worden?»

«Nee. Das würde schwere Druckstellen hinterlassen.»

«Wurde er auf eine Weise gewürgt, die keine Druckstellen hinterläßt?»

Er dachte darüber nach. «Ich vermute, er könnte mit etwas Weichem erwürgt worden sein, mit einem Handtuch zum Beispiel, oder mit einem Polizeiwürgegriff erstickt. Das könnte solche zerrissenen Gefäße verursachen.»

«Also wurde er erstickt und dann durch das Glas gestoßen.»

«Das hast du behauptet, nicht ich. Wir stellen hier nur medizinische Spekulationen an.»

«Aber möglich wär's.»

«Es ist möglich, daß sich der Kerl verschluckt hat, zu husten anfing, das Gleichgewicht verlor und dann durch die Scheibe geflogen ist.»

Ich sagte nichts.

«Aber, ja, er könnte auch erstickt worden sein.»

Ich legte auf und rief Mrs. Louise Earle an. Ihr Anrufbeantworter meldete sich, und ich sagte: «Mrs. Earle, Elvis Cole hier. Falls Sie zu Hause sind, heben Sie doch bitte ab. Wir müssen uns unterhalten.» Ich hoffte, sie zu erwischen, bevor ihr Tag begann, und zu überzeugen, daß sie mit mir redete.

Niemand ging ran.

«Mrs. Earle, falls Angela Rossi oder irgendein anderer Polizeibeamter Sie bedroht hat, wünschte ich, Sie hätten es mir schon früher gesagt. Ich muß jetzt mit Ihnen darüber sprechen.»

Immer noch keine Antwort.

Ich legte auf und fuhr noch einmal nach Olympic Park. Wenn ich sie nicht ans Telefon bekam, dann mußte ich versuchen, persönlich mit ihr zu reden. Und wenn sie nicht zu Hause war, würde ich eben warten. Welche Alternative hatte ein arbeitsloser Detektiv, seinen Tag zu gestalten?

Es herrschte immer noch dichter Morgenverkehr, und es war ein heller, heißer Tag, aber eine Meereswolke hatte sich über den Himmel geschoben, ließ das Licht diffus wirken, irgendwie desorientiert und lud die Luft mit einer vagen Feuchtigkeit auf. Die Sonne war verschwunden, und die Landschaft wurde von einer unheimlichen indirekten Lichtquelle beleuchtet. Los Angeles strahlte die Neonwirklichkeit der fünfziger Jahre aus.

Ich stellte den Wagen zwei Häuser von Louise Earles Haus ab und klingelte bei ihr. Haargenau wie am Vortag. Immer noch keine Reaktion. Ich bahnte mir den Weg durch Dutzende von

Pflanzen und spähte durch den Spalt zwischen den Vorhängen. Was ich von dem Raum zu sehen bekam, schien noch genauso auszusehen wie gestern. Hmh. Es war fünf vor halb zehn, und ich stand auf Louise Earles Veranda und fragte mich, was ich tun sollte. Das Viertel wirkte ruhig und normal; vielleicht war Louise Earle nur kurz einkaufen und würde bald zurück sein. Natürlich änderte es auch nichts, wenn sie nicht wieder zurückkam. Das sind die Freuden der Arbeitslosigkeit.

Ich ging zu meinem Wagen zurück, schloß das Verdeck, um die Sonne fernzuhalten, und wartete. Es war heiß und wurde immer heißer, während die Sonne am Himmel stieg. Schweißperlen lösten sich von meinem Haaransatz, und das Hemd klebte mir an Brust und Rücken. Zwei Hispanic-Kinder radelten auf Mountainbikes vorbei, beide lutschten Big Gulps. Ein magerer brauner Hund trabte hinter ihnen her, die Zunge hing ihm aus dem Maul. Dem Hund schien es verdammt warm zu sein, und er wünschte sich wahrscheinlich, eines der Kids würde etwas Kühles fallen lassen. Ein Carrier Air Conditioning-Lieferwagen bog in eine Einfahrt im nächsten Block ein. Wahrscheinlich ein Notfall. Ein paar Minuten später kam eine ältere Frau den Bürgersteig herunter und hielt sich schützend eine *Daily News* über den Kopf, wie man es bei Regen macht, um trocken zu bleiben.

Zwei der drei Mädchen fuhren mit einem VW-Käfer in die Einfahrt ihrer Freundin und hupten. Vermutlich war's zu heiß, um zur Tür zu gehen. Das dritte Mädchen kam mit einem Beutel und einem orangen Strandtuch heraus und sprang in den Käfer. Als sie vorbeifuhren, winkten sie, und ich winkte zurück. Vermutlich hatte mich das dritte Mädchen bemerkt, als sie am Fenster nach ihren Freundinnen Ausschau hielt. Menschen kamen und gingen und wechselten im Laufschritt zwischen vollklimatisierten Autos und vollklimatisierten Heimen. Niemand hielt sich länger als unbedingt nötig in der Hitze auf, natürlich mit Ausnahme von ausgebooteten Privatschnüfflern, die einen Fall von langsamer Austrocknung bearbeiteten.

Zwei Stunden und neunundzwanzig Minuten später war Louise Earle immer noch nicht zurückgekehrt, als eine weiße Frau mit einem riesigen Sonnenhut aus dem benachbarten Haus auftauchte und den Vorgarten von Louise Earle überquerte. Ich schätzte sie auf Ende Siebzig, sie konnte aber auch älter sein. Sie klingelte, sah dann durch Louise Earles Fenster, genau wie ich es getan hatte. Sie stapfte zur Seite des Hauses, kam mit einer Gießkanne zurück und begann, die Pflanzen zu gießen. Ich stieg aus dem Wagen und ging auf sie zu. «Entschuldigen Sie bitte, Ma'am, aber Mrs. Earle möchte nicht gestört werden.» Der Detektiv greift zur List.

Sie hörte auf zu gießen und blinzelte mich an. «Wer sind Sie?»

Ich zeigte ihr meine Lizenz. Kaum zeigt man den Leuten eine Lizenz, schon wirkt alles schrecklich offiziell. «Die Presseleute haben sie belästigt, deshalb hat man mich beauftragt, sie fernzuhalten.»

Sie schniefte leise und machte mit Gießen weiter. Vermutlich war es ihr ziemlich egal, ob ich offiziell hier war oder nicht. «Tja, ich bin Mrs. Eleanor Harris, und ich kann Ihnen versichern, daß Louise Earle meine Gegenwart zu schätzen weiß. Wir sind seit vierzig Jahren befreundet.»

Ich nickte und versuchte, verständnisvoll zu wirken. «Dann haben Sie ja selbst erlebt, wie schrecklich die Presseleute waren.»

Der strenge Blick milderte sich ein wenig, und sie goß weiter die Blumen. «Aber das sind sie doch immer. Wenn man beobachtet, wie diese Leute vom Fernsehen sich benehmen, fragt man sich doch unweigerlich, ob die jemandem noch in die Augen schauen können. Dieses selbstgefällige Benehmen.» Sie schüttelte sich ein wenig. «Dieser Geraldo. Dieser schreckliche kleine Mann auf Channel Two. Bah.» Sie schüttelte angewidert den Kopf, und der strenge Blick war zurück. «Sie hätten gestern hier sein müssen. Gestern hat man wirklich versucht, sie zu belästigen.»

«Ach, ja?»

Sie fixierte mich scharf. «Wissen Sie, einer von denen hat ihnen verflixt ähnlich gesehen.»

«Ich bin gestern hier gewesen, um mich vorzustellen, aber sie war nicht zu Hause. Ich war mit meinem Partner hier, einem großen Mann mit einer dunklen Sonnenbrille.»

Der skeptische Blick verschwand, und sie nickte. «Nun, Sie und

Ihr Partner waren nicht die einzigen. Da waren noch andere. Einer hat versucht, in ihr Haus einzudringen.»

Ich sah sie an. «Wer hat versucht, in ihr Haus einzudringen, Mrs. Harris?»

«So ein Mann.» Toll. «Ich erinnere mich an ihn, weil er dreimal hier war. Sie und Ihr Freund waren nur einmal hier. Die Leute von der Presse waren auch nur einmal hier.»

«Wie hat er ausgesehen?»

Sie gestikulierte. «Er war ziemlich groß. Sie sollten sich besser in acht nehmen.»

«Groß.» Ich hielt meine Hand ein paar Zentimeter über den Kopf. «So?»

«Nein, eigentlich nicht so sehr groß. Ich meinte eher groß und kräftig. Viel kräftiger als Sie.» Sie warf mir einen wissenden Ganz-unter-uns-Blick zu. «Seine Arme waren so lang, der hat ausgesehen wie ein Affe.» Kerris.

«Und er war dreimal hier?»

Sie nickte. «Das erste Mal war er vor Ihnen und Ihrem Freund da. Dann ist er nachmittags noch mal vorbeigekommen und schließlich noch einmal bei Einbruch der Dunkelheit. Als er am Nachmittag hier war, hat er kontrolliert, ob die Tür auf war, und dann ist er nach hinten gegangen. Er war eine ganze Weile hinter und wahrscheinlich auch im Haus. Was weiß ich, er kann alles mögliche dort drinnen angestellt haben.» Wieder schüttelte sie sich leicht, setzte alles mögliche gleich mit Geraldo Rivera und dem kleinen Mann auf Channel Two. «Es ist schon gut, daß Louise fortgegangen ist.»

«Niemand hat mir gesagt, daß sie fortgehen wollte.»

Mrs. Harris goß weiter die Blumen. «Na ja, mir hat's ja auch keiner gesagt, und das ist äußerst ungewöhnlich. Wir sind seit vierzig Jahren befreundet, und ich gieße immer ihre Pflanzen, wenn sie weg ist. Wir passen aufeinander auf. Ältere Menschen müssen das tun.»

Ich sah mir die Pflanzen genauer an. Manche Blätter wurden welk, und die Erde war trocken und begann rissig zu werden. «Wissen Sie, wo ich sie finden kann?»

Mrs. Harris goß weiter und antwortete nicht.

«Mrs. Harris, ich kann die Leute nicht von ihr fernhalten, wenn ich hier bin und sie ganz woanders. Verstehen Sie das?»

Die Gießkanne schwankte, und dann schaute Mrs. Harris die vertrocknenden Pflanzen an und wirkte abwesend. Sie schüttelte den Kopf. «Sie ruft immer an, wenn sie fortgeht. Warum ruft sie jetzt nicht an?»

Ich wartete.

«Ich habe gesehen», fuhr Mrs. Harris fort, «wie sie gegangen ist, aber das war einfach nicht ihre Art, das kann ich Ihnen sagen. Vorgestern, am Abend, nachdem all diese schrecklichen Menschen hier waren, ist sie einfach gegangen.»

Ich dachte darüber nach. «Könnte es sein, daß sie zu Mr. Lawrence gegangen ist?»

«Nicht gegangen. Mr. Lawrence kommt immer mit dem Wagen.»

«Wissen Sie, wo Mr. Lawrence wohnt?» Ich könnte mal vorbeifahren.

«Ich fürchte, nein. Ich habe sie vom Fenster aus gesehen. Sie war nett angezogen, hatte ihre Tasche in der Hand und ist diese Straße hier hinaufgegangen. Bei dieser Hitze.» Sie preßte ihre Lippen zu einer dünnen, faltigen Linie zusammen. Sie hielt die Kanne mit beiden Händen, und die Finger spielten mit dem Griff. «Ich bin rausgegangen und habe ihr nachgerufen. ‹Louise, dafür ist es doch viel zu heiß, du kriegst noch einen Schlag.› Vermutlich hat sie mich nicht gehört.» Die schmalen Lippen waren fest aufeinandergepreßt. Beunruhigt. «Menschen in unserem Alter reagieren sehr empfindlich auf diese Hitze.»

«Ja, Ma'am. Und sie hat nicht angerufen.»

Mrs. Harris sah mich mit feuchten, verängstigten Augen an. «Ist sie vielleicht böse auf mich? Wir sind seit vierzig Jahren befreundet, und ich weiß einfach nicht, was ich tun soll, falls sie böse auf mich ist.»

«Nein, Ma'am. Ich glaube nicht, daß sie böse ist.» Ich fragte mich, warum sie es wohl so eilig gehabt hatte und warum sie einfach fortgegangen war.

«Und warum ruft sie mich nicht an? Ich gieße doch immer ihre Pflanzen.»

«Ich weiß es nicht, Mrs. Harris. Vielleicht hat sie einfach nur versucht, der Presse zu entkommen. Sie wissen ja selbst, wie schrecklich die sind.»

Ihre Augen hellten sich ein wenig auf, wurden etwas hoffnungsvoller. «Ja. Ja, ich bin sicher, das muß es sein.»

«Ich bin überzeugt, daß sie schon bald zurückkommt.»

Die alten Augen lächelten schließlich, und dann widmete sie sich wieder den Pflanzen.

«Wenn Sie sie finden, dann halten sie die Leute fern von ihr, ja? Es muß schrecklich sein, immer diese Menschen um sich zu haben.»

«Ja, Ma'am. Ich werde gut aufpassen.»

Ich half Mrs. Harris, auch noch die restlichen Pflanzen von Louise Earle zu gießen, und dann ging ich zu meinem Wagen zurück, fragte mich dabei, warum Kerris dreimal hergekommen war und ob sein Kommen etwas mit ihrem Verschwinden zu tun hatte. Wenn er dreimal hiergewesen war, bedeutete dies, daß er Louise Earle unbedingt sehen wollte. Dreimal war wie ein System, und wenn er bei diesem System blieb, dann kam er heute vielleicht wieder. Vielleicht aber auch nicht. Trotzdem hatte ich sonst nicht sonderlich viel zu tun.

Ich fuhr vier Blocks zu einem 7-Eleven, kaufte zwei große Flaschen gekühltes Evian, fuhr wieder zu Louise Earles Haus, parkte hinter dem Carrier-Lieferwagen, so daß Eleanor Harris mich nicht beobachten konnte, und wartete.

Genau zwanzig Minuten nachdem ich hinter dem Lieferwagen gehalten und den Motor ausgeschaltet hatte, tauchte Stan Kerris auf. Er fuhr einen Mercedes 300 SL, und dieses Mal rollte er langsam die Straße hinunter, schaute zu Louise Earles Haus hinüber, hoffte vielleicht zu sehen, daß sie zurück war. Ich notierte mir sein Nummernschild, dann nahm ich die kleine Canon und schoß vier Fotos, bevor er um die nächste Straßenecke verschwand.

Der Mercedes war klein und schwarz, und ich hoffte, daß Jonna Lester ihn wiedererkannte.

25

Ich fuhr zu einem Fotolabor in einem kleinen Einkaufszentrum am Jefferson Boulevard ungefähr sechs Blocks westlich der USC. Ein persischer Jugendlicher arbeitete allein in dem Laden. Er bediente die Fotoentwicklungsmaschine. «Ich bin in einer Sekunde bei Ihnen», sagte er.

«Ich habe aber keine Sekunde Zeit. Ich gebe Ihnen zwanzig Mäuse, wenn Sie Ihre Arbeit sofort unterbrechen und sich um mich kümmern.»

Er sah mich an, als würde ich ihn auf den Arm nehmen, aber er stand auf und kam zu mir. Ich legte den Film auf die Ladentheke. «Es sind nur vier Aufnahmen auf dem Film. Ich muß jetzt telefonieren. Wenn ich zurückkomme sind die fertig. Sie bekommen die zwanzig.»

Er leckte sich über den Mund. «Welches Format?»

«Was am schnellsten geht.»

Ich benutzte eine Telefonzelle auf dem Parkplatz, um Angela Rossi zu Hause anzurufen. Sie ging nicht an den Apparat; ihr Anrufbeantworter erledigte das. Schirmte ab. «Detective Rossi, ich bin's, Elvis Cole. Ich glaube, ich habe etwas herausgefunden.»

Sie nahm den Hörer ab, noch bevor ich zu Ende gesprochen hatte. Sie klang müde, aber wahrscheinlich hatte sie letzte Nacht nicht geschlafen.

Ich sagte ihr, wo ich war, was ich gerade machte und was ich gesehen hatte. «Wollen Sie helfen?»

«Ja.» Sie sagte es ohne Zögern und ohne Angst, so wie jemand, der noch im Rennen war.

«Zunächst muß ich Jonna Lester die Fotos zeigen. Rufen Sie Joe an. Sorgen Sie dafür, daß Tomsic Anna Sherman in der Bezirksstaatsanwaltschaft anruft. Falls das hier so läuft, wie ich glaube, wird alles sehr schnell passieren.»

«Ich bin bereit.»

«Da mach ich jede Wette.»

Ich legte auf, rief Jonna Lester an. Sie meldete sich nach dem zweiten Klingeln, und ich sagte, daß ich sie gleich besuchen werde.

«Aber ich und Dorrie wollten gerade ins Einkaufszentrum!» jammerte sie.

«Gehen Sie nachher ins Einkaufszentrum. Es ist wirklich sehr wichtig, Jonna. *Bitte!*» Der Detektiv läßt sich herab zu betteln.

«Oh. In Ordnung.» Träge und in die Länge gezogen und jammerig. «Dorrie will Sie sowieso mal kennenlernen. Ich hab ihr gesagt, Sie wären echt süß.» Dann kicherte sie.

Ich legte auf und schloß die Augen, erinnerte mich, wie sie vor gerade mal vierundzwanzig Stunden ihren Mann in den Glasscherben gefunden hatte. Oh, Mann! Als letztes rief ich die Auskunft an und fragte, ob sie einen Eintrag für Mr. Walter Lawrence hätten. Sie hatten nicht.

Der persische Jugendliche wartete an der Theke, als ich das Geschäft betrat. Die vier Aufnahmen warteten ebenfalls. Schnellfotodienst. «Noch Wünsche?» fragte er. Auf drei der vier Fotos war der Mercedes deutlich zu sehen. Man konnte Kerris deutlich genug sehen, um ihn wiederzuerkennen.

«Das war's.»

Ich bezahlte die Entwicklung und gab ihm zusätzlich den Zwanziger, fuhr schnell zum Freeway und quer durch die Stadt zu Jonna Lester. Sie und ihre Freundin Dorrie warteten in einer Haschwolke auf mich, die so dick war, daß ich die Luft anhielt. Jonna Lester kicherte. «Siehste. Hab dir doch gesagt, er ist süß.»

Dorrie kicherte ebenfalls.

Dorrie sah Jonna so ähnlich, daß sie zwei Klone gewesen sein könnten. Die gleichen Shorts, das gleiche Top, die gleichen durchsichtigen Plastikclogs und der gleiche dunkelblaue Nagellack. Das gleiche Kaugummi. Dorrie saß auf der Couch und grinste mich mit großen, leeren Augen an, während ich Jonna die Fotos zeigte. «Haben Sie dieses Auto schon mal gesehen?» fragte ich.

Sie nickte und ließ ihre Kaugummiblase platzen. «O ja. Das ist der Typ, mit dem James sich getroffen hat.» Sie mußte nicht mal drüber nachdenken.

«Der Mann vor dem Mayfair?»

«Hm-hmh.»

«Der Mann, der James eine große Papiertüte gegeben hat?»

«Jap.»

«Hast du Lust, dir einen reinzuziehen und zu ficken?» fragte Dorrie.

Ohne zu fragen, ging ich zum Telefon und rief Angela Rossi an, die sich nach dem ersten Klingeln meldete. «Ein Mann namens Stan Kerris hat sich vor dreiundzwanzig Tagen mit James Lester getroffen, acht Tage, bevor Lester die Hotline angerufen hat. Stan Kerris arbeitet für Jonathan Green. Ich glaube, wir müßten eigentlich beweisen können, daß diese Typen Beweismaterial manipuliert haben, um Ihnen etwas anzuhängen.»

«Dieser Dreckskerl», sagte Angela Rossi.

«Ja.»

26

Wir vereinbarten, uns nachmittags um drei Uhr in der zweiten Etage von Greenblatt's Delicatessen am Ostende des Sunset Strip zu treffen.

Angela Rossi ging auf dem Parkplatz hinter Greenblatt's auf und ab, als ich zwei Minuten vor drei dort einbog. Rossi trug eine schwarze Levi's, ein blaues Baumwoll-T-Shirt und eine blau getönte Sonnenbrille. Mit verschränkten Armen und gesenktem Kopf blieb sie stehen, um auf mich zu warten, und scharrte mit den Schuhen im feinen Kies auf dem Asphalt. «Haben Sie gedacht, ich tauche nicht auf?» fragte ich.

Rossi schüttelte den Kopf. «Bin viel zu müde, um mich zu setzen. Glaube, ich muß mich übergeben.»

«Ist Sherman hier?»

«Sie ist nicht besonders glücklich deswegen, und sie ist auch nicht glücklich, daß ich hier bin.»

Ich folgte Rossi hinein, vorbei an der Theke und weiter die Treppe hinauf in das Restaurant. Um diese Zeit war das Greenblatt's praktisch leer. Am Mittag hatte es hier oben von Möchtegern-Drehbuchautoren fürs Fernsehen und neunzigjährigen Stammgästen und Bewohnern des Sunset Strip gewimmelt, aber jetzt nicht mehr. Jetzt waren die einzigen Zivilisten zwei junge Burschen mit Pilzfrisuren und eine afroamerikanische Frau, die allein an einem Tisch saß und das *People Magazine* las. Alle anderen waren Cops.

Linc Gibbs, Pete Bishop, Dan Tomsic und Anna Sherman saßen an einem Tisch so weit wie möglich von den anderen entfernt. Gibbs trank Kaffee, Bishop und Tomsic Eistee. Anna Sherman hatte nichts bestellt und saß mit dem Rücken zum Restaurant, um nicht erkannt zu werden. «Da sind sie ja», meinte Tomsic.

Gibbs und Bishop drehten sich um, nur Anna Sherman nicht. Gibbs und Bishop hatte ich noch nicht kennengelernt. Tomsic stellte uns vor, doch bevor er fertig war, unterbrach Anna Sherman: «Ich möchte klarstellen, daß ich einzig und allein hier bin, weil Linc und ich uns schon lange kennen und er mich gebeten hat zuzuhören. Ich kann nicht zusagen, daß etwas von dem, was hier besprochen wird, inoffiziell bleibt. Ist das klar?»

Tomsic machte ein finsteres Gesicht. «Wirklich toll, daß Sie auf der richtigen Seite stehen.»

«Dan», sagte Linc.

Tomsic verschränkte die Arme und lehnte sich zurück. Sein Mund war ein harter Strich. Es gibt doch nichts Schöneres, als wenn alle am gleichen Strang ziehen.

Linc Gibbs deutete mit dem Daumen auf mich. «Wenn ich das richtig verstehe, sind wir hier, um über ein mögliches strafbares Fehlverhalten der Rechtsanwälte zu diskutieren, die mit der Verteidigung von Teddy Martin betraut sind. Ist das richtig?»

«Ja. Ich glaube, daß Jonathan Green oder in seinem Auftrag handelnde Dritte das Beweismaterial im Zusammenhang mit James Lester manipuliert haben. Ich glaube weiterhin, daß Lester aktiv daran beteiligt war. Ich vermute, daß sie ebenfalls Louise Earle dazu gezwungen haben, ihre Aussage zu ändern, aber das ist nur eine Vermutung. Es ist mir bislang nicht gelungen, Mrs. Earle ausfindig zu machen, um ihr diesbezüglich Fragen zu stellen.»

Anna Sherman kniff die Lippen zusammen. Sie beugte sich auf den Ellbogen vor, hatte die Arme verschränkt.

«Ich dachte, Sie arbeiten für diese Leute», sagte Gibbs.

«Ich habe gestern gekündigt.»

Anna Sherman hob fragend die Augenbrauen. «Lassen Sie hören.»

«James Lesters wirklicher Name ist Stuart Langolier. Vor acht Jahren wurde er wegen schwerem Diebstahl in Santa Barbara von Elliot Truly verteidigt.»

Sherman sah ungeduldig aus. «Darüber sind wir von Greens Kanzlei verständigt worden. Es war auch in den Nachrichten.»

«James Lester rief bei Greens Hotline vor elf Tagen an. Vor achtzehn Tagen folgte Jonna Lester ihrem Mann James zu einem Mayfair Market, wo sie sah, wie er sich mit diesem Mann traf.» Ich gab ihr die drei Schnappschüsse, die ich von dem schwarzen Mercedes gemacht hatte. Sie sah die Fotos an.

Linc Gibbs runzelte die Stirn. «Kommt mir bekannt vor.»

«Stan Kerris. Das ist der Chefermittler in Greens Kanzlei. Sie hat gesehen, wie Kerris und Lester sich unterhielten, dann gab Kerris Lester eine Einkaufstüte, und Lester fuhr fort.»

«Mann», sagte Tomsic.

Anna Sherman sah mich kurz an, und um Pete Bishops Mund spielte ein winziges Lächeln. Gibbs streckte eine Hand aus, und Sherman gab ihm das erste der drei Fotos, dann das zweite. Das dritte starrte sie an. «Hat Jonna Lester ihn identifiziert?»

«Ja. Green hat mich engagiert, um die Anschuldigungen gegen Detective Rossi zu überprüfen, dann hat er mir eine Liste mit Hinweisen gegeben, die er über die Hotline erhalten hat. Einer davon war von James Lester. Ich habe Louise Earle und die Anschuldigungen überprüft und daraus gefolgert, daß Rossi unschuldig ist. Das habe ich auch Green berichtet, und er schien es zu akzeptieren.»

Sherman kaute auf der Innenseite ihrer Wange, als überlege sie zu gehen.

Ich tippte auf das Foto, das sie noch in der Hand hielt. «Ich habe diese Fotos heute morgen vor Louise Earles Haus geschossen. Eine Nachbarin hat gesehen, daß Kerris gestern dreimal zu Louise Earles Haus gekommen ist, und ich habe ihn heute dort gesehen. Als ich vor einer Woche mit Mrs. Earle sprach, bestätigte sie Rossis Version der Festnahme ihres Sohnes und die folgende Untersuchung des LAPD. Jetzt hat sie ihre Aussage plötzlich geändert, und Kerris wohnt praktisch bei ihr auf der Veranda. Zuerst Lester, jetzt Louise Earle. Hier gibt es einen Zusammenhang.»

Sherman reichte das letzte Foto an Lincoln Gibbs weiter und fing an, mit dem Fingernagel des rechten Zeigefingers auf den Tisch zu klopfen. «In Ordnung. Was haben Sie noch?»

«Als die James-Lester-Story in die Nachrichten kam, wollte ich an Pritzik und Richards dranbleiben, was ja auch das Naheliegendste gewesen wäre, aber Green hat mich in eine sorgfältig inszenierte Kampagne mit der Presse verwickelt. Heute glaube ich, daß die Medien manipuliert wurden, um Louise Earles neue Aussage glaubwürdiger zu machen.

«Ich dachte, Sie wären derjenige gewesen, der sie dazu gebracht hat, ihre Geschichte zu ändern.»

Ich schüttelte den Kopf. «Das ist Teil der großen Lüge. Ich habe sie nur einmal gesehen, und zu diesem Zeitpunkt bestätigte alles, was sie sagte, Rossis Version. Drei Tage später bekommt sie Besuch von Stan Kerris, und alles ist anders, und ehe ich mich versehe, gibt Green eine Pressekonferenz und erklärt, ich hätte Beweismaterial gefunden, um Rossis miese Tricks zu belegen. Der Wunderknabe, der die Cops vorgeführt und James Lester gefunden hat, entlockt der eingeschüchterten Mutter jetzt die ganze Wahrheit. Verstehen Sie?»

Anna Sherman schnipste weiter mit ihrem Nagel. Sie starrte auf den Tisch, und wieder kniff sie die Lippen zusammen. Dann schaute sie auf und schüttelte den Kopf. «Ihr müßt alle komplett verrückt sein.»

Tomsic warf seine Hände in die Luft. «Was soll *das* wieder heißen?»

Die beiden Kids mit den Pilzfrisuren und die Afroamerikanerin schauten herüber, und Lincoln Gibbs schleuderte Tomsic einen Blick zu, der noch aus der Zeit vor dem Professorenimage stammte, als er noch den harten Blick der Straße drauf hatte. Leg-dich-mit-mir-an-und-ich-dreh-dir-den-Hals-um.

Tomsic lehnte sich zurück.

«Wenn meine Dienststelle oder das LAPD auf solch hirnrissiges Beweismaterial vertrauend und zu diesem Zeitpunkt eine Ermittlung gegen Jonathan Green einleiten würde, dann wäre das der reinste Public Relations-Alptraum.»

«Aber an der Sache ist was dran, Anna», sagte Gibbs. «Du weißt es. Du kannst es nicht einfach ignorieren.»

Sie beugte sich zu ihm vor, um die Punkte abzuhaken. «Ich habe mit Jonna Lester gesprochen und weiß, daß sie ein Hasch-Freak ist. Jonna Lester kann sich nicht erinnern, ob es achtzehn Tage her ist oder achtundzwanzig oder nur acht. Exakt das würde Stan Kerris sagen, *falls* er zugibt, sich mit James Lester getroffen zu haben, was er mit an Sicherheit grenzender Wahrscheinlichkeit nicht tun wird.» Sie hakte den nächsten Punkt ab. «Weiter, sollte er ein solches Treffen zugeben, würde er behaupten, es sei ein vorfühlendes Gespräch gewesen, das geführt wurde, bevor Mr. Cole mit näheren Nachforschungen beauftragt worden sei, außerdem, falls Sie das vergessen haben sollten, Mr. Lester ist nicht mehr da, um diese Behauptung zu bestreiten.»

«Haben Sie Lesters Obduktionsbericht gelesen?» fragte ich.

«Keinerlei Anhaltspunkte auf einen gewaltsamen Tod.»

«Das ist nicht ganz richtig. Ein Profi könnte Lester erstickt und anschließend durch die Glasscheibe gestoßen haben.»

Shermans Nasenflügel bebten, und sie schloß die Augen. «Könnte.»

«Ich weiß, daß Sie damit nicht vor Gericht treten können, Sherman, aber es paßt zur Theorie. Glauben Sie denn wirklich, daß sich Lester zufällig die Kehle aufgeschnitten hat?»

«Besorgen Sie sich einen richterlichen Beschluß zur Einsicht in Lesters Telefonunterlagen, und lassen Sie sich Greens Unterlagen gleich mit vorlegen», sagte Tomsic. «Mal sehen, wer wen angerufen hat und wann sie miteinander gesprochen haben.»

Sherman machte ein fauchendes Geräusch.

«Das mit Pritzik und Richards darf man auch nicht vergessen», meinte Angela Rossi.

Anna Sherman schüttelte den Kopf. «Ihr wollt einen Rechtsanwalt von Jonathan Greens Format ohne einen wirklich stichhaltigen Beweis beschuldigen, vorsätzlich Beweismaterial erfunden beziehungsweise manipuliert zu haben. Mit noch fadenscheinigeren Beweisen verlangen Sie von mir, daß ich ihn des Mordes anklage. Fragen Sie sich doch mal selbst: Warum sollte Jonathan Green seine Karriere und seinen guten Ruf und seine Freiheit aufs Spiel setzen, um für einen Mandanten Beweismaterial zu fälschen? Genau das wird die Presse fragen, und ihr habt darauf keine Antwort, weil es keinen Sinn ergibt.» Sie blickte von Cop zu Cop, sah schließlich wieder mich an. Genau das hatte ich auch Pike gefragt. «Sie haben nichts als ein paar seltsame Zufälle und die Aussage eines Hasch-Freaks. Jonathan Green wird uns wegen Belästigung verklagen, und er wird uns bis vor den Obersten Gerichtshof schleifen, und ich habe es satt, jeden Tag in der *L. A. Times* zur Sau gemacht zu werden.»

«War's das?» fragte ich.

Sie nickte.

Ich sah Rossi an. Ich sah wieder Anna Sherman an. «Definieren wir im amerikanischen Rechtssystem die Wahrheit nach der Art, wie uns die Presse in den Arsch tritt?»

Anna Sherman erhob sich. «Auf meinen Chef wird massiver Druck ausgeübt, die Anklage gegen Teddy Martin fallenzulassen. Ich nehme es bislang deswegen mit ihm auf, weil ich diese Sache bis zum Ende durchziehen will und er nicht den Mumm dazu besitzt. Ich glaube, er wird nachgeben, weil er seine eigene, persönliche Definition von Gerechtigkeit gefunden hat. Er definiert sie als politisches Überleben.» Anna Sherman sagte eine ganze Weile nichts mehr, dann sah sie Rossi direkt an. «Es tut mir leid, aber diese Besprechung ist jetzt beendet.» Sie klemmte sich ihre Handtasche unter den Arm und ging.

Tomsic ließ eine Hand auf den Resopaltisch knallen, und Bishop preßte ein leises Pfeifen durch seine Zähne. Angela Rossi hatte die Fäuste zwischen ihren Beinen auf den Stuhl gedrückt und wiegte sich sachte. Schließlich sagte Bishop: «Und? Wo stehen wir jetzt, Linc?»

Lincoln Gibbs holte Luft. «Ihr habt sie gehört. Die Bezirksstaatsanwaltschaft ist nicht daran interessiert, diese Ermittlung durchzuführen.»

«Das ist doch Affenscheiße!» sagte Tomsic. Er stieß mit einem Finger nach mir. «Cole ist einer Sache auf der Spur! Diese Bastarde sind zu weit gegangen!»

Gibbs legte mehr Schärfe in seine Stimme. «Die werden diese Spur nicht weiterverfolgen, Sergeant. Damit ist die Sache erledigt.»

Tomsic ließ nicht locker. Jetzt gestikulierte er mit beiden Händen. «Dann kann Green tun, was immer er will? Er kann Menschen umbringen? Er kann Banken ausrauben? Wir sagen einfach, oh, wir werden schlecht aussehen, wenn wir was unternehmen?»

Lincoln Gibbs' Nasenflügel waren gebläht, und man konnte ihn atmen hören. Doch dann wurde er wieder ruhiger, und er sah Rossi an. Traurig. «Manchmal haben wir den beschissensten Job der Welt. Teure, miese Schweine wie diese Rechtsverdreher kassieren Millionen, indem sie Mörder und Dealer, eben den Abschaum der Gesellschaft, freibekommen, aber sie sind im Unrecht, und wir haben recht. Und wenn wir unterwegs ein paar Kugeln einstecken müssen, dann stecken wir sie eben ein.» Er griff über den Tisch und drückte Angies Arm. «Gehört zum Job.»

«Das ist doch Scheiße», sagte Tomsic.

Linc Gibbs nickte. «Natürlich ist das Scheiße, Sergeant, aber genau da stehen wir.» Er sah mich an. «Danke, Cole. Es hat nicht geklappt, aber wir schulden Ihnen was für den Versuch.»

Bishop erhob sich, dann Gibbs. Gibbs fragte Tomsic, ob er ihn begleiten wolle, und zu Angela Rossi sagte er, es wäre vielleicht das Beste, wenn sie jetzt nach Hause ginge. Sie solle sich keine Sorgen machen. Er sagte, sie würden es nicht dabei bewenden lassen und in der LeCredick-Earle-Sache weiter ermitteln. Sie würden sie nicht allein lassen. Sie nickte und stand auf und ging mit ihnen. Aber für mich sah sie verdammt allein aus. Aber vielleicht bildete ich mir das ja auch nur ein.

Ich blieb noch weitere drei Minuten allein am Tisch sitzen und fragte mich, was ich als nächstes tun sollte. Aber keine Inspiration kam über mich. Ich fühlte mich auch allein gelassen, aber wahrscheinlich nicht annähernd so verlassen wie Angela Rossi.

Ich ging die Treppe hinunter und verließ Greenblatt's durch den Hinterausgang. Anna Sherman saß auf dem Beifahrersitz und wartete auf mich. Eine Schweißperle rollte über ihre Schläfe und die Wange. «Hier draußen ist es heißer als in der Hölle.»

Ich starrte sie an. «Ja. Ist es.»

Sie ließ ihre Finger über das Armaturenbrett gleiten und tippte auf den Schaltknüppel. «Das ist ein Klassiker, stimmt's?»

«Ja.»

«Eine Corvette?»

«Ja. Ein Stingray.» Ich schaute dorthin, wohin sie schaute. Ich berührte, was sie berührte. «Als Kind wollte ich immer einen haben, und vor ein paar Jahren hatte ich die Gelegenheit, den hier zu kaufen, also hab ich's getan. Ich konnte es mir nicht leisten, aber gekauft habe ich ihn trotzdem.»

Sie nickte. «Ich sollte auch so etwas tun. Etwas Verrücktes.» Sie ließ ihre Finger über die Instrumente gleiten. «Welches Baujahr ist er?»

«Neunzehnsechsundsechzig.»

«Gott. Damals war ich zehn.» Sie sah älter aus.

Ich wollte den Motor anlassen und die Klimaanlage einschalten, tat es aber nicht.

«Vor drei Monaten», sagte Anna Sherman, «wurde ein Anwalt namens Lucas Worley bei einer verdeckten Aktion der Drogenfahnung in Santa Monica verhaftet. Er war nicht das eigentliche Ziel, nur zufälligerweise anwesend.» Sie klopfte auf mein Handschuhfach. «Ich habe seine Adresse hier reingelegt.»

Ich wartete.

«Worley hat ein Heroinproblem. Von Zeit zu Zeit kauft er ein Kilo, verschneidet es und verdealt es an Freunde, um seine Unkosten reinzuholen. Worley war ein junger Prozeßanwalt in Greens Kanzlei.»

Ich lächelte. «War?»

«Green hat dafür gesorgt, daß es bei dem Fall sowenig wie möglich schlechte Publicity für seine Kanzlei gab, also bekannte sich Worley schuldig und bekam im Gegenzug eine Bewährungsstrafe, weil es sein erstes Delikt war.»

«Arbeitet Worley noch in der Kanzlei?»

Sie schüttelte den Kopf. «Hat gekündigt. Ich vermute, das war Teil des Deals.» Schließlich sah sie mich an. Es war das erste Mal, daß sie mich anschaute, seit ich im Wagen saß. «Worley hat zivilrechtliche Fälle bearbeitet. Das bedeutet, er hatte Zugang zu Greens Vertragsabteilung und damit auch zu den Honorarvereinbarungen und Verträgen seiner Mandanten.»

«Ist er irgendwo beschäftigt?»

Sie tat es mit einem Achselzucken ab. «Wahrscheinlich ist er jetzt ein Vollzeitdealer, aber ich weiß es nicht.»

«Sie glauben also, da könnte ich etwas herausholen?»

Wieder berührte sie das Armaturenbrett, sah ihre Finger über die sanften Konturen gleiten. «Man folgt immer der Spur des Geldes.» Sie schüttelte den Kopf und lächelte. «Ich mache das jetzt schon seit zwölf Jahren. Ich habe in Hunderten Fällen die Anklage vertreten, und ich habe gelernt, daß Menschen nur aus zwei Gründen ein Verbrechen begehen: Sex und Geld. Es gibt keine anderen Motive.»

«Was ist mit Macht und Rache?»

«Das ist nichts anderes als eine andere Bezeichnung für Sex und Geld.» Wieder dieses winzige Lächeln. «Wenn Sie recht haben und wenn Jonathan Green bereit ist, Gesetze zu brechen, dann tut er es wegen Sex oder Geld.»

Ich begann, für Anna Sherman Sympathie zu entwickeln. Ich begann, eine große Sympathie zu entwickeln. «Glauben Sie, Worley ist zur Zusammenarbeit bereit?»

Sie zuckte die Achseln. «Lucas Worley ist ein Stück Scheiße. Er verkauft Dope, weil er es mag. Er mag die Leute, er mag die Szene. Er sagt, er empfinde es als Fortschritt gegenüber der Juristerei.» Sie sah müde aus. «Vielleicht hat er recht.»

«He», sagte ich.

Sie sah mich an.

«Folgendes hab ich auch zu Rossi gesagt: Nicht aufgeben. Der gute Teil des Systems hat mehr Gewicht als der schlechte. Wir müssen nur den schlechten in Ordnung bringen.»

Anna Sherman stieg aus dem Wagen, schloß die Tür und sah zu mir herein. «Diese Unterhaltung hat nie stattgefunden. Falls Sie das Gegenteil behaupten, und falls Sie behaupten, ich hätte Ihnen diesen Namen gegeben, werde ich es abstreiten und Sie wegen Verleumdung verklagen. Ist das klar?»

«Klar.»

Sie ging ohne ein weiteres Wort. Ich öffnete das Handschuhfach und fand ein einfaches, weißes Blatt Briefpapier, auf das in Blockschrift die Adresse von Lucas Worley geschrieben war.

27

Ich fuhr nicht direkt nach Hause. Ich kaufte unterwegs ein Dutzend rote, langstielige Rosen und ein einzelnes Gänseblümchen, dann erstand ich in einem Weingeschäft eine Flasche Dom Perignon und dreißig Gramm Beluga-Kaviar. Während der Verkäufer den Champagner einpackte, benutzte ich das Telefon, um mir für acht Uhr einen Tisch bei *Musso & Frank* reservieren zu lassen. Als ich aufgelegt hatte, lächelte mich der Verkäufer an. «Ein besonderes Rendezvous?»

«Ein ganz besonderes.»

Er lachte. «Gibt es noch andere?» Zyniker.

Ich fuhr zügig nach Hause in der Hoffnung, vor Lucy und Ben dort anzukommen. Ich schaffte es. Die Blumen legte ich in den Kühlschrank und den Dom Perignon und drei Sektflöten ins Eisfach. Der Dom Perignon war schon kalt, aber ich mochte ihn sehr kalt. Dann kochte ich ein hartes Ei, hackte eine Zwiebel und danach das Ei. Ei, Zwiebel und ein paar Kapern füllte ich in drei kleine japanische Servierschalen, deckte sie mit Folie ab und drapierte die Schalen zusammen mit dem Kaviar auf einem Tablett, das ich in den Kühlschrank neben die Blumen stellte. Ich nahm mir Carr's Table Water Crackers heraus, rief Joe Pike an und erzählte ihm von Lucas Worley. «Meinst du, er weiß irgendwas?» fragte Pike.

«Vielleicht, oder wenn er nichts weiß, könnte er uns aber womöglich einen Tip geben.»

«Wie willst du es anstellen?»

Ich erklärte es ihm.

Joe schwieg eine Weile, sagte dann: «Wie wär's, wenn wir Ray Depente mitnehmen? Ray wäre bei einem Typen wie Worley sehr effektiv.»

«Meinst du?»

«Ray bringt eine Leiche zum Reden.»

Ich war einverstanden, und wir verabredeten uns für den nächsten Morgen vor Worleys Wohnung. Dann fragte Joe: «Läuft's inzwischen besser mit Lucy?»

«Noch nicht, aber bald. Ich bin dabei, meinen ganzen Charme spielen zu lassen.»

«Warum versuchst du statt dessen nicht einfach, die Sache zu klären?» Mr. Sensibel.

Ich legte auf und lief nach oben, um meine Vorbereitungen zu beenden. Ich rasierte mich, duschte, zog Jackett und Krawatte an, lief wieder nach unten und holte den Dom Perignon aus dem Eisfach. Ich wollte ihn sehr kalt, nicht gefroren.

Als Lucy und Ben in den Carport einbogen, empfing ich sie vor der Tür. Sie trugen Einkaufstüten von Saks und Bottega Veneta und Giorgio und Pierre Deux. Lucy wirkte müde, bis sie mich bemerkte, und dann sah sie überrascht aus. Ich hielt ihr die Blumen hin. «Mein Gott, bist du schön.»

Ben strahlte so breit, daß ich befürchtete, ihm würden die Ohren abfallen.

Lucy sah die Blumen an. Sie warf mir einen Blick zu, dann wieder den Blumen, dann wieder mir. In den Händen hatte sie immer noch die Einkaufstüten. «Oh, ein Gänseblümchen.»

Ich beförderte die Tragetaschen auf den Eßzimmertisch und öffnete die Flasche Dom Perignon. Ben schenkte ich Apfelsaft ein. «Wir nehmen einen Champagner. Wir nehmen etwas Kaviar. Danach werden wir bei *Musso & Frank* zu Abend essen.»

«Dieses Restaurant in Hollywood?» fragte sie.

«Dashiell Hammett hat sich dort in Lillian Hellman verliebt.» Ich gab ihr ein Glas Dom Perignon. «Es war eine Liebe, die ihr Leben veränderte und solange sie lebten Bestand hatte.»

Lucy wirkte verlegen. «Du bist so nett.»

«Ben», sagte ich. «Könntest du deine Mutter und mich bitte einen Augenblick allein lassen?»

Ben kicherte. «Soll ich zappen?»

«Ja, Ben, du sollst zappen.»

Ben zappte im Wohnzimmer. Als der Fernseher anging und Agent Mulder von etwas redete, das alle dreißig Jahre fünf menschliche Lebern verspeiste, nahm ich Lucy die Blumen ab und legte sie beiseite. Auch ihr Champagnerglas stellte ich fort, legte die Hände auf ihre Oberarme und sah ihr in die Augen. «Du hast noch zwei Abende in Los Angeles. Ich möchte, daß diese beiden Abende schön und angenehm für dich sind. Es ist okay, wenn du lieber in ein Hotel umziehen möchtest.»

Lucy starrte mich zehn Herzschläge lang an, dann schüttelte sie den Kopf. «Ich bin genau da, wo ich sein will.»

«Ich weiß, daß du Probleme mit deinem Ex-Mann hast. Ich weiß, daß er nicht will, daß du mit Ben hier wohnst. Du sollst wissen, daß du immer auf mich bauen kannst.»

Lucy seufzte und warf einen Blick zum Wohnzimmer. «Ben.»

«Gib Ben nicht die Schuld. Ich bin Detektiv, Lucille. Ich weiß alles und ich sehe alles.»

«Darlene.»

«Spielt es eine Rolle?»

Sie seufzte wieder, dann beugte sie sich vor, um ihre Stirn an meine Brust zu lehnen. «Ach, Studly, im Moment passiert so viel. Es tut mir leid.»

Ich nahm sie in die Arme und hielt sie fest. «Es gibt nichts, das dir leid tun müßte.»

Sie sah mich an. Ihre Augen waren gerötet und feucht. «Ich komme mir vor, als hätte ich alles ruiniert.»

«Hast du nicht.»

«Ich habe ihn in unser Leben eindringen lassen, und das ist weder dir noch mir gegenüber fair. Ich habe dir nichts gesagt, und das ist nicht die Ehrlichkeit, die ich in unserer Beziehung haben möchte.»

«Du hast nur versucht, mich zu schützen.»

Sie trat zurück und sah mir wieder in die Augen, als suche sie nach etwas weit Entferntem, etwas, von dem sie befürchtete, daß es sich verändern könnte, noch während sie es sah. «Im Augenblick passiert so schrecklich viel.» Sie holte tief Luft, atmete wieder aus. «Ich muß wirklich über das alles reden.»

«Dann reden wir.»

Sie nahm meine Hand und führte mich hinaus auf die Veranda in die abkühlende Abendluft mit einem letzten Hauch des im Westen verblassenden Tages. Sie nahm meine rechte Hand in ihre Hände und sagte: «Es gibt etwas, das du wissen mußt.»

«Ich muß gar nichts über dich wissen, Lucille.»

«Ich werde dir auch keine verborgenen, dunklen Geheimnisse über mich erzählen. Ich *habe* keine Geheimnisse.»

«Quatsch.» Versuchte, den Augenblick mit etwas Humor aufzulockern.

Lucy runzelte die Stirn und schaute fort. «Ich muß mit dir darüber reden, damit ich selbst alles verstehe und damit auch du weißt, was vor sich geht. Verstehst du das?»

«Okay.»

Sie schaute fort. «Es passieren Sachen zwischen mir und meinem Ex-Mann, von denen ich dir hätte erzählen sollen.»

Ich nickte nur, ließ sie reden.

«Nicht, weil es geheim wäre oder weil ich dir irgend etwas vorenthalten wollte, sondern weil ich mich über seine Einmischung ärgere und nicht will, daß er Einfluß auf unsere gemeinsame Zeit hat. Ich wollte nicht, daß er jetzt bei uns ist.» Der unsichtbare Dritte. «Aber ich habe ihn an mich herangelassen, und er ist eingedrungen, und das ist weder dir noch mir gegenüber fair. Dafür entschuldige ich mich.»

Ich wollte schon sagen, daß sie sich nicht zu entschuldigen brauchte, aber sie hob eine Hand, hielt mich zurück.

Ich seufzte. «Okay. Akzeptiert.»

«Ich bitte dich nicht um Rat. Ich bin erwachsen, ich bin Anwältin, und ich will damit fertig werden. Okay?»

Ich nickte.

«Ich werde doch dafür bezahlt, andere Menschen zu beraten, oder vielleicht nicht?»

Ich nickte wieder. Bekam heute abend Gelegenheit, mein Nikken zu trainieren.

«Richard ist wieder nach Baton Rouge gezogen», fuhr sie fort. Richard war ihr Ex. Er hatte die letzten drei Jahre in Shreveport gewohnt, und in der Zeit, die ich Lucy kannte, hatte sie ihn exakt zweimal erwähnt. Auch er war Rechtsanwalt. «Ich habe Ben immer ermutigt, eine Beziehung zu seinem Vater aufzubauen, aber Richard ist weit darüber hinausgegangen. Er ruft in meiner Kanzlei an. Er kommt unangemeldet in mein Haus. Er lädt sich selbst zu Ausflügen ein, die ich mit Ben geplant habe. Er hat alte Freundschaften mit einer Menge Leuten aus meiner Kanzlei wiederbelebt. Er hat sich systematisch in mein Leben geschlichen.»

«Du fühlst dich überfallen.»

Sie lächelte kurz, flüchtig. «Studly, ich fühle mich wie der Strand in der Normandie.»

«Joe mag dich sehr», sagte ich. «Joe würde sofort runterfliegen und mal ein paar Worte mit ihm wechseln.»

Wieder flackerte das Lächeln kurz auf, und Lucy lachte, aber nur für einen Augenblick. Die Spannung ließ nach. «Vielleicht wird es so kommen.» Dann verblaßte ihr Lächeln. «Als er erfuhr, daß Ben und ich hier wohnen würden, statt in einem Hotel, wurde er ausfallend. Er kritisierte mich und sagte, ich wäre für Ben ein schlechtes Beispiel. Er verlangte, daß ich Ben bei ihm ließ.»

«Luce?» sagte ich.

Sie sah mich an.

Ich öffnete den Mund, sagte aber nichts. Mein Mund war völlig trocken, da hörte ich ganz weit weg so was wie ein Klingeln, und meine Finger und Beine wurden plötzlich ganz kalt. Es gibt Augenblicke, da läßt uns der Verstand im Stich. Es gibt Momente, in denen der moderne Mann zum Schatten seiner selbst wird, und irgend etwas im Stammhirn beansprucht Autorität, und in diesem Moment ist der Spaß vorbei, denn wir machen uns selbst angst mit unserem dunklen Potential. Ich fragte, ziemlich normal und im Plauderton: «Was meinst du mit ‹er wurde ausfallend?› Hat er dich angefaßt?»

Sie schüttelte den Kopf, und dann legte sie beide Handflächen auf meine Brust. «O nein. Nein, Elvis. Und wenn, das verspreche ich dir, dann hätte ich ihn so schnell verhaften lassen, daß er ein Schleudertrauma gekriegt hätte.»

Ich nickte wieder, aber es war ein ernstes Nicken. Meine Finger und Beine begannen mit dem zurückkehrenden Blut zu kribbeln.

«Ich dachte, es wäre vorbei», sagte sie, «aber das war es nicht.

Deshalb wollte mich Darlene sprechen. Er ruft dauernd in der Kanzlei an und hinterläßt Nachrichten auf meinem Anrufbeantworter zu Hause. Und dann habe ich mich noch mehr geärgert, daß ich es zugelassen hatte, mich überhaupt zu ärgern. Verstehst du das?»

Meine Atmung war wieder gleichmäßiger geworden, und das Klingeln hatte auch aufgehört. Ich nickte. «Er hat dich auf die Palme getrieben.»

«Ja.»

«Er hat eine Macht über dich ausgeübt, die du längst überwunden glaubtest.»

«Es tut mir so leid», sagte sie, «daß du gedacht hast, es läge an dir oder daß du etwas damit zu tun hättest. Ach, mein Schatz, es lag ja überhaupt nicht an dir. Nur an mir.»

«Es ist okay, Luce. Es ist alles okay.»

Sie rieb wieder meine Brust und starrte zu mir auf, weil da noch mehr war. «Alles ist so kompliziert, weil ich auch in der Kanzlei nicht glücklich bin, genausowenig mit meinem Leben, und ich weiß nicht, was ich deswegen unternehmen soll.»

Ich sah sie an, und mein Herz begann wild zu pochen.

«Es hat angefangen, bevor ich dich kennengelernt habe. Es hat sogar schon angefangen, bevor Richard zurückgekommen ist.»

Ich sah sie eine Weile an, und plötzlich war die Nachtluft mit einer Art erwartungsvoller Elektrizität erfüllt.

«Ich weiß nicht, ob ich noch in der Kanzlei arbeiten möchte. Ich weiß nicht mal, ob ich noch in Baton Rouge wohnen möchte.» Sie schüttelte den Kopf, schaute an mir vorbei zu Ben, blickte hinaus zu den warmen Lichtern der Häuser im Canyon. Und schließlich sah sie mich wieder an. «Verstehst du, was ich meine?»

«Würdest du hierher ziehen?» Mein Herz hämmerte so laut, daß ich mich schon fragte, ob die Leute auf der anderen Seite des Tals es auch hören konnten.

«Ich weiß es nicht.» Sie holte tief Luft und rieb wieder meine Brust. «Ich kann dir leider nur sagen, daß ich es nicht weiß.» Dann versuchte sie einen Witz zu machen. «Verdammt, und ich dachte, ich wäre noch zu jung für die Wechseljahre.»

Ich nickte.

«Im Moment komme ich mir ziemlich dumm vor. Es kam mir nur irgendwie wichtig vor, es dir zu sagen.»

Ich berührte ihre Lippen. Ich küßte sie aus vollstem Herzen. «Ich liebe dich, Lucille. Mieser Ex oder nicht. Fernbeziehung oder nicht. Weißt du das?»

Ihre Augen wurden wieder feucht, und sie ließ eine Hand über meine Schulter wandern. Sie berührte meine Krawatte. «Du siehst so nett aus.»

Ich lächelte.

«Du hast dir so viel Mühe gegeben mit dem Champagner und dem Kaviar.»

«Möchtest du jetzt essen gehen? Wir haben noch Zeit.» Sie würden die Reservierung aufrechterhalten.

Sie holte tief Luft, atmete wieder aus und sah mich aufmerksam an. «Was ich gern möchte, ist mit meinen beiden Männern zu Hause bleiben. Ich möchte eine Pizza bestellen, deinen wunderbaren Champagner trinken und Clue spielen.»

Ich grinste. «Du willst Clue spielen?»

Plötzlich war sie sehr ernst. «Ich will einfach nur mit dir zusammensein, Elvis. Ich will mich entspannen und genießen, daß ich hier bin. Weißt du das?»

Ich küßte ihre Finger. «Ich weiß.»

Ich zog Jackett und Krawatte aus, und wir bestellten uns bei Domino's eine Pizza. Während wir warteten, machten wir einen großen italienischen Salat mit Pepperoncini, Kichererbsen und frischem Knoblauch. Als die Pizza kam, tranken wir den Dom Perignon, aßen die Pizza und dazwischen Beluga-Kaviar, vermischt mit Kapern und gehackten Zwiebeln. Wir spielten bis tief in die Nacht Clue. Auf Lucys Gesicht lag ein Lächeln, das nicht verschwand, und es verlieh dem Raum eine unbeschwerte, warme und energiegeladene Atmosphäre. Ben mußte einmal so lachen, daß ihm Mineralwasser aus der Nase lief.

Es war, als sei dieser unsichtbare Dritte nicht mehr unter uns, als wäre er verschwunden wie ein Schatten, der dem Licht ausgesetzt wird, weil man über ihn gesprochen hatte.

Wir spielten sehr lange, und als Ben schließlich ins Bett ging, tranken wir noch den Rest des Champagners aus, und dann folgte sie mir nach oben in eine Nacht voller Wärme, Liebe und Lachen.

28

Am nächsten Morgen verließ ich das Haus, als der dämmernde Osthimmel unter der Sonne erblühte, und fuhr zu Lucas Worleys Eigentumswohnung in der Nähe des Gretna Green Way in Brentwood. Der Gretna Green ist eine Verbindungsstraße zwischen Sunset Boulevard und San Vincente, gesäumt von Apartmenthäusern, Komplexen mit Eigentumswohnungen und einigen sehr schönen Einfamilienhäusern. Kurz vor Sonnenaufgang herrschte so gut wie kein Verkehr, und das Viertel lag still da. Eine wunderbare Tageszeit, jemandem aufzulauern.

Worleys Eigentumswohnung befand sich zwischen der Straße und einer Lieferantenzufahrt in einer üppig grünen Umgebung. Es waren stilvolle Wohnungen, groß und luftig, geradezu ideal für einstige aufstrebende junge Rechtsanwälte und jetzige Dealer. Ich fuhr zuerst einmal langsam die Straße hinunter, bog dann in die Gasse ein und rollte gemächlich die Rückseite entlang. Jede Wohnung hatte einen doppelten Carport, der durch ein schmiedeeisernes Tor geschützt wurde. Auf Worleys Stellplatz stand ein blaugrau metallicfarbener Porsche 911 mit einem Ego-Nummernschuld – EZLIVN. Offensichtlich hatte der Verlust seines bürgerlichen Jobs seinem Lebensstil keinen Abbruch getan.

Als ich das Ende der Gasse erreichte, materialisierten sich Joe Pike und Ray Depente und kamen lautlos aus dem Zwielicht zu mir herübergeschlendert. Ray trug einen schwarzen Anzug zu einem weißen Hemd mit einer schmalen, schwarzen Krawatte. «Seit wann bist du Moslem?» fragte ich.

Ray sah an sich hinunter und lächelte. «Joe sagte, du hättest gern was Gruseliges. Wovor hat ein weißer Knabe mehr Angst als vor einem Moslem mit einem Ständer?»

Ray Depente war knapp drei Zentimeter größer, aber schlanker als Joe, besaß eine mokkafarbene Haut, graumelierte Haare und die kerzengerade Haltung eines Berufs-Marine. Fast zwanzig

Jahre hatte Ray Depente in Camp Pendleton, Oceanside, Kalifornien, Nahkampf ohne Waffe unterrichtet, bevor er aus dem Dienst ausschied, um in South Central Los Angeles eine Karateschule zu eröffnen. Jetzt brachte er für zehn Cents die Stunde Kindern die Kunst der Selbstachtung bei, und für fünfhundert Dollar die Stunde zeigte er Hollywood-Schauspielern, wie sie auf der Leinwand knallhart wirken konnten. Die einen zahlten für die anderen.

Ray streckte die Hand aus, und wir begrüßten uns. «Hab dich länger nicht gesehen. Du solltest deinen Arsch mal wieder runter zu mir bewegen, bevor du noch aus den Fugen gerätst.»

«Da unten laufen mir zu viele toughe Typen rum, Ray. Irgend so ein Schauspieler schlägt mich womöglich noch zusammen.»

Rays Lächeln wurde breiter. «Nach allem, was ich so von dir höre, könnte genau das passieren.» Das Lächeln verschwand. «Haben wir einen Plan für Mr. Drogendealer, oder stehen wir einfach hier im Dunkeln rum und warten, daß wir entdeckt werden?» Der Osthimmel verfärbte sich von Rosa über Violett nach Blau. Draußen auf dem Gretna nahm der Verkehr zu, und wir hörten Müllwagen und Autos, die aus Einfahrten zurücksetzten, mit Leuten, die zur Arbeit aufbrachen. Schon sehr bald würden Haushälterinnen auf dem Weg zur Arbeit vorbeitrotten.

Joe deutete mit dem Kopf auf den Porsche. «Worley ist seit gestern abend halb neun zu Hause.»

«Ist er allein?»

«Ja.»

«Früher oder später muß er gehen», sagte ich. «Wenn er losfährt, gehen wir ins Haus und werden sein Versteck finden. Wenn wir den Stoff haben, können wir ihm ein bißchen Druck machen.»

«Was ist, wenn er nichts gebunkert hat?» wollte Ray wissen.

Ich zuckte die Achseln. «Dann kleben wir an ihm, bis er einen Hit landet.»

Ray starrte den Porsche an. «Joe sagte, der Bursche wäre Rechtsanwalt.»

«Jap. Bis man ihn mit dem Dope erwischt hat.»

Ray betrachtete den netten Wagen und die nette Eigentumswohnung. Er schüttelte den Kopf. «Arschloch.»

Joe und Ray verschwanden wieder in den Schatten, und ich verließ die Gasse und fuhr die kleine Straße zum Gretna Green. Ich parkte unter einem marokkanischen Gummibaum und hatte so Lucas Worleys Straße bequem im Blick und wartete, bis sich das heller werdende Tageslicht wie ein Dunst über alles legte. Der frühmorgendliche Pendlerverkehr nahm zu, und für die Stadt begann ein neuer Tag.

Genau zwölf Minuten vor neun tastete sich der 911 auf den Gretna und bog nach Süden ab, Richtung San Vincente. Worley war ein rundlicher Bursche mit krausem, kurzgeschnittenem Haar, eng zusammenstehenden Augen und einem Stecker im linken Ohr. Er trug ein zerlumptes, dunkelgraues, ärmelloses Sweatshirt. Seine Arme waren mager und stark behaart. Wahrscheinlich ging er nur kurz Kaffee holen.

Ich stieg aus der Corvette, trabte über den Gretna und die kleine Straße hinunter zu Worleys Eigentumswohnung, wo mich Pike und Ray vor der Haustür erwarteten. Pike hatte die Tür bereits geknackt.

Lucas Worleys Wohnung besaß hohe, nackte weiße Wände, und das geleaste Mobiliar war von der zu niedrigen, zu wuchtigen und zu häßlichen Sorte. Ein künstlicher Ficus stand im Knick des aus zwei großen Sofas gebildeten Ls, und ein Großbildfernseher füllte fast eine ganze Wand aus. Ein Stapel Stereokomponenten stand vor der angrenzenden Wand, und Tausende CDs, so sah es wenigstens aus, lagen verstreut über Boden, Mobiliar und auf dem Fernseher. Ich schätze, Ordnung war keine von Lucas Worleys Stärken. Gerahmte Filmposter von *Easy Rider* und *Leben und sterben in L. A.* hingen über dem Kamin, mittelmäßige Lithographien von Jimi Hendrix und Madonna gegenüber. So oder so ähnlich mußte sich ein schlichtes Gemüt das Leben-auf-der-Überholspur eines hochkarätigen Schickis vorstellen. Er hatte sogar eine Lava-Lampe. «Seht euch das an», sagte Ray.

Ein gerahmtes Diplom der Harvard Law School lehnte an der Lava-Lampe.

Ray schüttelte den Kopf. Ungläubig. «Die Kids, mit denen ich unten in South Central arbeite, reißen sich den Arsch auf, um einen High-School-Abschluß zu kriegen, damit sie aus dieser Scheiße rauskommen, und hier ist dieser Idiot mit einem gottverdammten Erste-Klasse-Ticket von der Harvard Law!»

«Er wird nicht lange weg sein, Ray. Wir müssen sein Depot finden.»

Ray entfernte sich von dem Diplom. Er blickte noch zweimal zurück und seufzte, als hätte er etwas so Unfaßbares gesehen, das sich für immer seinem Verständnis entzog.

Ich ging zur Treppe. «Ich seh mich oben um. Ihr Jungs sucht hier unten.»

«Kannst du dir schenken», sagte Pike. «Es liegt unter dem Baum.» Pike umkreiste den Ficus.

Am Fußende der Treppe blieb ich stehen. «Was meinst du damit, es liegt unter dem Baum? Woher willst du das wissen?»

«Weil das der Ort ist, wo ein Amateur es verstecken würde.» Pike packte den Ficus und riß ihn kräftig nach oben. Der Ficus löste sich aus dem Topf, und da war das Dope-Lager. Wie er intuitiv vermutet hatte.

Ray und ich starrten uns an. Dann starrten wir Pike an. «Aaaah», machte Ray.

Pike zuckte mit den Achseln.

«Du nimmst uns auf den Arm», sagte Ray. «Du hast gestern abend durchs Fenster gesehen, wie er an dem Ding rumgefummelt hat.»

Pike sah Ray über den Rand der Brille an. «Meinst du?»

Bei Pike konnte man nie wissen.

Der Ficus hatte zwei Beutel mit weißem Pulver verdeckt, einen Beutel mit braunem Pulver, eine Waage und diverse andere Utensilien, die man zum Drogenhandel brauchte. Ich erklärte Joe und Ray, was sie tun sollten, und dann gingen sie. Ich blieb. Ich nahm das Dope aus dem Topf und legte es in einem ordentlichen Stapel auf den Couchtisch, dann setzte ich den Ficus wieder ein, sah mir die herumliegenden CDs an, bis ich etwas fand, das mir gefiel, legte die Scheibe in den Player, drehte die Lautstärke hoch und machte es mir auf der Couch bequem. The Police. *Reggatta De Blanc.*

Vierzig Minuten später hörte ich den Schlüssel im Schloß, die Tür schwang auf, und Lucas Worley war bereits halb in der Wohnung, bevor er mich sah. Er trug eine Tageszeitung und einen Starbucks-Becher. Er sah überrascht aus, aber noch hatte er das Dope auf dem Tisch nicht gesehen. «Was zum Henker soll das? Wer sind Sie?»

«Kommen Sie rein und machen Sie die Tür zu, Luke. Darf ich Sie Luke nennen? Oder lieber Lucas? Lucas klingt so hochgestochen.» Er war etwas größer, als er im Auto gewirkt hatte. Seine Augen leuchteten scharf, und er sprach schnell. Man merkte sofort, daß er das Reden gewohnt war. Man merkte sofort, daß er es gewohnt war, intelligente Dinge zu sagen, was von anderen honoriert wurde, und man merkte außerdem sofort, daß er sich für intelligenter hielt, als er tatsächlich war. Wahrscheinlich rührte daher seine Selbstgefälligkeit.

«Vielleicht hab ich was durcheinandergebracht», sagte er. «Ist das hier nicht mein Haus? Ist das nicht mein Sofa? Das einzige, was hier nicht herzugehören scheint, sind Sie.» Machte einen auf rotzig.

«Sehen Sie mich an, Luke. Erkennen Sie mich?»

«Klar. Aus dem Fernsehen. Sie sind der Detektiv, der für Jonathan arbeitet.» Er schloß die Tür. Er bewegte sich langsam. Mißtrauisch, machte dabei aber auf ach-so-schrecklich-cool. «Wie geht's Jonathan denn so?»

Ich lächelte ihn an. «Komisch, daß Sie nach ihm fragen, Luke. Jonathan ist der Grund, weswegen ich hier bin.»

Und in diesem Augenblick sah er die Beutel. Er starrte sie eine halbe Ewigkeit an, und dann sagte er: «Was ist das?» Als hätte er sie noch nie in seinem Leben gesehen.

«Unser Deal wird so aussehen, Luke. Sie haben mal in Jonathans Vertragsabteilung gearbeitet, und ich will alles Wissenswerte über Jonathan und seine Beziehung zu Teddy Martin erfahren. Sie werden mir sagen, was Sie wissen, und dann werden Sie mich in seine Kanzlei einschleusen, damit ich mich selbst überzeugen kann. Verstehen wir uns soweit?»

Er schüttelte den Kopf, als hätte ich Somali gesprochen. «Sind Sie high? Ich kenne Sie nicht. Verschwinden Sie sofort.»

Ich lehnte mich zurück und legte die Arme über die Rückenlehne des Sofas, so daß er unter meiner Jacke die Dan Wesson sehen konnte.

«Hören Sie, ich werde gar nichts für Sie tun. Ich rufe auf der Stelle Jonathan an, sage, was hier vor sich geht.»

«Oh, Sie werden schon mitmachen, Luke. Vertrauen Sie mir.» Ich deutete mit einem Fuß auf die Beutel. «Sie sind ein ungezogener Junge.»

Er lächelte, als hätte er sich entschieden, wie er es durchziehen wollte, schließlich war er davon überzeugt, daß er mich schlagen konnte, weil er ja so smart war. «Wie wollen Sie mich dazu kriegen, das zu tun, was Sie wollen? Sie werden die Polizei rufen? Sie glauben, Sie könnten mich einlochen lassen, weil ich gegen meine Bewährungsauflagen verstoßen habe?»

Ich schüttelte den Kopf. «Ausgeschlossen, Luke. Wir brauchen die Polizei nicht.»

Sein Lächeln wurde breiter, und er schob sich an mir vorbei zum Telefon. «Ich sag Ihnen was. Ich ruf sie für Sie an.» Er nahm den Hörer ab und gestikulierte damit, zeigte mir, wie sehr er glaubte, alles fest im Griff zu haben. «Denn wenn sie herkommen und uns einkassieren, verspreche ich Ihnen, daß ich zig Möglichkeiten habe, da wieder rauszukommen.» Deutete mit dem Hörer auf das Dope. «Das gehört mir nicht. Sie sind hier, Sie haben es reingeschmuggelt, und Sie versuchen mich zu erpressen, um Jonathan wegen dem Martin-Fall aufs Kreuz zu legen. Mann, Jonathan wird einen großen Tag erleben. Ich kann's mir schon vorstellen.»

Ich sah ihn enttäuscht an. «Sie haben mir nicht richtig zugehört, Luke. Ich werde die Cops nicht rufen. Ich habe meinen Anruf bereits erledigt.»

Worley sah mich stirnrunzelnd an und wurde unsicher. «Wen haben Sie angerufen?»

Jemand klopfte an die Tür.

Lucas Worley wirkte auf einmal gar nicht mehr so selbstsicher.

«Meinen Sie nicht, Sie sollten aufmachen?»

Er schaute nicht zur Tür. «Wer ist das?»

Jemand klopfte wieder an.

«Ich dachte mir schon irgendwie, daß Sie nicht kooperieren würden», sagte ich, «und bei der Polizei würden Sie bestimmt eine Möglichkeit finden, Ihren Kopf aus der Schlinge zu ziehen. Also habe ich einen Burschen namens Gerald DiVega angerufen. Kennen Sie DiVega?»

Sein Mund formte sich zu einem kleinen O, so als käme ihm der Name schon irgendwie bekannt vor.

Ich ging zur Tür. «Gerald DiVega verkauft Drogen an Westside-Schickis, wie Sie einer sind. Viele Jahre hat er auf der Straße gedealt, wie so viele andere Gentlemen des freien Unternehmertums, aber in den letzten Jahren zieht er eine kultiviertere Klientel vor: Film- und Fernsehleute, Leute aus der Musikbranche, Anwälte und Ärzte, genau die gleichen Leute, an die Sie mit Ihrem kleinen, pissigen Geschäft verkaufen.» Ich öffnete die Tür und Ray und Joe kamen herein. Beide trugen Sonnenbrillen und sahen finster aus. Ray griff unter sein Jackett und zog einen .45er Colt, das Modell für Regierungsbehörden. Joe Pike hatte seine Python in der Hand. «Dies ist Mr. X, und das ist Mr. Y», stellte ich die beiden vor. «Mr. D hat sie geschickt, weil es ihm gar nicht gefällt, daß Sie in seinen Markt eindringen.»

«Issasas Aaaschloch?» fragte Ray Depente. Er nahm ein schwarzes Rohr aus der Jackentasche und schraubte es auf die Mündung der .45er, während er das sagte.

«Er ist es.»

Lucas Worley bekam große Augen und wich einen Schritt zurück. «He. Was soll das? Was ist hier los?» Die Selbstgefälligkeit war Geschichte, die Arroganz verschwunden.

Ray und Joe durchquerten den Raum wie zwei große, geschmeidige Haie auf einer Blutspur. Ray schob sich zwischen Worley und die Treppe, und Joe näherte sich von der anderen Seite, packte brutal Worleys Kehle und drückte ihn auf die Couch hinunter. Als Joes Hand zuschnappte, machte Lucas ein gluckerndes Geräusch. «Ich schätze, Sie hätten die Polizei rufen sollen, solange Sie noch eine Chance hatten, Luke», sagte ich.

Ray wedelte mit der .45er in meine Richtung. «Wenn Sie wollen, können Sie sich jetzt verpissen. Mr. DiVega bedankt sich.»

«Darf ich nicht bleiben?»

Ray zuckte die Achseln, als bedeute ihm die Frage nichts. «Wie Sie wollen.»

Lucas Worley traten die Augen aus dem Kopf, und seine Gesichtsfarbe wechselte von Rot zu Dunkelrot. Er krallte sich mit beiden Händen an Joes Hand fest, aber es war wie bei einem Kind, das versuchte, Stahlstangen zu verbiegen.

Ray lud die .45er durch, drückte die Mündung des Schalldämpfers gegen Worleys Wange und streckte die andere Hand aus, um sich vor dem spritzenden Blut zu schützen. Lucas Worley strampelte und stöhnte und gleichzeitig entleerten sich seine Eingeweide und Blase. Schätze, die wirkliche Welt sah nicht mehr aus wie *Easy Rider*. Schätze, es war anders als im Kino oder Fernsehen. Sich die Hosen vollmachen hatte nicht besonders viel Glamour.

«He Jungs», sagte ich, «erschießt ihn noch nicht.»

Lucas Worley drehte die Augen in meine Richtung.

Ich ging hinüber und hockte mich neben ihn, um in die sich verdrehenden Augen zu sehen. «Ich habe Mr. DiVega vor ein paar Jahren mal geholfen, und er schuldet mir noch was. Er weiß, daß ich etwas von Ihnen will, und er ist bereit, diese Sache so durchzuziehen, wie ich es möchte. Verstehen Sie?»

Lucas Worley versuchte den Kopf zu schütteln, versuchte zu sagen, er wollte sich ja gar nicht in das Geschäft von irgendwem reindrängen und würde es auch nie wieder tun, wenn man ihn nur am Leben ließe. Da Joe ihn aber würgte, konnten wir die Worte natürlich nicht verstehen.

«Diese Gentlemen hier haben Befehl, Sie umzubringen, es sei denn, ich sage ihnen etwas anderes.»

«Mach das Aaaasch mausetot», sagte Ray. Ich sah Ray über Worleys Kopf stirnrunzelnd an. Ray zuckte die Achseln. Okay, etwas dick aufgetragen.

«Also, Luke, wie darf's denn nun sein?» fragte ich. «Helfen Sie mir bei Jonathan Green, oder gehe ich aus der Tür und mache diese Jungs glücklich?»

Lucas Worley gluckerte noch ein bißchen.

«Ich verstehe Sie nicht, Luke.»

Joe verringerte den Druck ein wenig, und Lucas Worley krächzte: «Alles. Ich mach alles.»

Ray Depente drückte mit der Kanone fester zu und schien sauer zu sein. «Scheiße. Sollas heißen, wir können das Aaaschloch nich umlegen?»

«Noch nicht. Aber vielleicht später.»

Ray schielte kurz zu den rollenden Augen hinunter, dann ließ er die Kanone sinken und trat einen Schritt zurück. Joe ließ Worley los und trat ebenfalls zurück.

«Diesmal hassu noch Glück gehabt, Wichser. Aber jetzt klebt dir Mr. DiVega am Arsch, kapiert?» sagte Ray.

Lucas Worley war auf der Couch erstarrt wie ein Eichhörnchen vor einem heranbrausenden Auto.

«Du hast dich gerade aus der Dealerei zurückgezogen, stimmt's?» fragte Ray.

Worley nickte.

«Du gibst Mr. DiVega dein Wort», fuhr Ray fort, «und du weißt ja, was passiert, wenn du dein Wort brichst, stimmt's?»

Worley nickte wieder. Er hatte zu viel Angst zum Sprechen.

Ray warf einen Blick auf das gerahmte Harvard Law School-Diplom und schüttelte den Kopf. «Blödes Aaaschloch. Du solltest dich schämen.»

Er steckte die .45er weg, dann gingen er und Joe Pike zur Bar und machten sich einen Drink.

«Ich habe Ihnen ja gesagt, daß Sie noch meine Perspektive einnehmen würden, Luke», sagte ich. «Und jetzt gehen Sie sich waschen und ziehen sich um. Auf uns wartet Arbeit.»

29

Als Lucas Worley unter der Dusche stand, sah ich Ray Depente an. «Mach dich Aaaasch mausetot?»

«Ich dachte, das würd's bringen.»

Joe Pike schüttelte den Kopf. «Samuel L. Jackson.»

Ray runzelte die Stirn. «Seit wann bist du Sir Laurence Olivier?»

Pikes Mundwinkel zuckte, und er sah sich Worleys CDs an.

Als Worley endlich aus der Dusche kam und umgezogen im Wohnzimmer saß, war es zwanzig vor drei nachmittags. Joe und Ray spielten wieder ihre Rolle, Joe stand hinter der Couch wie ein unheilverkündender Schatten, Ray sah sich auf dem Großbildfernseher ESPN an. «Luke, haben Sie hier im Haus irgendwo eine Kanone?» fragte ich.

Er saß auf der Couch, die Hände auf dem Schoß und die Haare naß und stachelig. Er sah immer noch verängstigt aus, aber jetzt stand ihm nicht mehr die Panik im Gesicht. «Ja. Oben, im Nachttisch.»

Joe verschwand die Treppe hinauf.

«Ist das die einzige, Luke? Sie haben nicht zufällig noch ein paar kleine Überraschungen versteckt, oder?»

Er schüttelte den Kopf, wobei seine Augen in der Gewißheit zuckten, daß Überraschungen seinen Tod bedeuteten. «Mehr nicht. Ich schwör's.»

«Erwarten Sie jemanden?»

«Nein.»

«Keiner kommt, um ein bißchen H zu kaufen? Keine Freundinnen? Keine Installateure oder so?»

«Nein. Ehrlich.» Ein dealender Ex-Anwalt sagt *ehrlich*.

«Okay. Ich werde Ihnen jetzt erklären, was ich will, und sie werden mir sagen, wie man es machen muß. Okay?»

Er sah beunruhigt aus. «Wenn ich kann.»

Ray wirbelte von dem Großbildfernseher herum, sagte laut, wütend und scharf: «Was hassu gesagt?»

Lucas Worley zuckte zusammen, als sei er geschlagen worden. «Ich werd's Ihnen sagen. Klar. Alles, was Sie wollen.»

Ray kniff die Augen zusammen und drehte sich murrend wieder um.

Joe Pike kam mit einer Pistole die Treppe herunter. «Eine Neuner Glock.»

«Sonst noch was?»

«Nee.» Er setzte sich neben Ray.

«Okay, Luke», sagte ich. «Hier ist mein Problem. Ich vermute, daß ihr Ex-Mentor, Mr. Green, Aussagen und Beweismaterial manipuliert. Vielleicht ist er sogar in einen Mord verwickelt, nur komme ich einfach nicht dahinter, warum ein Mann in seiner Position und von seinem Format wegen so etwas seinen Arsch riskieren sollte. Verstehen Sie mich?»

Worley sah mich nicht nur an, er beobachtete, wie sich meine Lippen bewegten, darauf bedacht, ja nur jedes einzelne Wort zu registrieren. Er blinzelte, als ich nicht mehr sprach, schüttelte dann den Kopf.

«Natürlich, würde er nicht. Das ist dumm.»

«Das sagt jeder.»

«Es ist wahr. Wenn er erwischt wird, kann er seine Karriere auf den Müll schmeißen.»

Ich lächelte ihn an. «So wie Sie.»

Lucas Worley schluckte, zuckte dann die Achseln. Als wär's ihm peinlich. «Ja, aber ich war nur ein Anwalt, und viel Spaß gemacht hat's mir nie. Aber er ist Jonathan Green. Er *liebt* es.»

«Tja, Sie werden mir jedenfalls helfen, alles herauszufinden. Würde Jonathan eine mündliche Vereinbarung mit einem Mandanten treffen?»

Worley grinste. «Sie machen Witze.»

«Okay, also liegt alles in Schriftform vor.»

«Natürlich. Aber schriftlich wird kein Mensch ein Verbrechen zugeben. Sie werden keine Unterlagen finden, auf denen es heißt: ‹Für soundsoviel Dollar werde ich einen Mord begehen.›» Er lächelte bei dem Gedanken. «Ein solcher Vertrag ist ohnehin nicht durchsetzbar. Sie könnten niemanden verklagen, weil er eine strafbare Handlung nicht begeht. Damit würden Sie sich automatisch wegen Mordversuch belasten.»

«Demnach würde Jonathan niemals etwas in Schriftform bringen, was er zivilrechtlich nicht auch einklagen könnte?»

«Niemals. Das tut kein Anwalt.» Er spreizte die Hände. «Sie werden dort nichts Belastendes finden. Das verspreche ich Ihnen. So dumm ist Jonathan nicht.»

«Das ist nicht Ihr Problem. Ihre Aufgabe besteht darin, mir Zugang zu allen Verträgen zwischen Teddy und Jonathan zu verschaffen. Das ist alles, worin Ihr Wert für mich besteht.» Ich deutete mit dem Kopf auf Joe und Ray. «Das ist Ihnen doch klar, oder?»

Der besorgte Ausdruck kehrte zurück. «He, ich hab doch gesagt, daß ich's mache. Wir können aber nicht einfach so am hellichten Tag dort reingehen. Da arbeiten Leute.»

«Wann gehen die Angestellten denn nach Hause?»

«Die Kanzlei schließt um sechs, aber manche bleiben länger. Mein Gott, wir haben früher bis zehn, elf Uhr abends gearbeitet. Manchmal sogar noch länger.»

«Wie viele Leute?» fragte Joe.

«Etliche. Es ist eine große Kanzlei.»

«Aber die meisten gehen um sechs?» fragte ich.

«Ja. Danach sind meistens nicht mehr als acht oder neun noch dort.»

«Haben Sie eine Magnetkarte, um reinzukommen?»

«O ja. Die hab ich behalten.»

«Was ist mit dem Fahrstuhl auf Jonathans Etage?»

«Mit dem Magnetkartenschlüssel kommt man in die Tiefgarage, den Fahrstuhl, überall rein.»

Ich dachte darüber nach. «Wie lange brauchen Sie, um an die Akten ranzukommen?»

Lucas Worley starrte mich sechs Sekunden zu lange an. «Keine Ahnung. Es könnte eine Weile dauern.»

Ray Depente wuchtete sich von seinem Platz hoch, zog die .45er und kam mit einem Schrtitt herüber, als wäre er angesichts des größten Haufens Scheiße, den er je gehört hatte, gerade eben im roten Bereich. «Ich leg den Pisswichser gottverdammt jetzt einfach um! Aalglatter beschissener Bockmist, könnt 'ne Weile dauern, meine Fresse!»

Worley warf sich auf die Seite, riß schützend die Arme vors Gesicht und schrie: *«Zweiminuten! Ichschaffsinzweiminuten, ich schwörsbeigott! Esistallesaufdatenträgerundichkommeanjedenvertragindergottverdammtenkanzleiran!»*

Ray stand über ihm, atmete schwer und richtete die große .45 auf ihn. Auf der anderen Seite des Zimmers sah ich Pike den Kopf schütteln, als er in einem Magazin blätterte. *Modern Living.* Ray grinste süffisant und kehrte an seinen Platz zurück.

«So ist brav, Luke», sagte ich. «Ich glaube, Sie und ich werden die Sache schon prima deichseln.»

Wir ließen uns von Worley die Zimmerverteilung der Vertragsabteilung beschreiben, wie wir hinein- und wieder hinauskamen, und dann machten wir es uns für den restlichen Nachmittag bequem. Pike fuhr kurz weg und kehrte mit einer kleinen blauen Sporttasche zurück.

Bis Viertel vor sechs hörten wir Lucas Worley CDs, dann zwängten wir uns zu viert in seinen Porsche und fuhren zu dem Gebäude am Sunset, in dem sich Greens Kanzlei befand. Wir nahmen nicht die öffentliche Parkhauseinfahrt, sondern benutzten Worleys Magnetkarte, um Zugang zu den Dauermieterplätzen zu erhalten. Es war vierzehn Minuten nach sechs, als wir durch die Tiefgarage des Gebäudes kurvten, und Worley sagte: «Sehen Sie all diese Autos? Es arbeiten immer noch eine Menge Leute.»

Wir suchten einen freien Platz so weit wie möglich hinten, stellten den Motor ab und warteten. Sekretärinnen, Büroangestellte, blauuniformierte Leute vom Sicherheitsdienst und Anwälte der einen oder anderen Art traten vereinzelt aus den Fahrstühlen, und ganz allmählich leerten sich die Büros über uns. Um zwanzig vor acht war erst mal Schluß, und es blieben noch sechs Autos übrig, die Worley alle kannte. «Der 420er gehört Deke Kelly, und der weiße Jag gehört Sharon Lewis. Die arbeiten beide in der Vertragsabteilung. Der von dem kleinen Stanza da drüben arbeitet auch dort, ich hab den Namen vergessen. Er ist Sharons Assistent.»

«Die Vertragsabteilung befindet sich auf der zweiten Etage», sagte Pike.

«Richtig. Genau wie ich sagte.» Er mußte es uns fünfmal beschreiben. Er hatte uns sogar einen kleinen Grundriß gezeichnet.

«Und Jonathan sitzt im dritten», sagte ich.

Worley nickte. «Ja, aber da müssen wir nicht hin. Wir müssen nur in die Vertragsabteilung. Die haben alles im Computer.»

«Was ist, wenn Jonathan etwas geheimhalten wollte?»

Worley schüttelte den Kopf. «Aus der Vertragsabteilung haben wir trotzdem Zugriff. Die ganze Kanzlei hängt an einem Netz. Jesus, ich muß es wissen. Ich hab an der Planung des Systems mitgearbeitet.»

Ich sah Pike an, und Pike zuckte die Achseln. «Wann auch immer.»

Worley sah beunruhigt aus. «Aber was ist mit den Leuten da oben?»

«Was soll mit denen sein?»

Worley wirkte noch beunruhigter. «Sie werden sie doch nicht umbringen, oder?»

Ray funkelte ihn an. «Das kommt ganz auf dich an. Wenn du 'ne krumme Nummer versuchst, veranstalten wir ein Massaker.»

Pike sah mich an, und ich verdrehte die Augen. Mein Gott, was für ein Schmierenkomödiant.

Ich schob Worley aus dem Wagen, und wir gingen nebeneinander zum Fahrstuhl, Pike mit der Sporttasche, Ray mit einer Hand auf Worleys Schulter. Unsere Schritte waren laut und knirschend. «Du hast gesagt, zwei Minuten, und mehr wirst du nicht bekommen, Luke. Bau also keine Scheiße.»

Lucas Worley antwortete nicht. Er blinzelte heftig, und er leckte sich pausenlos über die Lippen. Angst.

Wir stiegen in den Fahrstuhl und fuhren in die zweite Etage. Falls die Tür aufging und jemand einstieg, der mich erkannte, würde ich behaupten, daß ich zu Truly und Jonathan wollte, und mich frech durchmogeln. Doch als die Fahrstuhltür in der zweiten

Etage aufglitt, war der Empfangsbereich menschenleer. Die Reinigungstrupps würden nicht vor neun kommen. Die Tür zur Vertragsabteilung befand sich auf der linken Seite der Rezeption, gegenüber lagen zwei Toiletten. Joe warf einen Blick in die Herrentoilette, Ray in die Damentoilette. Beide tauchten wieder auf und schüttelten den Kopf. Okay. Pike öffnete die Sporttasche und nahm einen grauen Zylinder heraus. «Was ist das?» fragte Worley sofort.

Ich gab ihm keine Antwort, sondern schob ihn zu Ray. «Okay, Luke. Auf geht's.» Ray zog ihn zur Herrentoilette.

Ich betätigte den Feueralarm im gleichen Augenblick, als Joe Pike mit Worleys Magnetkarte die Tür zur Vertragsabteilung öffnete, dann den Sicherungsring der Rauchbombe abzog und sie durch die Tür warf. Er hielt die Tür lange genug auf, um zu brüllen: «Es brennt! Bitte benutzen Sie das Haupttreppenhaus und gehen Sie auf die Straße!» Das Haupttreppenhaus endete in der Eingangshalle im Erdgeschoß und lag abseits des Empfangsbereichs. Auf der Rückseite der Vertragsabteilung gab es noch eine Wartungstreppe, über die man in die Tiefgarage gelangte. So wollten wir später von hier verschwinden.

Joe ließ die Tür zufallen, dann folgten er und ich Ray und Worley auf die Toilette, wo wir uns gegen die Wand drückten. Wir hörten Stimmen und Flüche und das nervöse Lachen einer Frau, und dann sagte ich: «Es ist soweit, Luke. Showtime!»

Ich schleifte Worley hinaus, und wir benutzten die Magnetkarte, um die Tür wieder zu öffnen, während Pike den Alarm abstellte. Ich schob Worley durch den weißen Rauch und sagte: «Eine Minute und fünfundvierzig Sekunden. Die Uhr läuft.»

Joe und Ray drängten sich hinter uns hinein, Joe nahm eine Feuerlöschdecke aus der Sporttasche und streifte schwere Handschuhe über, um die Rauchbombe einzupacken. Keine Beweise hinterlassen. Sie blieben an der Tür stehen, und Worley führte mich in ein Büro. «Das war mal meins. Sharon muß es übernommen haben.» Auf dem Schreibtisch summte ein Macintosh-Computer, so als wäre sie gerade mit etwas beschäftigt gewesen, bevor wir den Alarm auslösten. «Neunzig Sekunden», sagte ich. «Sie werden sich fragen, was passiert ist. Sie werden sich wundern, warum der Alarm aufgehört hat, und sie werden sich fragen, ob sie zurückkommen und mal nachsehen sollten.»

Worley schloß die Dateien, die auf dem Bildschirm aktiv waren, und öffnete andere. Auf dem Monitor tauchte ein Ordner mit der Kopfzeile MARTIN, THEODORE zusammen mit einer Verzeichnisliste auf. Er grinste und schlug auf den Schreibtisch. «Sehen Sie. Das ist beschissene Magie. Alles ist da.» Als gehörten wir jetzt zum gleichen Team. Als hätte er vergessen, daß wir ihm eine Kanone an den Kopf halten mußten.

«Drucken Sie's aus und öffnen Sie Greens private Dateien.»

Worley runzelte die Stirn. «Was meinen Sie mit private Dateien?»

«Briefe, Rechnungen, Schriftsätze, alles, was seinen Namen trägt.» Ich ging zur Tür und sah Pike an. Die Bombe stieß keinen Rauch mehr aus, aber ein dichter, weißer Nebel legte sich über das Büro. «Beeilen Sie sich, Luke. Noch sechzig Sekunden.»

Die Falten auf Worleys Stirn wurden tiefer. «Es geht schneller, wenn ich's auf eine Floppy ziehe.» Er merkte, daß ich nicht wußte, wovon er redete. «Ich mach einfach eine Kopie auf Diskette. Geht schneller als ausdrucken.»

«Tun Sie's.»

Ray kam herein. «Wir hören Stimmen auf der anderen Seite der Tür.»

Worley schob eine Diskette ein. Er drückte verschiedene Tasten.

«Ich kann nur für Sie hoffen, daß Sie mich nicht aufs Kreuz legen, Luke», sagte ich.

«Himmel, ich bin gleich fertig.» Er machte wieder große Augen. «Okay, *jetzt!* Wir haben's! Das ist es!»

Er ließ die Diskette auswerfen, und wir hasteten durch den Rauch im vorderen Büro zum hinteren Treppenhaus. Wir stürmten die Treppe zur Tiefgarage hinunter. Ich schwitzte und hatte Angst, wir könnten einem Blauuniformierten oder einem Hausmeister begegnen, der nach oben wollte. Aber wir hatten Glück.

Wir durchquerten die Tiefgarage, stiegen in den Porsche und

fuhren zu Lucas Worleys Eigentumswohnung zurück. Es war dunkel, als wir dort eintrafen. Niemand hatte eine Straßensperre errichtet, und wir waren auch nicht von einer Phalanx Streifenwagen in wilder Jagd verfolgt worden. Ich hatte noch nie eine Phalanx gesehen, aber ich war froh, diese Erfahrung nicht machen zu müssen. «Das haben Sie gut gemacht, Luke, aber etwas ist da noch.»

Er sah mich an. Wir vier saßen immer noch in dem Porsche, direkt im Carport.

«Sie werden Ihren Mund halten, was diese Sache betrifft», sagte ich. «Sie werden Ihren Kumpels nichts davon erzählen. Sie werden nicht vor Ihrer Freundin damit prahlen. Haben wir uns da ganz klar verstanden?» Ich war ziemlich sicher, daß er es irgendwann doch tun würde, aber ich wollte etwas Zeit gewinnen.

«DiVega will diesen Wichser immer noch tot sehen», sagte Ray.

Ich beachtete ihn nicht weiter. «Sind wir uns da einig, Luke?»

Lucas Worleys Kopf wippte. «Ich sag kein Sterbenswörtchen. Ich schwör's bei Gott.»

Ich hielt die Diskette hoch. «Ich werde alles überprüfen, und falls es nicht vollständig ist oder falls ich denke, daß Sie mich aufs Kreuz gelegt haben, werde ich DiVega anrufen. Haben wir uns da ebenfalls verstanden?»

Luke blickte von Ray zu Joe und wieder zu Ray. Ray funkelte ihn an. «Mann, ich hab *alles* kopiert. Wenn etwas dabei war, dann haben Sie's jetzt. Ich *schwör's*.»

«DiVega hat gesagt, wir sollen machen, was Sie sagen», warf Ray ein. «Aber ich weiß genau, es wird ihm nicht gefallen.»

Ich blickte Ray dramatisch in die Augen, damit Worley es nur ja mitbekam. «Sagen Sie Mr. DiVega, daß wir jetzt quitt sind. Sagen Sie ihm, ich bedanke mich.»

Ray wandte sich wieder zu Luke und schlug ihm einmal vor die Stirn, leicht.

«Au!» japste Worley.

«Falls du je wieder Dope kaufst», sagte Ray, «werden wir's erfahren. Falls du je wieder Dope verkaufst, kommen wir wieder. Was heute abend passiert ist, zählt dann einen Furz. Kapiert, Mr. Harvard Law?»

Worley war auf und ab gehopst, als hätte er eine Feder im Arsch. «He, ich bin im Ruhestand. Sagen Sie das Mr. DiVega. Ich schwör's.»

Ray, Joe und ich kletterten aus dem Porsche, ließen Lucas Worley im Carport sitzen, traten auf die Straße hinaus und kehrten zu unseren Autos zurück. Ray fragte: «Gibt's diesen DiVega wirklich?»

«Nee. Hab ich alles erfunden.»

Ray nickte. «Ich hab versucht, dem kleinen Wichser Angst einzujagen. Ihn vielleicht zur Besinnung zu bringen.»

«Ich weiß.»

«Es dauert keinen Monat, und der kleine Arsch wird wieder dealen.»

«Darauf kannst du wetten.»

Ray dachte darüber nach. «Wenn dieser kleine Idiot wieder mit Dealen anfängt, wird er früher oder später dem echten Mr. DiVega begegnen.»

«Das tun sie immer.» Wir blieben vor meinem Wagen stehen und schüttelten uns die Hand. «Danke, Ray. Ich weiß deine Hilfe sehr zu schätzen.»

Ray starrte zu Worleys Eigentumswohnung zurück, sah mehr als nur ein wenig traurig aus. «Was für eine Verschwendung. Das gottverdammte Harvard.»

«Jap.»

Ray Depente holte tief Luft, atmete aus und ging dann zu seinem Wagen. Ich denke, er konnte einfach nicht verstehen, wie jemand so viele Chancen vertun konnte. Ich vermute, er würde den größten Teil der Nacht darüber nachdenken.

Pike und ich sahen ihm nach, als er fuhr, und dann kehrten wir zu mir nach Hause zurück.

30

Wir fuhren direkt zu meinem Haus. Joe folgte mir in seinem Jeep, und wir brannten darauf zu erfahren, ob wir etwas gefunden hatten, das Anna Sherman verwenden konnte. Es war zwanzig nach acht, als wir ankamen, und Lucy und Ben lagen aneinandergeschmiegt auf meiner Couch, sahen sich etwas an, daß wie eine Sendung über wilde Tiere der afrikanischen Steppe im Discovery Channel aussah. Der Kater schaute ebenfalls zu, allerdings vom Rand des Loft aus. Er mochte Lucy und Ben immer noch nicht, aber wenigstens knurrte er nicht.

«Sie sind zurück! Hi, Joe!» sagte Ben.

«Hi, Kumpel», erwiderte Joe. «Kannst du mir vielleicht mal zeigen, wie man diesen Macintosh ans Laufen bringt?»

«Klar.» Ben sprang auf, und sie gingen zusammen zum Mac. Der Kater drehte den Kopf vom Fernseher und beobachtete nun Joe. Er fing an, genüßlich die Pfoten auszustrecken, kam aber immer noch nicht herunter.

Lucy hob eine Hand, und ich nahm sie. «Ich werde nicht fragen, wo du gewesen bist oder was du gemacht hast», sagte sie.

Ich gab ihr einen Kuß auf die Nasenspitze. «Du glaubst es nicht. Joe und ich haben auf der Straße eine Computerdiskette gefunden. Wir vermuten, daß sie Verträge und Geschäftsvereinbarungen zwischen Jonathan Green und Theodore Martin enthält.» Ich hielt die Disk hoch und zeigte sie ihr.

Lucy schloß die Augen und ließ sich kläglich auf die Couch zurücksinken. «Gott. Ich will nichts darüber erfahren.»

«Natürlich werden wir erst wissen, wohin uns das führt, wenn wir einen Blick darauf werfen. Wahrscheinlich würde es uns helfen, wenn ein Rechtsanwalt das Zeug entziffert.»

Lucy vergrub ihr Gesicht in den Händen. «Ich werde meine Zulassung verlieren. Ich werde ins Gefängnis wandern.»

Joe sagte: «Wir sind dann soweit.»

Ich ging zu dem Mac. «Du hast recht, Luce. Bleib besser da.»

Lucy sprang auf und kam um die Couch zu uns geflitzt. «Ach, verdammt. Es wird schon nichts schaden, wenn ich dir über die Schulter schaue.»

Wir fütterten den Computer mit der Diskette und öffneten die Dateien. Die Liste der verfügbaren und Teddy Martins anwaltliche Vertretung betreffenden Dokumente war umfangreich. Lucy beugte sich an mir vorbei und klopfte mit dem Fingernagel auf den Bildschirm. Sie hatte ihre Lesebrille aufgesetzt. «Das meiste hiervon wird höchstwahrscheinlich mit der Rechnungsstellung zu tun haben. Du suchst aber die Honorarvereinbarung.»

Ich sah Lucy an. «Ich dachte, du wolltest nichts damit zu tun haben.»

Sie trat einen halben Schritt zurück und zeigte ihre Handflächen. «Du hast recht. Vergiß, daß ich was gesagt habe.»

Ich drehte mich wieder zum Bildschirm.

«Aber du willst trotzdem die Honorarvereinbarung.»

Ben kehrte zur Couch zurück. Wir fanden die Dateien mit der Honorarvereinbarung und öffneten sie. Die ursprüngliche Vereinbarung setzte ein Pauschalhonorar von fünfhunderttausend Dollar plus aller Spesen und Auslagen im Zusammenhang mit der Verteidigung fest, und zwar vom Datum der Vereinbarung bis zur letzten Berufung. Die fünfhunderttausend sollten auf einem Treuhandkonto von Jonathan Green hinterlegt und zu gleichen Teilen aufgeteilt werden zwischen Unterzeichnung, Beginn der Voruntersuchung, Ende der Voruntersuchung, Beginn des Hauptverfahrens und Ende des Hauptverfahrens, wobei der aktuelle Saldo auf Verlangen auszuzahlen war, falls die Klage aus irgendeinem Grund abgewiesen werden sollte. Ich sah Lucy an, und sie zuckte die Achseln. «Sieht ziemlich normal aus.»

Pikes Miene war finster. «Fünfhundert Riesen. Normal.»

«Ja. Dafür arbeiten diese Typen», sagte ich.

Lucy stieß mir in die Rippen, und dann öffneten wir die Ergänzungen. Lucy stieß einen leisen Pfiff aus und sagte: «Ich schätze, der Preis der Gerechtigkeit ist gestiegen.»

Die erste Ergänzung übertrug die faktische Inhaberschaft an der

Gesamtheit von Theodore Martins Firmenbesitz, bekannt als Teddy Jay Enterprises, Inc., sowie Theodore Martins gesamten persönlichen Besitz auf sechsundzwanzig Treuhandkonten unter der Kontrolle der Anwaltskanzlei Jonathan Green. Die Liste des Eigentums und Vermögens setzte sich über vier Seiten fort und umfaßte vierzehn Restaurants, das damit verbundene Immobilienvermögen, Teddys Villa im Benedict Canyon plus Wohnungen, Apartmenthäuser und Immobilien in Palm Springs, Honolulu, Denver und Dallas. Jeder Holding waren Schätzwerte zugeordnet worden, und der Gesamtwert wurde auf einhundertzwanzig Millionen Dollar beziffert. «Ist das legal?» fragte ich.

Lucys Lippen waren leicht geöffnet, der Monitor spiegelte sich in ihrer Brille. «Freies Unternehmertum, Studly. Sieht so aus, als hätte Green das Honorar für seine Dienste neu ausgehandelt, aber wen interessieren Hyänen, die sich von den Knochen der Toten ernähren?»

Ich sah wieder auf den Bildschirm und schüttelte den Kopf. Rentenkonten, festverzinsliche Wertpapiere und Aktienportefeuilles. «Mein Gott, Green bekommt ja *alles.*»

Sie blätterte weiter. «Sieht so aus.» Dann holte sie tief Luft, und das Blättern hörte auf. «Das ist ja komisch.»

«Was?»

Sie zeigte auf den letzten Absatz der Ergänzung. «Alles befindet sich in treuhänderischer Verwaltung, aber sie werden Green nur in dem Fall ausgezahlt, wenn die Anklage gegen Teddy niedergeschlagen oder er freigesprochen wird.» Sie schüttelte den Kopf. «So was macht man nicht. Kein Rechtsanwalt würde seine Bezahlung auf den Ausgang eines Falles gründen.»

Pike meinte trocken: «Der hier schon.»

Ich nickte. «Sex und Geld. Einhundertzwanzig Millionen sind genug Motivation.»

Pike lehnte sich zurück, und sein linker Mundwinkel zuckte. «Genug, um James Lester zu benutzen, einen gefälschten Beweis einzuschleusen, und auch genug, um Louise Earle zu veranlassen, ihre Aussage abzuändern, so daß Presse und Öffentlichkeit Angela Rossis Ehrlichkeit bezweifeln.»

Ich runzelte die Stirn. «Bei Lester kann ich das nachvollziehen, aber Mrs. Earle wird sich niemals kaufen lassen. Sie mußten sie auf irgendeine Weise bedrohen, und ich frage mich, ob sie vielleicht den Druck verstärkt haben.»

Lucy trat von dem Mac zurück und nahm ihre Brille ab. «Ich stimme dir zu, daß du jetzt ein Motiv behaupten kannst, aber diese Vereinbarung ist nicht ungesetzlich. Es ist einfach nur ungewöhnlich. Man könnte weiter behaupten, daß Jonathan bereit ist, das Risiko eines Erfolgshonorars einzugehen, weil es sich um ein so großes Vermögen handelt. Was die ganze Geschichte ungewöhnlich macht, macht sie gleichzeitig vernünftig.»

«Meinst du, Anna Sherman könnte sich dafür interessieren?»

Lucy spreizte die Hände. «Ich bin sicher, daß sie interessiert wäre, aber was könnte sie tun? Die kalifornische Anwaltskammer hat ganz sicher keinen Grund zu einer Ermittlung, und sie ebenfalls nicht.» Sie zeigte auf den Mac. «Außerdem könnte sie das hier niemandem zeigen. Ihr seid illegal in den Besitz gelangt.»

«He, wir haben es gefunden», sagte ich.

Lucy setzte die Brille wieder auf und beugte sich an mir vorbei zur Tastatur. «Laß doch mal die letzte Ergänzung sehen.»

Die letzte Ergänzung war keine Seite lang. Darin wurden einfach vier persönliche Konten und ein Ferienhaus in Brasilien aus der zweiten Ergänzung herausgenommen und mit der Anweisung versehen, die Konten und das Haus wieder Teddy Martins Kontrolle zu übertragen. Lucy machte: «Hmmm.»

«Was?»

Sie schüttelte den Kopf und setzte die Brille wieder ab. Ich vermute, «Hmmm», bedeutete nichts.

«Tut mir leid», sagte sie. «Es ist trotzdem ganz schön viel.»

Ich sah Pike an, aber Pike zuckte nur die Achseln.

Ich blätterte in der ursprünglichen Vereinbarung zurück, sah mir dann noch einmal die Ergänzungen an. Ich dachte über die Daten nach. «Okay, wie wär's damit. Die erste Ergänzung ist rechtmäßig. Teddy engagiert den besten Anwalt, den er finden kann, und das ist Green. Er denkt, wenn ihn überhaupt jemand raushauen kann, dann Jonathan.»

Lucy zog einen der Küchenhocker heran und setzte sich. «Okay.»

«Als aber die Ergebnisse der Blutuntersuchungen aus den Labors der Polizei und des FBI zurückkommen und die Ermittlung weitergeht, sieht es gar nicht mehr so gut aus. Vielleicht schlägt Jonathan ihm vor, sie sollten mit der Staatsanwaltschaft ein Schuldbekenntnis oder eine Teilschuld aushandeln. Teddy dreht durch. Er ist ein verwöhnter, arroganter Egomane, und er kann sich einfach nicht vorstellen, diese Sache nicht in den Griff zu bekommen. Vielleicht erwähnt es Jonathan zuerst, vielleicht Teddy, aber irgendwer kommt auf die Idee, daß es irgendeine Möglichkeit geben muß, diese Sache zu deichseln, und wenn eine solche Möglichkeit gefunden werden könnte, dann wäre es alles wert, was Teddy Martin besitzt. Einer spricht es aus, und der andere denkt darüber nach, und dann einigen sie sich. Vielleicht wird der eigentliche Plan nie diskutiert. Vielleicht werden die Worte nie ausgesprochen, aber die Ergänzung wird aufgesetzt, und dann läuft alles seinen Gang. Truly schlägt James Lester vor; Kerris kontaktiert Lester; Lester ruft die Hotline an; ich werde auf den Job angesetzt. Verstehst du?»

Joe rutschte auf seinem Platz. «Die Realität beginnt sich zu ändern.»

Lucy verschränkte die Arme und beugte sich vor. «Willst du damit sagen, daß Jonathan sich bei allem heraushält?»

«Sicher. Er hat doch Truly. Er hat Kerris. Er versteckt sich hinter den Menschen. Jonathan Green hat die Erfahrung gemacht, daß er die Fähigkeit besitzt, sich vor zwölf Menschen zu stellen und sie zu überzeugen, die Tatsachen so zu akzeptieren, wie er sie ihnen darstellt. Meistens ist die Wirklichkeit, die er konstruiert, falsch, aber er kann eine Geschworenenbank überzeugen, daß diese falsche Interpretation real ist.»

Lucy seufzte. «Das ist es, was einen großen Strafverteidiger ausmacht.»

«Und Jonathan Green ist einer der besten. Er ist sehr sorgfältig und hinterläßt keine Beweise, die ihn unmittelbar mit einem Verbrechen in Verbindung bringen könnten.»

Lucy nickte. «Aber wenn das, was du sagst, wahr ist und er Lester als Zeugen erschaffen hat, warum sollte er ihn dann umbringen lassen? Lester war das eine Bindeglied, das Pritzik und Richards mit Susans Entführung in Zusammenhang brachte und auch mit einer entsprechenden Aussage bezeugen konnte.»

«Green wußte», sagte Joe, «daß wir ihn verdächtigt haben, Beweismaterial zu manipulieren. Vielleicht hat er beschlossen, Lester auszuschalten, weil er Angst hatte, Lester könne ihn verraten.»

Ich zuckte die Achseln. «Oder vielleicht wurden Lester ja auch die Zusammenhänge klar. Vielleicht hat er Green damit gedroht, alles zu verraten. Vielleicht hat er das gemeint, als er Jonna gegenüber von einer großen Summe erzählte, die er bald bekäme. Vielleicht meinte er ja gar nicht die hunderttausend Dollar Belohnung, sondern die Summe, die er durch die Erpressung von Jonathan Green bekommen konnte. Als Lester den letzten Schritt machte und Jonathan die Kanone an den Kopf setzte, kümmerte der sich selbst um das Problem.»

Lucy war nicht sehr überzeugt. «Vielleicht ist er auch einfach nur auf einem Stück Seife ausgerutscht.» Sie runzelte die Stirn über den Blick, den ich ihr zuwarf. «He. So was passiert!»

Ich starrte sie noch einen Moment länger an, dann wanderte mein Blick wieder auf den Bildschirm, dort hatte sich aber nichts verändert. Nichts deutete darauf hin, das Jonathan Green unwiderlegbar mit dem Verbrechen in Verbindung gebracht werden konnte. «Das ist es, was diesen Burschen so gut macht. Alles läßt sich erklären. Nichts davon beweist irgend etwas.»

«Nein», sagte Joe. «Alles führt zum Geld zurück, und Green bekommt das Geld nur, wenn Teddy ungeschoren davonkommt.»

Lucy starrte wieder den Computer an, einen Bügel ihrer Brille zwischen den Zähnen. «Es sei denn, sie haben gar nicht vor, es bis zum Prozeß kommen zu lassen.»

Ich schüttelte den Kopf. «Der Bezirksstaatsanwalt wird diese Anklage niemals fallenlassen.»

Lucy las noch einmal die letzte Ergänzung, in der Konten und Immobilien Teddy rückübertragen wurden, und setzte die Brille auf. «Ein Haus in Brasilien. Knapp zehn Millionen Dollar auf verschiedenen Konten.» Sie trat einen Schritt zurück und nahm die Brille ab. «Wir haben keinen Auslieferungsvertrag mit Brasilien. Warum sollte Green auf das Geld und das Haus verzichten? Teddy hatte doch bereits zugestimmt, daß beides Bestandteil des Honorars ist.»

«Kaution», sagte Pike. «Sie versuchen derzeit mit aller Macht, daß eine Kaution gestellt wird.»

Lucy nickte, klopfte die Brille gegen die Zähne. «Ich mache jede Wette, er wird versuchen abzuhauen. Wenn er bereit war, seinen ganzen Besitz aufzugeben, um von der Anklage freigesprochen zu werden, dann ist er auch bereit, alles hinter sich zu lassen. Versteht ihr?»

«Klar.» Vielleicht sollte ich mich einfach zu Ben setzen und fernsehen. Sollten Lucy und Joe doch alles aufdröseln.

«Vielleicht haben sie ihre ursprüngliche Vereinbarung noch einmal ergänzt, dieses Mal allerdings nicht in Schriftform», sagte Lucy. «Vielleicht wird jetzt alles bei Kautionsstellung fällig.»

Ich nickte ebenfalls. Mr. Komm-mit-an-Bord. Mr. Klink-dich-ein. «Warum haben sie es nicht schriftlich festgehalten?»

«Weil», sagte Pike, «eine Zahlungsfälligkeit bei Kautionsstellung auf die Kenntnis der Flucht schließen lassen würde.»

Ich starrte ihn an.

«Joe hat recht», sagte Lucy. «Ihr zwei seid im Bilde, und ihr macht Schwierigkeiten. Lester war ein Problem, und nun weitere Schwierigkeiten. Vielleicht stehen Teddy und Jonathan allmählich so unter Druck, daß sie bereit sind, ein Risiko einzugehen.»

Ich grinste. «Teddy transferiert die Gelder nach Brasilien, solange er noch im Gefängnis sitzt. Jonathan hat nichts damit zu tun. Wenn dann seine Freilassung auf Kaution bewilligt wird, geht er stiften. Teddy ist in Freiheit, und Green kann alles abstreiten.»

Lucy nickte. «Das würde funktionieren. Außerdem ist jede Kommunikation zwischen ihnen streng vertraulich und vor Gericht als Beweismittel nicht zulässig.»

«Ist die Gerechtigkeit nicht wunderbar», war Pikes Kommentar.

«Himmel, Arsch und Zwirn», sagte ich und hielt eine Hand

hoch. Lucy schlug ein. Ich fühlte mich, als hätten wir etwas erreicht.

Doch dann sagte Joe: «Und es gibt nichts, was wir dagegen tun könnten.»

Ich blinzelte ihn an. «Mann, bist du ein Spielverderber.»

Joe beobachtete mich einen Moment, dann stand er auf und ging zu Lucy. Er ragte hoch über ihr auf. «Du reist morgen ab.»

«Richtig. Morgen früh.»

Pike sah mich an, aber er sprach mit Lucy. «Er wird dich vermissen. Seit er aus Louisiana zurück ist, hat er sich vor Sehnsucht nach dir verzehrt.»

«Verzehrt?» sagte ich.

Lucy lächelte. «Ich mag verzehren.»

Joe sah mich stirnrunzelnd an. «Du mußt sie nicht mehr alle haben, an ihrem letzten Abend über diesen Kram zu reden.» Er wandte sich wieder an Lucy. «Ich werde dich auch vermissen.»

Lucy stellte sich auf die Zehenspitzen und gab ihm einen flüchtigen Kuß auf den Mund. «Joe. Danke.»

«He, Ben.»

Ben rollte sich auf der Couch auf den Rücken und grinste ihn an. «Bye, Joe. Ich hoffe, du kommst uns mal besuchen.»

Joe zeigte auf ihn, dann warf er noch einen kurzen Blick auf Lucy und ging zur Tür. Der Kater sah, daß Joe ging, kam die Treppe heruntergeflitzt und schlüpfte mit ihm hinaus. Seelenverwandtschaft.

Nachdem Joe fort war, legte Lucy ihre Arme um mich. «Er ist so nett.»

«Nett ist kein Wort, das besonders häufig benutzt wird, um ihn zu beschreiben.»

«Du bedeutest ihm sehr viel.»

«Joe ist okay.»

«Du bedeutest mir auch sehr viel», sagte sie.

«Ich weiß.» Dann nahm ich sie in die Arme und drückte sie. Ich hob sie vom Boden, und mein Herz wurde voll, und einen merkwürdigen Augenblick lang hatte ich das Gefühl, ich würde zu einem Schatten verblassen, und wenn ich mich nicht fest genug an sie klammerte, würde ich einfach verschwinden. Ich sagte: «Willst du was ganz Unüberlegtes machen?» Ich glaube, ich flüsterte.

«Ja.»

«Willst du was Verrücktes machen?» sagte ich lauter.

«Oh, mein Gott, ich kann's kaum noch erwarten.»

«He, darf ich auch?» fragte Ben.

«Und ob, Kumpel», antwortete ich.

Ich setzte Lucy ab, dann machten wir uns heiße Schokolade, setzten uns in die kühle Nachtluft auf meiner Veranda und redeten, während die Kojoten sangen.

Wir saßen bis tief in die Nacht zusammen, und dann brachte Lucy Ben ins Bett. Sie und ich saßen nur noch nebeneinander, redeten nicht mehr, wiegten uns einfach in der Sicherheit meines Hauses, taten so, als würde Morgen nie kommen.

31

Kurz nach neun am nächsten Morgen begleitete ich Lucy und Ben zum LAX. Wir gaben ihren Wagen bei der Mietwagenfirma zurück und saßen bis zum Aufruf, an Bord zu gehen, zusammen am Flugsteig. Dann stellte ich mich mit ihnen in die Schlange, bis sie die Gangway betraten und ich nicht weiter durfte. Ich schaute ihnen nach, bis eine tüchtige junge Frau in einer adretten Uniform der Fluggesellschaft meinte, ich versperre die Tür, und mich bat, ein Stück zur Seite zu treten. Ich ging zu den großen Glasscheiben und sah zum Flugzeug hinaus, hoffte, Lucy und Ben in einem der Bullaugen zu sehen, aber vergeblich. Wahrscheinlich hatten sie Plätze auf der anderen Seite. Den Morgen hatten wir damit verbracht, über harmlose Dinge zu reden: *Es ist heute morgen bestimmt bedeckt, was meinst du? Ja, aber spätestens um zehn hat die Sonne die Wolken weggebrannt. Oh, verdammt, ich hab völlig vergessen, die Fluggesellschaft anzurufen und einen Obstteller zu bestellen.* Ich vermute, das war eine Möglichkeit, unsere Trennung erträglich zu machen und irgendwie so zu tun, als sei es nicht schmerzhaft und verwirrend, daß sie in ein Flugzeug stieg und wir beide in unseren Alltag zurückkehrten.

Als der kleine Schlepper das Flugzeug vom Terminalgebäude wegschob und weiter hinaus auf die Rollbahn, sagte ich: «Scheiße.»

Ein älterer Gentleman stand neben mir. Er war gebeugt und hatte schütteres Haar, trug ein dünnes Baumwollhemd und ausgebeulte, viel zu weit hochgezogene Alte-Männer-Hosen und einen Spazierstock. «Es ist nie leicht», sagte er.

Ich nickte.

«Ihre Frau und Ihr Sohn?» fragte er.

«Meine Freunde.»

«Bei mir waren es die Enkel.» Er schüttelte den Kopf. «Sie kommen zweimal im Jahr aus Cleveland rüber. Wenn ich sie ins Flugzeug setze, dann denke ich immer, das könnte das letzte Mal sein. Das Flugzeug könnte abstürzen. Ich könnte tot umfallen.»

Ich starrte ihn an.

«Ich bin kein junger Mann mehr. Überall lauert der Tod.»

Ich ging. Zu blöd, daß man keinen Unterlassungsbefehl gegen negative Lebenseinstellung erwirken konnte.

Joe holte mich vor dem Terminal ab, und wir fuhren direkt zu Louise Earles Haus. Wir parkten vor ihrer Einfahrt, gingen wieder zur Tür, klingelten erneut und klopften. Wenn wir noch häufiger anklopften, würden wir wahrscheinlich eine Delle ins Holz hauen. Ich hoffte, daß sie vielleicht nach Hause zurückgekehrt war, aber die Vorhänge waren immer noch vorgezogen, und im dunklen Innern gab es keine Anzeichen dafür, daß sie zurückgekommen und dann wieder gegangen war. Während wir noch dort standen, kam Mrs. Harris aus ihrem Haus und winkte uns nervös zu. «Sie wirkt beunruhigt», sagte Pike.

«Ja.»

Wir gingen zu ihr. Ich sah, daß ihr Gesicht verhärmt und verängstigt war und daß sie eine Hand um die andere legte, immer und immer wieder. «Dieser Mann ist heute morgen wieder hier gewesen», sagte sie. «Ich dachte, es wäre der Milchmann, so früh sind sie gekommen.»

«Sie?»

«Es waren drei Männer. Sie sind um Louises Haus herumgelaufen. Sie sind hinten reingegangen.»

Pike sah mich an, und ich zeigte ihr das Foto von Kerris. «War das hier einer von ihnen?»

Sie kniff die Augen zusammen, sah das Bild an und nickte. «O ja. Das ist der, der auch schon früher hier war.» Sie flitzte an den Rand der Veranda, rieb sich nervös die Hände. Düstere Gedanken plagten sie. «Sie waren in ihrem Haus. Das Licht ist angegangen, und ich habe gesehen, wie sie im ganzen Haus herumgelaufen sind.»

«Haben Sie sie auch wieder gehen sehen?»

Sie nickte.

«War Mrs. Earle bei ihnen?»

Mit großen, verängstigten Augen sah sie mich an. «Was meinen Sie damit? Was wollen Sie damit sagen?»

«Ist sie bei ihnen gewesen?»

Mrs. Eleanor Harris schüttelte den Kopf. Nur einmal. Kaum merklich.

«Ist Mrs. Earle zwischenzeitlich nach Hause gekommen?» fragte ich.

Sie schaute zum Haus ihrer Freundin auf, rieb sich die Hände, bewegte sich in einer Art alles verschlingender Erregung.

«War Mrs. Earle zu Hause?»

Mit großen Augen sah sie mich wieder an. «Ich weiß es nicht. Ich glaube nicht, aber möglich ist es schon.»

Pike und ich schlenderten um Louise Earles Haus herum in den Garten dahinter. Ich spürte kalte Luft über mich wegspülen, die Haare im Nacken und an den Seiten prickelten und jagten mir Angst ein. «Die Tür», sagte Pike.

Louise Earles Hintertür war aufgebrochen worden. Wir zogen die Waffen, gingen hinein und streiften vorsichtig durch das Haus. Es war ein kleines Haus, nur die Küche, Eßzimmer, Wohnzimmer, zwei kleine Schlafzimmer und ein Bad. Papiere waren aus Schubladen gezogen und Möbel verrückt worden, Schranktüren standen offen, als hätte jemand das Haus eher aus Frustration als mit einem konkreten Ziel durchsucht. Ich machte mir Sorgen, daß wir womöglich Mrs. Earle tot auffinden würden, aber nichts. Ich vermute, daß sie wohl doch nicht nach Hause gekommen war. «Zuerst Lester, jetzt sie», sagte Pike. «Green eliminiert die noch unerledigten Probleme zum eigenen Schutz.»

«Wenn sie Angst bekommen hat, dann ist sie geflohen. Wenn sie geflohen ist, könnte sie eine Fahrkarte gekauft haben, die vielleicht auf ihrer Kreditkartenabrechnung auftaucht. Außerdem könnte sie einen Mann namens Walter Lawrence angerufen haben.»

«Ich nehme das Schlafzimmer», sagte Pike. «Du fängst in der Kuche an.»

Schnell und schweigend durchsuchten wir das Haus. Sie hatte zwei Telefone, eines in der Küche und eines im Schlafzimmer. In der Küche hing ein älterer Wandapparat mit Wählscheibe, daneben ein kleines Pinnbrett mit Notizen, Zeitungsausschnitten, Gebeten des Tages und Nachrichten, die sie sich selbst geschrieben und wahrscheinlich seit Jahren nicht mehr gelesen hatte. Ich sah mir alles an, dann die Post-Its an ihrer Kühlschranktür, und schließlich ging ich die Papiere durch, die Kerris achtlos auf dem Boden hatte liegenlassen. Ich suchte ein persönliches Telefonbuch oder Notizen oder irgendwas, um Walter Lawrence ausfindig zu machen, oder einen Anhaltspunkt auf ihren Aufenthaltsort. Falls jemals so etwas existierte, hatten Kerris und seine Leute es mitgenommen. Als ich mit der Küche fertig war, ging ich ins Schlafzimmer. Pike war mit dem Kleiderschrank beschäftigt. «Die Kreditkartenabrechnungen liegen neben dem Telefon», sagte er. Ich setzte mich neben das Telefon auf die Bettkante und sah mir an, was er gefunden hatte. Fünf ältere Visa- und MasterCard-Belastungen, drei auf Visa und zwei auf MasterCard. Die Einzelsummen waren niedrig, und nichts auf den Leistungsbelegen lieferte einen Hinweis darauf, wohin Louise Earle gegangen sein könnte. Andererseits hatte ich es auch nicht anders erwartet. Wenn sie innerhalb der letzten Tage Tickets gekauft hatte, würden sie ihr noch nicht in Rechnung gestellt worden sein. Ich nahm ihr Telefon, wählte die gebührenfreie Nummer von der Rückseite der Visakarte und sagte: «Hi. Ich rufe für meine Mom an, Mrs. Louise Earle.» Ich nannte die Kreditkartennummer, die auf der Rechnung stand, sowie die Rechnungsanschrift. «Sie hat gestern ein Flugticket mit der Karte gekauft, und wir müssen das leider stornieren.»

Die Frau von Visa sagte: «Ich hole mir mal gerade ihre Daten auf den Bildschirm.» Sie war sehr freundlich.

«Vielen Dank. Das wäre sehr nett von Ihnen.»

Etwa drei Sekunden später sagte sie: «Tut mir leid, Sir, aber wir haben hier keine Belastung für ein Flugticket.»

«Mensch, sie hat mir doch gesagt, daß sie die Tickets gekauft hat. Sie fliegt immer mit United.»

«Tut mir leid, Sir.»

«Wissen Sie», sagte ich, «vielleicht war es kein Flugticket. Haben Sie vielleicht eine Belastung für eine Bus- oder Bahnfahrt?»

«Nein, Sir. Habe ich nicht.»

Ich seufzte theatralisch. «Es tut mir schrecklich leid. Sie hat mir von dieser Reise erzählt, und ich hab mir Sorgen gemacht. Sie ist schon ein bißchen älter.» Ich ließ es so im Raum stehen.

«Ich weiß, wie so etwas ist», sagte die Frau von Visa. Verständnisvoll.

Ich bedankte mich für ihre Zeit und Mühe, dann rief ich MasterCard an und zog die gleiche Nummer noch mal ab, und wieder erfuhr ich, daß Louise Earle keine Tickets gekauft hatte. Natürlich hätte sie auch bar bezahlt haben können, aber da ich es nicht wußte, war es keinen weiteren Gedanken wert. Wie die meisten Dinge im Leben.

Als ich nach dem Gespräch mit MasterCard auflegte, wartete Pike bereits. «Hier scheinen einige Kleidungsstücke zu fehlen. Keine Zahnbürste da.»

«Toll.»

«Irgendwo muß sie doch stecken.»

Ich nahm wieder den Hörer ab, rief meine Freundin bei Pacific Bell an, nannte ihr Louise Earles Telefonnummer und bat um eine Auflistung aller Anrufe, die Louise Earle während der vergangenen fünf Tage gemacht hatte. In den Abrechnungen würden nur Ferngespräche aufgeführt sein, wenn Louise Earle also jemanden eine Straße weiter angerufen hatte, könnte ich es nie erfahren. Auch darüber lohnte es nicht, sich den Kopf zu zerbrechen, genausowenig wie darüber, ob sie Flugtickets bar bezahlt hatte.

Meine Freundin las zwölf Nummern vor, die ich brav mitschrieb; neun davon waren Nahbereichsgespräche und drei Ferngespräche. Die Ferngespräche gingen alle zur gleichen Nummer, wobei es sich bei den ersten beiden um R-Gespräche handelte, deren Gebühren sie übernommen hatte. Das dritte Mal hatte sie die Nummer selbst gewählt. Ich bedankte mich bei meiner Freundin für ihre Hilfe, legte dann auf und begann zu wählen. Mindestlohn-Detektivarbeit.

Ich rief jede Nummer an und erreichte bei den ersten fünf Anrufen einmal eine Apotheke und dann eine ältere Dame. Bei der Apotheke legte ich einfach auf, und die ältere Frau fragte ich, ob sie wisse, wo ich Mrs. Earle finden könne. Sie wußte nicht. Die sechste Nummer war ein Ferngespräch. Das Telefon klingelte zweimal, und dann meldete sich eine Männerstimme: «Federal Correctional Facility, Terminal Island.»

Ich sagte nichts.

Die Stimme fragte: «Hallo?»

Ich sagte, es täte mir leid, falsch verbunden, legte dann auf und sah Pike an. «LeCedrick.»

«Sie wird wohl kaum bei ihm übernachten», meinte Pike. Dieser Komiker.

«Sie hat LeCedrick nicht angerufen. LeCedrick hat sie angerufen. LeCedrick ruft an, und sie ändert ihre Aussage. Vor sechs Jahren wollte sie es nicht tun, aber heute macht sie es. Was glaubst du, hat er ihr gesagt?»

Pike zuckte die Achseln.

Ich klopfte auf das Telefon, dachte darüber nach, und dann rief ich Angela Rossi zu Hause an. Ihr Anrufbeantworter meldete sich, aber wieder ging sie sofort ran, als sie meine Stimme erkannte. «Heute morgen um sechs Uhr sind Kerris und zwei andere Burschen in Louise Earles Haus eingebrochen und haben sie gesucht. Sie haben das Haus auf den Kopf gestellt, und ich weiß nicht, ob sie ihr auf die Spur gekommen sind oder nicht.»

«Warum erzählen Sie mir das?»

«Weil LeCedrick Earle vielleicht weiß, wohin sie gegangen ist. Als ich mich mit Louise unterhalten habe, da hat sie mir gesagt, daß sie nicht mehr mit LeCedrick gesprochen hat, seit er hinter Gitter gewandert ist. Sie sagte, er wollte nicht mit ihr reden. Aber vor vier Tagen hat er gleich zweimal angerufen. Vor drei Tagen hat sie ihre Aussage geändert. Sie hat ihn vorgestern angerufen. Das ist der Tag, an dem sie verschwunden ist. Er könnte wissen, wohin sie gegangen ist. Verstehen Sie?»

Angela Rossi sagte nichts.

«Ich habe ihn schon mal besucht, aber da wollte er auch mit mir sprechen. Ich bin mir ziemlich sicher, daß es diesmal anders ist. Ich brauche eine Polizeimarke, um ohne seine Erlaubnis zu ihm zu kommen. Vielleicht reden Sie ja mit Tomsic, und er könnte mich dort reinschleusen.»

«Holen Sie mich ab», sagte Angela Rossi.

«Sie sind suspendiert, Rossi. Sie haben keine Marke mehr.»

«Ich werde mir eine besorgen, gottverdammt. Holen Sie mich ab, dann werden wir ihn besuchen. Ich werde alles Nötige arrangieren.»

Sie legte auf, bevor ich noch etwas antworten konnte.

32

Angela Rossi erwartete mich an der Einmündung ihrer Sackgasse. Sie wirkte in dem dunkelblauen Kostüm sehr offiziell. Sie hatte es vermutlich während der letzten drei Jahre jede zweite Woche zur Arbeit getragen und schwankte jetzt vor und zurück wie Cops, wenn sie angespannt sind. Es ist eine unbewußte Marotte, die man sich als uniformierter Streifenpolizist angewöhnt, wenn man lange Stunden auf einer Stelle stehen mußte und sich mit nichts anderem beschäftigen kann als mit einem Schlagstock. Man nennt es auch den Gummiknüppel-Tango.

Wir hielten am Bordstein, und sie stieg hinten ein. «Es ist alles geregelt», sagte sie. «Die Wärter glauben, wir kommen, um ihn wegen früherer Komplizen zu vernehmen. Das denkt er im übrigen auch.»

«Hast du eine Marke?» fragte Pike.

«Keine Angst.» Sie schützte jemanden, sagte, wenn du nichts weißt, kannst du auch nichts verraten.

Pike fädelte sich wieder in den Verkehr ein, ohne zu warten, bis sie sich angeschnallt hatte. «Sie könnten uns die Marke geben», schlug ich vor, «dann müßten Sie nicht mit rein. Das mindert das Risiko, wenn jemand entdeckt, daß Sie gegen die Auflagen Ihrer Suspendierung verstoßen.»

Weder erhielt ich eine Antwort, noch sah sie mich an. Ihr Mund war eine unbewegliche Linie und ihre Augen leer. Cop-Augen. Nur ein weiterer Tag der Gratwanderung auf Messers Schneide.

Wir fuhren auf den San Diego Freeway Richtung Süden, und wieder einmal kam ich an Inglewood, Hawthorne, Gardena und Torrance vorbei. Angela Rossi saß in Schweigen gehüllt hinter mir, die Hände auf dem Schoß, blickte aus dem Fenster, ohne etwas zu sehen, trug ihre Cop-Kleidung, eine Cop-Dienstmarke in der Tasche, unterwegs in einem Cop-Einsatz. Sie hatten ihr alles, was dazugehörte, eine ziemlich lange Zeit gewährt, und ich fragte mich, ob sie wohl dachte, daß jetzt alles vorbei sein könnte. Ich fragte mich, ob sie wohl dachte, daß der Traum, der erste weibliche Chief of Detectives zu werden, ein naiver Traum gewesen war. Ich fragte mich, ob sie etwas bereute.

Vierzig Minuten später überquerten wir den Damm nach Terminal Island und passierten das Tor, und dann standen wir auch schon vor dem Verwaltungsgebäude. Wir parkten, legten unsere Kanonen ab, und dann gingen Angela Rossi und ich hinein. «Mit Ihnen alles okay?» fragte ich.

«Halten Sie den Mund, und versuchen Sie, wie ein Polizeibeamter aufzutreten. Das Reden übernehme ich», sagte Rossi.

Jawohl, Ma'am.

Wir gingen durch den Eingang und zur Anmeldung. Ich machte mir Sorgen, daß der Wärter dort derselbe Typ wie bei meinem ersten Besuch war. Aber dieser Bursche blätterte das *Saltwater Fisherman Magazine* durch, schaute nur kurz auf, als wir uns näherten. «Kann ich Ihnen helfen?» fragte er. Es war ein junger Bursche, groß und athletisch, als sei er kürzlich erst aus dem Militär entlassen worden. Er trug einen blauen Blazer und Krawatte.

Rossi zeigte die Dienstmarke. «West L. A.-Raub-/Morddezernat. Ich habe angerufen, um mit einem Häftling namens LeCedrick Earle zu sprechen.»

Der Mann notierte sich die Nummer der Dienstmarke und sagte dann: «Sicher. Warten Sie einen Moment.» Er blätterte in dem Ringbuch, bis er Earles Namen fand, dann sagte er jemandem am Telefon, daß Häftling Nummer E2847 ins Besuchszimmer kommen sollte. Als er auflegte, fragte er: «Schußwaffen?»

«Im Wagen gelassen», erwiderte Rossi.

«Prima. Sie werden sofort abgeholt. Warten Sie bitte an der Sicherheitsschleuse.»

«Wäre es ein großes Problem, wenn Sie in Ihren Büchern nachschauen, wer Mr. Earle während der letzten beiden Wochen besucht hat?» fragte Rossi.

«Überhaupt kein Problem.» Er drehte sich zu einem Computer um. «Jeden Abend geben wir die Daten vom Tag in den Computer ein. Für die Akten. Wollen Sie einen Ausdruck?»

«Ja.»

Es dauerte vielleicht sechzehn Sekunden, dann spuckte ein Laserdrucker ein einzelnes Blatt aus. Moderne Verbrechensbekämpfung in Höchstform. «Hier, bitte sehr», sagte er.

Rossi nahm das Blatt, und auf dem Weg zur Sicherheitsschleuse warfen wir einen Blick darauf. Die einzigen Besucher, die LeCedrick Earle während der letzten beiden Wochen gehabt hatte, waren Elliot Truly und Stan Kerris. Na, so was!

Ein zweiter Bursche in einem blauen Blazer öffnete uns die Sicherheitsschleuse. «Hier entlang, bitte.»

Wir folgten ihm und hielten uns rechts. Er war einige Jahre jünger als Rossi und musterte sie. «Kommt ihr Leute aus L. A.?»

«Ja», antwortete Rossi.

«Was für ein Fall?» Rossi versuchte, ihn nicht weiter zu beachten, aber der Wärter grinste sie breit an.

«Wissen wir noch nicht.»

Das Grinsen wurde breiter. «Wie lange werden Sie denn bei uns sein? Vielleicht könnten wir mal zusammen einen Drink nehmen?»

Rossi sah ihn kein einziges Mal an. «Tu dir einen Gefallen, Kumpel. Bei mir hat man erst kürzlich Chlamydia diagnostiziert.»

Das Grinsen des Wärters erstarrte, und er bewegte sich einen halben Schritt zur Seite. Soviel zu Unterhaltungskillern.

Er brachte uns in dasselbe Besuchszimmer, in dem ich auch gewesen war, und öffnete die Tür. Er beugte sich seitlich weg, damit Rossi ihn auf keinen Fall berührte, als sie an ihm vorbeiging. «Ich muß Sie einschließen. Ihr Mann wird in einer Minute hiersein.»

«Danke», sagte Rossi.

Er verriegelte die Tür hinter uns, und wir waren allein. Ich nickte ihr zu. «Chlamydia. Nett.»

Rossi zuckte die Achseln. Ich vermute, das war wohl etwas, das sie zehntausendmal sagen mußte.

Wir waren noch keine dreißig Sekunden dort, als die hintere Tür geöffnet wurde und ein dritter Wärter LeCedrick Earle hereinführte. Er bekam große Augen, als er uns erkannte, sah den Wärter an und schüttelte den Kopf. «Die Scheiße können Sie vergessen. Ich will die nicht sehen.»

Der Wärter stieß LeCedrick zu dem Tisch, ohne auf ihn zu reagieren, und sagte: «Drücken Sie einfach auf den Summer, wenn Sie fertig sind.»

«He, hör auf mit der Scheiße», schimpfte LeCedrick Earle. «Bring mich sofort in meine Zelle zurück.»

«Danke, Officer», sagte Rossi.

Der Wärter schloß die Tür und sperrte sie ab, dann lächelte Rossi. «Mein Lieblingsganove. Wie geht's denn so, LeCedrick?»

LeCedrick Earle sah uns finster an. Er stand mit dem Rücken zur Tür, soweit wie möglich von uns entfernt. «Ich habe Ihnen nichts zu sagen», sagte er. Er fuchtelte mit einem Finger in meine Richtung. «Ich habe Ihnen schon alles gesagt, was ich zu sagen hatte. Ohne meinen Anwalt muß ich nicht mit euch reden.»

«Stan Kerris versucht, Ihre Mutter umzubringen», sagte ich.

Er blinzelte zweimal, dann lachte er. «O ja, klar. Deshalb seid ihr den ganzen weiten Weg hergefahren?» Er lachte.

«Jonathan Greens Kartenhaus bricht zusammen, LeCedrick. Er hat Beweismaterial gefälscht und Zeugenaussagen beeinflußt. Und jetzt hat er Angst, daß alles auffliegt. Wir glauben, daß er den Tod eines Mannes namens James Lester angeordnet hat, und wir glauben, daß er es jetzt auf Ihre Mutter abgesehen hat. Wenn dem so ist, dann stehen Sie wahrscheinlich ebenfalls auf seiner Abschußliste.»

«Affenscheiße. Ihr redet nur Müll.» Er fuchtelte mit seinem Finger in Richtung Rossi. «Sie haben doch nur Angst, weil Ihr Arsch in der Klemme steckt. Sie wissen genau, daß ich Sie noch dafür am Arsch kriege, daß Sie mich hier reingebracht haben.» Er ging zu dem nächsten Stuhl, ließ sich darauf fallen und legte die Beine hoch. «Ohne meinen Anwalt sag ich gar nichts mehr.»

«Wollen Sie Mr. Green?»

LeCedrick lächelte breit. «Sie wissen doch, daß er mich in allen straf- und zivilrechtlichen Angelegenheiten vertritt. Besonders auch in dem zivilrechtlichen Prozeß, bei dem wir jeden einzelnen Cent aus Ihrer Pension pressen werden, weil Sie mir manipulierte Beweise untergejubelt haben.»

Ich trat an Rossi vorbei und schlug LeCedricks Füße vom Tisch.

«He!» sagte er.

«Das müssen wir jetzt sofort klären, LeCedrick», sagte ich. Er versuchte aufzustehen, aber ich bohrte meinen Daumen unter seine Kinnlade direkt neben seinem rechten Ohr. «Au!» sagte er und versuchte, sich wegzudrehen, aber ich ließ nicht locker.

Rossi schob sich hinter mich. «Hören Sie auf! Das können wir nicht tun.»

Ich hörte nicht auf. «Du hast die Hotline nicht angerufen», sagte ich. «Die haben dich angerufen. So hat's doch angefangen, stimmt's?»

Er packte meine Hand, doch er entkam mir nicht.

«Schluß, verdammt. Das geht zu weit!» sagte Rossi.

«Kerris und Truly sind hier gewesen und haben dich überredet, mit deiner Mutter zu sprechen, stimmt's?»

Endlich hörte er zu.

«Was haben sie dir gesagt, LeCedrick? Du hast seit Jahren nicht mehr mit ihr gesprochen, aber du hast sie angerufen und sie überredet, ihre Aussage zu ändern. Haben sie dir Geld angeboten? Haben sie gesagt, sie könnten dir eine vorzeitige Haftentlassung verschaffen?»

Er gab es auf, an meiner Hand zu zerren, und ich lockerte den Druck. «Mein Gott, dafür könnten Sie verhaftet werden», sagte Rossi.

«Denk mal darüber nach, LeCedrick», sagte ich. «Jonathan und Truly und all diese Typen sind zu ihr gegangen und haben ihr wahrscheinlich haarklein erzählt, was sie zu sagen hat und wie sie es zu sagen hat, und das wiederum bedeutet, daß deine Mutter gegen sie aussagen könnte.»

Jetzt sah er mich scharf an, hörte die Wahrheit, auch wenn er noch mißtrauisch war.

«Ich habe die Verbindung zwischen Lester und Green entdeckt, und zwei Tage später ist Lester durch seine Duschabtrennung gefallen und hat sich fast den Kopf abgeschnitten. Hast du das in der Zeitung gelesen?»

Er nickte.

«Einen Tag später bin ich zum Haus deiner Mutter gefahren, weil ich sie fragen wollte, warum sie ihre Aussage geändert hat, und sie war verschwunden. Kennen Sie Mrs. Harris von nebenan? Mrs. Harris hat mir erzählt, daß Kerris dreimal vorbeigekommen und um das Haus deiner Mutter herumgeschlichen ist.»

«Mrs. Harris?» fragte er.

«Heute morgen um sechs Uhr sind Kerris und zwei andere Burschen wieder da gewesen und haben alles auf den Kopf gestellt. Warum sollten sie so etwas tun, LeCedrick?»

Jetzt schüttelte er den Kopf. «Das ist doch alles Scheiße.»

«Würde Mrs. Eleanor Harris dir Scheiße erzählen? Du bist doch ein Haus neben ihr aufgewachsen. Würde sie dir Scheiße erzählen?»

Er schüttelte kaum merklich den Kopf. «Die Lady hat mich auch großgezogen. Wie eine zweite Mama.»

Rossi drückte auf den Summer, und als der Wärter kam, fragte sie, ob wir ein Telefon bekommen könnten. Er sagte, kein Problem, brachte eines, und als er wieder fort war, drehte ich es zu LeCedrick Earle und sagte: «Ruf Mrs. Harris an. Ich hab ihre Nummer, falls du sie brauchst.»

Er starrte das Telefon an.

«Wir müssen deine Mutter finden, LeCedrick. Wenn wir sie nicht vor Kerris finden, wird er sie umbringen. Verstehst du das?»

Er leckte sich über den Mund.

«Gottverdammt, ruf die Frau endlich an, du Stück Scheiße», fauchte Rossi.

LeCedrick Earle schnappte sich das Telefon und tippte die Nummer ein, ohne nach ihr zu fragen. Als sie ranging, änderte sich seine ganze Art, er beugte sich uber das Telefon und sprach mit einer überraschend jung und rücksichtsvoll klingenden Stimme. Ich vermute, die Lektionen, die wir als kleine Kinder lernen, vergessen wir nie, auch wenn wir im Laufe der Jahre härter werden.

Sie unterhielten sich einige Minuten, und dann legte LeCedrick Earle den Hörer auf, behielt den Blick darauf gerichtet, als besäße das Telefon auf einmal eine Wichtigkeit, die alles andere im Raum klein und nichtig erscheinen ließ. Er verschränkte die Arme und begann zu wippen. «Warum tun sie das?»

«Die wollen sie umbringen», sagte Rossi. «Und nachdem sie sie umgebracht haben, werden sie mit hundertprozentiger Sicherheit dafür sorgen, daß Sie ebenfalls umgebracht werden, und dann kann sie niemand mehr mit falschen Beweisen in Verbindung bringen. Verstehen Sie das?»

Er sagte nichts.

«Sie hat das Haus mit einer Tasche in der Hand verlassen», sagte ich. «Sie ist mit einem gewissen Mr. Lawrence befreundet.»

LeCedrick Earle nickte benommen. «Der alte Knabe ist schon seit Jahren hinter ihr her.»

«Würde sie zu ihm gehen?»

«Sicher würde sie zu ihm gehen. Sie hat doch sonst niemanden.»

Ich spürte, wie sich etwas in meiner Brust löste. Ich fühlte mich, als könnte ich auf einmal wieder frei atmen. «Okay, LeCedrick. Das ist ja toll. Einfach super. Weißt du auch, wo er wohnt?»

LeCedrick Earle sackte auf dem Stuhl zurück und wirkte verloren und für immer allein. Tränen traten ihm in die Augen und liefen ihm übers Gesicht und tropften auf sein Hemd. «Ich glaube diese Scheiße einfach nicht. Ich kann's einfach nicht fassen», sagte er.

«Was?» fragte Rossi.

Er rieb seine Augen, putzte sich dann die Nase. «Ich muß das blödeste Arschloch sein, das je geboren wurde. Sie hat immer nur das Richtige tun wollen, und das ist der Lohn. Sie hatte einen Idioten als Sohn. Einen gottverdammt saublöden Dummkopf.» Er schluchzte.

«Verdammt, LeCedrick, was ist los?» sagte Rossi.

LeCedrick Earle blinzelte uns durch die Tränen an. «Kerris hat mich vor ungefähr einer Stunde angerufen und sich nach Mr. Lawrence erkundigt. Er sagt, sie müßten ihre Geschichte noch mal geradebügeln, und sie möchten, daß sie an einer Pressekonferenz teilnimmt. Und ich habe ihm gesagt, wo sie ist. Ich habe ihm gesagt, wie er dorthin kommt, und jetzt werden sie meine Momma umbringen. Bin ich nicht ein Idiot? Bin ich nicht der beschissenste, saublödeste Idiot auf der Erde?»

Ich drückte den Summer, noch bevor er fertig war, und Angela Rossi schüttelte ihn, bis er uns die Adresse gesagt hatte, und dann rannten wir auch schon hinaus zum Jeep. Es war so gut wie sicher, daß Louise Earle inzwischen tot war, aber keiner von uns war bereit, sie jetzt schon abzuschreiben.

Vielleicht gehörten wir ja auch zu den größten Narren auf Gottes Erde.

33

Pike jagte den Jeep vom Parkplatz durch das Tor und weiter über den Damm aufs Festland. Angela Rossi rief mit ihrem Handy Tomsic an, während wir wieder auf den Freeway hinauffuhren. Sie erzählte ihm von Kerris und daß Louise Earle wahrscheinlich bei einem gewissen Mr. Walter Lawrence in Baldwin Hills war. Sie unterhielten sich ungefähr sechs Minuten, und dann schaltete Rossi ihr Telefon aus. «Er ist unterwegs.»

«Sind Sie sicher, daß Sie mitkommen wollen?» fragte ich.

«Natürlich.»

Pike warf ihr im Rückspiegel einen Blick zu. «Wenn rauskommt, daß du hier mitmischst, ist es das sichere Aus für dich.»

Rossi holte ihre Browning unter dem Sitz heraus und klemmte sie an ihren Hosenbund. «Ich komme mit.»

Wir rasten den Harbor Freeway hinauf zum San Diego, der Tacho zeigte einhundertzehn. Pike steuerte den Jeep geschickt durch den Verkehr, der wie erstarrt wirkte. Wir fuhren mindestens soviel über den Seitenstreifen wie auf der eigentlichen Fahrbahn, und mehrere Male mußte Pike voll auf die Bremse steigen, brachte uns mit quietschenden Reifen und schlingernd zum Stehen, bevor er wieder aufs Gaspedal trat, um an Spurwechslern oder Leuten vorbeizuschießen, die sich in eine Ausfahrt einfädelten. «Es nützt keinem was, wenn wir als Schrotthaufen am Straßenrand enden», sagte ich.

Pike fuhr noch schneller.

Hawthorne raste vorbei, dann Inglewood, und dann waren wir von der Freeway runter und kletterten auf der Südseite die Baldwin Hills hinauf, vorbei an sauberen, breiten Wohnstraßen mit geräumigen Nachkriegshäusern. Baldwin Hills liegt südwestlich von South Central Los Angeles. Ende der vierziger Jahre als Wohngegend für wohlhabende afroamerikanische Ärzte, Zahnärzte und Anwälte erschlossen, die in South Central arbeiten. Früher wurde es das schwarze Beverly Hills genannt, obwohl es sich in den letzten Jahren mit sozial aufsteigenden Hispanic-, asiatischen und amerikanischen Familien durchmischte. Rossis Handy piepste, und sie meldete sich, nuschelte etwa zehn Sekunden, bevor sie den Anruf beendete. «Dan ist gerade von der Freeway runter. Sie sind drei Minuten hinter uns, und ihm folgt ein Streifenwagen.»

Wir benutzten Pikes Stadtplan, um uns zu orientieren, suchten nach Straßen, in die wir abbiegen mußten, grasten die Gegend ab. Mütter schoben Kinderwagen, und Kinder spielten mit Hunden, und alle genossen einen wunderschönen Sommertag. «Wir sind fast da», sagte ich.

Wir waren noch zwei Blocks von Walter Lawrences Haus entfernt, als uns ein brauner Aerostar-Transporter entgegenkam, und Pike sagte: «Das war Kerris mit drei Kerlen im Wagen.»

Rossi und ich drehten uns um, versuchten, etwas zu erkennen. «Louise Earle ist hinten drin. Sieht aus wie Lawrence und noch jemand.» Louise Earle sah verängstigt aus.

«Der andere Kerl ist wahrscheinlich einer von Kerris' Sicherheitsdienstleuten», meinte Rossi.

Pike riß das Steuer herum, fuhr den Jeep in eine Einfahrt und setzte schnell zurück. «Haben sie uns gesehen?» fragte ich.

Pike schüttelte den Kopf. Der Aerostar bog an einer Ecke ab, war aber nicht schneller geworden, und sie fuhren völlig ruhig. Wir folgten ihnen, Pike hielt auf Abstand. In solchen Fällen hat man immer zwei Möglichkeiten: Entweder man läßt sie wissen, daß man dran ist, oder man versteckt sich. Wenn sie wissen, daß man dran ist, drehen sie vielleicht durch und ballern los. Solange sie nicht schießen, ist man besser dran. Louise Earle und Walter Lawrence wären ebenfalls besser dran. Rossi löste ihren Sicherheitsgurt und beugte sich zwischen mir und Joe nach vorn, um alles besser sehen zu können. «Bedrängen Sie sie nicht, Joseph. Lassen Sie ihnen Raum.»

Pike schürzte die Lippen. «Ich weiß, Angela.» Es gibt nichts Schöneres als einen Beifahrer bei einer Verfolgungsjagd.

Rossi hing sich an ihr Telefon und gab Tomsic durch, wo wir

waren. Diesmal unterbrach sie die Verbindung nicht, sondern hielt Tomsic auf dem laufenden, damit er jederzeit wußte, wo wir hinfuhren. «Kann er sich vor sie setzen?» fragte ich.

«Nein. Er ist westlich der Berge und hinter uns. Er ruft noch Streifenwagen zur Verstärkung.»

Ich warf Rossi einen Seitenblick zu, aber sie wirkte völlig gelassen. Jetzt würden es die hohen Tiere mit Sicherheit erfahren.

Wir folgten dem Transporter durch die Wohngegend auf den Stocker Boulevard, es ging sofort wieder bergan, und dann ließen wir die Wohngegend endgültig hinter uns, während wir uns durch trockene, unerschlossene Berge schlängelten, auf denen hier und da Ölpumpen und Radiosendemasten standen. Ich hatte gehofft, daß sie in die Stadt abbiegen würden, aber das taten sie nicht. Sie fuhren an einen kargen Ort, weit weg von neugierigen Blicken.

Wir folgten ihnen tiefer in die Berge, blieben ein gutes Stück zurück, erhaschten nur hin und wieder einen Blick auf ihre Staubfahne. Als sich die Gipfel um uns herum erhoben, wurden die Störungen in Rossis Handy immer stärker, und schließlich verloren wir die Verbindung zu Tomsic. Sie warf das Telefon neben sich. «Ich hab ihn verloren.»

«Er weiß ungefähr, wo wir sind», sagte Pike.

«Ungefähr.»

Etwa eine halbe Meile vor uns bog der Transporter auf einen Schotterweg ab, fuhr die Flanke eines Berges hinauf, auf zwei große Sendemasten zu. Wir sahen die Masten und einen Wartungsschuppen. Ein weiteres Auto parkte dort. «Sie werden sie umbringen. Im Haus konnten sie es nicht erledigen, weil so viele Menschen auf der Straße unterwegs waren, aber hier oben werden sie sie erledigen.»

Rossi streckte den Kopf aus dem Fenster. «Wenn wir hinter ihnen in den Weg einbiegen, werden sie uns schon aus einer Meile Entfernung kommen sehen.»

Pike schaltete den Allradantrieb zu, und wir verließen den Weg, fuhren zuerst in eine Rinne hinunter, dann wieder raus. Wir hatten den Blickkontakt zu den Sendemasten und dem Transporter verloren, doch wir behielten den Bergkamm im Auge und folgten dessen Linie, bis wir eine Pipeline erreichten, die uns den Weg versperrte. «Sieht so aus, als müßten wir jetzt zu Fuß weiter», meinte Pike.

Pike und ich trugen festes Schuhwerk, aber Angela Rossi hatte zum Kostüm passende Halbschuhe an. «Das wird hart», sagte ich.

«Scheiß drauf», sagte sie.

Sie warf ihre Jacke auf den Rücksitz, nahm die Browning aus dem Holster, schleuderte die Schuhe von sich und joggte los. Barfuß. Der Untergrund war uneben und dicht bewachsen mit sprödem, vertrocknetem Gras. Es tat bestimmt weh, aber sie ließ sich nichts anmerken.

Der Berg war steil, und es ging nur langsam voran. Die Erde war locker und bröcklig, und das vertrocknete Gras hielt den Boden nicht zusammen. Unsere Füße sanken tief ein, und jeder Schritt löste einen kleinen Erdrutsch aus, doch auf halbem Weg hinauf sahen wir wieder die Spitzen der Sendemasten und kurz danach das Dach des Schuppens. Wir kauerten uns auf Hände und Knie und schoben uns zum Kamm weiter. Der Aerostar parkte neben einem bronzefarbenen Jaguar. Kerris war bereits ausgestiegen und näherte sich dem Schuppen. Die Fahrertür des Transporters hatte er offengelassen. Der schwarze Sicherheitsbeamte, den ich bereits auf Greens Party gesehen hatte, kam aus dem Schuppen. Die Seitentür des Transporters wurde aufgeschoben, und ein jüngerer Bursche mit sehr kurzem Bürstenschnitt stieg aus. Walter Lawrence folgte ihm, aber ich vermute, er bewegte sich wohl nicht schnell genug, denn Bürstenschnitt nahm seinen Arm und riß ihn weiter. Mr. Lawrence stolperte und stürzte dann in einer kleinen Staubwolke. Der Schwarze ignorierte alles und öffnete den Kofferraum des Jag, aus dem er zwei Schaufeln und eine große Rolle Plastik holte. «Die werden diese Leute hinrichten», sagte Rossi.

«Ja», sagte Pike.

Ich schob mich höher auf den Kamm. «Sie werden sie in das Gebäude bringen. Vielleicht kommen wir irgendwie auf die Rückseite des Abhanges und können unbemerkt hinter dem Gebäude auftauchen.» Ich glaubte nicht, daß Kerris sie im Freien erschoß, nicht mal mitten im Nirgendwo.

Pike schob sich zurück, und Rossi folgte ihm, als Bürstenschnitt sich in den Transporter beugte und etwas zu Louise Earle sagte. Ich vermute, sie wollte nicht aussteigen, denn er griff hinein und zog. Er hatte grob ihren Oberarm gepackt, und es mußte weh getan haben. Sie versuchte, ihn zu schlagen, wie man nach einer Fliege schlägt, aber es nützte nichts. In diesem Augenblick rappelte Walter Lawrence sich aus dem Staub auf, packte die Jacke von Bürstenschnitt und versuchte, ihn fortzuziehen. Seine Frau zu verteidigen. Bürstenschnitt legte eine Hand auf Walter Lawrences Gesicht und drückte ihn weg. Walter Lawrence ruderte mit den Armen, taumelte und landete flach auf dem Rücken. Bürstenschnitt zog eine Smith & Wesson 9 mm unter der linken Achsel hervor, richtete sie auf Walter Lawrence und feuerte einen Schuß ab.

Der Schuß klang hohl und weit entfernt, und Mrs. Earle schrie los, als Elliot Truly aus dem Wartungsschuppen trat.

34

Pike riß die Python aus dem Holster an seiner Taille, hob sie und zielte auf den Kerl mit dem Bürstenschnitt.

«Wir sind zu weit weg», sagte Rossi.

«Falls sie eine Waffe auf sie richten, Joe.» Ignorierte Rossi.

«Ich bin dabei.»

«Schafft er so einen Schuß?» fragte Rossi.

Wir waren mehr als hundert Meter von ihnen entfernt. Für einen zehn Zentimeter langen Lauf war es eine sehr lange Distanz, aber Pike konnte seine Hand auf dem Boden abstützen, und er war der beste Schütze, den ich kannte.

Truly fuchtelte mit den Armen, veranstaltete ein Höllentheater mit Kerris und dem Burschen mit dem Bürstenschnitt, und dann steckte Bürstenschnitt seine Kanone wieder weg. Truly fuchtelte noch ein bißchen herum, dann verschwand er wieder im Schuppen. Kerris machte Bürstenschnitt ebenfalls zur Schnecke, dann hoben er und der Schwarze Mrs. Earle an den Armen hoch und schleppten sie an Walter Lawrences Leiche vorbei zum Schuppen. Bürstenschnitt ging zu den Schaufeln und der Plastikplane. Er sah gar nicht glücklich aus.

«Viel Zeit bleibt uns nicht», sagte ich.

Wir zogen uns seitlich unter den Hügelkamm zurück und liefen außen herum, bis sich der Schuppen zwischen uns und dem Transporter befand. Der Schuppen stand am Fuß des nördlichen Sendemastes, dessen Stahlgitterkonstruktion eine gewisse Deckung bot. Wir beeilten uns, aber mit jeder Sekunde wuchs meine Angst, daß wir den zweiten Schuß hören würden. Wir hätten einfach zu brüllen anfangen und sie wissen lassen sollen, wo wir waren, aber sie hatten bereits einen Mord begangen; Mrs. Earle würde höchstwahrscheinlich den nächsten Schuß abbekommen.

Als der Schuppen zwischen uns und dem Transporter war, krochen wir den Hügel hinauf zur Rückseite des nördlichen Sendemastes. «Rossi und ich übernehmen den Schuppen», sagte ich. «Du kümmerst dich um den Kerl am Transporter.»

Pike schlich zur Ecke des Schuppens, verschwand dann zwischen den Trägern des Sendemastes.

Ich sah Rossi an. «Fertig?»

Sie nickte. Ihre Strümpfe waren zerfetzt, ihre Füße blutig, überzogen mit Dreck und kleinen braunen Grasstückchen. Ihr nettes Kostüm war zerrissen.

Der Wartungsschuppen war ein gedrungenes Gebäude aus Hohlblocksteinen und Wellblech am Fuß des Nordmastes. Im Inneren würden sich Werkzeuge, Ersatzteile und Farbe zur Instandhaltung der Masten und zur richtigen Einstellung der Richtantennen befinden. Es gab keine Fenster, aber jeweils eine Tür auf der Vorder- und Rückseite. Truly war vermutlich schon eine ganze Weile hier und hatte die Türen zur Belüftung geöffnet. Die den Autos zugewandte Tür war breit und hoch, so daß man auch übergroße Ersatzteile und Geräte hinein- und hinausbringen konnte, aber die Hintertür am Sendemast hatte Normalgröße.

Rossi und ich schlichen zur Seite des Schuppens, schoben uns dann zur Tür vor. Wir spitzten die Ohren, aber außer Mrs. Earles Weinen war nichts zu hören. Ich berührte Rossi, zeigte dann auf mich, danach auf die Tür und gab ihr zu verstehen, daß ich einen Blick riskieren würde. Sie nickte. Ich ging auf alle viere, robbte vor und schaute hinein. Mrs. Earle lag gefesselt auf dem Boden, und Kerris und Truly standen dicht vor der anderen Tür. Truly wirkte nervös, als wäre er am liebsten ganz weit weg. Der Schwarze war nicht da, wahrscheinlich hinausgegangen, um Bürstenschnitt beim Schaufeln zu helfen. Ich betrachtete sie immer noch, als Bürstenschnitt mit der Schaufel, der Plastikfolie und säuerlicher Miene um die Ecke des Schuppens kam und uns entdeckte. Er mußte zweimal hinschauen, es war fast schon ein Klassiker, dann erst rief er: «He!» Er ließ Schaufel und Plastik fallen, um nach seiner Kanone zu greifen, als ich ihm zweimal in die Brust schoß. «Holen Sie Mrs. Earle raus!» brüllte ich.

Rossi machte eine Rolle durch die Tür, während ich noch zurückblieb. Von der Vorderseite des Schuppens hörten wir drei

Schüsse. Kerris packte Truly, schob ihn als Deckung vor sich und feuerte schnell vier Schüsse ab. «Scheiße», sagte Rossi.

Truly sah verwirrt aus, und Mrs. Earle starrte uns mit großen, verängstigten Augen an, und ich befürchtete, daß Kerris sie erschießen würde, wenn ich versuchte, ihm zu folgen. Ich sprang hoch, und Kerris wich zurück, drängte sich durch die Tür, schoß im Gehen. Truly drehte sich um, wollte ihm folgen, doch er lief Kerris in die Schußlinie und wurde von einer der Kugeln nach hinten geschleudert. Dann war Kerris fort. Vor dem Schuppen Gebrüll, Kerris, der Schwarze und weitere Schüsse. Der Schwarze brüllte: «Mich hat's erwischt! Oh, heilige Scheiße, mich hat's erwischt!»

Rossi lief zu Mrs. Earle, und ich ging zu Truly. Truly versuchte aufzustehen, was ihm aber nicht gelang. Die Kugel hatte ihn etwa siebeneinhalb Zentimeter rechts vom Brustbein erwischt, und auf seinem Hemd erblühte eine rote Blume. «Ich glaube, ich bin getroffen worden», sagte er.

Rossi befreite Mrs. Earle. «Ist mit Ihnen alles okay?»

Mrs. Earle weinte immer noch. «Sie haben Mr. Lawrence erschossen.»

Rossi half ihr auf die Beine, sagte ihr, daß sie stehenbleiben und aus dem Schußfeld gehen sollte, sagte, alles werde wieder gut. Die Lügen, die man jemandem erzählt, wenn man Kooperation braucht, da ihr Leben davon abhing.

«Werde ich sterben?» fragte Truly.

Ich riß mein Hemd runter, knäulte es zusammen und drückte es auf seine Brust. «Ich weiß es nicht.»

Ich zog seinen Gürtel ab, legte ihn um seine Brust und das Hemd und zog ihn fest an. «Oh, mein Gott, tut das weh», sagte er.

Weitere Schüsse und Schritte drangen von draußen zu uns herein, und dann glitt Joe Pike durch die Tür. Ungefähr sechs Schüsse krachten hinter ihm in die Tür und die Wände und den offenen Eingang. Vielleicht waren es auch sieben. «Diese Glocks sind schon was», meinte Pike.

Rossi kam geduckt herüber. «Wie sieht's draußen aus?»

«Der schwarze Bursche ist erledigt», sagte Joe. «Kerris kniet hinter dem Jaguar. Was mit Bürstenschnitt ist, weiß ich nicht.»

Rossi deutete auf die Rückseite. «Den kannst du vergessen.»

«Kommen wir an Kerris ran?» fragte ich.

Pike zuckte mit den Achseln. «Er hat freies Schußfeld. Wir könnten den gleichen Weg zurückgehen und uns von hinten an ihn ranschleichen.» Er warf Truly einen Blick zu. «Es wird ungefähr zwanzig Minuten dauern, bis wir uns hinter den Jag vorgearbeitet haben.»

Ich drehte Trulys Gesicht, so daß er mich ansehen mußte. «Hast du das gehört, Elliot? Du verblutest, wir sitzen hier fest. Und Kerris ist derjenige, der uns hier festhält.»

Truly öffnete den Mund, machte ihn wieder zu. Er blinzelte mich an, dann schüttelte er den Kopf. «Kerris hat diese Leute entführt. Er hat auch den alten Mann erschossen. Ich hab nichts davon gewußt.»

«Affenscheiße», sagte Rossi.

Ich schüttelte Trulys Gesicht. «Hör auf zu lügen, du Idiot. Mach dir keine Gedanken darüber, wie du dich entlasten kannst, denk lieber über das Sterben nach.»

Er schüttelte den Kopf. Tränen stiegen ihm in die Augen, und Tränen purzelten heraus und rollten hinunter in sein Haar.

«Du, Kerris, der Schwarze und der Bursche mit dem Bürstenschnitt – ist sonst noch jemand hier oben?»

Er schüttelte wieder den Kopf. «Nein.» Ein Flüstern.

«Wird noch jemand herkommen?»

Das Schluchzen steigerte sich zu einem Husten. Rosafarbener Speichel flog ihm übers Kinn, und aus der Brustwunde drang ein pfeifendes Geräusch.

«Sag Kerris, er soll sich ergeben. Wenn Kerris sich ergibt, können wir dich ins Krankenhaus bringen.»

Trulys Gesicht verzog sich vor Schmerzen, und er brüllte: «Kerris! Kerris, es ist aus. Ich brauch einen Arzt!» Besonders kräftig und überzeugend war's nicht.

Kerris gab keine Antwort.

Elliot Truly brüllte weiter. «Verdammt, Kerris, es reicht jetzt! Ich sterbe! Ich brauch unbedingt einen Arzt!» Er hustete wieder, und dieses Mal kam ein große rote Blase aus seinem Mund.

Rossi schob sich neben ihn. «Du bist am Arsch, Elliot», sagte sie. «Dein Mann da draußen ist wegen Mordes dran, und er will sich nur selbst retten. Damit er das schafft, muß er uns und diese Frau umlegen, und es ist ihm scheißegal, ob du dabei draufgehst oder nicht.»

Truly stöhnte. «Oh, mein Gott.»

Rossi beugte sich dichter zu ihm. «Vielleicht schaffst du's ja, vielleicht aber auch nicht. Wir könnten Kerris trotzdem noch drankriegen, und auch den Dreckskerl, der dir das hier eingebrockt hat. Laß ihn sausen. Erzähl uns, was wir hören wollen.»

Truly kniff die Augen zusammen, aber die Tränen kamen immer noch. «Es war Jonathan.»

Rossi lächelte. Es war unauffällig, aber sehr persönlich.

«Alles nur», sagte ich, «damit Jonathan Teddys Firmen übernehmen kann, stimmt's?»

Truly versuchte zu nicken, aber es war nicht sichtbar. «Anfangs nicht. Zuerst wollte Jonathan ihn einfach nur verteidigen wie jeden anderen Mandanten auch.»

«Aber dann kriegte Teddy Schiß.»

Truly hustete, und wieder bildeten sich Blasen. «O Gott, es tut so weh. Mein Gott, es tut so verflucht weh.»

«Hat Teddy seine Frau umgebracht?» fragte ich.

Truly leckte sich über den Mund, und dabei färbte er seine Lippen rot. «Ja. Am Anfang hat er es noch bestritten, aber Jonathan wußte es. Man erkennt es immer. Man weiß es einfach.»

Rossi sah mich an und nickte.

Truly fuhr fort. «Dann hat er es einfach zugegeben. Ich bin nicht sicher, warum, aber er hat es eines Abends getan, aus heiterem Himmel, als wir seinen Fall durchgingen. Jonathan und ich waren mit ihm allein, und er fing an zu weinen, hat dann zugegeben, daß er sie umgebracht hat. Das änderte alles. Jonathan gab ihm den Rat, mit der Staatsanwaltschaft die Konditionen eines Schuldbekenntnisses auszuhandeln, aber davon wollte Teddy nichts wissen. Er hatte Angst vor dem Gefängnis und flehte Jonathan an, den Fall nicht niederzulegen. Er sagte, er würde alles tun, wenn er nicht ins Gefängnis müßte.»

«Sogar alles weggeben, was er besaß.»

Wieder ein Nicken. «Das war Jonathans Preis.»

«Pritzik und Richards, all das war nur Bockmist?» fragte Rossi.

«Jonathan, Kerris und ich haben das zusammengesetzt. Jonathan hatte die Idee, einen Strohmann aufzubauen, und Kerris brachte Pritzik und Richards ins Spiel. Ich kannte Lester. Wir montierten einfach alles zusammen.» Er hustete wieder, und dieses Mal kam ein großer Schwall Blut hoch, und er stöhnte. Ich legte beide Hände auf die Kompresse und lehnte mich darauf. «Ich will nicht sterben», sagte er. «Oh, mein Gott, bitte, Jesus, ich will nicht sterben. Bitte rette mich.»

Ich wischte das Blut aus seinem Gesicht, zwang ihn, die Augen zu öffnen, und sagte: «Du bist ein Stück Scheiße, Truly, aber ich werde dich retten, hörst du das? Halt einfach durch, und ich bringe dich in ein Krankenhaus. Hörst du mich?»

Er nickte. «Hm-hm.»

«Stirb jetzt nicht, du Dreckskerl.»

Er stöhnte, und seine Augen rollten nach innen.

Ich sah nach Mrs. Earle und vergewisserte mich, daß sie sich hinter soviel Metall wie möglich versteckte, und dann gingen Rossi und ich rüber zu Pike. Pike schielte durch einen Spalt im Türrahmen. «Er hat sich aus dem Transporter eine Schrotflinte geholt. Er telefoniert mit dem Handy.»

«Toll. Wahrscheinlich ruft er Verstärkung.»

Pike warf Rossi einen Blick zu. «Wär wirklich nett, wenn Tomsic uns jetzt finden würde.»

Rossi zuckte die Achseln. «Halten wir einfach die Luft an.»

Ich schob mich an Pike vorbei und sah durch den Spalt. Kerris stand mit der Schrotflinte hinter dem Jaguar. Der Schwarze lag auf der Seite zwischen dem Jag und dem Transporter, und Mr. Lawrence ein paar Meter hinter ihm auf dem Rücken. Der Schwarze war wahrscheinlich bewußtlos, er konnte aber auch tot sein. Ich brüllte: «Kommen Sie, Kerris. Wir sind zu dritt, und Sie sind allein. Seien Sie nicht verrückt.»

Die Schrotflinte donnerte zweimal, jagte ungefähr einen halben Meter über meinem Kopf grobes Schrot in das Wellblech. Mrs.

Earle stöhnte auf, und Rossi sprang blitzschnell an der Tür vorbei und schoß dabei, um Kerris unten zu halten.

Pike sah mich an. «Ich befürchte, unsere zahlenmäßige Überlegenheit macht ihm keine Angst.»

«Schätze nein.»

Rossi schob sich zur Tür und blinzelte in die Sonne hinaus. «He, der alte Mann lebt noch», sagte sie.

Mrs. Earle hörte auf zu jammern. «Walter?»

Ich kehrte an den Spalt zurück und sah, wie sich Walter Lawrence langsam auf den Bauch drehte und sich dann auf die Knie hochwuchtete, bevor er wieder aufs Gesicht krachte.

Mrs. Earle setzte sich Richtung Tür in Bewegung, doch Pike zog sie herunter. «Bleiben Sie zurück, Ma'am. Bitte.»

«Aber Walter braucht Hilfe.» Sie sagte es laut, und Pike legte sofort eine Hand über ihren Mund.

«Lenken Sie nicht seine Aufmerksamkeit auf ihn. Wenn Kerris ihn bemerkt, ist er ein toter Mann.»

Ihre Augen waren weit aufgerissen, aber sie nickte.

Walter Lawrence wuchtete sich wieder hoch, dann schaute er sich um, als wäre alles neu und fremd. Er sah den Burschen in dem roten Hemd etwa drei Meter vor sich, und er sah dessen Pistole im Staub liegen, eine nette, metallisch blau schimmernde Automatik. Er schaute an dem Kerl vorbei und erkannte mit hundertprozentiger Sicherheit Kerris, der sich hinter dem Jaguar versteckte und die Schrotflinte auf uns richtete. Walter Lawrence befand sich hinter ihm, und weil Kerris sich auf uns konzentrierte, bemerkte er ihn nicht. Mr. Walter Lawrence begann, auf die Pistole zuzukriechen.

«Rossi», sagte ich.

«Ich sehe ihn.»

Ich blickte durch den gespaltenen Türpfosten und konnte die Berge und die Förderpumpen und die holprigen Feldwege darunter erkennen, und während ich noch hinschaute, tauchte eine dunkle Limousine auf dem Weg zwischen den Förderpumpen auf, fuhr in unsere Richtung, eine große graue Staubfahne hinter sich herziehend. Rossi sah dasselbe. «Ist das Tomsic?» fragte ich.

Sie zog das Magazin ihrer Browning heraus, kontrollierte, wieviel Schuß noch drin waren, und drückte es wieder in ihre Waffe. «Kann ich nicht erkennen.»

Ich warf Pike einen Blick zu, und Pike zuckte mit den Achseln. Vermutlich war es ihm egal. Vermutlich dachte er, je mehr, desto lustiger.

Walter Lawrence kroch auf die Waffe zu wie ein betrunkenes Kleinkind, quälte sich auf Händen und Knien vorwärts. Das blutverschmierte Hemd hing locker und durchnäßt zwischen seinen Armen. Er erreichte die Pistole und ließ sich fallen, rührte die Kanone aber nicht an. Als hätte es ihn seine gesamte Energie gekostet, sie einfach nur zu erreichen. «In ein paar Sekunden werden wir den Wagen hören können», sagte Rossi. «Falls Kerris in die Richtung schaut, ist der alte Mann tot.»

Ich sah Pike an, und Pike nickte. Ich holte tief Luft und warf wieder einen Blick durch den Spalt. Kerris war hinter der Kühlerhaube des Jaguars in Stellung gegangen. Hinter dem linken Vorderrad war ungefähr ein Viertel seines Gesichtes zu sehen. Der Reifen war höchstwahrscheinlich ein Pirelli-Stahlgürtelreifen. Vielleicht konnte man durch ihn schießen, aber ein tolles Ziel war es nicht. «Kerris? Truly stirbt. Er braucht einen Arzt.»

«Das ist der Preis, wenn man Geschäfte macht.» Richtig herzlich und voller Mitgefühl.

Ich richtete mich auf. «Hören Sie, Kerris! Vielleicht fällt uns ja eine Lösung ein.» Ich hechtete an der offenen Tür vorbei auf die andere Seite des Schuppens. Als ich an der Tür vorbeiflog, donnerte die Schrotflinte wieder los, aber das Schrot erwischte nur die Wand hinter mir.

«Glück gehabt», sagte Pike.

Ich brüllte weiter. «Ich hab diesen Job nicht angenommen, damit ich getötet werde. Das gleiche gilt für Pike. Sie wollen die alte Dame, wir wollen einfach nur nach Hause. Hören sie, was ich sage?» Ich sprang in die andere Richtung an der Tür vorbei. Kerris schoß noch zweimal, einmal hinter mir durch die Tür und einmal hoch durch die Wand. Vielleicht mußte ich einfach nur immer weiter hin und her springen, bis ihm die Munition ausging.

«Affenscheiße, Cole», rief Kerris zurück. «Ich habe Sie und Ihren Partner überprüft, erinnern Sie sich noch? So einer sind Sie nicht.»

Wieder donnerte es, und diesmal krachte Schuß Nummer vier direkt über Joes Rücken durch die Wand.

Ich kroch über ihn zu dem Spalt zurück und schaute nach draußen. Walter Lawrence hatte sich wieder auf die Kanone konzentriert. Er beugte sich vor, hob sie auf, hielt sie, als hätte er noch nie zuvor in seinem Leben eine Schußwaffe in der Hand gehalten. Hatte er vielleicht auch nicht. Er nahm sie in beide Hände und richtete sie auf Kerris, aber der Lauf schwankte stark. Er senkte die Kanone. Ich brüllte: «Es ist mein Ernst, Kerris. Was geht mich das alles an?»

«Wenn Sie es so verflucht ernst meinen, dann werfen Sie Ihre Kanonen raus und kommen mit erhobenen Händen hinterher.»

«Das können Sie vergessen.»

«Dann sitzen wir's aus.»

Das Auto war inzwischen näher gekommen, und wenn ich mich anstrengte, konnte ich es sogar hören. Walter Lawrence hob die Kanone wieder. «Es ist Tomsic!» sagte Rossi.

Ich brüllte. «Okay, Kerris. Reden wir.»

Ich trat in die Tür, und während ich das tat, zog Walter Lawrence den Abzug. Mit einem lauten PENG krachte sein Schuß in den hinteren Kotflügel des Jaguars. Kerris sprang vom Rad zurück und schrie: «Verfluchter Saukerl!»

Walter Lawrence feuerte wieder, und wieder ging der Schuß weit daneben. Kerris riß die Schrotflinte herum, doch während er das tat, brüllte Angela Rossi: «Nein!» Dann stürmten sie und Joe Pike und ich durch die Tür und schossen, was das Zeug hielt.

Kerris riß die Schrotflinte zurück, zog den Abzug. PENG-PENG-PENG-PENG. Unsere Kugeln schleuderten ihn in die Luft und nagelten ihn in den weichen grauen Boden. Dann war der Lärm vorbei, und außer Louise Earles Weinen war nichts mehr zu hören.

35

Walter Lawrence fiel auf den Rücken und versuchte, sich wie eine Schildkröte wieder aufzurichten, ruderte mit Armen und Beinen in der Luft. Ich nahm ihm die Kanone ab und sagte, er solle still liegen bleiben, doch er tat es erst, als Louise Earle aus dem Schuppen gelaufen kam und ihn sanft dazu zwang.

Linc Gibbs und Dan Tomsic hielten in einer dicken grauen Staubwolke, stürmten mit gezogenen Waffen herüber. «Wer ist das?» fragte Tomsic.

«Einer von den Guten. Rufen Sie um Himmels willen einen Krankenwagen. Wir haben noch einen Verwundeten im Schuppen.»

Linc Gibbs erledigte den Anruf, während Tomsic losrannte, um die Erste-Hilfe-Ausrüstung zu holen, die jeder Cop im Kofferraum hat. Der Bürstenschnitt hatte eine Kugel weit oben in Mr. Lawrences Brust gejagt. Hemd und Jackett waren rot durchnäßt, und er fühlte sich kalt an. Der Blutverlust war sehr groß. Als Tomsic mit der Erste-Hilfe-Ausrüstung kam, legten wir eine Kompresse auf die Wunde, und Mrs. Earle hielt sie fest. Während Tomsic noch mit dem Verband beschäftigt war, sah er Angela Rossi an. «Bist du okay, Slick?»

Sie lächelte unsicher. «Ja.»

Als Mr. Lawrence verbunden war, liefen wir in den Schuppen, aber Elliot Truly war tot. Tomsic musterte ihn, als wollte er ganz sicher sein. «Ist er der, von dem ich glaube, daß er es ist?»

«Hm-hmh.»

«Dreckskerl.»

Gibbs forderte einen Sanitätshubschrauber an, und während wir warteten, sicherten wir den Tatort. Viel zu sichern gab es allerdings nicht. Sowohl der Kerl mit dem Bürstenschnitt als auch der Schwarze waren tot. Kerris ebenfalls. «Arbeiten die alle für Green?» fragte Tomsic.

«Kerris war sein Chefermittler. Ich glaube, die anderen beiden haben für Kerris gearbeitet. Den Schwarzen habe ich schon mal bei Green zu Hause gesehen.»

Tomsic schüttelte den Kopf und starrte die Leichen an. «Mann, die haben Sie aber fertiggemacht.»

Ich sah ihn stirnrunzelnd an. «Haben Sie ein Ersatzhemd im Wagen?» Mein Hemd lag immer noch als blutiges Knäuel auf Elliot Trulys Brust.

«Ich glaube, ich hab da was.» Die meisten Cops haben für solche Gelegenheiten ein Hemd in Reserve.

Er gab mir ein einfaches blaues Baumwollhemd in der Originalverpackung. Wahrscheinlich lag es schon seit Jahren in seinem Kofferraum. «Danke, Tomsic.» Als ich es anzog, war es so groß wie ein Zelt. Zwei Nummern zu groß.

Der Hubschrauber kam von Norden und landete ein gutes Stück von den Sendemasten entfernt. Zwei Sanitäter sprangen mit einer Trage heraus und luden Mr. Lawrence in die Kabine. Sie erklärten uns, daß sie ihn ins Martin Luther King, Jr. Hospital fliegen würden, das war ein Flug von fünf Minuten, und Mrs. Earle wollte mitkommen. Sie weigerten sich, sie allein mitzunehmen, bis Angela Rossi sich anbot, sie zu begleiten. Lincoln Gibbs versprach Rossi, daß wir sie am Krankenhaus abholen würden.

Als der Hubschrauber gestartet war, sah Gibbs mich und Pike an. «Und?» Der erste Streifenwagen wirbelte gerade auf dem Feldweg weiter unten Staub auf.

«Greens Leute waren bei LeCedrick Earle. Sie boten ihm Geld und eine vorzeitige Haftentlassung an, wenn er seine Mutter überreden könnte, ihre Aussage zu ändern. Er hatte seit sechs Jahren nicht mehr mit ihr gesprochen, trotzdem rief er sie an und sagte, er werde von den Wärtern und anderen Häftlingen mißhandelt, weil sie der Polizei half. Greens Leute besuchten sie ebenfalls und überzeugten sie davon, daß ihr Sohn die Wahrheit sagte und die einzige Möglichkeit, LeCedrick zu retten, darin bestünde, ihre Aussage zu ändern.»

Gibbs nickte. «Dachte mir schon, daß es so was gewesen sein mußte und daß sie es nicht für Geld tun würde.»

«Wird sie das auch offiziell zu Protokoll geben?» fragte Tomsic.

«Ja. Und wir haben noch etwas.»

Sie sahen mich an.

«Truly hat im Sterben eine Erklärung abgegeben, daß Teddy Martin den Mord an seiner Frau gestanden und daß Jonathan Green zusammen mit Truly und Kerris Beweismaterial manipuliert hat.»

Tomsic lächelte. Lincoln Gibbs stieß einen leisen Pfiff aus. «Das hat Truly Ihnen gesagt?» sagte Gibbs.

«Pike und Rossi haben es auch gehört. Mrs. Earle möglicherweise ebenfalls, aber da bin ich nicht ganz sicher.»

Gibbs kehrte zu seinem Wagen zurück und telefonierte eine ganze Weile mit seinem Handy. Als die Streifenwagen eintrafen, ging Tomsic ihnen entgegen und sagte, sie sollten warten. Es gab hier nichts für sie zu tun, bis die Detectives, die den Fall bearbeiten würden, am Tatort eintrafen. Wenige Minuten später kehrte Gibbs zurück. «Gehört der Jeep auf der anderen Seite der Berge Ihnen?»

«Mir», sagte Pike.

«Okay. Wir holen Rossi und Mrs. Earle ab und besuchen Sherman.»

Ich spreizte die Arme. «So?»

Tomsic ging bereits zu seinem Wagen. «Das Hemd steht Ihnen wunderbar. Wo ist Ihr Problem?»

«Es sieht aus, als hätte ich ein Zelt an.»

Pikes Mundwinkel zuckte.

«He, Gibbs!» sagte ich.

Er schaute fort.

«Wie wär's, wenn ich Mrs. Earle abhole? Ist vielleicht leichter für sie.»

Er starrte mich einen kurzen Moment an, dann nickte er. «Wir treffen uns bei Sherman.»

Ein Streifenwagen brachte uns zu Pikes Jeep, und wir fuhren direkt zur Unfallambulanz des MLK. Mr. Lawrence war noch im OP, und Rossi und Mrs. Earle saßen im Wartezimmer. Ich setzte mich neben Mrs. Earle und nahm ihre Hände. «Wir müssen jetzt zum Bezirksstaatsanwalt und aussagen, was wir alles wissen. Verstehen Sie das?»

Sie sah mich mit klaren Augen an, in denen weder Zweifel noch Ausflucht lag. «Natürlich. Mir ist klar, daß wir das tun müssen.»

Zu viert fuhren wir in Pikes Jeep zu Anna Shermans Büro. Mrs. Earle hatte während der ganzen Fahrt die Hände auf dem Schoß gefaltet und den Kopf erhoben. Ich vermute, sie dachte über LeCedrick nach. Die ganze Zeit achteten wir nicht auf das Radio, und vielleicht hätten wir das tun sollen. Vielleicht wäre alles ganz anders gekommen, wenn wir es getan hätten.

Es war kurz nach drei an diesem Nachmittag, als Louise Earle, Angela Rossi und ich in Anna Shermans Büro geführt wurden. Warren Bidwell, der glatzköpfige Ankläger, war mit einem anderen Mann dort, den ich noch nie zuvor gesehen hatte, außerdem Gibbs und Tomsic.

Sherman begrüßte uns, lächelte Louise Earle freundlich an und zeigte mir gegenüber eine Art neugieriger Neutralität, als hätte es unsere Begegnung auf dem Parkplatz von *Greenblatt's* niemals gegeben. Ich vermute, sie hatten sie umfassend informiert.

Sherman bot Kaffee an, den jeder ablehnte, und als wir Platz nahmen, ging sie dicht an mir vorbei und flüsterte: «Tolles Hemd.»

Und sie hatten ihr auch von dem Hemd erzählt.

Anna Sherman fragte Mrs. Earle, ob sie etwas dagegen habe, wenn ihre Aussage auf Band aufgezeichnet wurde, und ob sie einen Rechtsanwalt dabeihaben wolle.

«Werde ich denn verhaftet?» fragte Mrs. Earle.

Anna Sherman lächelte und schüttelte den Kopf. «Nein, Ma'am, aber es ist Ihr Recht, und manche Leute fühlen sich dann wohler.»

Mrs. Earle hob abwehrend die Hände. «O Gott, nein. Ich halte nichts von all diesen Anwälten.»

Dabei konnte sich Tomsic ein dickes Grinsen nicht verkneifen. Sogar Bidwell lächelte. «Dürfen wir alles aufzeichnen?» fragte Sherman.

«Sie können aufzeichnen, was immer Sie wollen. Es ist mir gleichgültig, wer hört, was ich zu sagen habe.» Ihr Kinn bewegte sich, und einen Augenblick sah es aus, als würde sie weinen. «Wissen Sie, all das, was ich über LeCedrick und den Officer gesagt habe, das war nicht die Wahrheit.» Sie sah Angela an. «Dafür möchte ich mich entschuldigen.»

«Ist schon in Ordnung», sagte Angela Rossi.

«Nein, ist es nicht», sagte Mrs. Earle. «Ich schäme mich so sehr, daß ich gar nicht weiß, was ich tun soll.» Sie sah wieder Sherman an. «Sie haben behauptet, daß er in diesem Gefängnis mit Sicherheit sterben würde, wenn ich nicht helfe, ihn dort herauszubekommen.»

Anna Sherman schaltete das Tonbandgerät ein. «Wer ist ‹sie›, Mrs. Earle?»

Mrs. Louise Earle schilderte zuerst ihren Teil der Geschichte, erzählte, wie sie von LeCedrick den ersten Anruf seit sechs Jahren erhielt, wie er sie angefleht hatte, daß im Gefängnis sein Leben in Gefahr sei, daß er noch einmal angerufen hatte, dieses Mal weinte, sie anbettelte, ihm zu helfen, ihr sagte, daß er einen Anwalt namens Elliot Truly eingeschaltet habe, der mit ihr sprechen wolle. Sie erzählte, wie Truly und Kerris in ihr Haus gekommen waren, die Schreckensgeschichte bestätigten, die LeCedrick erzählt hatte, und wie sie sie überzeugten, daß die schnellste Möglichkeit LeCedrick in Sicherheit zu bringen, darin bestand zu behaupten, die Polizei habe ihrem Sohn vor sechs Jahren die Sache angehängt, genau wie es LeCedrick immer behauptet hatte. Sie sagte, Truly habe ihr die Aussagen selbst ausgearbeitet.

Anna Sherman machte sich auf einem gelben Block Notizen, obwohl das Tonband mitlief. Auch Bidwell machte sich Notizen. «Hat Jonathan Green an einer dieser Unterhaltungen teilgenommen?» fragte Sherman.

«Nein, Ma'am.»

«Ich habe Sie und Green zusammen bei einer Pressekonferenz gesehen», sagte Bidwell.

«Das ist richtig. Als Mr. Truly sagte, es sei Zeit, meine Erklärung abzugeben, hat er mich zu Mr. Green gefahren.»

«Haben Sie und Mr. Green über das gesprochen, was Sie bekanntgeben sollten?»

Louise Earle runzelte die Stirn. «Ich glaube nicht. Ich denke, er wußte es von Mr. Truly. Er hat einfach nur gesagt, ich solle den Presseleuten alles so offen und ehrlich wie möglich sagen.»

Gibbs beugte sich vor. «Er hat Ihnen gesagt, sie sollen offen und ehrlich sein?»

Sherman schüttelte den Kopf. «Green ist smart.» Sie zog einen Strich auf ihrem Block. «Okay. Lassen wir Mr. Cole sagen, was er hat.»

Ich erzählte ihnen, wie Rossi und ich LeCedrick besucht und was wir von ihm erfahren haben, wie Kerris und seine Leute zuerst bei Mrs. Earle waren und wie wir ihnen zu den Förderfeldern westlich der Baldwin Hills folgten und was dann dort passiert ist. Ich erzählte ihnen, was Truly gesagt hatte, als er im Sterben lag. «Truly bestätigte alles, was Mrs. Earle und LeCedrick gesagt hatten. Er stellte die Verbindung zu Jonathan Green her und erklärte, daß es Green war, der die Manipulation des Beweismaterials anordnete, durch das Pritzik und Richards belastet wurden.»

Bidwell legte den Block fort. «Warum sollte Green so etwas tun?»

Ich reichte ihm den Ausdruck der Verträge zwischen Jonathan Green und Theodore Martin. «Das sind Kopien von vertraulichen Honorarvereinbarungen zwischen Green und Teddy Martin. Sie haben eine Ergänzungsvereinbarung, die Jonathan Green die Kontrolle über den ganzen Besitz von Teddy überträgt.» Anna Sherman starrte mich unbewegt an, als ich das sagte.

Bidwell blätterte in den Seiten, tiefe Falten bildeten sich auf seiner Stirn. «Woher zum Teufel haben Sie das denn?»

Ich zuckte die Achseln. «Manchmal findet man einfach was.»

Sherman lächelte, immer noch völlig unbewegt.

Bidwell reichte ihr die Seiten weiter. «Gerichtlich nicht verwertbar.»

Anna Sherman nahm die Blätter, warf jedoch keinen Blick darauf. Das neutrale Lächeln blieb. «Sie haben eine Erklärung, die Elliot Truly im Sterben abgegeben hat und durch die Jonathan Green in die Manipulation von Beweismaterial verwickelt wird.»

Ich nickte. «Haben wir.»

«Wer außer Ihnen hat das noch gehört?»

«Ich», sagte Rossi. «Und Joe Pike.»

Sherman sah Louise Earle an. «Haben Sie es auch gehört, Mrs. Earle?»

Louise Earle wirkte unsicher. «Ich glaube nicht. Sie haben mich hinter einem Metallberg versteckt. Da waren Schüsse, und ich glaubte, Mr. Lawrence wäre tot.»

Anna Sherman tätschelte ihr die Hand. «Ist schon in Ordnung.»

«Demnach haben wir die Erklärung eines Sterbenden, die von drei Personen bezeugt wird, die ein persönliches Interesse daran haben, Jonathan Green anzuklagen.»

«Was zum Teufel soll das heißen?» fragte Rossi. Sie stand auf. «Wir servieren Ihnen alles auf dem Tablett, und Sie sagen, das ist nicht genug?»

Bidwell verschränkte die Arme und wippte hin und her.

Anna Sherman sah den dritten Mann an. Er hatte bislang nichts gesagt, und jetzt starrte er sie an. Sie erhob sich und sagte: «Es ist nicht gerade viel, aber ich möchte auf dieser Grundlage aktiv werden. Ich bin überzeugt, daß diese Leute die Wahrheit sagen und daß Jonathan Green dieser Verbrechen schuldig ist.»

«Truly hat noch etwas gesagt», warf Rossi ein.

Alle sahen ihn an.

«Er sagte, daß Theodore Martin zugegeben habe, seine Frau ermordet zu haben.»

Anna Sherman lächelte wieder, und Bidwell beugte sich vor.

«Deshalb erhielt die Honorarvereinbarung eine Ergänzung. Teddy würde Green alles zahlen, wenn er frei käme, und Green wollte alles. Als Bezahlung für Green übertrug Teddy praktisch seinen gesamten persönlichen und geschäftlichen Besitz einer treuhänderischen Verwaltung.»

Bidwell riß die Seiten wieder an sich und blätterte sie noch einmal durch.

«Es gibt außerdem eine zweite Ergänzung, die mehrere Millionen Dollar wieder an Teddy Martin zurücküberträgt. Ich glaube, dies geschah, weil Teddy dachte, er könne auf Kaution entlassen werden, um dann zu fliehen.»

«Truly hat auch das bestätigt», sagte Rossi.

Anna Sherman beugte sich nun vor, genau wie Bidwell es zuvor getan hatte, aber jetzt lächelte sie nicht mehr. «Truly hat gesagt, Teddy beabsichtige zu fliehen?»

Rossi und ich antworteten wie aus einem Mund. «Ja.»

Bidwell stürmte aus dem Raum. Der dritte Mann schlug sich wütend mit der Faust in die Hand und sagte: «Dieser Mistkerl!»

«Was ist los?» fragte ich.

Anna Sherman ließ sich auf ihrem Stuhl zurücksinken und sah auf einmal schrecklich müde aus. «Theodore Martin wurde heute morgen um zehn Uhr gegen Zahlung einer Kaution aus der Haft entlassen.»

36

Um zehn Uhr an diesem Morgen wurde Theodore «Teddy» Martin gegen Hinterlegung einer Kaution in Höhe von fünfhunderttausend Dollar aus der Untersuchungshaft entlassen. Vorausgegangen war ein im Namen des Angeklagten durch Jonathan Green beim Los Angeles Superior Court eingereichter Antrag. Laut dem vorsitzenden Richter wurde diesem Antrag aufgrund der Vorlage von «Beweismaterial, das die Unschuld des Angeklagten nahelegt», stattgegeben. Dabei handelt es sich um das von einem gewissen Elvis Cole entdeckte Beweismaterial, das auf eine Verbindung zwischen Pritzik und Richards mit der Entführung von Susan Martin hindeutet. Dasselbe Beweismaterial, über das der in den Baldwin Hills verblutende Elliot Truly gesagt hatte, es sei manipuliert und gefälscht worden.

Lincoln Gibbs und Anna Sherman stürzten sich auf die Telefone, um Teddys Aufenthaltsort in Erfahrung zu bringen. Greens Kanzlei, Teddys Geschäftsführer und Teddys Privatwohnung wurden angerufen. Streifenwagen wurden zu allen drei Orten geschickt. Sowohl Greens Kanzlei als auch der Geschäftsführer bestritten, Kenntnis von Teddys Aufenthaltsort zu haben, und in seinem Haus meldete sich niemand. Der Streifenwagen berichtete, sein Haus wirke leer, und eine Hispanic-Haushälterin habe auf ihr Anklopfen gesagt, daß «Mr. Teddy» nicht zu Hause sei und auch nicht dort gewesen wäre. Sherman wurde so wütend, daß sie ihren Hörer aufknallte und so laut fluchte, daß Mrs. Earle fragte: «Was ist denn los?»

«Teddy ist stiftengegangen», sagte ich.

Sherman fauchte mich an. «Das wissen wir noch nicht.»

Ich nahm die ergänzte Honorarvereinbarung in die Hand und blätterte zu der Liste mit Teddys persönlichem und geschäftlichem Besitz. Teddy Jay Enterprises besaß eine Cessna Citation. Sie wurde unter den Vermögenswerten aufgeführt, die Jonathan

Greens Kontrolle übertragen wurden, aber was spielte das schon für eine Rolle, wenn man um sein Leben lief? Düsenjets stehlen ist eine Kleinigkeit im Vergleich zu Menschen ermorden.

Anna Sherman brüllte gerade jemanden am anderen Ende der Leitung in Jonathan Greens Kanzlei an, als ich ihr die Ergänzung vor die Nase hielt und mit einem Finger auf den Jet zeigte. Sie sah den Eintrag. «Ich ruf Sie zurück.» Und legte auf. «Wo steht das Ding?»

«Keine Ahnung.»

Sherman rief wieder Martins Geschäftsführer an und wollte wissen, wo Teddy seinen Düsenflieger parkte. Sie brüllte, und der Geschäftsführer fühlte sich vermutlich vor den Kopf gestoßen und beging den Fehler zu fragen, ob sie eine gerichtliche Verfügung besaß. Sherman ging unter die Decke. Ihr Kopf wurde puterrot, und ein Netz feiner Venen tauchte auf ihrer Stirn auf. Gibbs sagte: «Himmel, Anna. Du kriegst noch einen Herzinfarkt.»

Anna Sherman brüllte ins Telefon, daß der Geschäftsführer sofort zur Kooperation bereit zu sein habe, sonst würde sie ihn innerhalb der nächsten Stunde wegen Begünstigung und strafbarer Absprache verhaften lassen. Das wirkte. Der Geschäftsführer sagte es ihr, und Anna Sherman wiederholte die Information. «Van Nuys Airport. Skyway Aviation.» Sie wiederholte außerdem eine Telefonnummer, die Dan Tomsic mitschrieb.

Gibbs, Tomsic, Rossi und ich sahen zu, wie Anna Sherman die Nummer von Skyway wählte, ihren Namen und ihre Funktion nannte und darum bat, mit jemandem zu sprechen, der etwas zu sagen hatte. Mrs. Earle schaute ebenfalls zu, aber man merkte sofort, daß ihr das alles nicht wichtig war. Bidwell veranlaßte gerade, daß sie ins Krankenhaus zurückgebracht wurde. Der Skyway-Manager kam an den Apparat, und wieder nannte Sherman ihren Namen und ihre Funktion. Sie erkundigte sich nach Theodore Martins Citation-Jet, hakte dann mit einigen Fragen nach. Die Antworten entnahmen wir ihrem Mienenspiel. «Dieser Dreckskerl!» brüllte Lincoln Gibbs und trat gegen die Couch. Tomsic setzte sich und vergrub das Gesicht in seinen Händen, als hätte er ein langes, knappes Spiel hinter sich und alles hineingelegt, aber am Ende dann doch verloren. Nach etwa sechs Minuten legte Anna Sherman auf und sah uns mit aschfahlem, angespanntem Gesicht an. «Theodore Martin hat etwa gegen elf Uhr vierzig heute morgen seine Maschine bestiegen, und der Jet ist exakt um elf Uhr fünfundfünfzig gestartet. Sein Pilot hat einen normalen IFR-Flugablaufplan nach Rio de Janeiro angemeldet.» Anna Sherman setzte sich auf ihren Stuhl, legte die Hände auf den Schoß und lehnte den Kopf zurück. «Er ist weg.»

Mrs. Louise Earle sah aus, als würde sie jeden Moment weinen. «Hab ich irgendwas falsch gemacht?»

Angela Rossi starrte sie einen Augenblick an, dann legte sie einen Arm um Mrs. Earles Schultern. «Nein, Ma'am. Nein, das haben sie nicht. Der Typ ist einfach weg. Das kommt immer wieder vor.»

Sherman holte tief Luft, setzte sich und nahm wieder den Hörer ab. Nur, daß diesmal keinerlei Eile mehr in ihren Bewegungen lag. «Ich werde das FBI verständigen und sie bitten, sich mit dem State Department in Verbindung zu setzen. Er befindet sich immer noch in der Luft. Vielleicht können wir uns irgendwie mit den Brasilianern einigen.»

«Wir haben kein bilaterales Auslieferungsabkommen mit Brasilien», sagte Bidwell.

«Vielleicht können wir uns irgendwie einigen», fauchte ihn Sherman an.

«Werden Sie irgend etwas wegen Green unternehmen?» fragte ich.

Anna Sherman starrte mich vielleicht sechs Sekunden an, dann legte sie den Hörer auf. «Ach, ja. Ja, ich werde ganz bestimmt etwas wegen Mr. Green unternehmen.»

«Wollen Sie einen Haftbefehl ausstellen?» fragte Bidwell.

Anna Sherman sah Angela Rossi an. «Ja, wir werden einen Haftbefehl ausstellen. Ich habe Richter Kelton gerade gesehen. Gehen Sie zu ihm, und lassen Sie ihn unterschreiben.» Haftbefehle mußten von einem Richter unterzeichnet werden.

Bidwell setzte sich zur Tür in Bewegung. «Ich werde Greens Kanzlei anrufen und alles arrangieren. Wieviel Zeit wollen Sie ihm geben, sich selbst zu stellen?» In ähnlich gelagerten Fällen wird der

Anwalt häufig unterrichtet, daß ein Haftbefehl ausgestellt wurde und der Beschuldigte Gelegenheit hat, sich selbst zu stellen.

Anna Sherman schüttelte den Kopf, sah immer noch Angela Rossi an. «Zum Teufel damit. Wir werden einfach rübergehen und seinen Arsch einbuchten.»

Angela Rossi lächelte. Wie jeder andere.

«Hat irgendwer was dagegen, wenn ich mitkomme?» fragte ich.

Lincoln Gibbs ging inzwischen auf und ab. Grinste und brannte darauf, etwas zu unternehmen, so ähnlich wie ein Leopard, der spürte, daß die Jagd begonnen hatte. «Kein Problem.»

Rossi wollte ebenfalls mitkommen, aber Lincoln Gibbs lehnte kategorisch ab. Sie war immer noch suspendiert, und eine Disziplinarmaßnahme könnte jederzeit gegen sie eingeleitet werden.

Sherman und Bidwell erledigten ihre Telefonate, setzten ihre Dokumente auf, und eine Stunde und zehn Minuten später waren wir soweit, Mr. Jonathan Green, Rechtsanwalt, einen Besuch abzustatten. Mrs. Louise Earle hatte man bereits zum Krankenhaus zurückgebracht. Rossi ging mit uns hinaus, aber in der Eingangshalle trennten sich unsere Wege. Ein Streifenwagen fuhr sie nach Hause.

Rossi bot mir die Hand an. «Ich möchte mich bei Ihnen bedanken.»

«Keine Ursache.»

«Nein, ich meine es wirklich so.»

«Ich verstehe.»

«Ich werde Joe anrufen.»

«Wir sehen uns, Rossi», sagte ich.

Wir lächelten uns an, dann ging sie fort.

Gibbs, Tomsic und ich zwängten uns in Anna Shermans Wagen und fuhren zu Jonathan Greens Kanzlei am Sunset Boulevard. Zwei Uniformierte folgten in einem Streifenwagen. Ein Bezirksstaatsanwalt begleitete die Polizei fast nie bei einer Festnahme, Privatdetektive allerdings auch nicht. Ich dachte, dieser Fall war einfach zu außergewöhnlich, um die Chance verstreichen zu lassen.

Wir parkten in zweiter Reihe vor seinem Gebäude und blokkierten so den Verkehr in westlicher Richtung auf dem Sunset. Dann gingen wir an der Empfangssekretärin und den Sicherheitsdienstleuten in ihren Blazern vorbei. Ein blonder Security-Bursche mit rotem Kopf versuchte uns aufzuhalten und verlangte den Haftbefehl, aber Dan Tomsic fragte nur: «Das ist nicht dein Ernst?» Er gab den Uniformierten ein Zeichen, den Kerl aus dem Weg zu räumen.

Wir nahmen den Fahrstuhl zur dritten Etage, und Sherman fragte: «Sie sind schon mal hier gewesen. Wo geht's lang?»

Ich führte sie zu Greens Büro. Green war weder von Elliot Trulys Tod noch vom Tod seiner anderen Leute benachrichtigt worden, noch war darüber in den Nachrichten berichtet worden. Als wir die Korridore hinuntergingen, tauchten Anwälte, Rechtsanwaltsgehilfen, Sekretärinnen und Angestellte in ihren Türen auf. Jonathan Greens Sekretärin stand, als wir uns näherten, auf, und ich sagte: «Klopf, klopf, klopf, Chicken Delight!»

Sie fragte Anna Sherman: «Kann ich Ihnen helfen?»

«Nein», erwiderte Anna Sherman. Wir marschierten an der Sekretärin vorbei durch die Tür und in Greens Büro. Green, die beiden unbedeutenderen Anwälte, der Videograph und drei mir unbekannte Personen saßen an seinem Konferenztisch, hatten die Jacken ausgezogen und die Ärmel hochgekrempelt. Der Videograph und seine Tontechnikerin saßen im Hintergrund, die Kamera lag auf dem Boden. Sie tranken Kaffee und unterhielten sich. Vermutlich konnte man nicht viel anderes machen, wenn man immer nur Anwälte filmte, die an Tischen zusammenhockten. Jonathan Green sah uns ohne große Überraschung an. «Türen sind dazu da, daß man anklopft», sagte er.

«Nicht schlecht», sagte ich. «Ich hatte schon irgendwie gehofft, Sie würden so was sagen wie: ‹Was soll das alles bedeuten?›»

Anna Sherman lächelte honigsüß. «Entschuldigen Sie die Störung, Jonathan. Aber wir sind gekommen, um Sie der Fälschung von Beweismaterial, Behinderung der Justiz, strafbarer Verabredung zum Mord und Mord festzunehmen.»

Der Videograph bekam große Augen, und die Kinnlade fiel ihm herunter. Ich deutete auf seine Kamera. «Die sollten Sie besser einschalten. Das werden Sie doch wohl nicht verpassen wollen.» Der Videograph beugte sich über die Tontechnikerin, um an seine Kamera zu kommen, und verschüttete dabei seinen und ihren Kaffee.

Anna Sherman drehte sich zu Lincoln Gibbs. «Lieutenant, bitte informieren Sie Mr. Green über seine Rechte, und nehmen Sie ihn anschließend in Gewahrsam.»

Lt. Lincoln Gibbs übergab Jonathan den Haftbefehl und verlas ihm seine Rechte. Jonathan unterbrach ihn nicht und machte sich ebenfalls nicht die Mühe, das Dokument in seinen Händen zu lesen. Er setzte sich mit einem angedeuteten Lächeln, als hätte er diese Ereignisse bereits geahnt. Als Gibbs mit Verlesen seiner Rechte fertig war, sagte er: «Würden Sie bitte aufstehen, Sir? Ich muß Ihnen Handschellen anlegen.» Höflich.

Jonathan fügte sich klaglos. «Anna, das ist der eklatanteste Fall von parteiischer Manipulation, den ich je erlebt habe. Dafür werde ich sie vors Standesgericht schleifen.»

«Teddy Martin ist nach Zahlung einer Kaution geflohen und befindet sich derzeit auf dem Weg nach Brasilien», sagte Anna Sherman. «Elliot Truly, Stan Kerris und zwei weitere bei Ihnen beschäftigte Männer sind tot. Elliot Truly hat im Sterben erklärt, daß Sie sowohl an der Manipulation von gefälschtem Beweismaterial als auch am Mord an James Lester und der Entführung von Louise Earle beteiligt sind.»

«Das ist doch absurd», sagte Jonathan Green. «Ich weiß wirklich nicht, wovon Sie sprechen.» Während er das sagte, drehte er den Kopf der Kamera zu.

«Dafür haben wir Gerichtsverfahren, Jonathan. Um die Tatsachen zu ermitteln.»

Lincoln Gibbs nahm Greens Arm und führte ihn zur Tür. Jonathan Green drehte sich gerade lange genug noch einmal um. «Es wird keinen Prozeß geben, Anna», sagte Green. Er lächelte dabei, und sein Lächeln war zuversichtlich und ohne Angst. «Sie glauben, einen guten Grund für das hier zu haben, allerdings kann ich mir beim besten Willen nicht vorstellen, um was es sich dabei handeln könnte.» Wieder drehte er sich zur Videokamera. «Ich bin sehr gespannt, Ihr Belastungsmaterial zu sehen, und ich hoffe um Ihretwillen, daß es sich hier nicht um eine besonders häßliche Form der Polizeischikane handelt.»

Gibbs und Tomsic begleiteten ihn hinaus, während der Videograph vor ihnen herumtrippelte, um jeden Augenblick der Festnahme und des Abführens festzuhalten.

Ich stand neben Sherman, schaute ihnen nach und wunderte mich über Jonathan Greens offenbar nicht existente Besorgnis. Vielleicht ist er einfach nur verrückt oder arrogant oder strotzt nur so vor dem schweren charakterlichen Defekt namens Hybris, aber man kann nie wissen.

Vielleicht war er auch einfach nur gewohnt, immer zu gewinnen.

37

Den ganzen Abend berichtete jeder lokale Fernsehsender in Los Angeles über Theodore Martins Flucht aus dem Land, was jedes normale Programmschema gründlich durcheinanderkegelte. Live-Kamerateams belagerten Skyway Aviation, Angela Rossis Privatwohnung und Jonathan Greens Kanzlei sowie das LAPD als auch die Bezirksstaatsanwaltschaft. An diesem Abend kehrte Angela Rossi nicht nach Hause zurück und stand daher für einen Kommentar nicht zur Verfügung. Sie holte ihre Jungs ab und verbrachte die Nacht bei einer Freundin. Die Skyway-Leute jedoch waren greifbar und wurden von einer Armada aus Übertragungswagen und Kamerateams überrascht, die in ihre ansonsten ruhige Welt einfiel.

Zu den interviewten Skyway-Leuten gehörten der Leiter der Flugüberwachung, eine junge Frau von der Flugabfertigung und ein noch jüngerer Wartungsmechaniker. Der Wartungsmechaniker war ein siebzehnjähriger Junge namens Billy Galovich, der die Flugzeuge säuberte, sie betankte und mit einer kleinen Zugmaschine aus dem Hangar manövrierte. Sein Anteil an Theodore Martins Flucht bestand lediglich darin, daß er Teddys Citation herausgeschleppt und betankt hatte, dann begrüßte er den Piloten, einen sehr netten Hispanic, der sich ihm als Mr. Garcia vorstellte. Ich sah an diesem Abend vierzehn Interviews mit Billy Galovich, dann hörte ich auf mitzuzählen.

Die junge Frau von der Flugabfertigung hatte Anspruch auf Ruhm, weil sie den Anruf von Teddy Martin entgegengenommen hatte, der persönlich anordnete, seine Citation solle flugbereit gemacht werden. Die Frau hieß Shannon Denleigh, und sie erzählte, Mr. Martin habe ihr gesagt, sein Pilot würde ein Mann namens Mr. Robert Garcia sein, und Mr. Garcia würde sofort vorbeikommen. Sie unterrichtete noch umgehend den Leiter der Flugüberwachung, einen gewissen Mr. Dale Ellison, von dem Anruf, dann verließ sie das Firmengelände, um sich die Nägel maniküren zu lassen. Bei Nummer sechzehn hörte ich auf, ihre Interviews zu zählen. Dale Ellison berichtete, Mr. Garcia sei ein liebenswürdiger, freundlicher Mann gewesen, der sich als Pilot der Air Argentina auswies und erklärte, er nehme von Privatfirmen Charteraufträge an, um sich noch etwas dazuzuverdienen. Ich machte mir erst gar nicht die Mühe zu zählen, wie oft Dale Ellison interviewt wurde, aber es war reichlich.

Berichte über Jonathan Greens Festnahme und die gegen ihn vorgebrachten Anklagepunkte wurden unterbrochen von der Berichterstattung über Teddys Flucht, doch als die Presseleute herausfanden, daß sich die Citation immer noch in der Luft befand, fing die richtige Show erst an. Reporter und Kameraleute überfielen die Luftfahrtbehörde und die verschiedenen Flugüberwachungszentralen zwischen Los Angeles und Rio. Die Route der Citation wurde ausgewertet und auf einer Weltkarte graphisch dargestellt. Es erinnerte irgendwie an den Anfang von *Casablanca*. Jedes Network setzte eine kleine Uhr in eine Ecke des Bildes, auf der die noch verbleibende Zeit bis zur Landung der Citation gezeigt wurde. Verbrechen und Showbusiness waren miteinander verschmolzen.

Auslandskorrespondenten strömten zum Flughafen von Rio de Janeiro, und es wurde live von Theodore Martins Landung berichtet, auch wenn es in Rio Mitternacht war und man wirklich nichts sehen konnte. Die Citation rollte auf einen privaten Flugservicebereich für Firmenjets, wo sie von den brasilianischen Behörden und einer kleinen Armee Journalisten in Empfang genommen wurde. Ein Sprecher der brasilianischen Behörden sagte, Mr. Martin werde bezüglich seiner weiteren Pläne vernommen, könne aber anschließend gehen. Teddy Martin schob sich mit bedecktem Gesicht durch die Kameras und ignoriert die brüllenden Reporter. Er erreichte den Eingang des Flugservicegebäudes, überlegte es sich dann offenbar anders und blieb stehen, um eine kurze Erklärung abzugeben: «Bitte interpretieren Sie meine Flucht aus Kalifornien nicht als Schuldeingeständnis. Ich versichere Ihnen, ich schwöre Ihnen, daß ich meine Frau nicht ermordet habe. Ich habe sie geliebt. Ich habe das Land verlassen, weil ich der festen Überzeugung bin, daß ich dort keine faire und gerechte Verhandlung bekommen würde. Ich weiß wirklich nicht, warum man mir so etwas antut.» Er verschwand in dem Gebäude und muß es auf einem vorher vereinbarten und geheimen Weg wieder verlassen haben, denn er wurde nicht mehr gesehen.

In dieser Nacht ging ich um zwanzig nach eins ins Bett, und immer noch waren die Networks auf Sendung, bereiteten die Landung auf, wiederholten die Interviews, sendeten aufgezeichnete «Live»-Berichterstattungen von irgend etwas, das auch nicht lebendiger war als ein Alptraum.

38

In der Nacht klingelte mehrfach das Telefon. Ich ging irgendwann nicht mehr ran und überließ die Anrufe meinem Beantworter, nachdem mir klar wurde, daß es nur Reporter auf der Jagd nach einem weiteren Kommentar waren. Schließlich zog ich den Stekker des Telefons heraus.

Am nächsten Morgen schlief ich lange, und als ich aufwachte, war das Haus ruhig und still. Der Kater schlief am Fußende meines Bettes, die Finken warteten auf dem Geländer der Veranda, und kein Mensch versuchte, mich zu erschießen, aber zum ersten Mal seit Tagen spürte ich Lucys Abwesenheit, und die Leere war nicht gut.

Meine Beziehung zu Angela Rossi und Louise Earle sowie die Verwicklungen in ihr Leben schienen beendet oder wenn schon nicht beendet, so doch zumindest unbedeutend geworden zu sein. Anna Sherman wollte mich noch ausführlich befragen, aber vorher würde sie mit Rossi, dann mit Gibbs und Tomsic sprechen. Es konnte noch Tage dauern, bis wir uns zusammensetzten.

Ich stieg aus dem Bett, duschte, aß anschließend eine Schale Granola mit Hüttenkäse und Pfirsichstücken, dazu trank ich ein Glas entrahmte Milch. Ich rief im Martin Luther King Hospital an und erkundigte mich nach Mr. Lawrence. Man sagte mir, es gehe ihm den Umständen entsprechend gut, auch wenn sein Zustand immer noch als kritisch galt. Die Krankenschwester erinnerte mich daran, daß Mrs. Earle immer noch dort war und im Wartezimmer schlief. Sie hatte die ganze Nacht bei ihm gewacht. Ich rief ein Blumengeschäft an, um Blumen zu schicken, und adressierte den Strauß sowohl an Mrs. Earle als auch an Mr. Lawrence. Ich hoffte, sie würden ihr den Tag etwas aufheitern.

Um zwanzig nach elf klingelte mein Telefon wieder, und diesmal ging ich ran. Leben auf der Überholspur. «Siehst du das auch gerade?» fragte Joe Pike.

«Was?»
«Schalt den Fernseher ein.»
Gesagt, getan.
Jonathan Green, umlagert von Reportern auf den Stufen des Superior Court Building. Der Rechtsexperte des Network sagte, daß um zehn Uhr offiziell Anklage gegen Green erhoben und eine minimale Kaution festgesetzt worden sei. Jetzt werde er jeden Augenblick eine Erklärung abgeben. Die beiden unbedeutenderen Anwälte standen hinter ihm, ebenso ein älterer, grauhaariger afroamerikanischer Rechtsanwalt namens Edwin Foss. Foss war ein Strafrechtsverteidiger von Greens Format, der durch die Verteidigung eines Landstreichers, der bei einem Überfall auf einen AM-PM-Minimarkt vier Menschen erschossen hatte, zu Berühmtheit gelangt war. Die Morde waren auf Video aufgezeichnet worden, aber Foss hatte es dennoch geschafft, einen Freispruch zu erwirken. Er hatte die Geschworenen wohl davon überzeugt, daß Zweifel an dem, was man mit eigenen Augen gesehen hatte, berechtigt waren.
Edwin Foss flüsterte Jonathan etwas ins Ohr, dann trat Jonathan vor die Mikrophone und gab seine Erklärung ab. Sein Tonfall war ernst und bedauernd, und Foss behielt eine Hand auf Jonathans Schulter, während er sprach. Beistand und Führung. «Niemand könnte von Theodore Martins Verhalten mehr überrascht gewesen sein als ich», sagte Green. «Ich habe von Anfang an an seine Unschuld geglaubt, und ich halte ihn immer noch für unschuldig. Ich glaubte damals, und glaube es auch jetzt, daß das Beweismaterial gegen Theodore Martin von skrupellosen, mit den Ermittlungen betrauten Polizeibeamten manipuliert wurde. Teddy, falls du mich jetzt hören kannst: Ich bitte dich eindringlich zurückzukommen. Die Gerechtigkeit wird siegen.»
«Meinst du, Teddy sieht sich das an, unten in Rio?» fragte Pike.
«Psst.»
Green fuhr fort. «Ich sichere jedem meine volle Kooperation zu, der die Anklagepunkte untersuchen wird, die gegen mich vorgebracht wurden. Ich werde helfen, jedes möglicherweise begangene Fehlverhalten umfassend aufzudecken, sofern sich so etwas überhaupt ereignet hat, genau wie ich bei der strafrechtlichen Ver-

folgung eines oder mehrerer meiner Angestellten behilflich sein werde, die sich auf nicht tolerierbare Weise zusammengerottet haben, um gegen den Ehrenkodex zu verstoßen, nach dem ich mein Leben aufgebaut habe. Ich erkläre jetzt, vor aller Öffentlichkeit, daß ich mich stets ehrenhaft und innerhalb der Grenzen des Gesetzes verhalten habe. Ich habe kein Unrecht begangen.»

Greens Anwalt flüsterte Green wieder etwas ins Ohr und zog ihn behutsam von den Mikrophonen fort. Die Reporter brüllten ihre Fragen, doch Greens Anwalt winkte ab und sagte, es werde keine Antworten geben.

Ich schaltete den Fernseher aus. «Der Typ ist schon eine Nummer. Der arbeitet doch tatsächlich jetzt schon daran, seinen Absturz abzufedern.»

Pike blieb stumm.

«Du glaubst doch nicht, daß er ungeschoren davonkommt, oder?»

Eine Weile sagten wir gar nichts, dann legte Pike auf. Ich schätze, er kannte die Antwort auch nicht. Oder vielleicht wollte er einfach nicht darüber nachdenken.

Ich bereitete mir ein frühes Mittagessen, ging dann mit dem Telefon hinaus auf die Veranda und rief Lucy Chenier in ihrem Büro an. Sie hatte von Jonathans Festnahme und Teddys Flucht in den Nachrichten gehört, schien aber nicht sonderlich neugierig zu sein, auch die schmutzigen Details zu hören. Als ich die Ereignisse unter den Sendemasten beschrieb, unterbrach sie mich und sagte, sie sei schon spät dran für einen Termin. Toll. Anna Sherman rief etwas später nachmittags an und bat mich, am kommenden Tag in ihr Büro zu kommen, um meine Aussage zu machen. Was ich dann auch tat; ich verbrachte drei Stunden im Criminal Court Building und wurde von Sherman, Bidwell und drei mir unbekannten Detectives des LAPD vernommen. Pike kam herein, als ich gerade ging. Sherman sagte mir, daß Mrs. Earle tags zuvor vernommen worden sei.

Zwei Tage nach meiner Vernehmung wurde Mr. Walter Lawrence' Zustand nicht mehr als kritisch eingestuft. Seine Genesungsaussichten waren ausgezeichnet. Ich besuchte ihn und nahm wieder Blumen mit. Mrs. Earle war immer noch bei ihm und erzählte, daß sie LeCedrick besuchen möchte. Sie würde ihren Sohn zum ersten Mal nach sechs Jahren Haft auf Terminal Island wiedersehen. Ich bot an, sie zu fahren.

Teddys Flucht und Greens Festnahme beherrschten die Schlagzeilen. «Teddy gesichtet» blieb eine feste Spalte in der Boulevardpresse, die zu unterschiedlichen Gelegenheiten meldete, daß Teddy jetzt in einer palastartigen brasilianischen Villa lebe, die von einem berühmten Nazikriegsverbrecher gebaut worden war, daß Teddy in Gesellschaft von Prinzessin Diana gesehen worden und daß Teddy für immer und ewig fort sei, weil er von kleinen grauen Aliens mit großen Köpfen entführt worden war. Die kalifornische Anwaltsvereinigung kündigte an, unabhängig von den Untersuchungen des Los Angeles Police Department und der Bezirksstaatsanwaltschaft ein eigenes standesrechtliches Verfahren gegen Jonathan Green einzuleiten. Green sagte, er begrüße die Gelegenheit, seinen Namen reinzuwaschen, und sei zu umfassender Zusammenarbeit bereit.

Jonathan Green und sein Anwalt erschienen regelmäßig in den Lokalnachrichten des Fernsehens, lokalen Talk-Shows und in der *L. A. Times*. Berichte aus «nicht näher genannten Quellen» tauchten auf, denen zufolge Elliot Truly ein Geheimabkommen mit Teddy geschlossen habe, von dem Mr. Green nichts wußte. «Gewöhnlich gut unterrichtete Kreise» innerhalb der Polizei wurden zitiert, daß in Elliot Trulys Haus gefundene Computerdateien eine solche Übereinkunft bestätigten. Aus anderen Quellen sickerte durch, daß Truly sich ohne Mr. Greens Kenntnis mehrmals mit Teddy getroffen hatte, als Teddy im Gefängnis saß. Sorgfältig formulierte Meinungsumfragen verzeichneten einen Meinungsumschwung von «mit Sicherheit» über «wahrscheinlich» zu «ungewiß», was Jonathan Greens Verwicklung in die Geschichte betraf.

Elf Tage nach den Ereignissen unter dem Sendemast teilte die Dienstaufsicht des LAPD den Abschluß der Ermittlungen gegen Detective Angela Rossi mit. Es gebe keinerlei Anhaltspunkte, daß sie, weder in der Sache LeCedrick Earle (LeCedrick Earle hatte inzwischen seine Behauptungen gegen sie widerrufen) noch im Rahmen der Ermittlungen gegen Theodore Martin, Beweismaterial konstruiert oder manipuliert oder untergeschoben habe. Die Story bekam fünf Zentimeter auf Seite neunzehn der *Times*, und dieselben Meinungsumfragen besagten, daß dreiundsiebzig Prozent der Befragten sie immer noch für einen korrupten Cop hielten, der LeCedrick Earle zu Unrecht etwas angehängt und «wahrscheinlich» Beweismaterial gegen Theodore Martin manipuliert hatte. Sie wurde wieder in den aktiven Dienst mit ihrem Partner Dan Tomsic versetzt.

Ich hörte die Nachrichten und verfolgte die Ermittlungen mit einem wachsenden Gefühl des Unbehagens. Jonathan Green unterschrieb einen Zwei-Million-Dollar-Vertrag bei einem großen Verlag, der seine Geschichte als Buch herausbringen wollte. Er trat bei *Larry King Live* und *Rivera Live* auf, und stets präsentierte er sich als Opfer. Mir wurden mehrere Aufträge angeboten, die ich jedoch alle ablehnte. Die Presse rief immer noch an, wenn auch weniger häufig, und ich ging ihr weitgehend aus dem Weg. Ich hörte Talk-Shows im Radio und nahm zu, weil ich einen Heißhunger verspürte, den ich nicht befriedigen konnte.

Die Tage wurden wieder warm, und ich beschloß, die Veranda neu zu streichen. Es war fast acht Jahre her, seit ich die Veranda das letzte Mal gebeizt und versiegelt hatte, und das Holz zeigte Risse. Joe bot seine Hilfe an, und wir verbrachten einen Großteil des Tages mit Schmirgeln, Beizen und Versiegeln. Bei der Arbeit hörten wir Musik, aber von Zeit zu Zeit schalteten wir die Nachrichten ein. Dreiundzwanzig Tage nach den Ereignissen unter dem Sendemast beendete die kalifornische Anwaltsvereinigung still und heimlich ihre Untersuchung und behauptete, das gesamte Beweismaterial deute auf berufliches Fehlverhalten seitens Elliot Trulys, nicht jedoch von Jonathan Green hin. Fünfundzwanzig Tage später ließ die Bezirksstaatsanwaltschaft alle Anklagepunkte gegen Jonathan Green mit Ausnahme der Manipulation von Beweismaterial fallen. Ich stand auf einer Leiter unter der Veranda, als wir die Nachrichten hörten, und Pike sagte: «Er kommt ungeschoren davon.»

Ich ging ins Haus und rief Anna Sherman an, die sagte: «Mehr können wir nicht tun.» Ihre Stimme klang weit entfernt und verloren.

«Das ist doch Scheiße. Sie *wissen*, daß er dahintersteckte.»

«Natürlich.»

«Er hat Truly reingelegt, genau wie er Rossi und Pritzik und Richards reingelegt hat. Er hat den Auftrag zum Mord an Lester gegeben. Sie wollten Louise Earle umbringen. Er hat sich die größte Mühe gegeben, das Leben und die Karriere einer Polizeibeamtin zu zerstören, die nur ihren Job getan hat.»

Eine ganze Weile lang sagte sie nichts, und dann: «Er weiß, wie das Spiel gespielt wird, Elvis. Was soll ich Ihnen anders sagen?» Dann legte sie auf.

Achtundzwanzig Tage nach dem Sendemast hatten Pike und ich die ganze Veranda frisch versiegelt. Sie war wie neu und glänzte und roch nach erstklassigem Schiffslack. Nachdem der Lack ausgetrocknet war, trugen wir die Stühle und den kleinen Tisch wieder hinaus, setzten uns in die Sonne und tranken Falstaff. Wir saßen eine ganze Weile so da, und dann sagte Pike: «Sag irgendwas.»

Ich sah ihn an.

«Du hast seit drei Tagen kein Wort mehr gesagt. Seit zwei Wochen hast du so gut wie nichts gesagt.»

«Schätze, ich werde langsam wie du.»

Ich lächelte ihn an, aber er erwiderte mein Lächeln nicht.

Ich leerte mein Falstaff, zerdrückte die Dose und stellte sie dann vorsichtig auf die glänzende Veranda. Kleine Kondensringe bildeten sich auf dem dicken Lack «Ich bin nicht sicher, ob ich das noch machen will.»

«Als Detektiv arbeiten?»

Ich nickte.

«Was willst du dann tun?»

Ich zuckte die Achseln.

«Du willst nicht mehr das sein, was du seit fast fünfzehn Jahren bist, weil Jonathan Green ungeschoren mit Mord davonkommt?» Er runzelte die Stirn, als er das sagte. Als wäre er womöglich enttäuscht.

Ich spreizte die Hände. «Ich schätze, genau das ist es wohl. Elvis Cole, der schlechte Verlierer.»

Pike schüttelte den Kopf.

Ich ging ins Haus, holte zwei kalte Falstaff und gab ihm eins. «Was würdest du sagen, daß ich darüber nachgedacht habe, nach Louisiana zu ziehen, um bei Lucy zu sein?»

Pike trank ein paar Schlucke, blickte auf den Canyon hinaus, leckte sich dann über den Mund und nickte. «Ich würde sagen, daß du mir fehlen würdest.»

Ich nickte.

«Wenn es das ist, was du tun mußt, dann würde ich dir auf jede mögliche Weise helfen.»

Ich nickte wieder.

«Hast du schon mit ihr darüber gesprochen?»

«Noch nicht.»

Pike schüttelte den Kopf. «Du bist mir einer.»

Vier Stunden später war Pike fort, und ich bereitete gerade eine *puttanesca*-Soße zu, als ich beschloß, Lucy Chenier anzurufen. Ich hatte fast eine ganze Flasche kalifornischen Merlot getrunken. Im Verlauf meines Lebens bin ich angeschossen, reingelegt, zusammengeschlagen, mit einer zerbrochenen Bierflasche niedergestochen worden und habe zahllose Schläger und Kriminelle überwältigt, aber mit Lucy über einen Umzug nach Louisiana zu reden schien Stärkung zu erfordern. Sie meldete sich nach dem dritten Klingeln, und ich sagte: «Rat mal, wer?»

«Hast du was getrunken?» Smarte Frauen sind unausstehlich, oder?

«Absolut nicht.» Den Beleidigten spielen. Den Schockierten spielen. «Also, ein bißchen vielleicht», räumte ich dann ein.

Sie seufzte. «Ich habe in den Nachrichten gehört, daß die Anklage gegen Green so gut wie eingestellt wurde. Wie geht's Angela?»

«Nicht super, aber auch nicht schlecht. Die Öffentlichkeit hält sie immer noch für mies und korrupt, aber die Dienstaufsicht hat sie reingewaschen.»

«Wie schön für ihre Kinder.»

«Green hat sich abgeschirmt und läßt sich verleugnen.»

«Was ist aus der Erklärung des sterbenden Truly geworden?» Ich hatte ihr vor Wochen von Truly erzählt. «Das ist doch zulässiges Beweismaterial.»

«Ist es, aber da lediglich ich, Angela und Joe es bezeugen können, wird es von denen da oben als fragwürdig angesehen. Weil ich bei Green gekündigt habe, und weil er Rossi beschuldigt hat, meinen die da oben, daß die Geschworenen unsere Darstellung der Ereignisse unberücksichtigt lassen müßten.»

Eine Weile sagte sie nichts mehr, und dann: «Tja, in diesem speziellen Fall haben die da oben vermutlich sogar recht.»

Ich nickte, was sie wahrscheinlich nicht sehen konnte. «Ich glaube nicht, daß Truly eine geheime Übereinkunft mit Theodore Martin hatte. Green hat alles geplant, genau wie er sich die Sache mit Pritzik und Richards aus den Fingern gesaugt hat.»

«Ich bin überzeugt, daß du recht hast.»

«Truly hat die Wahrheit gesagt.»

«Auch davon bin ich überzeugt.»

Ich sagte nichts. Ich starrte auf die Blasen, die in meiner Soße aufstiegen, und meine Schultern fühlten sich verkrampft an, und ich wünschte, daß ich nicht den ganzen Wein getrunken hätte.

«Es tut weh, stimmt's?» fragte Lucy.

Ich bewegte meine Zunge, versuchte den Geschmack des Weins zu vertreiben. «Oh, Gott, ja.»

«Du strengst dich so an, etwas in Ordnung zu bringen, und da ist dieser Mann, der sich auf eine Art durch das System laviert, daß alles Unrecht bestehenbleibt.»

«Er beschmutzt die Gerechtigkeit.» Beschmutzen. Hier sprach offenbar der Merlot.

«Oh, Studly», sagte sie. Ich konnte sie lächeln sehen. «Beim Recht geht es nicht um Gerechtigkeit. Das weißt du doch.»

Ich trank den Merlot aus und nahm die Soße vom Herd. Dicke Tomatenstücke und schwarze Oliven und Rosinen schwammen darin. Ich hatte gekocht, ohne hungrig zu sein. Vielleicht wollte ich mich einfach nur mit etwas Sinnvollem beschäftigen. «Natürlich weiß ich das, aber es sollte anders sein.»

«Das Recht ist ein auf Gegnerschaft der beteiligten Parteien basierendes System, das Gerechtigkeit definiert als das Einhalten von Spielregeln, um das Spiel bis zum Schluß zu führen. Das hat nur sehr wenig mit Recht und Unrecht, richtig oder falsch zu tun. Das Recht gibt uns Ordnung. Nur Männer und Frauen können uns das geben, was du Gerechtigkeit nennen möchtest.»

Ich holte tief Luft und atmete wieder aus. «Mein Gott, Lucille, ich wünschte, du wärst hier.»

«Ich weiß.» Ihre Stimme war sanft und kaum zu hören. Dann sagte sie: «Du bist immer noch der Beste-Detektiv-der-Welt, Zuckerpüppchen. Das können sie dir nicht nehmen.»

Ich mußte lächeln.

Eine ganze Weile sagte keiner von uns etwas, und dann fragte Lucy: «Du erinnerst dich noch an Tracy Mannos von Channel Eight? Wir haben sie auf Greens Party kennengelernt.»

«Sicher. Die Programmleiterin.»

«Sie hat mich letzte Woche angerufen. Die ihrem Network angeschlossene Gesellschaft hier in Baton Rouge hat Probeaufnahmen von mir gemacht, und nachdem sie die gesehen hat, hat sie mir einen Job als Live-Reporterin für Gerichtsberichterstattung angeboten.»

«In Baton Rouge?» sagte ich.

«Nein, Elvis. In Los Angeles.»

Ich war sprachlos. Der Merlot stieg mir in die Ohren.

«Das würde mehr Geld bedeuten», sagte Lucy. «Und ich wäre näher bei dir. Aber es ist ein ziemlich großer Schritt.» Man konnte ihre Unsicherheit deutlich hören.

«Du würdest nach Los Angeles kommen?» fragte ich.

«Da ist so viel, über das ich nachdenken muß. Zum Beispiel Ben. Dann mein Haus und meine Freunde. Ich weiß nicht, was ich wegen Richard unternehmen soll.»

«Bitte, sag ja.» Es klang ziemlich heiser.

Dann sagte sie eine Zeitlang nichts. «Ich weiß es noch nicht. Ich muß noch darüber nachdenken.»

«Ich habe Joe gesagt, daß ich daran denke, nach Baton Rouge zu ziehen.»

Wieder Schweigen. «Tust du das?»
«Ja.»
«Würdest du?»
«Ja.»
«Warum?»
«Du weißt, warum, Lucille. Ich liebe dich.»
Einen Moment sagte sie nichts, und dann klang ihre Stimme leichter, irgendwie ausgeglichener. «Ich muß nachdenken.»
«Ruf mich morgen an.»
«Morgen weiß ich es vielleicht noch nicht.»
«Ruf mich trotzdem an.»
«Ich liebe dich, Studly», sagte sie. «Vergiß das nicht.»
Lucille Chenier legte auf, und ich legte mich auf den Küchenboden und lächelte die Decke an. Wenig später wußte ich, daß ich die letzte und endgültige Möglichkeit gefunden hatte, Jonathan Green doch noch vor Gericht zu bringen.
Oder es kam dem doch wenigstens ziemlich nahe.

39

Zuerst rief ich Eddie Ditko an. Er kam rüber, hustete und keuchte, war aber glücklich an diesem Abend, Spaghetti mit *puttanesca*-Soße essen und dabei meinen Bericht der Ergebnisse hören zu können, während er gleichzeitig jedes einzelne meiner Worte aufnahm. Er grinste viel, während ich redete, und sagte, er könne mir für diese Story die untere Hälfte der ersten Seite garantieren. «Mann, da wird die Scheiße aber ordentlich dampfen, wenn das rauskommt.»

«So dachte ich mir das.»

Als Eddie fort war, rief ich Tracy Mannon an, die mich um zwanzig nach zehn zu Lyle Stodge durchstellte. Lyle und Marcy moderierten neben der Sendung um fünf auch die Elf-Uhr-Nachrichten. Lyle war überglücklich, mit mir zu reden, und nahm mein Interviewangebot ebenfalls überglücklich an. «Wir hatten schon die ganze Zeit gehofft, Sie für einen Kommentar gewinnen zu können!» sagte er. «Schaffen Sie es bis um elf?»

«Unmöglich.»

«Wie wär's dann mit morgen um fünf?»

«Ich werde da sein.» Die Fünf-Uhr-Nachrichten hatten höhere Einschaltquoten.

Ich rief jeden an, der mich für Zeitungen, Radio oder Fernsehen interviewt hatte oder hatte interviewen wollen. Den größten Teil der Nacht und des nächsten Morgens verbrachte ich am Telefon, und jeder freute sich, mit mir zu sprechen. Ich rief sowohl Peter Alan Nelsen als auch Jodi Taylor an und fragte, ob sie mir Kontakte zu den großen Networks und Nachrichtensendern vermitteln könnten, und natürlich konnten sie. Sogar *Daily Variety* wollte ein Interview. Alle wollten wissen, ob ich von Theodore Martin übertölpelt worden war, und alle wollten wissen, was in den Bergen passiert war. Trotzdem hielten mich alle immer noch für den großen Helden der Verteidigung, genau wie Jonathan es gehofft hatte, als er mit einer Hand auf meiner Schulter die Pressekonferenzen inszeniert hatte. Ich sagte ihnen, liebend gern würde ich ihnen haarklein erzählen, was passiert war, besonders, wenn wir live auf Sendung waren.

Um drei Uhr am folgenden Nachmittag hatte ich elf Interviews hinter mir und jedem Interviewer eine Kopie von Greens Honorarvereinbarung mit Theodore Martin ausgehändigt. Noch sieben weitere Interviews waren fest vereinbart, und noch mehr würden folgen. Auch für sie hatte ich Kopien angefertigt.

Zwölf Minuten nach drei parkte ich im absoluten Halteverbot vor Jonathan Greens Gebäude am Sunset Boulevard und ging hinein. Ich drängte mich an der Empfangssekretärin vorbei, lief die Treppe hinauf und stürmte an der Armee Büroangestellter und Assistenten und Arschkriechern vorbei. Unübersehbar war das Fehlen der Sicherheitsbeamten in ihren blauen Blazern, aber ich vermute, daß der Rest, der nicht in den Baldwin Hills getötet worden war, mittlerweile auf der Straße saß. Um so besser für Green, wenn er sich von Kerris' Erbe trennte.

Der *Inside News*-Videograph und seine Tontechnikerin unterhielten sich vor der Kaffeemaschine mit einer schlanken Frau, als ich vorbeirauschte. Der Videograph bekam große Augen, als er mich sah, und die Tontechnikerin ließ ihren Kaffee fallen. «Was machen Sie denn hier?» fragte der Videograph.

Ich packte seinen Arm und zog ihn mit. «Haben Sie ein Band in der Kiste?»

«Klar.»

«Sie werden begeistert sein!»

Die Tontechnikerin stolperte hinter uns her.

Jonathan Greens Büro belegte den gesamten Ostflügel der dritten Etage. Eine tüchtig aussehende Frau von Anfang Vierzig versuchte mir zu erklären, daß ich nicht hinein könne, aber ich wich ihr aus und erreichte die Tür, die allerdings nicht aufging. «Schluß jetzt!» sagte die Frau. «Schluß damit, bevor ich die Polizei rufe!»

Die Tontechnikerin sagte: «Sie müssen auf einen Knopf drükken!»

«Wo?» fragte ich.

Die Tontechnikerin lief schnell hinter den Schreibtisch der Frau und drückte auf den Summer. Die Tontechnikerin strahlte.

Ich trat die Tür auf, stürmte hinein und fand Jonathan Green am Telefon vor. Die beiden unbedeutenderen Anwälte waren bei ihm, ebenfalls ein junger Mann mit einem Notizblock. Der Sekretär von irgendwem. Der kleinere der unbedeutenderen Anwälte stolperte über einen Stuhl, als er versuchte, mir aus dem Weg zu gehen.

«Ich rufe die Polizei!» sagte Green.

Ich nahm ihm das Telefon aus der Hand und warf es zur Seite. «Hier kommt die schlechte Nachricht, Jonathan: Sie sind zu meinem Hobby geworden. Ich weiß, was Truly wußte, und ich werde es jedem erzählen, der zuhören will.»

Green gelang es, seinen Schreibtisch zwischen uns zu halten. Sein Gesicht war weiß geworden. «Die Polizei ist schon unterwegs! Ich warne Sie!»

Ich warf ihm eine Kopie der Honorarvereinbarung zu. «Außerdem verteile ich Kopien hiervon. Der *Examiner* wird es in der heutigen Abendausgabe bringen.»

Green starrte auf die Fotokopien, ohne sie anzurühren, und schüttelte den Kopf. «Das besagt gar nichts. Vielleicht haben Sie das ja selbst geschrieben. Es ist vor Gericht nicht zulässig.»

«Nicht vor einem normalen Gericht, Jonathan. Aber ich werde Sie vor dem Gericht der öffentlichen Meinung anklagen.» Ich drückte heftig gegen seinen Schreibtisch, und Jonathan sprang zurück. «Ich werde Sie jagen, und ich werde nicht aufhören. Ich werde jedem sagen, daß Sie es gewesen sind, der das Beweismaterial gefälscht hat, und daß Sie es waren, der James Lesters Tod befohlen hat, und daß Sie es waren, der versucht hat, Louise Earle das Leben zu nehmen.» Ich ging um den Schreibtisch herum, und Jonathan floh in die entgegengesetzte Richtung.

«Das können Sie nicht tun! Ich werde eine Unterlassungsanordnung gegen Sie erwirken!»

«Was ist das schon für einen knallharten Typen wie mich?»

«Niemand wird Ihnen glauben!»

«Sicher werden sie das, Jonathan. Ich bin der Beste-Detektiv-der-Welt, wissen Sie noch? Über jeden Vorwurf erhaben. Vertrauenswürdig.»

Jonathan funkelte die unbedeutenderen Anwälte an und brüllte: «Steht da nicht so rum! Tut etwas!»

Der kräftigere der unbedeutenderen Anwälte lief zur Tür hinaus.

«Ich werde diese Sache so lange verfolgen, bis der Bezirksstaatsanwalt eine Anklage zusammenbekommt oder bis Sie geschäftlich kein Bein mehr auf den Boden kriegen. Ich werde Sie heimsuchen wie ein böser Traum. Ich werde zu Ihrem Haus kommen, Ihnen in jedes Restaurant folgen und Videoaufzeichnungen meiner Interviews an Ihre Mandanten schicken.»

Er plusterte sich zu einem Bild der Empörung auf. «Gegen so etwas haben wir Gesetze, Sie Idiot! So etwas ist Verleumdung! So etwas ist üble Nachrede! Damit werden Sie niemals durchkommen!»

Ich sah den Videographen an. «Haben Sie alles drauf?»

Der Videograph strahlte wie ein Honigkuchenpferd. «Verdammt, ja! Was für ein Schluß!»

Ich sprang über den Schreibtisch und verpaßte Jonathan Green einen Schlag ins Gesicht. Er flog rudernd nach hinten, fiel über seinen Sessel und landete auf dem Arsch. Der kleinere der unbedeutenderen Anwälte rief: «Oh, mein Gott», und dann lief auch er hinaus.

«Sie haben mich geschlagen!» sagte Jonathan Green. «Sie haben tatsächlich Hand an mich gelegt!» Er tastete seinen Mund ab, sah auf seine roten Finger und begann zu jammern. «Sie haben mir die Zähne ausgeschlagen!»

Ich schaute auf Jonathan Green hinunter und sagte: «Dann verklagen Sie mich doch!»

Und dann ging ich hinaus.

Philip Kerr

Philip Kerr wurde 1956 in Edinburgh geboren und lebt heute in London. Er hat den Ruf, einer der ideenreichsten und intelligentesten Thrillerautoren der Gegenwart zu sein. Für seinen Roman **Das Wittgensteinprogramm** wurde er 1994 mit dem Deutschen Krimi-Preis für den besten ausländischen Kriminalroman ausgezeichnet.

Das Wittgensteinprogramm
Ein Thriller
Deutsch von Peter Weber-Schäfer
416 Seiten. Gebunden
(Wunderlich Verlag und als rororo thriller 3229)

Gesetze der Gier
(rororo thriller 3133)
«Die überaus authentische Geschichte entwickelt sich zu einer Chandler-Version von Turgenjew: witzig, grimmig, kenntnisreich und präzise.»
Ruth Rendell

Feuer in Berlin
(rororo thriller 3164)

Alte Freunde - neue Feinde *Ein Fall für Bernhard Gunther*
(rororo thriller 3163)

Im Sog der dunklen Mächte *Ein Fall für Bernhard Gunther*
(rororo thriller 3165)
«Ein kantiger, subversiver Held vor einem kraftvoll gestalteten geschichtlichen Hintergrund: Kerr liefert das Beste.» *Literary Review*

rororo thriller

Game over *Thriller*
Deutsch von Peter Weber-Schäfer
496 Seiten. Gebunden
(Wunderlich Verlag)
Ein High-Tech-Hochhaus in Los Angeles wird zur tödlichen Falle, als der Zentralcomputer plötzlich verrückt spielt. Mit dem ersten Toten beginnt für die Yu Corporation ein Alptraum.
«Brillant und sargschwarz.»
Wiener

Esau *Thriller*
Deutsch von Peter Weber-Schäfer
512 Seiten. Gebunden
(Wunderlich Verlag)
Wieder zündet Philip Kerr einen literarischen Sprengsatz aus neuesten wissenschaftlichen Erkenntnissen, aktuellen gesellschaftspolitischen Konflikten und uralten menschlichen Schwächen.

Colin Dexter

«Dexter ist allen anderen Autoren meilenweit voraus.»
The Literary Review

Der letzte Bus nach Woodstock
(thriller 3142)

... wurde sie zuletzt gesehen
(thriller 3156)

Die schweigende Welt des Nicholas Quinn
(thriller 3263)

Eine Messe für all die Toten
(thriller 3173)
Ausgezeichnet mit dem Silver Dagger der britischen Crime Writers' Association.

Die Toten von Jericho
(thriller 3242)
Ausgezeichnet mit dem Silver Dagger der britischen Crime Writers' Association.

Mord am Oxford-Kanal
(thriller 2960)
Ausgezeichnet mit dem Gold Dagger der britischen Crime Writers' Association.

Finstere Gründe
(thriller 3100)
Ausgezeichnet mit dem Gold Dagger der britischen Crime Writers' Association.

Das Rätsel der dritten Meile
(thriller 2806)
«... brillant, komisch, bizarr und glänzend geschrieben.»
Südwestpresse

Die Leiche am Fluß
(thriller 3189)

Tod für Don Juan
(thriller 3041)

rororo thriller

Der Tod ist mein Nachbar
(thriller 43278)

Hüte dich vor Maskeraden
(thriller 3239)
«Ein intelligenter Krimi zum Mit-Denken. So etwas ist selten.»
Frankfurter Rundschau

Ihr Fall, Inspector Morse
Stories
(thriller 3148)
«Seit Sherlock Holmes gibt es in der englischen Kriminalliteratur keine interessantere Figur als Chief Inspector Morse ...»
Süddeutsche Zeitung

rororo thriller werden herausgegeben von Bernd Jost. Ein Gesamtverzeichnis der Reihe finden Sie in der *Rowohlt Revue*. Vierteljährlich neu. Kostenlos in Ihrer Buchhandlung.

3005/6

Klugmann / Mathews

«Da werden endlich wieder Geschichten erzählt, die so intelligent und spannend sind, die zum Zittern und Lachen bringen. Allererste Empfehlung: die subtil anarchistischen Polizeikomödien der beiden Hamburger Norbert Klugmann & Peter Mathews.»
Lui

Beule & Co
Beule oder Wie man einen Tresor knackt. Ein Kommissar für alle Fälle. Flieg, Adler Kühn
(thriller 3101)
Die Helden des Autorenduos scheinen auf den ersten Blick wenig perfekt. Sie haben Probleme mit Frauen, mit sich selbst und mit ihrer Kondition. Eigentlich sind sie ganz selten richtige Helden ...

Die Schädiger. Tote Hilfe
Zwei Krimikomödien
(thriller 43275)
«Witzig und spannend» (*Süddeutsche Zeitung*) ist der häufigste Kommentar zu diesen etwas anderen Krimis. Zwei Geschichten um den ewigen Loser Rochus Rose und die Jungs von der alternativen Tankstelle.

Vorübergehend verstorben
Roman
320 Seiten. Gebunden
Wunderlich Verlag und als rororo thriller 43306
(April 98)
Die Männer sind alle Verbrecher, ihr Herz ist ein finsteres Loch... Die Anwältin Luise Rubato fährt lieber in die Grube, als der Moral der Männer zu erliegen.

rororo thriller

Norbert Klugmann
Treibschlag *Ein Fall für den Sportreporter*
(thriller 3238)

Zielschuß *Ein Fall für den Sportreporter*
(thriller 3241)

Doppelfehler *Ein Fall für den Sportreporter*
(thriller 3228)

Schweinebande
(thriller 3175)

«**Norbert Klugmann** legt ein wahnsinniges Tempo vor und ihm fließen mitunter Dialoge aus der Feder, gegen die hochgerühmte amerikanische Kollegen die reinsten Langweiler sind.» *Süddeutscher Rundfunk*

rororo thriller werden herausgegeben von Bernd Jost. Ein Gesamtverzeichnis der Reihe finden Sie in der *Rowohlt Revue*. Vierteljährlich neu. Kostenlos in Ihrer Buchhandlung.